二 見 文 庫

恋の始まりは謎に満ちて

アマンダ・クイック／安藤由紀子＝訳

'TIL DEATH DO US PART

by

Amanda Quick

フランクに……未来永劫

恋の始まりは謎に満ちて

登 場 人 物 紹 介

カリスタ・ラングリー	パートナー紹介サロン経営者
アンドルー・ラングリー	カリスタの弟。姉のビジネスの助手
トレント・ヘイスティングズ	人気ミステリー作家
ハリー・ヘイスティングズ	トレントの弟。心理学を研究する医者
ユードラ・ヘイスティングズ	トレントの妹。カリスタのサロンの会員
ネスター・ケタリング	カリスタの元恋人
アナ・ケタリング	ネスターの妻
ドラン・バーチ	ネスターの友人
サイクス夫妻	ラングリー家の執事と家政婦
アイリーン・フルトン	葬儀用具店の店主
ミセス・グラント	家庭教師紹介所 グラント・エージェンシー経営者
ヴァージニア・シプリー	ミセス・グラントの秘書
ジョナサン・ペル	裏社会の大物。トレントの友人
フローレンス・タップ	霊媒
エリザベス・ダンスフォース	家庭教師

1

「とにかくあの女をなんとかしてくれ、バーチ」ネスター・ケタリングはブランデーの瓶に手を伸ばし、グラスにお代わりを注いだ。「妻の姿が見えるだけでもう我慢ならない。あの女とひとつ屋根の下で暮らすのがどんなものか、あんたには想像もつかないだろうが」

ドラン・バーチは椅子にすわったまま腰を少しずらし、両脚を暖炉に向かって伸ばした。

「カネが目当てで結婚した結果、相手への不満をつのらせている男はきみがはじめてってわけじゃない。そういう立場にある夫の多くは、波風が立たない方法を見いだしてきた。上流社会では夫婦のどちらかが別邸で暮らしているケースも珍しくはない」

ネスターは暖炉の火をじっと見つめた。今夜もまた行きつけの倶楽部でカードに興じたあと、バーチに深夜のブランデーに誘われた。結果、こうしてバーチのタウンハウスの、こぢんまりとしてはいるが、たいそう優雅な読書室に腰を落ち着けていた。ラーク・ストリート五番地に帰らずにすむのなら、どこだろうとかまうものか。ネスターはそう思っていた。

二人は道すがら、娼館に寄ろうかとも考えたが、ネスターはあまり気乗りがしなかった。

正直なところ、娼館が好きではなかった。女たちが病気持ちなのではないかと心配なのだ。そのうえ、売春婦は客の腕時計やタイピンやカネをくすねることがよくあるし。

ネスターの好みの女は上品で純潔で、そして何より身寄りのない女だ。怒りに駆られた父親や兄弟と顔を合わせるなど死んでもごめんである。だから情婦には良家のオールドミス——純潔で育ちがよく、紳士からの心づかいに感謝を忘れない女たち——を選ぶことにしていた。

ドラン・バーチのおかげでこの一年は、彼の基準を満たす若く魅力的な家庭教師《ガバネス》には事欠かなかった。いったん征服してしまえば興味は失せるが、そんなことは大した問題ではない。そういう女たちは簡単に捨てることができた。彼女たちの身を案じる者などいないからだ。

バーチのタウンハウスは広さではネスターの屋敷に遠くおよばないが、はるかに居心地がいいのはつきまとう奥方がいないからだ。バーチはここを裕福な未亡人だった妻の死後に相続した。妻だった女は婚礼後まもなく、眠っているあいだにことときれた——屋敷と莫大な財産を新たに夫となったバーチに遺すと遺言書を書きなおした直後のことだ。

運のいい男がいるものだ、とネスターは思った。

「この先いつまでアナの存在に耐えられるか、自分でもわからないよ」そう言いながら、またブランデーをひと口飲んだ。「あの女ときたら、冗談じゃなく、まるで影の薄い幽霊みたいに屋敷の中を徘徊するんだ。実際、あの女は幽霊ってもんを信じている。少なくとも週に一度は決まって降霊会に行っているんだからな。毎月のように新しい霊媒を探し出しているようだ」

「誰の霊を呼び出してもらおうとしているんだ？」

「死んだ親父さ」ネスターが顔をしかめた。「条件付きの遺言でぼくを罠にはめたくそ親父だよ」

「なぜ親父さんを呼び出したがってる？」

「そんなことは知らないし、知りたいとも思わないね」ネスターはブランデーグラスをテーブルに叩きつけるように置いた。「最初のうちは、しめた、と思ったんだ。美人の花嫁に財産がたっぷりついてくる」

バーチが暖炉の炎をじっと見た。「なんにでも落とし穴ってやつがあるものさ」

「ああ、骨身にしみてるよ」

「きみの奥方は絶世の美女だ。あんな女を抱けるとはなんと運のいいやつだと、たいていの男は言うだろうな」

「かんべんしてもらいたいね。ベッドでのアナはまるで死体だ。退屈この上ない。新婚旅行を早々に切りあげてからというもの、いっさい同衾はしていない」

「純潔を通してきた女はときにきわめて退屈なものさ。男のほうからその気にさせないと」

ネスターが鼻で笑った。「ところが、結婚したとき、アナはもう処女じゃなかったんだ。

それも、あのくそ親父が結婚をせかせた理由のひとつだと思うね」

バーチはグラスを脇に置き、椅子の肘掛けに両肘をつき、両手の指先を合わせた。「古いことわざに、カネと結婚するなら最後の一ペニーまで自分のものにしろ、というようなのがあったな」

「どのみち、ぼくはあの女から逃れられないんだ。もし彼女が死ねば、カネはカナダに住む遠縁の者に行くことになるが、その遠縁のやつらってのが満を持してそれを待っているときた」

「きみのような立場に立たされた場合、奥方は頭がおかしいということにして病院に閉じこめる者もいる」バーチは考えをめぐらした。「正気でないと診断されれば、彼女は自分の財産を管理する権利を失うことになるからだ」

ネスターが低くうめいた。「運の悪いことに、くそ親父はその可能性も考慮に入れていた。もしも彼女が病院送りになったら、結果は彼女が死んだ時と同じだ――カネはカナダの遠縁に行く」

「田舎に家を借りるか買うかして、彼女をそこで暮らさせようと考えたことはないのか？」

「もちろん、あるさ。問題は、あの女はぼくの言うことなど聞かないし、強制的にそうさせる術などないってことだ。あの女は、田舎でなど暮らしたくないと言っている」

「社交界に顔を出すわけじゃないのにか？」

「それはそうなんだが、霊媒がたくさんいるのはロンドンなんだ」

「鞭でたっぷり叩けば心変わりするかもしれない」

ネスターはあいかわらず不満げだ。「どうだろう」片手でぎゅっとこぶしを握りしめる。

「前にも話したように、あの女は相続した財産を自分で管理しているんだ。ぼくと別れるときは財産を持っていくことができる。くそっ、何かしら逃げ道はあると思うんだが」

バーチが押し黙ったまま時間が流れた。

「おそらくある」バーチがついに口を開いた。

ネスターが動きを止めた。「教えてくれ。どうしたらいいんだ?」

「教えてやってもいいが、それなりの代価が必要になるぞ」

「カネはなんとでもなる」ネスターが応じる。

バーチはゆったりとブランデーを飲んだ。「あいにくだが、私が手を貸すとしたら、代価はカネじゃない」

一抹の不安にネスターは一瞬の間をおいた。「何が欲しい?」

「きみも知ってのとおり私は商売人で、ちょうど事業のひとつを拡大したいと考えていたところだ。それについてなんだが、きみはこっちにとって願ってもない立場にいるものでね、協力してもらえればありがたいと思うんだ」

「なんのことやら見当もつかないな。ぼくには商売の才覚はまったくないからね」

「商売の才覚なら幸運なことに私にしっかりそなわっているから、きみが商売上手である必要はまったくない。私が利用できたらと願っているのは、きみのそれ以外の才覚だ」

「それ以外の才覚？」

「きみには魅力を振りまいて女たちをとりこにする才能がある」バーチが切り出した。「それにかけては天下一品と言ってもいい」

ネスターは手を振って否定の素振りを見せたが、本当のことだった。たしかに女性を誘惑することにかけては達人級の腕前をもっている。

「で、いったいぼくに何をしろと？」ネスターが訊いた。

バーチが説明をはじめた。

ネスターの表情がなごみ、笑みさえ浮かんだ。

「それならなんとかなりそうだ。念を押すが、本当にそれとひきかえにアナをぼくの人生から消してくれるんだな？」

「ああ、そうだ。もしきみがうまくやってくれたら、きみとの貸し借りはいっさいチャラにしよう」

「よし、それで決まりだ」ネスターが答えた。

このとき、婚礼の夜以来はじめて、ネスターの心に一縷の望みが芽生えた。

2

あの女はおれの掌中にある。

男は、大きさも形もちょうど棺くらいの籠の中に閉じこめられていた。闇の中での高揚感が強力な興奮剤さながら全身の血をわきたたせる。

その時が来たら、あの女を清めたのち、わが身をあの女の血で浄化することになるが、今夜はまだその時ではない。儀式は正しく順を追う必要がある。あの女にはまず己の所業が大罪だということを思い知らさなければならない。恐怖感こそ最高の師なのだ。

男は隠し昇降機の中にうずくまり、壁を隔てた寝室内の人の気配に耳をすます。羽目板に細い裂け目がある。女の姿がそこからちらりとのぞく瞬間は興奮がいやました。今、女は鏡台の前にすわり、焦げ茶色の髪を留めたピンを直している。その仕種はまるで、誰かに見られていることに気づいていて、わざとこちらをじらしているかのようだ。

見た目はまずまずの美人だが、もし通りで見かけたとしても目を瞠《みは》るというほどではない。女としては背が高すぎるし、顔からは強気な性格が見てとれる。危険な女だ。こちらの自信をくじくまなざしがあの女のすべてを語っていた。

あの女を清めるためにおれが送りこまれたのも不思議はない。あの女を彼女自身から救い、その過程でおれも自分自身を救うのだ。

おれが救った女は彼女が最初ではない。おそらく今度でおれも完全に浄化されるはずだ。

この古い屋敷に昇降機が設置されたのは、体の弱った老女の階から階への移動のためだが、数年前に老女は死に、大きな屋敷は今、孫である姉弟のものとなった。そしてどちらも昇降用のこの仕掛けを使ってはいないと聞いている。永遠にも感じられる時間を籠に閉じこめられて過ごすうちに、その理由がわかった。空気がどんよりと重苦しく、暗さは間違いなく墓の中と同じだからだ。たぶん。

昇降機を降下させたければ、いつでもできる。太い綱と滑車を操作して動く仕掛けになっており、籠の中からでも外からでも動かせる。操作方法をなぜ知っているかといえば、あの女が気取って〝サロン〟と呼ぶ、常識では考えられないパーティーを開く日に屋敷に出入りする業者のひとりとの世間話から情報を得たからだ。実際のところ、あの女の商売と売春宿の違いはただ、あの女が自分が主催する集まりをあたかも格調高い会であるかのごとく見せかけるのに成功したという一点だけだ。

その出入りの業者によれば、上の階へ重いものを運びあげる際に昇降機はたいそう役に立つという。そのうえ、あの女は昇降機をいっさい使わないとも教えてくれた。きっと籠の中に閉じこめられることに恐怖を感じているのだろう。

女が椅子から立ちあがって鏡台から離れると、姿は見えなくなった。まもなく、寝室の扉が開いて閉まるくぐもった音が聞こえた。

室内がしんとなった。

男は籠の扉を開き、つづいて木製の扉を開いた。燭台の蠟燭の明かりは仄暗かったが、寝台、鏡台、戸棚の配置は見てとれた。

昇降機から降りた。こうした瞬間にいつも覚えるめくるめく高揚感が全身を貫いた。儀式を順々に進めていくことで、彼自身の浄化の成就に近づいているのだ。

貴重な数秒間、贈り物をどこに置こうかを熟慮した。寝台か、鏡台か？

やはり寝台にしよう。鏡台にくらべてはるかに秘めやかな場所だ。

部屋を横切った。忍ばせた足音はさほど気にならなかった。すでに客が到着しはじめていたからだ。クランリー館の正面玄関へとつづく長い私道にはかなりの台数の馬車が連なり、車輪と馬の蹄《ひづめ》が騒がしい音を立てていた。

寝台まで行くと、男は外套のポケットからベルベットの小袋と黒い縁取りのある封筒を取り出した。小袋の口を開き、黒玉《ジェット》と水晶とがあしらわれた指輪を手に取る。死を表象する流行の指輪だ。石には髑髏《スカル》がきらびやかに彫りこまれており、琺瑯《ほうろう》引きの面に女の頭文字であるC・Lが金で記されている。その時が来たら、スカルを彫った石の下に隠されたロケットに女の髪が幾筋かおさめられることになるのだ。そして男のコレクションに加わる。

男はしばし指輪に見とれたものの、すぐにまた小袋の中に戻すと、女がその贈り物に必ずや気づくよう、枕の上にのせた。

これでよし。男はその場にたたずんだまま、強烈な親密感をむさぼった。ここはあの女のいちばん秘めやかな場所。あの女が眠る部屋。女がここには自分しかいないと思いこんでいる部屋。心の安らぎを覚えるはずの部屋。

その安心感はまもなくこなごなに砕かれることになる。あの女はおれの掌中にある。ただ、女はそのことを知らない。今はまだ。

隠し昇降機のほうへと戻りかけたが、ふと足を止めた。壁に掛けられた額縁入りの写真に目が留まったからだ。そこには十年ほど前のあの女、十六か十七歳の少女が写っていた。大人の女になる手前、まだ無垢で何も知らない年齢だが、あの女のまなざしは早くもこちらの自信をくじく気がかりな色を帯びている。

その写真には女の弟も写っていた。まだ十歳くらいだろうか。いっしょに写っている二人の大人は間違いなく子どもたちの両親だろう。少年は大人の男にどこか似ていた。

男は額縁を留め金からはずし、昇降機へと急いだ。籠の中に入って板戸を閉じ、つぎに籠の扉を閉じた。指輪の黒玉を思わせる真っ黒な闇が男を包んだ。蠟燭にはあえて火をともさなかった。

手探りで綱を探して握り、問題なく操作できたときはほっとした。昇降機を一階まで降下させた。籠から出たところは、裏階段の裏側に位置する小部屋だ。誰もいない。歳のいった家政婦と同じく歳のいったその夫である執事は、読書室で催されている集まりのことで手いっぱいなのだ。

かつてこの屋敷に大人数の家族が暮らし、十人を優に超える使用人を召しかかえていたころならば、誰にも気づかれることなく出入りすることなど不可能だったはずだ。しかし現在、ここに住んでいるのは、あの女とその弟、そして年老いた家政婦と執事だけだ。

男は業者用の裏口を通って、誰にも見咎められることなく庭に出たあと、まだ施錠されていない門を抜けて屋敷をあとにした。

数分後、男の姿は霧の中へと消えた。手袋をはめた手には、写真の入った額縁をしっかりと握りしめている。外套の下に隠し持ったナイフの重みが心強かった。

儀式もそろそろ終わりに近づいていた。

こちらの自信をくじく目をしたあの女も、もうすぐ知ることになる。自分がおれの掌中にあることを。おれを浄化するのがあの女の宿命なのだから。男は確信していた。おれとあの女は、死によってしか断ち切ることのできない絆でつながれていると。

3

「冗談だろ」ネスター・ケタリングの口調には、望むものはすべて手に入れることに慣れきった男ゆえの冷ややかな傲岸さがにじんでいた。「きみが心の底ではまだぼくを愛しているることくらいわかっているんだ。ぼくたち二人が分かちあった情熱を、もう忘れたなどとは言わせないからな。ああした激情はけっして消えることがないんだよ」

カリスタは防壁とも言えるマホガニーの机を隔てた位置から彼を見ていた。怒りと疑念がないまぜになって全身を駆け抜ける。「とんでもないわ。わたしがあなたに対して抱いていた思いを台なしにしたのはあなたで、もう一年以上も前のことでしょう。あのとき、わたしたちのお付き合いは終わったの」

「きみがぼくをだましていたことを知って、いやでもああするほかなかったんだ」

「わたしは嘘などつかなかったわ。あなたがわたしを裕福な相続人だと勝手に思いこんでいただけのこと。そして勘違いに気づいたあなたは、一夜にして姿を消した」

「恵まれた境遇にいると印象づけたじゃないか」ネスターは片手を大きく回して、大邸宅と庭園を示した。「きみはぼくをだましただけじゃない。今もあいかわらず社交界の人間や会員をだましつづけている。つまり、きみは商売人ってことだ。否定はできまい」

「ええ、しないわ。あなただって、今は妻のある身だってことを否定できないでしょ。おあつらえ向きの女相続人を見つけたのね。さあ、彼女のもとへ戻ってさしあげて。わたしにはあなたの情婦になりたいなんて気持ち、いっさいないわ」

ネスターと二人きりで話すことを承諾したのが間違いだった。三週間前、彼から花束と、会いたい、と記されたカードが届いた。一年前から音沙汰のなかった彼だったから、カリスタはぎょっとした。そしてただちに花束を捨てるよう、家政婦のミセス・サイクスに指示した。一瞬たりとも花束を受け取ったことを認めたくなかった。

その数日後、二つ目の花束が届いた。カリスタはこのときもまた、ミセス・サイクスに命じてすぐにごみ箱に捨てさせた。

そんなふうにネスターをその気にさせるようなことはいっさいしなかったから、彼が直接玄関に姿を見せるとは予想だにしていなかった。今はもう裕福な紳士になっているのだから、情婦が欲しいのなら候補者はロンドンに数えきれないほどいるはずだ。

ところが少し前、ネスターが予告もなしに現われた。ミセス・サイクスは彼を入会希望者だと勘違いした。無理もない、とカリスタは思った。ネスターは、自分がどういう人間なのか、相手の気持ちを操って思いのまま信じこませる才能に富んでいるのだ。

彫りの深い端正な顔立ち、銀色がかった金髪、夏の空を思わせる生き生きとした青い目、どこをとっても息をのむほど魅力的な男でもある。彼に微笑みかけられれば、目をそらすことなどなかなかできない。しかし、彼を危険な男たらしめているのは、その洗練された美貌ではなく、その魅力で人を欺《あざむ》く天賦の才だ。

実際、ある種の魔術師だった、とカリスタは思った。得意なのは、人の恋心を引き裂き、人の夢を叩きつぶすこと。

しかしながら魔術というものは、いったん仕掛けを知ってしまえば、それまで夢中で見ていた者の熱狂も永久に打ち砕かれてしまう。カリスタの場合も、一年あまりを経て再びネスターに会ってみると、間一髪で逃れた幸運に感謝するほかなかった。何しろ、一度は彼との結婚を考えたほどなのだから。

今はなんとしてでも彼を追い払う術を考えなければ。というのは、見込みのありそうな入会希望者との面談の予定時刻が数分後に迫っているからだ。この書斎での口論を、まもなく到着するはずのトレント・ヘイスティングズに立ち聞きされたくなかった。たしかな筋から聞いたところによれば、この作家は世捨て人めいた人物だというから、こんな場面に遭遇したら入会を見あわせかねない。

ネスターは二人が別れたのをカリスタのせいにしたかったようだが、それは無理だと気づいたらしく、作戦を変えてきた。

「きみと別れるほどつらいことはこれまでになかったよ、カリスタ」ネスターは髪をかきあげ、狭い書斎を弱々しい足取りで行ったり来たりしはじめた。「きみもぼくの立場を理解してくれなくちゃ。ぼくは家族のために財産目当ての結婚をしなきゃならなかった。ほかにどうしようもなかったことはきみもわかってるだろう」

かつてはネスターの大仰な仕種も激しい感情の起伏も、すべては彼がロマンチックな男である証だと思っていた。彼は情熱家で、彼女とのあいだに形而上的で知的なつながりを求めている男だと信じていたのだ。だが今になってみると、あのころ情熱だとか愛の深さだとかと勘違いしていたものは薄っぺらなメロドラマにすぎなかった。劇場へ行けば、役者たちのもっとましな演技が見られるというものだ。

いったいわたしはこの男の中に何を見ていたのだろう？――むろん、燃えるようなまなざしと魅力的な外見のほかに。

「ええ、あなたが置かれていた立場はよく理解していてよ」カリスタは置き時計にちらっと目をやり、入会希望者との約束の時刻まであと五分もないと気づいた。もうとっくにネスターを追い返していなければならないというのに。「あなたがなぜわたしと結婚したかったのかはきちんとわかっているわ。つまり、あなたは祖母がわたしと弟に莫大な遺産を遺したと勝手に思いこんだ。ところが、わたしたちが相続したのはただっ広い屋敷だけだと知って、わたしから去っていった――逃げていったのよね」

ネスターが窓辺で足を止めて後ろ手を組み、うなずいた。「この豪邸が、カネをもっている印象を与えるってことはきみも認めざるをえないだろう」

「そういう印象が今のわたしの仕事に役に立っているの」カリスタの口調はそっけなかった。

ネスターがかぶりを振った。「この一年間、ぼくのことを一度も考えなかったなんて言わないでもらいたいな。ぼくは毎晩きみの夢を見ているよ」

「あなたのことはあまり考えないわ、ネスター。でも、ふと思い出したときは、お付き合いを終わらせてくれたことに感謝しているの。もしあなたと結婚していたら、わたしの毎日はどんなことになっていたかは想像するだに恐ろしいもの」

ネスターが懇願せんばかりの表情をカリスタに向けた。

「きみはオールドミスでいることに満足しているのかもしれないが、ぼくは救いようのない冷たい女と結婚していて、その女はぼくの友人たちとの情事を楽しんでいるんだ」

「それはたぶん、あなたが彼女のお友だちとの情事を楽しんでいると思っているからじゃないかしら」

ネスターはふうっと大きく、心からのため息をついた。「そりゃあ、たまには心の安らぎが得られるところでの楽しみを求めないわけではない。孤独なんだよ、カリスタ。きみといっしょに笑ったことや、本や美術や詩の感想を話しあったことを思い出さずにはいられない。ぼくが見るかぎり、妻の知的好奇心の対象は買い物と降霊会だけだ」

「その二つを実行するお金をおもちなのだから、なんの問題もないと思うけれど」

「ほぼ一年間というもの、ぼくは地獄の結婚生活に耐えてきたんだ」ネスターが恨めしそうに言う。「せめて皮肉を言うのはやめてくれないか」

カリスタは椅子から立ちあがった。「ちょうどいいわ。ここまでにしましょう。どうやらあなたは、わたしがまたあなたとのお付き合いを切望するものとの勘違いを前提にここにいらしたみたいね。でも、残念ながらそういう状況ではないわ。あなたが本性を現わしてから一年あまり、さすがにもう目が覚めたわ。あなたとお付き合いしたい気持ちはまったくありませんから」

「信じられないね」ネスターは机の前で足を止め、きれいに磨かれた板に手のひらをついた。「きみはもう一度自分の本心を信じるのが怖いんだよ。それはわかるが、ぼくは情熱的なきみをはっきりと憶えている」

「一時期あなたに対して何を感じていたにせよ、そんな気持ちはとっくに消えてしまったわ、ネスター」

「あれほど燃えあがった想いは、何があろうと消えるはずがない。きみとぼくはほかのやつらとは違う。ぼくたちは形而上的なものに対する深い眼識をそなえている。魂と魂がひとつになる真の結婚の意味を理解している。だからぼくたちには法的な縛りなど無用だ。死がわれらを分かつまで寄り添う運命にあるんだよ」

「こんなときに婚礼の誓いの言葉など引き合いに出してほしくないわ。悪いけど、時間の無駄よ、ネスター」

「どうかもう一度チャンスをくれよ。ぼくにそれくらいの借りはあるだろう」

「あなたに借りなんかないわ。さあ、もう帰って。あと二、三分でお客さまが見えることになっているの」

「ぼくへの気持ちがもうなくなったなんて言わないでくれ。そんな言葉は信じないからね。きみとぼくは稀有な愛を知る特権を与えられた人間だ。その愛は情熱の翼にぼくたちを乗せて、もう一度さらなる高みへといざなってくれる。きみがぼくに抱いたあの気持ちをもう一度燃えあがらせてみせるよ」

「もういいの。そんなことありえないわ」

紹介業をはじめてしばらく経った今、ひとつだけ学んだことがあるとしたら、それは友情――情熱ではなく――こそが長続きする恋愛関係のための手堅い基盤だということ。だから会員に約束するのは、気の合う人たちと出会って友情を育む機会を提供するということのみだ。そうした交際の中から何組かがいつしか結婚へと進展するなら、それはそれで素晴らしい。だが、カリスタのサロンはそうなるとの保証はいっさいしていない。サロンの会員であるオールドミスや歳のいった男性は、自分がこの世界でひとりぼっちだと気づいた人たちだから、そうしたことに関してはほとんどがカリスタ同様、鋭い感覚をそなえている。

ネスターにそんなことを言うつもりはないけれど、正直なところ、かつては恐れていたオールドミスという状況に心地よくおさまっている今、結婚の価値――少なくとも女性にとってのそれ――を本気で疑いはじめていた。なんだか男性の利益のためにいかさまを仕込んだカードのような気がしてならないのだ。

数年前に制定された既婚女性財産法が女性のための法的措置を定め、現在では女性は結婚後、自分名義の財産をみずからの手で管理できることになった。とはいうものの、女性がしかるべき水準の生活を送ったり資産を築いたりすることのむずかしさを考慮すれば、その法律も大多数の女性が恩恵に浴するものではなく、女性の多くは惨憺《さんたん》たる結婚の罠から逃れれずにいるのが現実だ。離婚はいまだにきわめてむずかしく、莫大な費用を要する。離婚の結果、路頭に迷うほかない女性も少なくない。

カリスタはそうした結婚という制度にもはやなんの幻想も抱いてはいなかった。それを学んだきっかけのひとつがネスターだ。だからこそ、彼を許すことができないのだ。

そのとき、馬車の轍《わだち》と馬の蹄の響きが耳に届いた。書斎の窓の外に目をやると、辻馬車が玄関に向かって私道を近づいてくる。約束していた客の到着にちがいない。なんとしてでもネスターを追い払わねば。

辻馬車がクランリー館正面の階段前に停まった。グレーの長い上着を着た男が降り立った。高い襟が顔を一部おおい隠すように立ちあがっている。帽子を目深にかぶっているため、顔立ちはなおいっそうわかりにくい。革手袋をした手には湾曲した握りのついた優雅なステッキを持ってはいるが、それを使うことなく玄関に向かって階段をのぼってくる。目的意識がありありとうかがえる大きな歩幅。意志強固な男と見た。

カリスタの全身を期待がよぎった。あの人がトレント・ヘイスティングズなのね。

何を期待していたのかは自分でもわからないが、興奮がいやましていく。カリスタは、〝彼は仕事のお客さまよ〟、と自分に言い聞かせた。

もっとよく彼を見ようとしたが、すでに階段を最上段までのぼりきり、カリスタの視界からは消えていた。

「聞いているのか、カリスタ？」ネスターの声からは怒りともどかしさで爆発寸前であることが伝わってくる。

「えっ？　いいえ、聞いていなかったわ。お願いだから、もうお引き取りいただけないかしら。今日はわたし、とても忙しいのよ」

「ちくしょう」ネスターの怒りがあからさまになった。「ぼくがここに来たのは、きみのサロンの会員になりたかったからじゃない。きみなしでは生きていけないから、ここに来たんだ」

「お見かけしたところ、わたしがいなくてもじゅうぶん楽しく暮らしていらっしゃるようだけれど。それに、わたしにはあなたの情婦になりたいなんて考えはこれっぽっちもありませんから」

「今のぼくにはカネがある。きみの面倒を見ることができる。恋人になろう」

「悪いけど、今はほかのことで手いっぱいなの。あなたはわたしを愛してなんかいないし、あのころだって愛していなかったわ。あなたが愛することができる人間は唯一、あなた自身ですもの。ここに来たのは結婚生活に退屈したからだってこと、認めたらどうかしら？」

「ああ、そのとおりさ。ぼくは退屈している」

「でも、それはあなたの問題であって、わたしの問題じゃないわ。さあ、帰って、ネスター。今すぐ」

「くそっ、愚かで世間知らずな乙女のふりをするには、きみは歳を食いすぎている」いかにも苦々しげな口調だ。「いくつになる？　二十六か？　これまでサロン会員とやらの中から何人もの男を手玉に取ってきたにちがいないな」

このとき、ついにカリスタの堪忍袋の緒が切れた。

「何を言いだすかと思えば」

「明白な事実を言葉にしただけだ」カリスタを怒らせたことがよほどうれしいのか、ネスターが薄ら笑いを浮かべた。「きみの仕事じゃ、お上品な顔をしている必要などないだろう。紹介業、とはよく言ったものだ」鼻で笑う。「きみの創意工夫の才には脱帽したと言わずばなるまい。注目すべき事業家だってことを証明してみせたんだからな、カリスタ。だが、ここでひとつ、はっきりさせておこうじゃないか。きみは高級娼館の女主人以外の何者でもない」

カリスタは怒りを覚えると同時に軽いパニックに襲われた。サロン運営に関しては細心の注意を払っている。入会は推薦を通してしか許可されない。希望者は全員、カリスタの弟、アンドルーが身辺調査したのちに入会許可の運びとなる。彼女が主催するサロンは優雅で格調高い集まりなのだ。

とはいえ、カリスタも悪意に満ちた噂が広がる危険は重々意識していた。このサロンがきちんとした紹介以外の事業も展開しているはずだと推断した男はネスターが最初ではなかった。

「あなたの侮辱に耳をかたむけるつもりなどないわ」カリスタは呼び鈴の引き紐に手を伸ばした。「すぐに出ていって。さもないと、執事を呼んで玄関まで案内させるわよ」

「さっき玄関を開けてくれたよぼよぼのじいさんのことか？　客に帽子と手袋を差し出すことすらできるかどうか。力ずくでぼくを追い出せときみに命じられたら、卒倒してしまうんじゃないかな」

カリスタはスカートを足首の上数インチまで引きあげると、机の脇をすっとかすめて出てきて書斎を横切った。

勢いよく扉を開く。「さあ、出ていってちょうだい。さもないと大きな声を上げるわよ」

「きみ、頭がおかしくなったんじゃないのか？」

「そうかもしれないわね。このところ神経がすり減っているの」

けっして嘘ではなかった。二つ目の死の警告《メメント・モリ》が昨夜、枕の上に置かれていたからだ。それに気づいたあと、カリスタはアンドルーとミスター・サイクスとともに広い屋敷をひと部屋ひと部屋、窓や扉の施錠を確認して回った。当然のことながらほとんど眠れなかった。

「カリスタ、ぼくの話を聞く気はないんだな」ネスターがすごんだ。

「ええ。わたしを捨ててほかの女性と結婚した財産狙いの達人に、今でもきみを愛しているという言葉を信じろと言われてもね。忘れているといけないから言っておくと、この屋敷にはわたしひとりというわけじゃないのよ。家政婦と執事は高齢ではあるけれど、必要とあらば巡査を呼ぶことくらいまだまだできるわ。いいこと、ネスター、あなたがどうしても出ていかないなら、『ひとごろし』って大声で叫ぶわよ」

ネスターがぎょっとした表情を見せたとき、カリスタはもうここに二人だけではないことに気づいた。

「手をお貸しいたしましょうか？」

カリスタのすぐ背後で低い男性的な声が響いた。冷淡かつ丁重な物言いは、もしも剃刀《かみそり》のように鋭い刃がその裏にひそんでいなければ、超然とした無関心と取り違えられても不思議ではなかった。

　カリスタがくるりと振り向くと、廊下に驚きで目を真ん丸くした家政婦のミセス・サイクスが立っていた。そしてその横には今しがた辻馬車から降り立った男がいた。

しまった、と思った。サロン入会希望者を完璧な状況で迎え入れたいと願っていたにもかかわらず、幸先がいいとは言えない出だしになってしまった。

　まず最初に思ったことはこうだ。やってきた男は、仕立てのいい服はさておき、月の出ていない夜に暗い路地で出くわすかもしれない種類の人間を連想させた。

　彼が危険人物に見えるのは、左側の頬から顎にかけての蜘蛛の巣を思わせる入り組んだ傷跡のせいではない——むしろその目が放つ何かである。緑色と金色が入りまじったはっとする色で、強固な意志をにじませている。

　ネスターもついに押し黙るほかなくなった。

　水晶を思わせる空気を打ち砕いたのは、長年にわたって家政婦としての実績を積んできたミセス・サイクスだった。

「十時にお約束なさってらしたお客さまがお見えになりました、ミス・ラングリー。ミスター・ヘイスティングズでいらっしゃいます」そう告げたかと思うと、すぐさま共謀者よろしく声をひそめた。「あの作家ですよ、お嬢さま」

「ええ、もちろん承知していてよ」カリスタは気持ちを落ち着け、トレントに向かって客に対する最高の微笑みを投げかけた。「ユードラ・ヘイスティングズのお兄さまでいらっしゃいますね。ようこそお越しくださいました」

「お邪魔したようで申し訳ない」トレントは引きつづき超然とした好奇心をのぞかせてネスターを見ていたが、その目はどんな言葉にもまして凄みがあった。「ぼくが到着したことがご迷惑でないといいんだが」

「とんでもありませんわ」カリスタはあとずさり、書斎に入るよう手ぶりでいざなった。「どうぞお入りください。ミスター・ケタリングはちょうどお帰りになるところでしたの。そうですわね、ミスター・ケタリング？」

ネスターは怒りをこめてカリスタをにらみつけたが、窮地に追いこまれたことは誰の目にも明らかだった。しかしネスターは気を取りなおし、最後の一撃を繰り出した。

「ほう、きみがトレント・ヘイスティングズか。あの探偵クライヴ・ストーンの小説を書いている作家の？」けだるさを装いながら尋ねる。

「ああ、そうだ」トレントが応じた。

「その傷跡には同情を禁じえないな。紹介所を利用したくなる気持ちもわからないではない。その顔じゃ、上品なレディとの出会いはかなりむずかしいはずだ」

「ネスター」ぎくりとしたカリスタがあわてて言った。

ミセス・サイクスも愕然とした表情でネスターを見つめる。

ネスターはさも満足げに、カリスタに向かって薄ら笑いを投げかけた。

「それじゃ、悪いがこれで失礼するよ、カリスタ。ぼくは忙しい人間なんでね」

ネスターはカリスタの横をかすめて廊下に出たところでいったん足を止め、これみよがしに振り返ってトレントを見た。

「『フライング・インテリジェンサー』に連載されている新作の最新章を読んだよ、ヘイスティングズ。どうも最高傑作とまではいかないようだな。筋書きが弱すぎる。半分まで読んだだけで、早くも悪党の正体がわかってしまう。それから、あのウィルヘルミナ・プレストンは消してしまったほうがいい。あの女には我慢がならない」

ネスターがトレントの返事を待つことはなかった。硬材の廊下をさっさと歩き去る彼の足音が響きわたる。

「それでは、お見送りしてまいります」ミセス・サイクスが言った。

ネスターのあとをあわただしく追っていく。

トレントがいやにぐずぐずと手袋をはずすと、左手の甲にも傷跡があることがわかった。

「お詫び申しあげます」カリスタが言った。

「そんな必要はないよ」トレントが言った。「作家になって七年経つ。誰もが評論家だということはだいぶ前から知っているよ」

4

「傷跡は誰にでもありますわ、ミスター・ヘイスティングズ」カリスタはノートから顔を上げて、トレントを安心させるべく微笑みかけた。「ほかの方たちより傷跡が目立つ方もいらっしゃいますけれど、それによって大きな問題が生じるわけでもありません」

カリスタは大いにほっとしていた。トレントがネスターの来訪について問いかけることはなく、彼女のプライバシーを侵害しなかったからだ。トレントはネスターに向けていた超然とした好奇心を今度はカリスタの書斎に向け、しばし観察したのち、勧めにしたがって椅子に腰を下ろした。

困った状況に片がついたため、カリスタはせわしく机の向こう側に戻って椅子にすわり、ノートを開いた。さあ、いつもながらの入会希望者に対する面談をはじめよう、としたそのとき、トレントのほうから先に質問を投げかけてきた。それはカリスタの不意をつく質問だった。「ぼくのこの傷跡は問題になると思われますか？」

トレントは椅子の背にもたれ、表情から察するに考えをめぐらしているようだ。「この傷跡が妻となる女性を探すときの障害になるとは思いませんか？」

「こちらのサロンの性質を誤解なさってらっしゃるようですね。わたしはお引き合わせした方々に結婚という結果を約束してはおりません。いろいろなご事情で独身のままいらっしゃる方々のあいだで、気の合うお相手を見つけてお付き合いをなさるのがいいと考え、そこに力を注いでおります。気の合う〝きちんとした〟お相手です。誰もが結婚を望んでいるわけではありません。お友だちや気の合う話し相手を探してらっしゃる方もいます」

「あなたが結婚を望まない人間のひとりだという印象を受けるのはなぜだろう？」

今日という日がいっこうに好転しそうもないからだわ、とカリスタは思った。まず、ネスターがいきなり舞いもどってきて、よりを戻そうと迫り、つぎに、大いに期待していた入会希望者との面談はどうやら期待はずれに終わりそうな雲行きである。

辛抱強く、と自分に言い聞かせた。用心深い希望者との駆け引きはトレント・ヘイスティングズとのこれがはじめてではない。サロンはあくまで口伝てを基本にし、内密の紹介によって運営しているから、おそるおそるここを訪れる人もひとりならずいた。この紹介所に期待できるものをはっきり理解して訪れる者はごくわずかにすぎない。

しかしながら、たとえ遠回しであれ、カリスタが結婚していない事実に言及した者はこれまでひとりもいなかった。この年齢でまだ独身であることは誰の目にも明らかではあるのだが。

「本題に戻ったほうがよさそうですわね。このサロン会員の女性は皆さん、立派な知性をそなえた方たちで、外見を超えたところにあるものをきちんと見分ける、違いのわかる方も間違いなくいらっしゃいます。お友だち――あるいは夫――を選ぶ際に最優先されるべき重要な要素は性格です」

「あなたは会員の性格をどうやって調べるんですか?」

カリスタは鉛筆の先でメモ帳のまだ真っ白な頁をこつこつと打った。こちらが質問を投げかけて面談を進めるはずが、逆にトレントに質問されている。

その日の朝、カリスタは彼と会うのを楽しみにしていた。ミセス・サイクスが予定表に記入した名前を見つけたとき、二つのことが頭に浮かんだ。ひとつは、トレントの妹であるユードラ・ヘイスティングズが会員であること。もうひとつは、自分は彼の筆になる推理小説の大ファンだということ。

大人気の作家であり世捨て人として知られる彼の名が、活動に満足している会員の名簿に加わることを想像し、それだけでわくわくした。だが今、考えなおさなければ、と思いはじめていた――彼のハンサムな顔立ちを台なしにしている傷跡のせいではない。

「時間をかけて面談することで、その方の人となりについて多くのことが判断できると知りました。わたしの父は技師、母は植物学者でした。調査の技法は両親から学んだ気がします」

トレントは再び書棚に目をやった。「なるほど。ご両親の影響が見てとれる。ラウドン夫人の『淑女のための植物学』と『建築通信と工学日誌』のあいだにぼくの本を置いていただき光栄だな」

カリスタは咳払いをした。「ええ、それはつまり、わたし、あなたの小説の大ファンですの。わたしの弟も、家政婦も、執事もですわ。実際、この屋敷内でのあなたはたいそう人気者です」ここでしばし間をおく。「じつは、今も考えていたんですが、『フライング・インテリジェンサー』に連載中の物語について、どうしてもうかがっておきたい質問があるんです」

トレントは大きく息を吐いた。「なんだか怖いな」

カリスタは彼の言葉は無視した。

「ミス・ウィルヘルミナ・プレストンの登場に関する質問です。彼女はすごく興味をそそる登場人物ですが、それは主として科学的なことに対して好奇心旺盛な人物だからです。これからクライヴ・ストーンの捜査のそうした領域で協力が期待できますよね。じつは、気にかかっているのは、クライヴとウィルヘルミナの恋愛関係も物語の中に組み入れるつもりでいらっしゃるのかどうかなんです」

「現在執筆中の筋書きについて話すわけにはいかないな」

「そうですよね」カリスタは悔しそうにノートに目を戻した。「でしたら――」

「妹から聞いたところでは、きみは結婚紹介所の業務に科学的方法を用いようとしているとか」

「そのとおりです」カリスタは鉛筆を握る手に力をこめた。そろそろこの面談の主導権を握らないことには。「本日はごく一般的な質問を二、三、させていただきたいと思います。さらに、こちらの会員の中からぴったりのお相手をお引き合わせする手順につきましても説明させていただきます。もしこの第一回目の面談で双方に納得がいった場合、つぎはもっと時間をかけた面談を設定させていただきます。そしてその面談の際に、そちらがお相手に求める資質、希望なさっているのはお付き合いか結婚か、そちらがお相手に提供しなければならないものの一覧などを作成いたします」

「カネってことか」トレントが言った。

カリスタがまだ何も書いていないメモ帳の頁から鉛筆を上げた。「はあっ？」

「ぼくの唯一の価値ある資質と言ったら、じゅうぶんな収入を得ているということだ。本を書いて得たカネを不動産に投資して、それもかなりうまくいっている。問題は、それがさっき言っていた、知性をそなえた違いのわかるこちらのレディたちを納得させるのにじゅうぶんな額かどうかだな？」

ほかの男性なら顎や頬にひげをたくわえて問題の傷跡をごまかすかもしれないが、トレント・ヘイスティングズは顔の左側をおおう傷跡を隠すための手立てをほとんど何も講じていなかった。

傷は肌に酸か炎で焼きつけられたかのように見える。顎の横からさらに下へとつづき、糊のきいた白いシャツの高い襟の陰へと下りていく。いったい何があってそれほどの傷が焼きつけられたのかは想像もつかないが、そのときの苦痛たるや半端ではなかったことはたしかだ。目が無事だったことは不幸中の幸いと言えよう。

彼を憐れんだり目をそむけたりする人もいるかもしれない。しかし、多少の洞察力をそなえた人間であれば、そうした体験を経て傷を負いながらも、その結果が人におよぼす影響を斟酌できる男は強い性格をそなえているとの判断を間違いなく下すはずだ。

そんな男性は最高の友人にもなれば、危険きわまる敵にもなる。そんな男性をぴったりの相手と引きあわせるのは至難の業に思えてきた。その過程を複雑にしそうなのは傷跡ではない、とカリスタは考えた。そんな意志強固な男性と勇敢に向きあうことができるレディを見つけることが容易ではないのだ。

「結婚となれば、経済的なことは、むろん、双方にとって考慮に入れなければならない問題にちがいありません」カリスタは言った。

「ぼくの意見を言わせてもらうなら、ふつうはそれが第一要件になる」

「失礼があればお許しくださいね。でも、こと結婚となると、あなたはどこか悲観的な受け止め方をなさっている印象を受けるのですが」

「ぼくは現実的なんだよ、ミス・ラングリー」

カリスタは鉛筆を置いてメモ帳を閉じると、机の上で両手を組んだ。

「結婚となれば、見落とすわけにはいかない現実的要素もあります。わたしもそれは否定しません。ですから、もし会員の方が結婚をお望みの場合、用心のため、双方の経済状態を事前に確認させていただきます」

このときはじめて、トレントはカリスタのサロンの紹介手順に関心を示したようだった。

「いったいどうやってそんな?」

「会員の方々の経済状態については、目立たないように実態を調査する助手を雇っております。私生活のそうした面については、誰もが率直に申告してくださるとはかぎりませんからね」

「ほう。おもしろい。その助手というのは何者なんだ?」

「わたしの弟です」

「なるほど。きみがそうやって経済状態を強調するところが気になるね」

「話題をそこに向けられたのはあなたですわ」

「それはおそらく、ぼくが予約を取ってここに来たのは、あなたが妹からカネをだまし取ろうとしているのかどうかを調べにきたからだろうね」

「えっ?」

「ユードラはこのサロンの会員だ。当然のことながら、ぼくは心配している」

カリスタは数秒間、口がきけなかったが、なんとか気を取りなおした。

「はい、ミス・ヘイスティングズはこちらの会員でいらっしゃいます。ですが、ご心配なく。わたしが妹さんに危害をおよぼすようなことはけっしてありません。実際、毎週のサロンを楽しんでいらっしゃるようです。妹さんはたいへん知的で博識なレディですわ」

「たしかに妹は知的で博識かもしれないが、男性経験などほとんどないまま歳を重ねてオールドミスになっている。しかも、経済状態に関してはかなり恵まれている」

「あなたの資産のおかげですか？」

「そうだ。だから、高収入や莫大な遺産がある独身女性を餌食にする破廉恥な男たちに狙われやすい」

そのときはじめて、カリスタは彼の、目には見えないところでうごめく激しい感情を垣間見た。とっさに身震いすら覚えたほどだ。彼の怒りはカリスタに対してではなかった——今のところはまだ疑っているだけだ。カリスタの推測では、彼は過去に財産狙いのひどい男に遭遇したことがあるのだ。そして彼が大切に思っていた人から何もかも奪ったのだろう。

「その点につきましては、先ほどはっきりご説明したと思いますが」カリスタは彼の気持ちを静めようと穏やかに言った。「わたしは会員の方を利用しようとするタイプの人間にはつねに警戒を怠りません。妹さんにご紹介する方も、自分の経済状態について正直な、立派な紳士に限定しています」

「ふと思ったんだが、ミス・ラングリー、特定の会員を裕福な会員や有力な親戚のいる会員に紹介すると、あなたに報奨金が入るのではないかな？」

「もうけっこうです」怒りのあまり立ちあがっている自分に気づくのは、今朝はもう二度目だった。「あなたはわたしだけでなく妹さんも侮辱しているわ。さあ、今すぐお引き取り願います」

心臓が止まりそうな一瞬、カリスタは彼が居直るのではないかと恐れた。後方にある呼び鈴の引き紐に手を伸ばして、すぐに引けるように構えた。

トレントが椅子から立ちあがるのを見て、カリスタは言葉にならないほどほっとした。トレントは無言で扉に向かって進んだ。カリスタは呼び鈴の紐から手を離し、椅子の背をぎゅっとつかんで息を殺した。

トレントは扉を開けると立ち止まり、振り返ってカリスタを見た。

「帰る前にもうひとつだけ質問がある、ミス・ラングリー」

カリスタはぐっと唾をのみこんだ。「あなたの質問にお答えする気分ではありませんわ」

「それはわかっているが、好奇心を抑えられないんだ。きみは本当にぼくにぴったりの妻を見つけることができると思っているんだろうか？」

「なんとも言えませんわ、ミスター・ヘイスティングズ。残念ながら、あなたはこの面談に不合格のようですから」

トレントがほんのわずかに首をかしげた。「ああ、そうだろうね」

廊下に出た彼はいやにゆっくりと扉を閉めたが、それが言葉以上に多くを語っていた。

二度とここに来るつもりなどないのだ。

それならそれでけっこうよ。だが、書斎の室温が突然、それまでより数度低くなったように感じた。

5

カリスタ・ラングリーとの面談は不首尾に終わった。

タウンハウスの玄関ホールに入ったトレントを待っていたのは、悲しみに満ちた失望、苦痛、憤慨、そして非難がましい涙をこらえようとしながらもこらえきれない妹のユードラだった。

妹がこんなふうに彼を仰天させることは久しくなかった。

怒りもあらわに階段を駆けおりてきたのだから。

「ミス・ラングリーのところへ行ったのね」ユードラが詰め寄る。「どうしてそんなことをするの？　彼女とわたしのあいだのことは――あくまでわたしのこと。お兄さまには関係ないわ」

ユードラは二十代半ば、おそらくカリスタより一、二歳年下だろうと思うが、二人の印象を比較すると、トレントにはユードラのほうが老けて見える。

優雅なブルーのドレスを着た今日のカリスタからは流行に敏感な印象を受けた。栗色の髪はきれいなお菓子さながら頭頂部に結いあげられて数本のしゃれたピンで留められ、その髪型がはっきりした顔立ちとハシバミ色の知的な目を引き立たせていた。全身から放たれる生き生きとした明るく活動的な雰囲気、トレントはなぜか魅了されている自分に気づいた。興味をそそられるおもしろい女性だ。彼女のような人は七十歳、八十歳になっても興味をそそられるおもしろい女性のままでいるはずだ。ああした性格は歳を取ることがない。

それにひきかえ、ユードラはごく最近まで彼の眼にはくすんで見えていた。自分を犠牲にして兄の家の切り盛りに全身全霊を捧げる妹の役割を演じようと決意し、明るい色の金髪も中央で分けて後ろでぎゅっと結わえていた。服はぼんやりと暗い色の実用的な生地で仕立てたものばかり。

自分に課した仕事をむきになってこなしているから、おかげで二人が暮らす家は整備の行き届いた機械のように快適に動いていた。夜明けから就寝時刻まで、生活に落ち着いたリズムがある。使用人は几帳面にそれぞれの仕事を進め、庭も細部まで心を配って手入れされている。

だが、この何年かのうちに、自転車の乗り方を教えてとせがんだりクローケー（木球を木槌で叩いて鉄門をくぐらせる芝生上の競技）をやりたいと言ったりした陽気で活発な少女はどこかへ姿を消してしまった。代わって現われたのが、永久の喪に服すことを自分に課したかに見える女だ。未亡人の喪服やベールを身に着けているわけではないが、トレントに言わせれば、それと大差はなかった。

ところが最近、ちょっとした心境の変化があったらしく、トレントも当初は喜んでいた。流行に注意を払うようになったのか、新しい耳飾りを買ったりもしたようなのだ。

それがカリスタ・ラングリーの週に一度のサロンと関係があると気づかなければ、妹の変身は喜ばしいことになっていたはずだ。

「まあ、落ち着け」トレントは帽子と手袋を執事のガスリーに手わたしたが、ステッキは握ったままだ。「たしかに予約を取ってミス・ラングリーに会ってはきたが、それは彼女とそのサロンについて知りたかったからだ」

「そんなこと、信じろと言っても無理よ」ユードラが苦々しい口調で言った。「あの人を怖気づかせようと思って訪ねたに決まっているわ。ほら、認めなさいよ。彼女をいかさまだの詐欺師だの、あるいはもっとたちの悪いやつだといくら言ってもわたしを説得できなかったから、彼女を脅してわたしたちのつながりを断とうとしたんだわ」

「たとえそれがぼくの計画だったとしても、言っておくが、失敗したよ。話しはじめて約三分で、ミス・ラングリーをびくつかせるにはもっと怖い人間でなければだめだと気づいた。一介の作家では太刀打ちできない」

ユードラがぎょっとした表情で階段のいちばん下の段で足を止めた。そしてうれしそうな顔をした。青い目には勝利の喜びが輝いている。

「つまり、ミス・ラングリーがお兄さまをやりこめたということね。うれしいわ、それを聞いて」

「ぼくが彼女に会いにいったことできみが怒るのは理解できるが、ぼくとしてはミス・ラングリーの一風変わったサロンを偵察する必要があると感じたんだ」

「彼女は、きちんとした人たちに出会いを提供する場を用意しようといろいろ工夫しているわ。あそこの何が危険だと言うの？」

「それについて話しあってきたところだ」トレントは書斎に逃げこもうと廊下を進んだ。「ミス・ラングリーはまったく見知らぬ者同士を引きあわせることを仕事にしている」

「見知らぬ〝独身者〟同士をね」ユードラが訂正した。

「もし彼女が会員全員をよく知っているならそれもいいだろうが、この場合、それはありえない。サロンに集まる人びとは彼女個人の友人ではない。顧客だ。きみはまあまあの相続財産を所有している。となれば、そういう女性を食い物にしようとする男に狙われやすい」

ユードラがトレントのあとを追ってくる。

「ミス・ラングリーは、会員の推薦がなければ会員になれない仕組みを強調しているわ。それだけじゃなく、入会希望者には厳しい面談をして、来客リストに名前を連ねるレディを餌食にしようとする財産目当ての男性や妻のいる男性をはじいているの」

トレントが書斎の入り口で立ち止まった。「〝来客〟じゃないだろう、ユードラ。彼女は身分の高い知り合いを招いて、お茶や演奏会でもてなす上流婦人ではない。彼女は経営者なんだよ。つまり、真っ先に考えるのはお金のことだ」

トレントが書斎に入ると、ユードラもしつこくついてきた。

「お兄さまにはわたしのすることに干渉する権利などないわ」

「ぼくは兄だぞ」トレントは椅子の背にステッキを掛け、窓際に行った。「妹を守る責任がある」

「ミス・ラングリーから守っていただく必要はないわ」

トレントは生気がみなぎる庭と、ガラスと鉄でできた温室に目を向けた。ユードラのこのごろの楽しみといえば園芸と読書だ。少なくともミス・ラングリーのサロンに参加する前まではそうだった。最近は、サロンの集まりから帰ると、さまざまな分野——美術、旅行、本、演劇——の最新のニュースについてしゃべるようになった。

「きみがぼくのことを用心しすぎだと思うのはわかっているが——」

「わたしが財産目当ての男性の嘘にだまされる危険があると本当に思っているの？　お願いよ、わたしの常識を信じて」

「何もきみの知性や常識を疑っているわけじゃないさ」トレントが穏やかに言った。「しかし、このミス・ラングリーとの関係に懸念を抱いているんだ」

背後がしばらく静かになった。

「彼女のこと、どう思ったの？」まもなくユードラが訊いてきた。

その口調は怪しいまでに曖昧だった。そのときだ。あのなんとも荘厳な屋敷をあとにしてからずっと、ミス・ラングリーから受けた混沌とした印象を頭の中で懸命に整理しようとしていた自分にはたと気づいた。

「えっ、なんだって?」トレントは考えをまとめるため、時間を稼ごうとした。

「聞こえたでしょう? ミス・ラングリーに会ってらしたのだから、彼女をどう思っているのか聞かせて」

トレントは考えをまとめて整然と答えようとしたが、どういうわけか的を射た言葉が見つからない。〝魅力的《アトラクテイヴ》〟ではあるが、この言葉の一般的な意味とは違う。〝型破り《アンコンベンショナル》〟のほうがより的確な表現だろうか。しかし、なぜだか何度となく頭に浮かぶのは〝魅了された《ファッシネイティング》〟だ。

彼はもちろん、さまざまな領域にわたって好奇心が強い男だ。だからこそ、何種類もの異常な状況や変わった職業について詳しく調べ、今日に至っている。クライヴ・ストーン・シリーズの新作にそなえての取材では、毎回決まって一風変わった、ときに奇想天外な体験をしてきた。だが、カリスタ・ラングリーにはこれまで体験したことのない、心を乱される形で好奇心をかきたてられていた。

カリスタに会ってすぐに気づいたのは、彼女は欲するものを獲得するためなら進んで闘う女性だということだった。自分のものを守るためにしなければならないことはなんでもするはずだ。そして、もし恋をしたなら、きっと激しく燃えあがる、とトレントは思った。彼女の中の何かから秘めた情熱がそれとなく伝わってくる。

これまでにも何人かの自立した、知性的で意志の強い女性に出会った――彼はそういう女性に惹かれるのだ――が、カリスタ・ラングリーの魅力は独特だ。

「そうだな……おもしろいと思ったね」トレントはくるりと向きなおり、書き物用の椅子の背を両手でつかんだ。「想像と違ったことは認めざるをえない」

「おもしろい？」ユードラが驚いた表情をのぞかせ、ついで訝《いぶか》しげにやや目を細めた。「わかるような気がするわ。彼女がお兄さまの脅しをはねつけたから、だから〝おもしろい〟と思ったのね」

「中規模の軍隊が出動しても、ミス・ラングリーを怖気づかせることができるかどうか疑わしい。だからなおさら、彼女とその生業《なりわい》に用心しなくてはと思ってしまうんだよ」

「それでもわたしは彼女のサロンを退会するつもりはないわよ、トレント――彼女に来客名簿からはずされないかぎり。もしもそんなことになったら、お兄さまのせいだわ」

「その集まりはきみにとってそんなに大切なのか？」

「ええ、そうよ。トレント、お願いだからわかって。あのサロンからは大いに刺激を受けているの。たくさんの新しい人に出会えるし、講演はいつも興味をかきたてられる話題に関してなの。先週はマクファーソン教授がここ英国で発掘できる古代ローマの美術品について話してくださったし、その前の週はミスター・ハーパーのアメリカ大陸西部への旅についての話。今週は進歩めざましい写真技術の最新事情についての講義が予定されているわ」

「教えてくれ。ミス・ラングリーはきみを誰か特定の男に紹介したのか？」

ユードラが表情をこわばらせた。「サロンに集まった人は全員に紹介されるわ。それが集まりの目的ですもの」

「もっと詳しいことを聞かせてもらおうか。ミス・ラングリーのところの男性会員の中で、きみとの距離を縮めたがっているやつはいるのか？」

ユードラのいかにも強情そうな顎に力がこもる。「これまでに紹介された紳士に不作法だったり不快な言動があったりした人はひとりもいないわ。でも、わたしが何を言っても、お兄さまは納得できないんでしょうね。だったら、ご自分の目で見たらいかが？」

「だから今日、まさにそれを実行しようとしたんだよ。忘れたのか？」

「ミス・ラングリーを脅そうとしたけれど失敗したことを言っているんじゃないわ」ユードラが弱々しい笑みを浮かべた。「お兄さまもサロンの会員になったらどうかしらってことよ」

「ばか言え」

「今日のことがあったあとでは、彼女、お兄さまを会員名簿に加えるつもりはないかもしれないけれど、お試しでもいいからそこをなんとかって、わたしが彼女を説得してみるわ。なんと言っても、彼女はお兄さまの小説のファンだから。たぶん説得できると思うの。そうしたら、わたしといっしょに二、三回、サロンに参加して、彼女のサロンについてのご意見はそのあとまとめたらどうかしら」

「それ、本気で言ってるのか？」

「とにかくよくお考えになって、お兄さま」ユードラはくるりと向こうを向いて扉に向かって歩きはじめた。「もう一度言わせていただくと、わたし、これからもずっと彼女のご招待を受けるつもり」

ユードラは廊下に出ると、必要以上に力をこめて扉を閉めた。

トレントは椅子に深々とすわりこんだ。しばし自分だけの王国を見わたす。この書斎は誰にも邪魔されず、心安らかでいられる唯一の場所だ。扉が閉まっていれば、火事が起きるか世界の終わりが訪れるかでもしないかぎり、開けてはならないと屋敷の者全員が承知している。

さあ、早いところ執筆に戻らなければ、と思った。カリスタ・ラングリーを訪ねたのは、時間の浪費はさておいても大失敗だった。『クライヴ・ストーンと失踪した花嫁』のつぎの一話を「フライング・インテリジェンサー」の編集者にわたす期日が迫っているというのに。だが、彼はいつまでも閉じた扉に目をやり、考えをめぐらしていた。カリスタのサロンの男性会員のひとりがユードラに特別な関心を抱いていることは間違いない。そしてユードラもその男に関心を抱いていることは、推理小説作家の回りくどい思考回路にたよらずともわかる。

振り返ればずっと、ユードラが素晴らしい男に巡りあえるよう願ってきた。ユードラが愛せる男で、あの子の才気煥発なところとあらゆるものを系統だてて整理する能力を評価してくれる男がいい。あの子に何よりも必要なもの——あの子がやりくりする自分自身の家庭——を与えることができる男。

だが、ここ数年、そんな男は現われそうもないことがしだいに明らかになってきていた。ふと気がつけば、頭がよくて美人の妹はいつの間にかオールドミスだ。妹さえ幸せならば、それはそれでさほど不運なことではないのだろうが、そうとも言いきれない。ときおり妹が心の奥にひそむ悲しみをのぞかせることがあるのだ。兄として妹を守りたいが、妹を幸せにする力が自分にあるとは思えない。

そんな今、あの謎めいたカリスタ・ラングリーのおかげで、妹をめぐる状況に変化が起きているらしい。彼女はユードラに兄では与えることができない唯一のものを提供してくれているのだ。

妹が自らに課してきた殉教者としての日々からついに脱却しようとしているのだから、彼女に感謝しなければならない。にもかかわらず、心配でたまらなかった。カリスタ・ラングリーについてはわからないことだらけだ。直感的にわかっているのは、彼女には彼の秩序立った、意外性のまったくない、穏やかな生活を混乱に陥れる力があるということだけ。

今の気持ちをどう判断したものやら自分でもわからないが、ひとつだけたしかなことがある。自分は今〝何か〟を感じている——それもきわめて強烈に。彼の想像力から生まれた物語の登場人物にもまして彼の興味をそそる女性は、カリスタがはじめてだった。

6

「今夜は食事のあと、出かけるからね」アンドルーが言った。「起きて待っていてくれなくていいよ。友だちに会うから帰りは遅くなる」

いつもながらの反抗的な色合いがそこここににじむ物言いだ。カリスタは鶏の煮込み料理をフォークで口に運びながら、弟の告知をどう受け止めたものか考えた。弟が街に出かけるのをやめさせたくても、カリスタにできること言えることはほとんどないし、言い争いだけはなんとしてでも避けたい。

長い食卓の反対の端にすわったアンドルーは、早く家を出て友だちに会いにいきたいらしく、急いで食事をすませようとしている。二人の距離がもっと近い居間であれば話もしやすいのだが、ミセス・サイクスが夕食は重厚な羽目板張りの薄暗い食事室でと言って譲らないのだ。

家政婦と執事の夫婦は、それぞれがメイドと従僕としてクランリー館に入った五、六十年前からずっと、ここで働きながら生活してきた。そして厳格で暗い雇い主、ロバータ・ラングリーとともに年老いた。ロバータは屋敷を孫たちに遺したが、カリスタは内心、この朽ち果てかけた木と石の塊に対して所有権を主張できるのは、自分とアンドルーよりサイクス夫妻だと思っている。

これほど立派な屋根を雨露しのぐために差しかけてもらったのだから、祖母に感謝しなければ、とわかってはいた。クランリー館が彼女の事業経営の小道具として大いに役立ってくれていることも否定できない。高級感ただようクランリー・スクエアという住所に建つ堂々たる大邸宅に、入会希望者は感動し安心するのだ。だが、カリスタに言わせれば、アンドルーと彼女にとって、この大邸宅はけっしてぬくもりに満ちた楽しいわが家ではない。

最近はアンドルーが深夜まで帰宅しないことが多く、カリスタはそれについていくつか心配なことがあるが、そのひとつはひどく自分勝手でわがままな理由からだ。ひとりぼっちになりたくないのだ。たしかにサイクス夫妻はつねに屋敷内にいるが、毎晩九時になるとすぐに自分たちの部屋へ下がってしまう。二人が寝たあとは、屋敷の壁という壁にしみこんでいたと思われる孤独が抜け出てきてカリスタを悩ませる。

二週間前、不気味な小型のティア・キャッチャー（弔慰の気持ちをこめて贈る涙を受けるための小瓶）が玄関扉の郵便受けから押しこまれて以来抱きつづけていた全神経が凍りそうな不安は、今日の昼前、ネスター・ケタリングが押しかけてきたおかげでなおいっそうふくらんだ。もう何日も一挙手一投足が監視されているかのような気分だというのに、今夜もまたひとりで夜を迎えなければならないのだ。

こういう感覚に慣れなければいけないのよ、と自分に言い聞かせた。もうすぐきっと、アンドルーは屋敷を出てひとりで下宿したいと言いだすだろう。しかたのないことだ。若者は誰でも自由に自分の生きる道を探る必要がある。姉を見捨てたからといって、弟に後ろめたさを感じさせる権利など彼女にはない。

「劇場へ行くの？」心して明るい声で、出すぎない程度の関心を示しながら尋ねた。

「まあね」アンドルーはサヤインゲンをむしゃむしゃ食べている。「そのあと、カードをするかもしれない」

カリスタはフォークを握った手に力をこめて、不安を顔に出すまいとした。ロンドンには若者にも手の届く無数の悪習があるが、その中でカリスタがいちばん恐れているのが賭博である。たちまち身の破滅に至る道、それが賭博だ。

クランリー館とともに相続した少々のお金は、紹介所設立のために注ぎこんだ。優雅で洗練された雰囲気を会員に提供するため、流行の家具調度を購入して一階の何部屋かを改装したのである。つまり、カリスタは最初からこれが綱渡りであることを承知しながら、外観を重視したのだ。この事業においては見た目がすべてである。

そして幸運なことに、事業は活況を呈している。その収入でカリスタとアンドルーは満足のいく暮らしができているが、危険を冒す余裕はない。

カリスタは用心深くフォークを皿に置いた。「アンドルー、あなた、まさか面倒なことに巻きこまれたりしてはいないでしょうね。つまり、金銭的なことで、だけれど？」

「なぜ夕食の会話はいつも決まって、ぼくが自分の身の回りの始末もできないってことをおわすお姉さまの言葉で終わるんだろうね？　ぼくはもう子どもじゃない。することなすことお姉さまに監視されなくてもいいと思うんだけど」

アンドルーはたしかに子どもではない、とカリスタは思った。もう子どもとは言えない。十九歳。細身で健康で、人生の最盛期に向かう若者の生命力をにじませている。それに加えて、父親譲りの彫りの深い顔立ちと知的なハシバミ色の目も強みと言える。

両親が船の事故で行方不明となったとき、二人が二度と帰ってはこないことをカリスタから説明してやらねばならなかった、九歳の怯えた子どもではもはやない。その後、憎悪に駆られた祖母から冷酷な仕打ちを受けたが、その祖母もこの世を去り、もうカリスタがかばってやる必要もなくなった。弟がいつ外の世界に踏み出してもおかしくはない。

にもかかわらず、手もとを離れたアンドルーが夜のロンドンの街にまぎれていくことを思うと、抑えこむことのできないパニックに駆られてしまう。弟を叱りつけてもしかたがないのは明らかだ。そんなことをすればなおのこと、彼を遠くへ追いやることになるだろう。そしてたちまち彼女は本当にひとりぼっちになってしまう。

話題を変えたほうがよさそうだ。

「今日ね、ぜひとも会員になってほしい紳士と面談をしたの。平常心ではいられなかったわ」

アンドルーはしばらく油断のない表情を崩さなかったが、やがて本気で関心を示してきた。

「この前届いた気味悪いメメント・モリのせいじゃない？」

「ううん。あれとはまったく関係ないわ。今日見えたのは、なんとトレント・ヘイスティングズ」

ネスター・ケタリングとの不愉快な場面について触れるつもりはなかった。アンドルーがどんな反応を示すかを考えると怖かったからだ。

びっくりしたアンドルーが眉を寄せた。「トレント・ヘイスティングズって、作家の？」

「そうなのよ」

「だけど、それは間違いなくいいニュースだよ」アンドルーの目が熱っぽさを帯びた。「考えてもごらんよ。ミスター・ヘイスティングズみたいな有名人を会員にすることが、お姉さまの事業にとってどれほどの追い風になるか」

「あなたもよくわかっているでしょうけど、会員の名前を宣伝に使ったりしないわ。ばつの悪い思いをする人もたくさんいるはずよ」

「それはわかってるさ。でも、人伝《ひとづて》にサロンのことを聞いた人だけが入会を希望すればいいとお姉さまが思っているとしたら、トレント・ヘイスティングズの口から褒め言葉が出れば、願ってもない人たちが押し寄せてくるんじゃないだろうか」

「残念だけれど、ミスター・ヘイスティングズの口からありがたい推薦の言葉が出てくるとは思えないわ。どうやら彼は、わたしがじゅうぶんな収入がある女性会員――とくに彼の妹さん――をだまして商売していると思っているようなの」

「そんなばかかな。お姉さまを侮辱したり、サロンの評判を疑ってかかったり、とんでもないよ」アンドルーが食卓の上でナプキンをぎゅっと握った。「ぼくが話してみる」

「だめだめ、そんなことおよしなさい」アンドルーがヘイスティングズのような威嚇的な男と対決すると考えただけで、カリスタはまたパニックに陥りそうだった。やはり弟にヘイスティングズとの面談の話などしなければよかった。災難を回避するうまい手はないかと無我夢中で考えをめぐらす。「いいえ、あなたがあの人と話す必要はないわ。わたしが彼の誤解を解いてみせる。まかせてちょうだい。これはちょっとした誤解なの。考えてもみて。彼の妹さんは申し分のない会員だわ。彼女がサロンへの出席を取り消すようなことはしたくないのよ」

「ヘイスティングズは謝った？」

「謝りはしなかったけど、でも――」

「なんてやつだ。住所は知ってる？　いや、ぼくが自分で探し出すからいい」

「アンドルー、お願い、わたしの言ってることをよく聞いて。すべてちょっとした誤解なの」カリスタは弟をなだめようと必死で笑顔をつくった。「あのときわたし、なんだかちょっと面食らってしまって。それだけのことなのよ」

「あいつに謝ってもらわなきゃ」

「そのうちに理解してくれるんじゃないかしら」それはありえないと思いながらも、カリスタは口には出さなかった。「とにかく、どっちにつくかを選ばなければならない状況にユードラ・ヘイスティングズを追いやるようなことはしたくないの。もし彼女が退会するようなことになれば、困った噂が立つはずだわ」

「うーん」

アンドルーはまだ怒りがおさまらないようだったが、常識が勝った。

「大丈夫」カリスタが静かに言った。「約束するわ、ミスター・ヘイスティングズがこの先問題になることはないって。妹さんはとても意志の強いレディで、サロンの集まりを楽しみにしていてくれるの。先週の催しも楽しかったと言ってくれて、つぎの集まりへの招待を受けてくれたわ。いくらお兄さまでも、彼女をサロンから引き離すなんてことはできないはずよ」

アンドルーは完全に納得がいったわけではなさそうだが、頭をもたげてきた好奇心を抑えきれなくなった。

「彼、どんなふうだった？」

「ミスター・ヘイスティングズ？　そう、とても――」カリスタはいったん言葉を切り、的確な言葉を探した。「手強いわね」

「ぼくが訊きたいのは、見た目のことだよ」

「あら、そうだったのね」カリスタはトレントの姿を思い浮かべた。「そうねえ、なんて言ったらいいのかしら、すごく男らしい体格ね。黒に近い髪。印象的な目」

アンドルーが顔をしかめた。「〝男らしい〟体格か？」

「ええ、そう。誰が見てもそう言うと思うわ」

アンドルーが思わせぶりな表情でカリスタをじっと見た。「それ、女性が誰でも男前だと思う男ってこと？」

「ちょっと違うわ。でも、あなたにわかるかしら。見た目はなかなか立派よ」

「いや、わからないね」

カリスタはアンドルーのこの反応は無視した。「彼は、もし会員になるとしたら、傷跡が問題になると思っているようだけれど、わたし、それは違うと言ったの」

「傷跡って？」

「頬と顎の左側に。かなり目立つわ。片方の手にも。いつのことだかは知らないけれど、きっと事故にあったのね」

「そんな傷跡があったら、お姉さまは怖かったんじゃない？」

「ぜんぜん。たしかに彼にはいらいらさせられたけど、べつに怖くはなかったわ」

アンドルーが考えこんだ。「彼が例のメメント・モリの送り主かもしれないとは考えられないかな？」

「なんですって？　とんでもないわ。どうしてそんなことを考えるの？　あんな恐ろしいものを送りつけてきたのがミスター・ヘイスティングズだなんてありえないわ」

「彼じゃないって、どうして断言できるのさ？」

カリスタは自分の直感をどう言葉にしたものか、しばし考えた。

「今日、観察したところでは、ミスター・ヘイスティングズは面と向かってならともかく、陰から女性を苛《さいな》んだりはしないわ」

「どうしてそれほど確信があるの？」

カリスタは一瞬深く考えかけたが、すぐによした。「さあ、よくわからないけど、彼が女性を見るときの目、とでも言おうかしら」

「それだけか」

「ええ。でも、人を判断するときのわたしの直感はかなり当たっていること、あなたはよく知っているわよね」

「祭壇の前にお姉さまをひとり残して去っていったあのくそ野郎に関して以外はそうだね」

ネスターがここに来たことを話さなくてよかった、とカリスタは思った。

「ミスター・ケタリングとわたしは婚約を考えていただけ」苛立ちを抑えこむ。「祭壇の前に立ったわけじゃないわ」

「大差ないよ」

ネスターに裏切られたときの怒りが再びよみがえった。なんて世間知らずな間抜けだったんだろう。厨房で食事中のサイクス夫妻を驚かせないよう、必死で声を抑えた。

「ひどいこと言うのね。婚約前と祭壇の前ではまったく違うわ」

「ごめん」アンドルーがぶっきらぼうに言った。「いまさらケタリングのことを蒸し返すつもりはなかったんだ」

「わたし、このところ、なんだか神経がぴりぴりしてるのよね」

控えめに言ってもね。

「わかってるさ」アンドルーがつらそうに口もとをこわばらせた。「ちくしょう。メメント・モリを送りつけてきたやつが、今度は本当にこの屋敷に忍びこんだんだよ、誰にも気づかれずに。お姉さまの寝室に入ったんだよ」

「わかってるわ、そんなこと。それについては二人でもう何度も話しあったじゃない。昨日の午後はつぎのサロンの準備で、たくさんの人が出たり入ったりしていたの。一日じゅう、業者や配達人の出入りが絶えなかったから」

「そいつは何かの配達人に変装していたんだな、きっと。問題は、あの古い昇降機の存在を知りえたのは誰かってことだ」

「この屋敷か庭園で働いたことのある人間だわね、まずは」カリスタが言った。

「そういう人の中にお姉さまを脅す理由がある人間がいるとは思えないけど」

「いずれにしても、ティア・キャッチャーを送りつけてきたり、わたしのベッドの上に指輪を置いていったりしたのがミスター・ヘイスティングズでないことはたしかよ。お願いだから信じて。彼はわたしに仕返しするために今日ここに来たわけじゃないわ。ただただ妹を守ろうと考えてのことなのよ。あなたがもし彼の立場だったら、きっと同じことをすると思うわ」

「根っから疑り深いやつなんだろうな」

「それはそうだと思うわ。暗い秘密や殺人がらみの小説を書いているくらいですもの。昼も夜もそんなことで頭の中をいっぱいにしていたら、人間の本性に対する見方にどんな影響が出るかは想像するほかないけれど」

「お姉さまから話を聞いたせいで、ぼくの中にトレント・ヘイスティングズの暗いイメージができあがってしまったよ」

「彼のつぎの本が出ても、今までみたいにあわてて買うことはないと思うわ。とっても残念よ。だって、最新作はすごくおもしろかったから」

「たしかに、展開がじつにみごとだし、最後の悪者との対決の場面は圧巻だったけど」アンドルーが眉間にしわを寄せた。「新作で登場したミス・ウィルヘルミナ・プレストンはちょっとどうかな」

「ウィルヘルミナ・プレストンのどこがいけないの？　わたしは気に入ったわ」

「筋書きに女性を入れるのはまったく問題ないんだけれど、クライヴ・ストーンの物語をロマンスで脱線させてほしくないんだ。シリーズが台なしになりそうでさ」

「まあ、人それぞれに意見はあるでしょうね」

夫はじつに危険な男だ。彼女は夫を恐れていた。

7

アナ・ケタリングは早鐘のように打ちだした鼓動を強烈に意識した。呼吸が喉でつかえているようで苦しくてたまらない。自分がまだ生きているのは親から譲り受けた財産があるからにほかならない。

父親の主張で遺言書に組み入れた条件は厳密かつきわめて明解だった。もしもアナの身に何かが起きた場合——階段から転落、熱病、なんでもいい——お金はカナダで暮らす遠縁の者に行くのだ。

パパはネスターを疑っていたんだわ。まさしく理想の夫に思えた彼だが、父親はきっとネスターのあまりに完璧すぎるところを怪しんでいたにちがいない。

手が激しく震え、鍵を鍵穴に差しこむのがやっとだった。ようやく扉を開くことができたとき、アナは最後にもう一度廊下に目を走らせ、誰も見てはいないことをたしかめた。今日の午後は使用人が暇を取っており、ネスターはどこかで賭博でもしているのだろうが、それでも用心に越したことはない。

広いタウンハウスに自分ひとりであることの確認がすむと、アナは薄暗い部屋に入り、素早く扉を閉めて施錠した。蠟燭に火をともし、狭い室内を見まわす。

部屋全体が深い喪《も》に沈む厳粛な色合いでまとめられていた。錬鉄製の花台には白い花が凝ったアレンジメントで置かれ、しおれかけた花の重苦しいにおいがむっと鼻をついた。金縁の鏡は慣例どおり黒のベルベットでおおわれている。死者が出た家で喪に服す人びとが鏡に映った自分の姿を見るのは縁起が悪いと考えるのはばかげた習わしだが、いまだに死にまつわる儀式を特徴づける古い迷信も残っていた。

炉棚の上の時計の針は十二時——死の時刻——の五分前で止まっている。

アナは狭い部屋を横切ると、白いベルベットを内側に張った銀の盆に目を落とした。ティア・キャッチャーと黒玉の指輪は消えていた。残っているのはあとひとつ、C・Lの頭文字が刻まれた琺瑯引きの黒い鐘だけ。この鐘には金属製の鎖がついていて、鎖の先端は指輪になっている。

壁には遺影が掛かっていた。故人以外の人物は鋏で切りとられた写真だ。縁の周囲は黒いレースで飾られている。

遺影の下に置かれているのは葬儀の案内カードだ。故人の名が優雅な手書き文字で記されている。〝カリスタ・ラングリー〟。死亡の日付を記すべき欄はまだ空欄のままだ。

この部屋に遺影が掛けられた女性はカリスタ・ラングリーが最初ではなかった。

アナは再び部屋を早足で横切って廊下に出ると、後ろ手に錠をおろした。そして階段を下りきったところではじめて、ほっと息をついた。

夫が正気を失いかけるほど取り憑《つ》かれていることに疑問の余地はなかった。なんとしてでも悪夢にも似たこの結婚から抜け出る出口を見つけなければならないが、いったい誰がわたしを信じてくれるだろうか？

夫にとっては、妻は正気を失っていると関係当局を説得するのはたやすいが、妻のほうから夫は正気を失ったと周囲を納得させるのは不可能に近い。

8

マスターソン書店に入った瞬間、カリスタはほっとした。入り口の扉のベルが陽気な音を立てて歓迎してくれた。この店の雰囲気はなぜかカリスタのぴりぴりした神経を静めてくれる。心地よい店内の静けさには、棚に並ぶ新旧の書物が放つ心安らぐにおいがしみこんでいた。

まるで異次元に足を踏み入れたような気分。表の通りには不吉な霧が立ちこめていた。その霧の中から馬車の車輪と蹄の音が不気味に響いてくる。灰色にかすむ街を見知らぬ人が行きかう。ここまでの道のり、カリスタはすれ違う人の中にメメント・モリの指輪を置きに寝室に忍びこんだ者がいるかもしれないと、不安のうちに歩を進めてきた。

しかし、マスターソン書店の中はすべてが静かで平和だった。何度か深呼吸を繰り返したときはじめて、この数日間というもの、自分がいかに不安に駆られていたかに気づかされた。

カウンターの向こう側に立つ中年女性は客の買い物の精算中だったが、あたたかな笑顔をカリスタに投げかけてきた。

「ミス・ラングリー、いらっしゃいませ。少々お待ちくださいね」

「こんにちは、ミセス・マスターソン」カリスタは答えた。「かまわないで。わたしのことなら、どうぞおかまいなく。いつだってお店の中をぶらぶらするのが楽しいんですもの」

「承知いたしました。どうぞごゆっくり」

マーサ・マスターソンはまた客の精算に戻った。見たところアンドルーと同年齢くらいの若者だ。

「どうもお待たせいたしました」ミセス・マスターソンが明るい声で言った。「『クライヴ・ストーンと殺人機械』、お楽しみくださいね。単行本の刊行以来、ずっと人気がつづいているんですよ」

「『フライング・インテリジェンサー』に連載されていたときにももちろん読みましたが、単行本を自分の本棚に置いておきたくなったんです」客が言った。「今、新聞に連載されているミスター・ヘイスティングズの新作も読んでますが、あのウィルヘルミナ・プレストンって登場人物はどうなのかな。クライヴ・ストーンと似たような仕事をしているレディを登場させせなければならない理由が理解できなくて」

「ミス・プレストンは科学者ですわ」ミセス・マスターソンが言った。「探偵ではなく」

「でも、今度の事件でストーンは彼女に協力を求めているんですよ」客はいかにも不満げだ。

「ご心配なく」ミセス・マスターソンは若者をなだめるように片目をつぶってみせた。

「ウィルヘルミナ・プレストンは、じつは悪者かもしれませんよ。ご存じのとおり、ミスター・ヘイスティングズは犯人を見えるところに隠しておくのがお好きですからね」

「悪者か」それを聞いた客はいやにうれしそうだ。「すごく予想外な展開ですね。いいなあ。ではこれで失礼、ミセス・マスターソン」

「またどうぞ」

ミセス・マスターソンは若者が店を出て扉が閉まるのを待ったあと、舌打ちをした。

「ウィルヘルミナ・プレストンを登場させたことがミスター・ヘイスティングズの大失敗にならないことを祈るばかりだわ。女性のお客さまは彼女の登場を興奮気味に受け止めているっていうのに、殿方は、控えめに言っても、ちょっと驚いているみたいね」

「ミスター・ヘイスティングズといえば」カリスタが言った。「今日、ここにうかがったのは彼にも関係があるの。まずは、彼の妹さんをサロンにご紹介いただいたお礼を申しあげなくてはね」

ミセス・マスターソンがさも満足そうに目を輝かせた。気さくで外向的な印象のふっくらした女性である。「ということは、ユードラ・ヘイスティングズがわたしの助言にしたがったのね。あなたには彼女にぴったりのお相手をぜひ見つけていただきたいわ。気の毒に彼女、青春を謳歌する前に歳を取ってしまいそうなんですもの。それではあまりにかわいそう」

「もう何度かサロンに足を運んでくださって、楽しそうになさってるわ」ここでカリスタは少したぬらい、用心深く言葉を選んだ。「ひょっとしてあなたかミス・リプリーが最近、こちらの男性のお客さまにサロンを薦めてくださったということはあるかしら？」

「いいえ」そう答えるミセス・マスターソンは驚いていた。「なぜそんなことをお訊きになるの？」

「いいえ、ただちょっと知りたくて」カリスタははぐらかすしかなかった。「とにかく、お世話になりました」

メメント・モリを送りつけてくる何者かとミセス・マスターソンのあいだになんらかのつながりを見いだしたかった自分に、そのときはじめて気づいた。カリスタの生活を惨憺たるものにしたがっている人間を突き止めることができる可能性はといえば、そもそも最初から低かった。とはいえ、書店の女主人であり友だちでもある人が、少々おかしな客をそうとは知らずにサロンに送りこんできた可能性がないわけではない。ミセス・マスターソンは以前会員だった人で、商売柄顔が広いから。

ところが、そんな考えもそこまでだった。もう一度会員名簿を調べて、よけいなことを他言することがなさそうな人を別に探さなければ。

何も買わないまま店を出ようとしたとき、奥の部屋から声がした。

「ミス・ラングリー、いらしてたのね？」

ミセス・マスターソンとほぼ同じ年齢の女性が現われた。痩せていて背が高く、骨張った印象のアラベラ・リプリーは、体形的にはミセス・マスターソンとは対極にある。細長くきりりとした顔が、カリスタを見て笑いかけた瞬間にぱっと明るくなった。

「あなたの声じゃないかしらと思って出てきたの」アラベラは言った。「裏で届いたばかりの本を箱から出していたところ。またお目にかかれてうれしいわ。奥で耳にはさんだけど、彼女に何か訊いていたでしょう？　なあに？」

「ミス・ラングリーは、わたしたちが誰か男性にサロンを紹介しなかったかどうか知りたかったそうよ」ミセス・マスターソンが説明した。

「あらまあ、それはないわ。あのとっても素敵なミス・ヘイスティングズだけよ。知りたかったことはそれだけ？」

「ええ、ありがとうございました」お礼を言ったとき、ふと思いついたことがあった。あくまで憶測にすぎないが、カリスタは藁《わら》にもすがりたい思いだった。「今、思いついたんだけれど、ひょっとしてミス・ヘイスティングズ以外のレディにもサロンのことをお話しにならなかったかしら？」思いきって訊いた。

ミセス・マスターソンとアラベラはお互いに問いかけるように目配せをしてから首を振った。

「いいえ、彼女以外には誰にも。わたしたち、サロンのことを誰にでも話すわけじゃないわ」

「ありがとう。それを聞いて安心したわ」

アラベラが心配そうに眉間にしわを寄せた。「もっと会員を増やしたいの？　店の常連さんのリストをじっくり眺めて、入会を希望しそうなお客さまがいるかどうか調べることはできるけど」

「いいえ、そうじゃないの」カリスタがあわててさえぎった。「おかげさまで、サロン経営はすごくうまくいってるわ。ただ、ちょっと知りたかっただけで。つまり、きちんとした方に入会を希望してもらうためには、どういう方法がいちばん効果的かを知りたくて」

「なるほどね。わかるわ」ミセス・マスターソンが言った。「新聞に広告を載せるわけにもいかないものね。いい相手を紹介してほしいって人がお宅に押しかけたとしても、誰でもいいというわけじゃないわ。紹介所への入会で肝心なのは口の堅さですもの」

「わたしたちがサロンの話をするとき、それは慎重よ」アラベラがミセス・マスターソンを見てにこりとし、またカリスタのほうに視線を戻した。「去年、サロンで引きあわせてもらってから、わたしたち二人の人生は変わったわ。だから二人とも、あなたのサロンがありもしない噂でだめになるところなど見たくないのよ」

カリスタはふうっと息を吐いた。「さっきも言ったように、ちょっと聞きたかっただけなの。では失礼するわね。もう帰らないと」

そのとき勢いよく扉が開き、繊細な音を立てるはずのベルが不協和音を響かせた。入り口から姿を現わしたのはネスター。カリスタは息が止まりそうになった。

「カリスタ、きみがここに入っていくのを見たような気がしたんだよ」

ネスターは、これでもかと言わんばかりの最高の笑顔をカリスタに向けたが、その目は冷たく鋭かった。カリスタは戦慄を覚えながらも、動揺など感じさせない冷ややかな表情をなんとか保った。

「ミスター・ケタリング、あなたがこのお店のお客さまだったとは知らなかったわ」

「いや、ここに入ったのは今日がはじめてだよ」ネスターはミセス・マスターソンとアラベラのほうにはいっさい目を向けない。「ただ、きみがここに入るのを見かけたんで、ちょっと話をするのにちょうどいいと思ったんだ。角の店で紅茶でもごちそうさせてくれ」

「ごめんなさいね」カリスタは手袋を直し、ネスターがよけてくれることを願いながら、扉に向かって進んだ。「予定がぎっしり詰まっていて無理だわ」

決然と進むカリスタに、さすがのネスターもよけるほかなかった。後方からミセス・マスターソンの彼女らしくない無愛想な声が聞こえた。

「いらっしゃいませ。何をお探しでいらっしゃいますか？」

ネスターの返事は短くそっけなかった。「今日はよしておく」

そう言うと、そのままカリスタを追って外に出た。

「カリスタ、どうしてもきみと話がしたい。少しでいいから時間をくれ」

頼みごとではなく命令だった。カリスタはできるかぎり無視しようとしたが、彼が横を並んで歩きはじめると、そういうわけにもいかなくなった。いったん足を止め、彼のほうを向いた。

「わたしに何を言いたいにせよ、さっさとしていただきたいわ。今日はしなければならないことがたくさんあるの」

「昨日のヘイスティングズとの約束はどうなった？」ネスターが不満そうに言った。

「あなたには関係ないわ」

「あいつを会員にしたのか？」

「こちらの仕事の話をあなたにするつもりはないわ。それが言いたかったことなら、これで失礼するわね」

カリスタが彼に背を向けて歩きだそうとしたとき、ネスターに腕をぎゅっとつかまれた。人通りの多い路上での大胆な行動にショックを受け、カリスタは上腕をつかんだ彼の手に目を落としたあと、彼と目を合わせた。

「巡査を呼んでほしいの？」小さな声で訊いた。

ネスターは激しく動揺し、とっさに手を離した。

「ぼくのきみへの想いは一年前からまったく変わっていないことをわかってもらう機会を与えてくれたっていいじゃないか」

「問題は、あなたの想いが変わっていようといまいと、わたしにはどうでもいいということなの。たとえあなたが結婚していなくても同じこと。なぜなら、わたしのあなたへの想いはとっくの昔に燃え尽きてしまったから。そもそもその火をつけたのはあなたでしょう」

「その火をもう一度燃やしてみせるよ」

「けっこうよ。もう無理」

「カリスタ――」

　カリスタはまた彼に背を向けかけたが、途中で動きを止めた。ネスターが彼女の人生に再び現われて以来気にかかっていた疑問を投げかけるまたとない機会だと思ったのだ。

「なぜ今になってまた、わたしの人生に割りこもうとしているの？」

「えっ？」

「聞こえたでしょう。あなたが結婚してもう一年近く経ったわ。それなのに、今さらなぜわたしを訪ねてきたりしたの？」

　ネスターは予期せぬ質問に明らかに驚いたらしく、渋い表情を見せたものの、すぐに彼女が引き出したがっているもの――答え――ならもっていることに気づいたようだ。

「ぼくのきみへの愛を証明する機会を与えてくれ。そうすれば話す」

　直接の質問はこれでおしまい、とカリスタは考えた。うんざりしながら彼に背を向けて辻馬車を探したが、濃い霧のせいで馬車がすぐ目の前に来るまでよく見えない。

あきらめて歩きはじめた。霧の中でネスターが自分を見失ってくれることを願いながら。

しかし、彼がまた話しかけてきたとき、今度はぞっとさせられた。

「あのころのぼくたちの情熱をよみがえらせたいのに、そうさせてくれないなら、ぼくとしてはきみの一風変わった事業のことを社交界の仲間との話題にさせてもらうが」ネスターが警告を発した。「行きつけの倶楽部のしかるべき人物の耳に入れれば、事業家としてのきみの評判は相当な打撃をこうむるかもしれない――」

「あなたって本当に卑怯な男ね」カリスタはこみあげてきた怒りに震えを覚え、くるりと振り向いてネスターの顔を見た。「間違いなく、一年前のわたしは九死に一生を得たと言えるわ。あなたの奥さまには心からの同情を禁じ得ないけれど、いいこと、もしわたしの評判を傷つけたりしたら、そのときはわたしもあなたを引きずりおろすからそのつもりで。まっすぐ新聞社に行くわ」

「いったい何を言ってる？」

「新聞が醜聞記事を書き立てたときのことを想像してみて。かつて財産目当てで結婚相手を探していた男が、今はお金持ちと結婚しているというのに、また紹介所を通じてつぎの裕福な花嫁を虎視眈々と狙っている。ミセス・ケタリングは今、彼のこの計画をどう思っているのか……そんなこんなってところね。そしたらあなたは身の破滅よ、ネスター」

ネスターはショックに口をあんぐりと開け、カリスタをねめつけた。「正気で言ってるのか、それを」

「そういう噂がどういう結果を生むか、わかっているわよね。世間はあなたの経済状態に疑問を抱き、口さがない噂に取り巻かれたあなたは社交界では生きていけなくなる。そうなれば、少なくともあなたと奥さまは田舎に引っこむしかなくなるけれど、あなたは田舎の暮らしなんか大嫌いよね、ネスター。社交界で人をだまして生きていくのがあなたですもの」

ネスターの顔が斑模様に赤くなった。

「なんてばかな女なんだ、きみは」

声を低く抑えての台詞《せりふ》だった。

「わたしを脅迫しておいて、本当にただですむと思っていたの？　あなた、わたしをよく知らないのね、ネスター。オールドミスの特典のひとつは、爪の研ぎ方を学ぶ機会を与えられることなの」

そのとき、奇跡的に霧の中から辻馬車が現われた。カリスタはスカートをさっとつかみ、足早に近づいた。御者が飛びおりてきて、仰々しい所作で扉を開ける。

「どちらまで？」

「クランリー館へやって」

「かしこまりました」

御者はカリスタに手を貸して座席に乗せると、昇降段をたたんで扉を閉めた。まもなく馬車は音を立てて通りを進みはじめた。

たった一度だけ、カリスタは振り返った。ネスターはもう霧の中へと消えていた。胸のどきどきと苛立つ気持ちを静めようと、ここでもまた深呼吸を数回繰り返した。

そのときはじめて、黒い絹で包まれ、黒いサテンのリボンがかけられた箱が向かい側の座席に置かれているのに気づいた。

コブラがそこにいたも同然だった。毒蛇が入った箱を目の前にしたかのように、鼓動が速まり呼吸が荒くなった。

黒いリボンの下には黒い縁取りの封筒がはさまれていた。

9

しばらくのあいだ、カリスタはおぞましい包みをじっとにらみつけながら、消えてなくなれ、と念じていた。ここ最近の出来事のせいで神経がひどくまいっているから、幻覚が生じはじめたのかもしれない。

かぶりを振ってぼうっとした感覚を払いのけ、意を決して箱を手に取った。驚くほど重い。しっかりと持つには両手を使わなければならなかった。

リボンの下から封筒を引き抜くと、優雅な手書き文字でカリスタの名が記されていた。ミス・カリスタ・ラングリー。送り主の住所や名前はない。

辻馬車に乗りこむ直前、通りにいた人びとの顔を思い出そうとしたが、あのときは怒りに駆られていたため、意識がネスターだけに向いており、周囲に関する記憶がほとんどない。昼下がりの通り、行きかう人や馬車はいつものように多かったが、霧が視界をぼやけさせていた。

にもかかわらず、辻馬車を呼び止めるのになんら苦労をしなかったことにはたと気づいた。

こんなふうに霧に閉ざされ、じめっとした日にはありえない。まるで今乗っているこの馬車が彼女を待っていたかのようだった。

カリスタは手袋をはめた手を片方上に伸ばし、馬車の天井をこつこつと叩いた。天井の扉が即座に開き、御者が訝しげに目を少し細めてこっちを見おろしてきた。

「なんでしょう？　行き先が変わったとか？」

「いいえ。でも、忘れ物みたい。わたしの前に乗った方が座席に荷物を置き忘れたんじゃないかしら。黒い絹で包んであるわ。見たところ、お慰めの贈り物らしいけど」

「そのとおりですが、それはあなたへの贈り物ですよ、お客さん。私からもお悔みを申しあげます」御者は帽子に手をやったあと、扉を閉めようとした。

「ちょっと待って。何かの間違いだわ。わたし、身内を亡くしたりしていないもの」

「私は、その箱をお客さんに、ってたのまれただけなんですよ。見知らぬ紳士が心付けをたっぷりはずんでくれましてね、お客さんが本屋から出てきたら必ず乗せてさしあげるようにと。お客さんの服装なんかを詳しく聞いていたんですよ。流行の深い赤のドレスを着て、赤い羽根のついた小さな帽子をかぶったレディだからと」

役に立つかもしれない情報がひとつだけ得られた。「紳士、だったのね？　きっとわたしが知っている人だわね。わたしが馬車に乗りこむ前に話していたあの紳士かしら？」

「いいえ、お客さん」

たしかに、それではあまりに見え見えだ。だが、ネスターが誰かを雇って、辻馬車に箱を置かせた可能性はある。

「その紳士、どんなふうだったか教えていただけない？　大事なことなのよ。このお品のお礼を言わなければならないでしょう」

「これといった特徴はなかったですね。とびきり上等な黒い外套に帽子に襟巻でした。あれは値が張るだろうな。歳のころは三十代前半、じゃないですかね」

「宝石類は？　飾りピンとか指輪とかそういったたぐいの？」

「いやあ、気がつきませんでした。そうだ、すごく高級な革の手袋をしてましたね。すみませんが、お客さん、それ以上はもう何もありません」

わずかな情報ではあるが、それに当てはまる紳士は、サロンの会員の中に数名、入会を断った者の中にも数名、いることはいる。

御者が天井の扉を閉めた。カリスタは膝にのせた箱に目を落とした。包みを開く気はしなかった。ひとりのときに開けたくはない。屋敷に戻るまで待てば、サイクス夫妻とアンドルーがいる。安全が確保された中で開けることにしよう。

向かい側の座席に箱を置いて眺めながら、つぎに何をすべきか考えをめぐらした。計画を立てなければ。論理的な行動を順序立てて実行しなければ。しかし、頭の中ではてんでんばらばらな考えが堂々巡りをするばかりだ。この数日間というもの、そんな状況がどんどん密度を上げてきていた。

その結果、毎日が恐怖という名の剃刀の刃の上を歩くような感じになってきていた。四六時中見張られている感覚と身の毛もよだつ贈り物がカリスタの神経をずたずたに切り裂こうとしている。そんな状況がもはや無視できないところまできていた。つまり、無視していれば向こうはこの恐怖ゲームに退屈するはずだ、と自分に言い聞かせるのももう限界である。直感が大声で警告を発していた。この送り主が何者であれ、日を追うごとに妄執をつのらせ、危うさを増している。

だが、陰に身をひそめている悪魔とどう闘えばいいのだろう?

クランリー館までの残る道のりは、千々に乱れる心を静めようと身じろぎひとつせずにすわっていた。そうするうちに、箱の中身がなんであれ、ティア・キャッチャーや黒玉と水晶の指輪にもましてもっと恐ろしいものだろうとの確信がもててきた。

絶対にいや。ひとりでこの黒い絹に包まれた箱を開けるのは絶対にいや。

10

トレントは書斎の窓辺に立っていた。たのみもしないのに家政婦が押しつけていった紅茶を飲みながら、クランリー館の庭園に立ちこめる霧を眺めていると、私道に辻馬車が入ってきた。

玄関ホールで足音が響き、扉が開く音がした。年老いた執事が玄関前の階段に現われ、たどたどしい足取りで馬車に近づいた。

家政婦が書斎の入り口から声をかけてきた。「ミス・ラングリーがお戻りになられたようです。お茶の時間までにはお戻りのはずだと先ほど申しあげましたでしょう。あなたがお見えだと知ったら、それはお喜びになりますわ」

トレントには、自分が来ていると知らされたカリスタが喜ぶかどうかははなはだ疑問だった。窓から執事が差し出した手を借りて馬車から降りるカリスタが見えた。

どこかしら暗く陰鬱な雰囲気をただよわせている。両手で持っているのは、黒い布に包まれ、黒いリボンが掛けられた箱のようなものだ。執事が包みを受け取ろうとしたが、カリスタは首を振った。

執事にエスコートされたカリスタが階段をのぼって玄関に入り、辻馬車は音を立てて屋敷をあとにする。

玄関ホールから声を抑えたやりとりの気配が伝わってきた。

まもなく、黒い箱を持ったまま、カリスタが書斎の入り口に現われた。用心深い表情に隠しきれない不安がのぞいている。何か悪い知らせを受け、これからもっと悪いことが起きる予感を抱えた女性の表情だとトレントは思った。

「ミスター・ヘイスティングズ、今日お見えになるとは思ってもいなかったもので」

「それを理由に会うのを断られてもしかたがないと思っていた」トレントが言った。「申し訳ない。きみがいるかいないかを運に任せてこうしてうかがったのは、この先、妹のすることを妨害したりはしないと決めたことを伝えたかったからで」

「そうでしたか。つまり、妹さんがサロン会員の活動をつづけられることを許可なさるということですね？」

「妹が苦心惨憺して、自分はもう大人だってことをぼくに気づかせてくれたんだよ。自分のことを自分で決める権利がある。間違いなく妹はきみのサロンを楽しみにしている。ただ、ぼくが危惧しているのは――」

「妹さんが心ない紳士に利用されて傷ついたら、と考えてらっしゃる。それはよくわかります。わたしがあなたの立場だとしたら、同じ不安をもつでしょうね。それに、ユードラがけっしてそういう目にはあわないと保証できないこともわかっていただけますかから。すべての女性がそうした危険に直面しているわけですから」

実際にそういう目にあったレディのような口ぶりだな、とトレントは思った。

「ぼくもそれは重々承知しているんだ、ミス・ラングリー」トレントは強調のために少し間をおいた。「付け加えるなら、男だってそうした不幸にあう恐れがなくはない」

「ええ、たしかにそうですが、概して男性は、自分の結婚が間違いだったと気がついた場合でもいくつかの選択肢が用意されています。わたしに言えることはただひとつ、ミス・ヘイスティングズにぴったりのお相手をご紹介するために最善を尽くすとお約束します、それだけですね。現実に、社交界のどんな舞踏会よりもわたしのサロンのほうが安全だと断言できると思いますよ」

トレントがかすかに笑みを浮かべた。「こんなことを言っては失礼だが、ミス・ラングリー、きみが設定した基準はあまり厳しいものじゃない」

カリスタは顔をしかめた。「たしかにそうかもしれません。でも、女たらしや財産目当ての男をうっかり入会させないためにあらゆる手を打っていますから」

「弟さんによる身辺調査のことか」

「アンドルーは、入会希望者の経済状態や結婚しているかどうかに関する事実を暴くコツを心得ているようで」

トレントは少しのあいだ、返すべき言葉が見つからなかった。こちらをじっと見ているカリスタが、用件を伝え終えた彼とこの場をどうしたものか迷っているかのようなのだ。そろそろ引きあげようか、と考えもした。だが気がつけば、トレントは扉に向かって歩く代わりに、ここに残って彼女といっしょにいる口実を探していた。

彼女が持つ黒い箱にちらりと目をやる。「ひょっとして、お悔みを申しあげなければいけなかったのかな？　そんなところへお邪魔してしまい、申し訳なかった。ご家族にご不幸があったとは知らなかったもので」

カリスタが体を震わせ、鋭く息を吸いこんだ。

「いいえ」カリスタは小声で言ったあと、姿勢を正した。もう一度息を吸いこみ、鋭い声で言った。「誰も亡くなってはいません」近くのテーブルに行き、かなり乱暴に箱を置いた。「でも、ある特定の人間の死を見たくないわけじゃない。これは本当です」

まるでこれまで彼女をがんじがらめにしていた呪縛を彼が解き放ったかのようだった。少し前までしいんと静かだった室内に、今はカリスタの怒りと不満のエネルギーが充満している。

「棺の中に横たわっているのを見てもいいという人が誰なのか、訊いてもかまわないかな？」トレントは興味をそそられ、思わず質問した。

「それが誰だかわからないの。でも、わかったときには——」カリスタはそこで言葉を切り、必死で気持ちを落ち着けようとした。「ごめんなさい、ミスター・ヘイスティングズ。見苦しいところをお目にかけてしまったわ。ちょっとショックな出来事があったばかりで、取り乱しているんです」

「その箱の中身がきみを困らせているわけなのか？」

「ええ」

「中には何が？」

「さあ、なんでしょう。まだ開けていないんです。でも、これまでに送られてきた二つのメメント・モリと同じように薄気味悪いものに決まってます」

トレントはうなじの細い髪がぴりぴりと逆立つように感じた。悪いことの予感だ。テーブルに歩み寄り、黒い縁取りのある封筒の宛名に目を落とした。

「何者かがきみに、死の警告とも言える品を送ってくるということか？」

「相手は残酷ないたずらくらいに思っているのかもしれないけれど」カリスタは片方の手でぎゅっとこぶしを握った。「それが誰であれ、やりすぎです。どこか陰からわたしを見張っている感じがするの。間違いないわ。その人はどこかすぐそこにいて、わたしの周囲をうろつきながら襲いかかる時を待っているの」

トレントは封筒に手を触れた。「いいかな？」

カリスタは躊躇した。「個人的な心配事であなたに重荷を負わせるつもりはありません」

「そんなに堅苦しく考える必要はないさ。ぼくは生来好奇心が強い人間で、これには大いに好奇心をかきたてられているんだ」トレントは黒い封蠟に一瞥を投げた。そこにはなんの印章も押されていない。「まだ封印されたままだが」

「中身はこれまでと同じだろうと思うの。どうぞ。お読みになって」

トレントは封印を切り、封筒の中からカードを取り出した。太い黒の縁取りが深い喪を示している。文面を声に出して読みあげた。

「〝われらを分かつことができるのは死のみ〟」トレントは顔を上げた。「署名はない」

「前の二件の贈り物に添えられたカードにもなかったわ」

「カードも封筒もきわめて上質なものだ。きみの文通相手はかなりの資産家だ」

カリスタが怒りに燃える目でトレントをにらみつけた。「わたしの文通相手だなんてとんでもないわ」

「これは失礼。言葉の選び方がまずかった。とりわけ作家を生業とする者としては。ぼくはただ、きみを苦しめている人間の社会的地位について意見を述べようとしただけだ」

「わかっています。今度はこちらが謝る番ね。ついかっとしてしまって失礼しました。この一件で神経がぴりぴりしているもので」

「当然だろうな」トレントが箱に目をやった。「包みをほどいてみようじゃないか。中身が何かによって、送り主に関する情報がもっと得られるはずだ」

「それはどうかしら」カリスタはそう言いながらもリボンをほどきはじめた。「これもきっとこれまでと似たり寄ったりで、悲しみに打ちひしがれている人を慰めるための薄気味悪い品だと思うの。きっとまたわたしの頭文字があしらわれているんでしょうし」

そうした情報がなおいっそう恐怖を募らせる。

「贈り物にはどれもきみの頭文字が入っている？」トレントは確認したかった。

「これまでに、ティア・キャッチャーと死者の髪の毛をおさめるロケット型の指輪を受け取っているの。どちらにもわたしの頭文字、CとLが刻まれていたわ」

カリスタがリボンをほどいて脇へ投げ出し、つづいていかにも高級な黒い絹の包みを解くと、現われたのはなんの変哲もない木の箱だった。彼女が息を殺しているのがトレントにもわかった。

箱の中に危険な罠が仕掛けられているとでもいうかのように、カリスタがおそるおそる蓋《ふた》を開けた。

しばしのあいだ、二人はそろって箱におさめられた品をただじっと見つめた。

「鐘だわ」カリスタの口調には抑揚がいっさいなかった。

高さ八インチから十インチほどの、重い金属の表面を光沢のある黒い琺瑯でおおった鐘。その外側に頭文字のCとLが流麗な金文字で記されている。

長い金属製の鎖が鐘の内部の舌《ぜつ》から伸びており、先端に指輪がついている。トレントは鐘を手に取り、じっくりと見た。

カリスタは恐怖と嫌悪感がないまぜになった表情で鐘を見つめている。

「怖いわ」カリスタが一歩あとずさる。

いくら彼女の恐怖を静めたくても、目の前に突きつけられた事実を否定したところで意味がない。

「安全装置付き棺の鐘だな」トレントは言った。「新聞でこれと同じものの広告を見たことがある。この鐘を埋葬の際に墓の上方に取り付けるんだ。鎖の先を棺の中に入れ、指輪を死者の指にはめる。もしも死者がひょんなことから生きたまま埋められてしまったなら、棺の中で息を吹き返したときに鐘を鳴らして助けを呼べばいいという発想からつくられたものだ」

カリスタはくるりと向こうを向くと、胸の前できつく腕組みし、室内を行ったり来たりしはじめた。「この人、わたしを埋めてやると脅しているのね、それもたぶん、生きたままで。わからないわ。そこまでの執念をもってわたしを憎むことができる人がいるなんて」

どす黒い怒りがトレントの血を沸かせた。こうしたむき出しの感情がこみあげることは久しくなかった。われながら驚くと同時に、鐘を壁に投げつけたくなった。

しかしここで自制を失ってはカリスタの役には立てない。激しい怒りをぐっと抑えこみ、棺用の鐘に目を凝らす。

「何を探しているの?」カリスタが訊いた。

「こういう値の張る鐘は――もちろん鎖と指輪もだが――その店独自の商品だろうから、間違いなくどこかに何かしらのしるしがついているはずだ」

「なるほど」カリスタが組んでいた腕をほどいた。「考えてもみなかったわ。また同じ話を繰り返すようだけれど、最近はきちんとものが考えられなくて」

トレントは鐘を裏返し、内側をじっくりと調べた――そしてしるしを見つけると、思わず満足げな笑みがこぼれかけた。「J・P・フルトン、ロンドン」

カリスタが両手を差し出した。「見せてくださる?」

トレントは鐘をカリスタに手わたし、内部を真剣に見つめるカリスタを見ていると、驚いたことに彼女の雰囲気に一瞬にして変化が起きた。そのときまでの彼女は奈落の底に放りこまれていたのに、今、その顔には興奮で赤みがさしている。

「もしこのJ・P・フルトンがどこにあるかを突き止めることができれば、その店でこの鐘を買ったのが誰かがわかるかもしれないのね?」カリスタが訊いた。

「そうだなあ」トレントは慎重に答えた。カリスタの期待を必要以上に高めたくなかったからだ。「J・P・フルトンの場所を突き止めれば、そこがわれわれの調査の申し分ない第一歩になるとは思うが」

カリスタがトレントを静かに見た。「〝われわれの〟調査？」

「まさかぼくが、この一件についてきみひとりで調べにいかせるなんて思ってはいないだろうね？　この鐘を送ってきたのが誰であれ、きみの命を脅かしているんだ。だが、この時点ではまだ警察が熱心に動いてくれるとは思えない」

「そうなの」カリスタの顎のあたりがこわばった。「弟とわたし、警察に行くことも考えたけれど、それではどうにもならない気がしてよしたんです。わたしを狙っている相手がなんらかの暴力をふるってこないかぎり、手出しはできないんですもの」

「でも、そのときは手遅れかもしれない」

カリスタがぎょっとした顔でトレントを見た。

「失礼。口が過ぎたな。しかし、きみの状況は緊急を要する。世間体など気にかけている場合ではない」

カリスタがぐっと唾をのみこんだ。「よくわかっているの。お願いだから理解して。協力を申し出ていただいたことはありがたいけれど、これはあなたには関係のないことですから」持っていた鐘を机に置く。「今度届いたこの贈り物の恐ろしさを考えると、わたしに協力しようとする人の身も危険にさらされるのではないかと思えるの」

トレントはカリスタを見た。「ぼくは自分が書いている小説の主人公とは程遠いが、論理的思考に長けていると言われてきた。それに加えて、小説を書くための取材のおかげで、特定の分野で役に立つかもしれない技能もいくつか身につけた」

「どういうことかしら」

「ま、それはこの際どうでもいい。とにかく、きみの当面の問題に戻ろう。これまでどういった予防措置を取ってきた？」

カリスタはためらいがちに話しはじめた。「ティア・キャッチャーが届いたとき、わたしたちみんな、これは何かの間違いだろうと思ったの。間違った住所に届いたんだろうと。でも、わたしのベッドの上に黒玉と水晶のロケット型の指輪が置かれて——」

「きみの〝ベッド〟に？」トレントはわれ知らず衝撃を受けていた。「それは思っていたより深刻だな。きみにこんなことをしているのが誰であれ、現実にきみの寝室に侵入することができたということだろう？」

「ええ」カリスタが再び腕組みをした。冷たい隙間風が吹きこんできたかのように。「さっきから言っているように、そんなことがあってからはサイクス夫妻もアンドルーも毎晩、屋敷の窓や扉の戸締まりを慎重にたしかめているわ。もちろん、わたしもそうするようになったし」

「どうやって誰の目にも留まらずにきみの寝室に侵入したんだろう？」

「週に一度開いているサロンの準備で出入りする業者になりすまして忍びこんだんだと思うの。そして壁の中に隠された古い昇降機を使ってわたしの寝室に入ったんじゃないかしら」

トレントはそれについて考えをめぐらした。「その侵入者が持ち去ったものは？」

「ええ、じつはあるの」カリスタはトレントの質問に驚いたようだった。「寝室の壁に掛けてあった額入りの写真が一枚。アンドルーとわたしと両親が写っている写真。どうしておわかりになったの？」

「そいつがきみの私的空間に忍びこんだとすれば、その大胆な行動の記念に何か欲しいと思うんじゃないだろうか。その瞬間は間違いなくわくわくしたはずだ。不愉快きわまるが。なんと言おうが、大きな危険を冒したことはたしかだ」

「そんなふうに考えたことはなかったわ」カリスタがうろたえながら首を振った。「鋭い洞察力をおもちなのね。論理に基づく素晴らしい仮説だわ」

「ミス・ラングリー、きみの話を聞いていると、不安などという状況を超えている。きみがいらいらするのは当然だ。それじゃ、その侵入者はどうやって隠し昇降機の存在を知ったのか、思い当たることは？」

「思い当たることはないけれど、あれはさほど秘密というほどのものではないの。サイクス夫妻はもちろん知っているし、クランリー館で働いたことがある人なら誰でも知っているわ。長いあいだには、重い荷物を別の階に運ぶときに利用していたメイドや業者も数えきれないほどいたはず」

「きみは昇降機を使っているの？」

「いいえ、ぜんぜん」カリスタが身震いをしてみせた。「わたしはあれが大嫌いなの。内部はすごく狭くて暗くて、あの中に閉じこめられることを考えただけでもう、近づかないでいようと思うほどよ。それこそ棺にそっくりだわ」

「やたらな人が昇降機に近づけないよう、手立ては講じてあるんだろうね？」

「ええ、もちろん。昇降機の乗り口がある一階の小部屋は今、つねに鍵がかかった状態よ」

トレントは窓際へと行き、後ろで手を組んで、屋敷を囲む優雅な庭園を眺めた。

「一連の出来事をじっくり考察するのであれば」しばらくしてから言った。「きみにそこまで執着することになったこの人間に関する情報を入手しなければならない。もっと詳しいことがわかれば容疑者リストがつくれるから、そこに載った人間を個別に調査することができる」

ほんのしばしではあったが、後方からぴんと張りつめた沈黙が伝わってきた。まもなくカリスタのスカートとペチコートの柔らかな衣擦れが聞こえた。振り返ると、カリスタが彼のほうに一歩近づいていた。

「本当にそう考えてらっしゃるのね？」

「ああ」

守れる確信のない約束をしてはいけないと自分に言い聞かせる一方、カリスタの目に浮かぶ不安まじりの希望を打ち砕くのはつらすぎた。

「不安に思うことのひとつは、たとえわたしが犯人の正体を突き止めたとしても、いったいその男をどうすべきかってことなの。メメント・モリを送りつけても犯罪というわけではないし、写真を盗んだことは言うにおよばず、寝室に侵入したことを証明する方法はないし」

「その問題を考える前にまず、こんなたちの悪いゲームを仕掛けているやつを突き止めないと」

「どんな?」

「じつは、ひとつだけ仮説があるの」カリスタがためらいながら言った。

「サロンへの入会をお断りした紳士の中の誰かが、わたしに復讐しようと考えたのかもしれないと思いはじめているの」

トレントはそれについてちょっと考えてからうなずいた。「たしかに考えなくてはならない可能性のひとつだな」

「棺用の鐘が入った箱は、さっき呼び止めた辻馬車の中に置かれていたんだけれど、御者がたっぷりの謝礼を受け取って、わたしを乗せたことが判明したわ」

「御者はあの箱を馬車の中に置いた男を見たのか?」

「ええ。でも、顔はよく見なかったらしいわ。わたしとしては人相を聞きたくていさがったの。信じて。でも、わかったことといえば、三十代前半の、仕立てのいい服を着て高級そうな手袋をした男、ということだけだった」

「しかし、御者はそれが男だったと断言したんだね？」

「それは間違いなさそう。これから入会をお断りした男性のファイルを調べてみるつもりなの。アンドルーのメモとわたしのメモを調べるわ。復讐に走る可能性がある男性のリストをつくらなくては」

トレントはそれについてしばし考えた。「これまでに入会を断った男は何人いる？」

「そんなに長いリストにはならないから安心して。これまでずっと、入会希望者の面談は慎重を期して受け付けてきたから、お断りした人は何人でもないわ。でも、いることはいるの。御者に聞いた風体を考慮すると、その中の何人かは排除してもよさそうだわね」

トレントは棺用の鐘をじっと見た。「きみの計画はなかなかいいと思うが、まずはこの鐘を買った店を探してみようじゃないか」

カリスタが半信半疑でトレントをじっと見た。

「こんなことをする男の正体を、本気でわたしといっしょに突き止めてくださるおつもりなのね？」

「もしきみのお許しが出れば、ね」

「そうせざるをえないわ。藁にもすがる思いなんですもの。神経がすりへってしまいそう。協力してくださるなら、これほどありがたいことはないわ」

「こちらこそ、ぜひとも協力させてもらいたいね、ミス・ラングリー。しかし、これだけははっきりさせておこう――きみに感謝などしてほしくない」

部屋に入ってきてからはじめて、カリスタが笑みをのぞかせた。おそるおそるの笑みではあったが、心からのあたたかな笑みだった。

「では、お返しは現物支給という形で」

「現物支給？」

「妹さんからうかがったところでは、あなたには世捨て人のようなところがあるとか」

「ユードラがそんなことをきみに？」家に帰ったら、ひとこと言っておかなければ。

「作家というお仕事だから、長い時間をひとりで過ごさなければならないのはわかるわ。そういうことだと、むろん、人との出会いはむずかしいでしょうね」

「言っておくが、ぼくはあまり人に会いたくないほうでね」

カリスタは真剣にはとりあわなかった。「わたしにこんなものを送りつけてくる人の正体を突き止めるのに協力してくださることとひきかえに、あなたにぴったりの女性をご紹介するわ。うちの会員の中にきっとそういう方がいらっしゃいますから。これはわたしの勘ですけれど、知的で刺激的な会話のできるレディがお好きでしょう。関心事を分かちあうことができるレディ」

トレントは反射的に顎の傷跡に手をやった。「ぼくの小説に対する感想まで分かちあう必要はないので、そこはよろしく」

11

「はい、さようでございます。こちらは今は亡きわたしの夫が考案した安全装置付き棺の鐘に間違いありません」ミセス・フルトンが言った。「どなたもこちらをおつけにならずに埋葬なさってはいけません。ですが、こちらをきちんと機能させるためには、この鐘と対になった特別仕立ての棺をお買い上げいただきませんとね。その棺も夫が設計いたしましたのよ。質の落ちる棺でのご利用はお薦めできませんわ」

トレントとともに薄暗いJ・P・フルトン葬儀用品店の店内に足を踏み入れたとき、カリスタは自分が何を期待してここに来たのか確信がないままだった。だが、J・P・フルトンがすでに故人だと知ったときは、なぜかちょっとしたショックを覚えた。

ミセス・フルトンは四十代半ばだろうか、商売柄品位ある態度がなかなか魅力的な女性である。首周りを飾る黒いレースの高い襟がポイントのしゃれた黒いドレスに身を包み、白髪がまじる淡い色の金髪をきっちりとシニョンに結って、そこに造花を飾っている。髪飾りは黒い絹製でなかったならば場違いに見えるところだろう。両手には黒玉と水晶の指輪が何個か光っている。黒い七宝焼きに透明感が際立つ水晶をあしらったブローチがドレスの胸を飾っている。耳から垂れているのは黒玉の耳飾りだ。

「棺とは別に鐘だけで売ることもよくあるんですか？」トレントが訊いた。

「いいえ。今、申しあげましたように、特別仕立ての棺でなくては用をなしません。棺のほうはお値段もいろいろですが、種類もいろいろ取りそろえております。愛する人を当世風に送る余裕のない向きには、基本型――〝永眠〟――もご用意できますが、お客さまの大半は〝久遠の眠り〟か、最新型の〝安らかな夢〟をお選びになられます。お値段はもちろん、材質と装飾によりますが、どれも安全装置としての鐘が取り付けられる造りになっております。ごらんになられますか？」

ミセス・フルトンが手ぶりで奥の部屋への入り口を示した。

カリスタがそちらへちらりと目をやると、仄暗い照明の下にたくさんの棺が陳列されていた。うなじに寒気を感じる。

「いいえ、けっこうです」カリスタが答えた。

「じつは、この鐘を買ったのが誰かを知りたくてうかがったんです」トレントがそう言いながら、ポケットから札を取り出した。「質問にお答えいただくには時間を要するでしょうから、その分の埋め合わせは喜んで」

ミセス・フルトンはカリスタがカウンターに置いた鐘にちらりと目をやった。とたんに眉をひそめ、険しい表情をのぞかせる。

「どうしてこれをお客さまが？」ミセス・フルトンが訊いた。

「どなたかがわたしにこれを」カリスタが答えた。「この頭文字はわたしの名前です」

「奇妙ですわね」ミセス・フルトンがカリスタをしげしげと見た。「お元気そうでいらっしゃるのに」

「ええ、ぴんぴんしております」

「深刻なご病気から奇跡的に快復なさったとか？」

「いいえ。いっさい問題なしの健康体です」

「はあ」ミセス・フルトンの表情がなおいっそうくもった。「どういうことでしょうかねえ。理解に苦しみますわ」

「この鐘は最近買ったものだと思うのですが、取引の記録は当然ありますよね」トレントが言った。

ミセス・フルトンが疑念をつのらせながらトレントを見た。「当店のお客さまの名前を知りたいとおっしゃいますが、なぜでしょうか？」

カリスタにもトレントの苛立ちとじれったさが伝わってきた。トレントの返答が場の空気をさらに悪化させたらまずい、と思い、カリスタは前に進み出て答えた。

「これは何かの間違いだと思うんです」穏やかに言う。「このとおり、わたしはまだ死にそうにはありません。このすごく素敵な、そのうえとびきり高級な安全装置はおそらく、死が間近に迫っている方のためにどなたかがお買い求めになったはずです。ですから、本来受け取られる方のお手もとに届けることができるよう、お買いになった方がどなたか知りたいというわけです」

「本当に奇妙ですわね」ミセス・フルトンは人差し指でカウンターをこつこつと叩きながら、もう一度鐘をじっと見た。そしてついに腹をくくったようだ。「お客さまのお名前をお教えしても問題はないでしょう。少々お待ちください。調べますので」

カウンターの下に手を伸ばし、黒い革表紙の重そうな帳簿を取り出した。分厚い帳面の中ほどを開き、ごく最近の記載事項に丹念に目を通しはじめた。

カリスタが見たところでは、帳簿には驚くほどの件数の販売記録が記載されている。葬儀と葬儀関連の商売は相当景気がいいらしい。店内のようすからも、ミセス・フルトンは上流社会に属する顧客からの用命に応じているのだろうと思われる。

高価なメメント・モリも各種とりそろえて陳列されていた。背の高いケースのひとつには、黒玉と水晶のアクセサリーばかりが並んでいる。ロケット、腕輪、ブローチ、指輪――そのうちの多くは故人の髪を幾筋かおさめるようにデザインされている――が赤いベルベットの上に品よく置かれていた。黒のレースと絹でつくられた造花が美的感覚たっぷりに活けられた花瓶には、霊廟や墓石といった気のめいる柄が描かれている。ある棚は悲しみに暮れる人びとが流す涙を受けるための優雅な小瓶の数々が占領していた。

黒い縁取りのある葬儀関連のカードや便箋も喪の段階に応じるべく、さまざまな種類がそろえてある――縁取りが太いほど、死別からまもない場合に使う。

一方の壁にはすすり泣く天使やスカル、骸骨などを装飾にあしらった額縁が並ぶ。死後の写真をおさめるための額縁である。死者はポーズをつけられ、遺族とともに写真に撮られる場合が多い。写真屋を呼んで死者の写真を撮らせる昨今の風潮にカリスタは違和感を覚えるが、現実に流行っているし、人の死で生計を立てている写真屋もひとりならずいるのだ。

ミセス・フルトンの指先が頁の中段あたりで止まった。「ああ、こちらですね。安全装置付き棺の鐘、C・Lの頭文字。ミスター・ジョン・スミスとおっしゃる方からの注文です」

カリスタの顔に失望の表情が広がった。トレントに一瞥を投げてから、かすかにかぶりを振った。入会を断った男性の中にジョン・スミスはいなかった。なんら思い当たることのない名前である。

にもかかわらず、これもいちおう名前だし、おそらく調査の出発点になるわ、と自分に言い聞かせた。

「住所もそこに?」トレントが訊いた。

「いいえ、お名前のみです」ミセス・フルトンは帳簿をぱたんと閉じて、カウンターの下に戻した。「現金でお支払いいただいているので、ご住所をうかがう必要がございませんでしたの」

トレントは小型ケースから名刺を取り出し、カウンターに置いた。「ミスター・スミスについて何か思い出したことがあれば、ぜひともこちらの住所にご一報ください。些細なことでもかまいません。情報をいただいた場合、謝礼はたっぷりはずませていただきます」

ミセス・フルトンは名刺を手に取り、じっくりと見た。「ひょっとして、クライヴ・ストーンを書いていらっしゃる方かしら？」

「まあ、そういうことで」

「まあ。『フライング・インテリジェンサー』に連載中の『失踪した花嫁』を拝読しているところです。こんなこと申しあげてはなんですが、わたし、あのウィルヘルミナ・プレストンという登場人物をかなり気に入っておりまして」

「それはどうも」トレントが言った。

「願わくば、最後で殺してなどいただきたくないわ」

「もしそんなことになったら、そのときはJ・P・フルトンの安全装置付き棺と鐘を使わせていただいて埋葬すると約束します」

ミセス・フルトンがうれしそうに顔を赤らめた。「当店にとりましてこのうえないお話ですこと」

「この件でわれわれにご協力くださるなら、心に留めておきましょう。そうだ、もうひとつ聞かせてください。棺のほうはどうなんでしょう？」

　ミセス・フルトンが驚きの表情をのぞかせた。明らかに予期せぬ質問だったのだ。

「は？　なんとおっしゃいました？」

「たしか、ミス・ラングリーが受け取った鐘は特別設計の棺といっしょでないと役に立たない、そうおっしゃいましたね。だとすると、ジョン・スミスという人はその棺も購入したのかを知りたいんです」

　ミセス・フルトンは懸命に作り笑いを浮かべた。「わたしの記憶では、そのお客さまはまず先に鐘だけが欲しいということでした。死が迫っている婚約者がまだ生きてらっしゃるうちに贈ることができたら、とおっしゃって。万が一生きたまま埋められて棺の中で目覚めたとしても、この鐘を鳴らして助けを呼べるといえば、彼女の慰めになるとお考えになったようです。たしかに、Ｊ・Ｐ・フルトンの鐘はまもなく旅立たれる方への心のこもった贈り物になりますわね」

　カリスタはほとんど息ができなくなった。

「ミスター・スミスはその後、棺を買いにこちらへ？」やっとのことで質問を投げかけた。

「いいえ、まだ。でも、いつかはお見えになるはずです。もうすぐ必ずや必要になるとはっきりおっしゃってましたから」

12

「ミセス・フルトンは嘘をついているな」トレントが言った。

期待感の高まりがトレントの血を熱くした。あの葬儀用品店には何か隠し事がある。トレントには確信があった。

カリスタは通りを進みはじめた辻馬車の窓からじっと外に目をやっていたが、トレントの言葉を聞いたとたん、真剣な表情で振り向いた。

「本当にそう思う?」

「断言はできないが、ぼくはカウンターの反対側から逆さの文字を読みとろうとしていたんだ。彼女が指差した文字がはっきり読めたわけじゃないが、名字の最後の文字はYか、もしかしたらGだったと確信がある。罫線の下まで垂れた文字にちがいない」

「彼女はなぜ嘘をついたのかしら?」

トレントはしばし考えこんだ。「理由のひとつは、たんに上得意の身元を明かしたくなかっただけということもある」

「それなら理解できるわね。彼女の立場だったら、わたしもきっと同じようにするでしょうね。わたしだって会員ファイルについてはすごく慎重に扱っているもの。でも、ちょっと失敗したわね、わたしたち。鐘が間違った住所に届いたって彼女に言ったでしょう。となれば彼女が、それではわたしがこれをお買い求めになったお客さまにお返ししておきましょう、と申し出るものと思っていたのよ」

「ミセス・フルトンの帳簿をもっとよく調べる必要があるね」

「それを彼女にどう切り出すの？　承知してくれるはずが――」カリスタは突然ショックを覚え、口を半ば開けたまま言葉を切った。「待って。まさか店に誰もいない夜のあいだに忍びこむつもりじゃないでしょうね？」

「なんとしてでも帳簿に素早く目を通す必要がある」

「そんなこと、どう考えても不可能じゃありません？　逮捕されるかもしれないわ」

「少しは信用してくれよ、ミス・ラングリー。こういうことにかけては多少の経験がないわけじゃない」

「経験？　あなたは作家ですよね。錠前破りの経験があるなんてまさか」

トレントは気がつけば、どういうわけか腹が立っていた。

「ぼくは小説執筆のためにさんざん取材をするんだよ」努めて冷静に言った。「憶えているかな、クライヴ・ストーンは錠前破りの名人だ。ぼくの腕前は彼ほどではないが、ミセス・

フルトンの店の入り口の扉に取り付けられた旧式な錠前くらいならなんとか開けられるはずだ」

「これは小説じゃないのよ、ミスター・ヘイスティングズ。クライヴ・ストーンを深夜に悪の巣窟に送りこんで捜査するのなら、いっさい問題はないけれど、わたしのためにあなたにそんな危険を冒させるわけにはいかないわ」

「ぼくはきみのために危険を冒すわけじゃない。あくまで自分のためだよ」

「あなた、頭がどうかしてしまったんじゃない？」

「これも取材と考えればいい」

「ばかなこと言わないで。ひとつだけはっきりさせていただくわね、ミスター・ヘイスティングズ。これはわたしの問題――わたしの事件なの。とんでもない作戦を実行に移すと言い張るのなら、わたしもいっしょに行くと言い張らざるをえないわ」

「それはありえないね、ミス・ラングリー」

カリスタは冷ややかな笑みを浮かべて彼を見た。「あなたには見張りが必要になる。わたしが笛を持っていって、あなたが店内にいるあいだ、巡査が近づいてきたら笛を吹いて合図するっていうのはどうかしら」

「ほう。なかなかな名案だな」

「それはどうも。こういうのはクライヴ・ストーンの小説で知ったのよ」

13

アイリーン・フルトンは辻馬車が通りの先へと見えなくなるまで待ってから、カウンターの下に手を伸ばして取引記録を記した帳簿を再び取り出した。

それを小脇に抱えて店の入り口に行き、窓の中の表示を裏返して〝閉店〟としたあと、二階の住居に上がった。帳簿をテーブルに置いて、コンロに薬缶をかけた。紅茶をいれてから椅子に腰を下ろし、帳簿を開いて過去一年間に一度ならず売ったある品物の記載を丹念に探した。

商店経営者にとっては常連客ほどありがたいものはないが、その客に対して疑問を抱きはじめていた。何人かのまもなく死を迎える高齢の親類のために繰り返し同じ品物を買ってくれた客である。さらに今度は、見るからに強面の紳士と贈り物を受け取ったという女性があれやこれやと訊いてきた。

買い物の順序はいつも同じだ——最初はしゃれたティアキャッチャーの注文が来る。つぎに、髪の毛をおさめるロケット型の指輪の注文。そのあとに鐘の注文が入り、最後が棺だ。

どの品物にもまもなく死を迎える者の頭文字を入れてほしいとの指示がついていた。注文を記した手紙には、つねに代金が全額添えられていた。その客が値段を訊いたことは一度もない。

最初の一件以外は、メメント・モリと鐘は客の住所――近々死を迎える親類の家ではなく――に送られたが、棺はあちこちの葬儀屋に配達された。死者はそれぞれ別の葬儀屋の手によって埋葬されたのだ。

ミセス・フルトンは帳簿をぱたんと閉じ、紅茶を飲みながらどうしたらいいのか考えをめぐらした。

やがて帳簿を抱えて再び階下に戻ると、カウンター下のいつもの場所にきちんと置いた。マントをはおり、優雅な照明の下に棺が陳列された部屋を通り抜けて、店の裏口へと進んだ。

裏通りに出た彼女が向かったのは、リストに記された三軒の葬儀屋のひとつだ。どの店の店主とも知り合いだから、隠すことなく話してもらえるのではないだろうか。彼らはわたしを信用している。つまるところ、みな同じ穴――人の死をめぐる商売――の貉《むじな》なのだから。

最初の店は、町のあまり評判のよくない地区にある小さな葬儀屋だ。中年の店主はわずかな謝礼を受け取り、喜んで話してくれた。

「亡くなったのは老人じゃなかったよ」店主が明かした。「とんでもない。十九か二十歳というところだろうな。しかも自然死じゃなかった。殺されたのさ。間違いない」

ミセス・フルトンは全身をこわばらせた。「それ、本当なの？」

「喉を掻き切られていた。見間違えようがない。彼女をここに運んできた紳士がいきさつを話してくれたが、なんとも悲しい話だったよ。彼女は住み込みの家庭教師をしていたそうだ。ところが、その家の主人とベッドにいるところを雇い主である奥方に見つかってクビになった。職を失って、住むところもなければ飢え死にしそうなところまで追いこまれた。そこで、売れるものはなんでも売るしかなくなったわけだ」

「売春婦になったの？」

「そう珍しい話じゃない。そうやって身をひさいでいるとき、客のひとりに殺されたそうだ。詳しいことが新聞に載らないようにと親族が望んだのは当然だな」

「そりゃそうだわね」ミセス・フルトンが言った。

「まともな家にとっちゃ、殺人はいつだって世間体が悪い。とりわけ、そういう流れの殺人ときては。いわゆる醜聞ってやつだな」

14

カリスタが書斎で机に向かい、この数年間に入会を断った男性のファイルに記したメモに目を通していたとき、ミセス・サイクスが入り口に姿を見せた。

「お嬢さま、お仕事中にお邪魔して申し訳ございませんが、サロン会員の方がいらして、お目にかかりたいとおっしゃってらっしゃいます」

「会員？」カリスタは時計にちらっと目をやった。そろそろ五時になる。「予約は明日まで入っていないけれど」

「ミス・ユードラ・ヘイスティングズでいらっしゃいます、お嬢さま。個人的なお話があるそうです。急を要することなので、今すぐお目にかかりたいとか」

「ええ、いいわ」カリスタは開いたばかりのファイルを閉じた。「お通しして、ミセス・サイクス」

まもなくユードラが書斎へと案内されてきた。いつもながらの地味な装いである。二倍の年齢の女性に相応しいドレスだ。せっかくのきれいな目がもったいない。

とは思うけれど、最初は予約を取られて、あなたが通うサロンのようすを調べにいらしたの。
「ゆっくりでいいのよ。たぶん、あなたの質問にお答えできると思うわ。つまり、ご存じだ
上で両手を組むと、笑顔を向けて相手の気持ちを落ち着かせようとした。
は不安を抱えた会員の相手をするのははじめてではない。まずはファイルを横にどけ、机の
彼女は明らかに取り乱し、その先どう言葉をついだらいいのかわからずにいた。カリスタ
うですね」ユードラはしばし目を閉じる。「もう、何がなんだかわからなくなってしまって」
「でも今日、兄がまたここにうかがって、そのあと、あなたといっしょに馬車で外出したそ
「わたしもそう思うわ」
れで一件落着したものと思いこんでいたんですけれど」
にはっきり言いました。あなたのサロンを退会するつもりはまったくない、と。わたしはそ
ています。最初の訪問を知ったときは、すごく不安になって。そのあと、わたし、トレント
「いいえ、わたしにもよくわからないんです。でも、兄があなたを二度お訪ねしたことは知っ
「どういうことかしら？　何か問題でも？」
とにかく兄について少々お話ししておかなければと思ったんです」
「ありがとう」ユードラは椅子のへりに浅く腰かけた。「数分で失礼するとお約束しますが、
「気になさらないで」カリスタは椅子を手ぶりで示した。「どうぞおかけください」
「急に押しかけてきたのに、会っていただき、ありがとうございます、ミス・ラングリー」

でも今日は、昨日唱えた異議は撤回するとおっしゃるためにいらしたの。どうかしら、これでだいぶ気が楽になられたんじゃない?」

「ええ、おかげさまで兄の不安は払拭《ふっしょく》されたと思います。ほっとしました。というのは、わたし、あなたのサロンを退会する気はまったくなかったと同時に、兄にあまり心配をかけたくもなかったもので」

「あなたとミスター・ヘイスティングズの考えがすでに一致したとすれば、あなたが今日こちらにいらしたのはほかに何か問題があるということかしら?」

「はっきり言わせていただくと、わたし、兄のことが心配なんです」

カリスタはしばし無言だった。「なるほど。つまり、お兄さまはわたしの個人的な問題の解決に協力してくださったことを、あなたにお話しになったのね?」

「はい。申し訳ありません。わたしには関係のないことだとわかっています。それでも——」

「それでも、お兄さまのことが心配なのね」

「はい、そのとおりです」

「わかりますわ。お兄さまが逮捕されるかもしれないと考えてらっしゃるんでしょう。じつは、わたしも同じ心配をしているの。わたしだって、無謀な計画を思いとどまっていただきたくて一生懸命説得をしてみたのよ。信じられないかもしれないけれど」

ユードラがショックを受けたような表情でカリスタをじっと見た。「なんのことですか？いったいなぜ兄が逮捕されるなんてことが？」

カリスタは咳払いをした。「お兄さまはあなたにいったい何をおっしゃったの、ミス・ヘイスティングズ？」

「兄が何を言ったかではなく、兄のしたことが問題なんです」

「何がおっしゃりたいのかわからないわ」

「さっきも言いましたけれど、兄は今日、あなたといっしょに馬車で外出した」

「ええ、そのとおりよ。まさかわたしたちが二人きりでいたと知って驚いているわけではないでしょうね。わかってらっしゃると思うけれど、わたしは年齢的にも立場的にも、もはやそうした行動が噂になることすらないわ。ひょっとして、お兄さまがわたしとわたしの事業の信用を傷つけることをなさったのでは、と心配しているなんて言わないでしょうね。いくらなんでもそんなこと」

「あなたの信用が傷つくとは思いません、ミス・ラングリー。兄はけっして女性に危害を加えたりしませんから。わたしが心配しているのは兄のことです」

「そうね」カリスタはうなずいた。「だとしたら、彼の身の安全が心配なんでしょう？」

「兄の身の安全？　いいえ、兄の身の安全を心配しているわけではないんです。心配なのは、兄の心の安全」

「何をおっしゃってるのか、まったく理解できないわ、ミス・ヘイスティングズ」

「兄はどうやらあなたへの強い関心をどんどん深めているみたいなんです」

ようやく話が見えてきた。

「まあ、びっくり」カリスタは言った。「とんでもない誤解が生じたようね」

「わたしは兄という人間をよく知っています。昨日、このクランリー館をはじめて訪ねて戻ってきたとき、兄の雰囲気ががらりと変わっていたんです。とりたてて幸せそうとか楽しそうとかというわけじゃありませんでしたが」

「ええ」

「でも、いつもより――なんと言ったらいいんでしょうね――いつもより生き生きしていたんです。〝目覚めた〟という言葉がいちばんぴったりかと」

「まあ」カリスタはとっさに言った。「それはないでしょう。ぴったりの言葉がそれ？　まさか」

ユードラはカリスタの反応を無視した。「ここ最近、兄はこれまでにもまして現実から遊離した日々を送っていました。以前から長時間書斎にこもって執筆してきたわけですが、最近はまるであの部屋の中だけで暮らしているみたいで。自分自身の生活が流れていくのを、まるで退屈なお芝居でも見ているみたいに眺めていたんです」

その感覚、わかるわ、とカリスタは思った。

「ついこのあいだも兄のハリーが、このままじゃトレントはうつ病になってしまうかもしれないと言っていたくらいです。でも、こちらにはじめてうかがってあなたと面談したあとの兄は、まるで効果抜群の強壮剤を飲んだかのようでした」そしてユードラは話をこう締めくくった。「わたしはこれを吉兆と受け止めています」

「なんの?」

「最初は何がなんだかわかりませんでした。トレントがとにかく上機嫌だったんです。派手な言い争いもしました。おかげですごくすっきりして――兄もわたしも。もう何年も口論したことなどなかったんです。まあ、戸惑いはしましたけれど。でも今日、もう一度あなたを訪ねる口実を口にしたとき、わたし、あなたと兄のあいだに何か奇妙なことが起きたにちがいないと気づいたんです。そうしたら、なんと兄が本当にあなたを誘って馬車で外出したと知りました。兄が最後にレディと二人で馬車で外出したのがいつだったか、思い出せないくらいだというのに」

「何かが起きたわけではないの。正確にはそういうことではなくて」

「率直に言わせていただくと、兄は健康な男性です。ときどきは一風変わった未亡人との人目を忍ぶ関係をもったりしたことも。でも、それはそれでかまいません。兄はいつも慎重ですから」

「なるほど」

「兄が関係する女性は概して、結婚を望むことのない人たちです。未亡人という状況と経済的な自立を享受しているレディたち」

「なるほど」カリスタはまた同じ相槌を打った。理性的な言葉が出てこなかったからだ。こんな会話をここまでにする術を懸命に探ったが、ユードラの言葉で催眠術をかけられたような状態に陥っていた。

「兄の情事はとぎれとぎれにしばらくつづいて、数カ月もすると自然消滅するんです」ユードラが先をつづける。「相手のレディが退屈するか、兄が興味を失うかで。もし兄が女性に対してもっと強い感情を抱いてくれたら、わたしはどんなにわくわくするだろうとつねづね思ってきました。でも、いざひょっとしたらそうかもしれないとなったら、わたし、不安で不安で」

カリスタの組みあわせた両手に力がこもった。ユードラを安心させようと穏やかな表情を保つのに苦労した。

「そういうことだったのね。わかりました」歯切れよく言った。「あなたが率直に話してくださったのだから、ミス・ヘイスティングズ、わたしも同じように正直にお話しするわね。若いころはわたしも、たいていの女性と同じように結婚や家庭を夢見ていたわ。でも、そううまくはいかなかったので、エネルギーと情熱を仕事に振り向けたわけ。もう私生活に関する評判をあまり気にする必要もない歳になって、自由を満喫するようになったわ。だから、男性からの誘いには応じないことにしているし、こういう状況を天の恵みだと思っているの。本当よ」

ユードラは一瞬動揺したようだった。「よくわかります。年齢を重ねれば重ねるほど、男性の言うなりにはなりたくないと思うようになりますから」

「わたしの場合はまさにそういうことなの。裕福とは程遠いけれど、この事業でまあまあの経済状態を維持しているわ。男性に支えてもらわなくても大丈夫なの。要するに、ミス・ヘイスティングズ、わたしはお兄さまを狙ってなどいないわ。お兄さまはわたしに関するかぎり、安全よ」

ただし、わたしの代わりにちょっとした不法侵入を計画していることを除けばね、と声には出さずに修正した。

ユードラの口もとが小刻みに震えた。「わたしが恐れているのはそのことなんです、ミス・ラングリー」

「えっ、どういうことかしら？」

だが、ユードラはもうカリスタのほうを見てはいなかった。涙を流しながら、ハンドバッグの中に手を入れ、もどかしげにハンカチーフを探していた。

カリスタは机の抽斗《ひきだし》からきれいなハンカチーフを取り出すと、ぱっと立ちあがって机の後ろから急いで出てきた。麻のハンカチーフをユードラの手に差し出す。

「いったいどうなさったの、ミス・ヘイスティングズ？」

ユードラはハンカチーフをつかみ、目に押し当てた。

「ばかみたいだわ。ごめんなさい」ユードラが小さな声で言った。「今日はいったい何がしたくてここへ来たのかわからなくなってしまって。ただ、わたし、何かせずにはいられなかったんです。だって、全部わたしが悪いんですもの」

カリスタは一歩あとずさった。「まったくわからないわ。あなたが悪いって、なんのこと？」

「兄が一度も結婚せず、自分の家族をもたなかったことです。トレントの一生がめちゃくちゃになったのは、わたしのせいなんです」

15

アイリーン・フルトンは、これまでの疑念を確認するために必要だった情報を得て店に戻った。J・P・フルトン特製の安全装置付き棺におさめられて埋葬された女性三人の誰ひとりとして高齢ではなかった。三人とも若く美しい家庭教師で、遺体を運んできた身なりのいい紳士以外に親族はいなかった。

三人とも自然死ではなかった。みな同じ手口で殺されていた。喉を掻き切られての死。いずれの場合も遺体を発見したのは親類の男性で、その男性が葬儀屋に、醜聞を恐れて警察には知らせなかったと告げている。

メメント・モリと鐘はすべて女性たちがまだ生きていたときに注文が入り、棺は死後に注文が来た。

葬儀屋に遺体を運んできて、埋葬の手配をたのんで支払いをした男の風体——品のいい立派な紳士で、しゃれた服に身を包み、言葉づかいも上品——は三件とも一致した。自分は殺された女性の遠縁の者だと名乗り、葬儀の手配に対して礼はたっぷり払わせてもらうと告げたところも同じだが、それぞれの葬儀屋で違う名前を使っていた。

ミセス・フルトンは抽斗を開け、黒い縁取りの便箋を一枚取り出した。自身は喪中ではない——高齢だった夫は十年以上前に脳卒中で他界し、すでにちっとも寂しくなどない。それでもつねに黒い縁取りの便箋や封筒を使うのは、いつもしゃれた黒いドレスを身に着けているのと同じ理由からだ。店で扱っている品物を宣伝できる機会は逃さないのが、手堅い商売人というものだ。

便箋に至急の書信をしたため、これまた黒い縁取りのついた封筒に入れる。それを手に店の裏口へ行き、近所の戸口で寝ていた少年のひとりを呼び寄せた。郵便配達に手紙を届けさせる危険を冒したくなかったからだ。

浮浪児に封筒と硬貨を手わたす。

「これを今すぐ届けてほしいの。少し待って、相手の返事を聞いてきてちょうだい。戻ってきたら、硬貨をもう一枚あげるわ」

「はい、奥さん」

今夜は食べるものが買えそうだ、と期待に胸をふくらませ、浮浪児は駆け足でその場をあとにした。

ミセス・フルトンは二階へ戻り、手紙の返事が届くのを待つことにした。今は亡き夫J・P・フルトンから学んだことがひとつあるとしたら、それは、好機を逃すことのないようつねに神経を研ぎすましていれば、収入を増やす創造的な手段は無数にある、だった。

葬儀や服喪に関連する品々を商う者はしばしば、家族内の暗い秘密を知る立場にいる。なんと言おうが、人の死ほど真実をほのめかす出来事はほかにない。未婚の娘がお産で死んだ？　残忍な夫に殴り殺された女性？　間違えて猫いらずをのんで死んだ夫？　そうした秘密はすべて、葬儀屋に口止め料をわたせば、遺体とともに静かに埋葬することができる。口を慎むことが商売繁盛の鍵なのだ。

16

「なんと言ったらいいのか、わからないわ」カリスタが言った。

ユードラは片手でハンカチーフをくしゃっと握りしめた。「数年前にある出来事が起きました——なんとも恐ろしい出来事が。兄がわたしを救ってくれましたが、そのときに一生消えることのない傷跡が残りました。顔に残ったあのひどい傷跡のせいで、兄が愛していた女性は兄との関係に終止符を打ったんです」

「本当に？」カリスタが顔をしかめた。「そんなこと、ありえない気がするけれど」

「本当です。兄はほかの女性を愛したことはありません。アルシーアひと筋でした。さっきお話ししたように、この何年かに人目を忍ぶ関係はたまにありました。でも、アルシーアとの恋に破れてからは誰も愛することがなくなって」

「あなたはそのことで自分を責めている」

「ええ。兄が顔に負った傷は、本当ならわたしが負わされるはずだった傷だったといえばわかっていただけますよね」

だけます?」

「まあ。思いもよらなかった」

ユードラが涙を拭った。「わたしたち、このことはけっして口にしません。家族の中でさえも。それでも、いつだって必ずそこにいるんです。わたしの言いたいこと、わかっていただけます?」

「家族の秘密については理解しているつもり。訊いてもいいかしら? その……出来事が起きたとき、あなたはいくつだったの」

「十五歳です。わたしたち、今は三人だけで、わたしが末っ子なんです。父はわたしが十二のときに亡くなりました。母はわたしが十四のときに再婚したんですが、まもなく継父になった人がけだものみたいな男だとわかりました。母は不幸のどん底に突き落とされました。母が池で溺れ死んだとき、母はずっとうつ病を患っていたから、と多くの人に言われました。でも、そうじゃありません。そのすぐあとです、兄が一生消えない傷を負ったのは。細かいことまでお話ししても、かえってご迷惑ですからやめておきます。ただ、そのせいで兄はアルシーアを失い、すべてが終わりました」

「アルシーアってどういう方なの?」

「同じ村に住んでいた家族の娘さんです。アルシーアとトレントは子どものころからお互いを知っていて、アルシーアが十八、トレントが二十一のときに恋に落ちました。でもトレントは、婚約はもっと広い世界を見てからにしたかったみたいで。アルシーアは彼を待つと約束してくれて、実際に待ってくれました。でも、兄が帰ってきた直後に問題の出来事が起きて、彼女はそれ以来、兄の顔を見ていられなくなったみたいです。

それからずっと、トレントがもう誰も愛せないようなので、ハリーとわたしは心配してきました。でも今になって兄があなたに強い関心を示したことで、わたし、ものすごく動揺しているんです」

「まあ、勘違いなさらないで。お兄さまとわたしはいっしょに辻馬車に乗っただけ。ここで大恋愛が芽生えたわけではないわ、ミス・ヘイスティングズ」

「わたしは兄をよく知っています。もしあなたに大いに関心がなければ、いっしょに馬車で外出する以前に、今日もう一度あなたを訪ねたりするはずがありません――それも新作の最終章の締め切りが迫っているというときに」ユードラが訝しげに目を細めた。「つまり、あなたが兄の関心に応えることはありえないとおっしゃるんですか？」

「答えるも何も、好意を示されてもいないわ」

「これがもしわたしのためでなければ、兄はあなたに会わなかったはずです。わたし、またトレントの不運な恋の原因になるなんて耐えられないんです」

このあたりで場の主導権を握らなくては、とカリスタは思った。苛立ちを覚えながら机の後ろに戻ったが、椅子に腰かけはしなかった。

「お願いだから、ミス・ヘイスティングズ、落ち着いてちょうだい。この件については、あなたの想像力が暴走しているとしか思えないの。いいこと、お兄さまとわたしのあいだには恋とか愛とかいうものは存在しないわ。わたしが今ちょっと困っていることに関して、お兄さまがご親切に専門家としての知識と助言を与えてくださった、それだけのことなのよ」

ユードラがカリスタをじっと見た。「あなたが探偵小説家の専門知識と助言を必要となさっているということですか？」

「わたしに必要なのは、お兄さまの執筆の技術ではなく、真相究明の才能なの」

「兄にそういうものがあるとは思えないわ。トレントは本物の探偵ではないんですよ。ただ探偵を主人公にした小説を書いているというだけで」

「それはわかるけれど、お兄さまは協力を買って出てくださったのよ。正直なところ、ほかの手段がいろいろあるとは思えなくてね。実際、ひとつもないわ。わたしね、わたしを狙っていると思われる人間が何者なのか突き止めようとしているの。狙われて迷惑しているし、わたしが何かしたのかといえば身に覚えがないの。気味悪い小さな贈り物とカードが送られてくるんだけれど、それが最近ものすごく脅迫的になってきているの」

「なんて恐ろしい」ユードラはそこでいったん言葉を切り、聞いたばかりの情報をしっかり受け止めた。「すごく不安でしょうね」

「ええ、この状況にもう神経がまいりかけていることは認めざるをえないわね」

「誰がそんなことをするのか、心当たりはないんですか？」

「ええ、まったく」カリスタは机の上に開いたフォルダーにちらっと目を落とした。「でも、もしかしたら入会を断った男性の中の誰かかもしれないという仮説は立ててみたの」

「復讐を果たしたいと思っている誰か、ということですね？」

「可能性があることは間違いないいんじゃないかしら」

「兄があなたに代わってその件を調べていると？」

「いいえ、〝いっしょに〟調べているところなの」カリスタはその点を明確にしておきたかった。「ミスター・ヘイスティングズは、ご自分ならわたしの力になれると信じてらっしゃるわ。実際、あの方の専門技術がこの件の解決に役立つはずだとおっしゃって。だから安心なさって。お兄さまがいやに生き生きなさっているのは、現実の事件の調査に乗り出すことにわくわくなさっているから。ただそれだけのことなのよ」

ユードラはしばし考えをめぐらしてから、目に見えて明るい表情になった。「おっしゃっていること、わかります。たぶん兄はそれを、つぎの小説に向けての取材の機会と見ているんでしょうね。そういうことにすごく熱心な人ですから」

「そのとおりだわ。じつのところ、お兄さまも相談しているときに、まさにその言葉を使ってらしたと思うわ。〝取材〟って」

「なるほど。そういうことでしたら、わたしもいまの状況をまったく違う視点から見るべきですね。間違いなく、その調査活動が兄を上機嫌にさせているみたいです。少なくとも兄を家から引っ張り出してくれますから」

「わたしのせいでお兄さまがこれからもっと外出なさるかもしれないけれど、あなたはそれを喜んでくださるのね？」

「さっきも言ったように、最近の兄は世捨て人になっていたんです、ミス・ラングリー。たしかにときおり、友人と称する人たちと会うことはありますが、残念ながらその方たちのほとんどは、おわかりいただけるかしら、わたしがお茶にお招きできるような種類の方ではなくって」

「ごめんなさい。どういうことかよくわからないわ」

「とりあえず、奇妙な仲間との交わりを楽しんでいると言うだけにとどめておきますね。わたしが言いたいのは、ごくふつうのきちんとした方々と接する機会ができることはとてもありがたいことなんです」ユードラはそこで間をおいた。「危険はありませんよね？」

「それについてはなんとも言えないわ。わたしもこういう調査は経験がないから」

「いやだわ。びっくりです。どう考えたらいいのかわからなくなってしまって」

「思い悩んでも無駄だと思うわ。あなたの意見でお兄さまの気が変わることは、まあ、なさそうだから。信じてもらえるかどうかわからないけれど、わたしもお兄さまに考えなおしてもらおうと懸命に説得したのよ」

「兄はすごく頑固になるときがあるんです」ユードラの目で好奇心がきらりと輝いた。

「ひょっとして、わたしもその調査に協力できるのではないかしら？」

「お申し出はありがたいわ。でも、あなたにできることがあるとは思えないのよ」カリスタはファイルをひとつ、手に取った。「この件については、わたし自身もどうすべきか確信がないの」

ユードラが椅子から立ちあがって机に歩み寄った。「それは、あなたが入会を断った希望者のファイルですか？」

「ええ、そう」

「何人分？」

「一ダースくらいね。年齢がいきすぎてると思える数人を除くところまではできたのだけれど」

「入会をお断りになった理由はなんでしょうか？」

「理由はいろいろだわね。結婚していることを隠そうとした人が数人。そのほかには財産目当てではないかと思える人もいたわ。それ以外では、はっきりした理由はないけれど、なんだか不自然な印象を受けた人ね。会員を選ぶとき、わたしはけっして自分の直感に逆らわないことにしているの」

「そのファイルですけれど、まずはお断りの理由ごとに分けてみたらいかがでしょう？」

「どういうこと？　入会希望者は全員があれやこれやでわたしに嘘をついているのよ」

「それはわかっています」ユードラが言った。「でも、お話をうかがっていると、どうやらあなたは復讐への執着をつのらせた人を探しているんですよね。だとすれば、それぞれが断られた理由を正確に把握することで、対象がしぼられるかもしれません」

「こういう問題についていろいろ知識をおもちなようね」

「それはつまり、もうひとりの兄ハリーが医者なんです。そしてたまたま科学の新しい分野である心理学に深い関心を抱いていて、ドイツやアメリカのそうした分野で進められている研究についていろいろ話してくれるんです。ハリーはこうした研究が医学の特定の領域の診療方法を変えると確信しているんです」ユードラは積み重ねられたフォルダーをじっと見た。

「あなたのメモを見せていただいてもかまいません？」

カリスタは考えた。「ひょっとして、臨時でいいから、わたしの助手になってくださる気はないかしら？」

ユードラの目が熱っぽく輝いた。「おもしろそうなお仕事ですね。喜んで引き受けさせていただきます」

カリスタが笑みを浮かべた。「それだけの能力があれば、わたしのメモの精査や整理の手伝いはじゅうぶんにこなせるわ」

ユードラはファイルをぱらぱらと繰った。「この人は相続財産に関して嘘をついたようですね」

「この仕事をしていると、よくある問題なの」カリスタが間をおいた。「あなた、心理学についての知識があるのよね？」

「専門家はわたしではなくハリーですが、兄からいろいろ教えてもらったことがあって」

「そこのファイルの人たちに対する意見を聞かせてほしいけれど、どうかしら？」

「できるだけのことはやります」ユードラが答えた。

カリスタは遅まきながら、あることに気づいた。「お兄さまはいやがるかもしれないわね」

「わたし、自分のことは自分で決めます、ミス・ラングリー」

「こういう仕事をするのが、もし本当にいやでなければ――」

ユードラのファイルを持つ手に力がこもった。

「もちろんです。すごく楽しいわ。じつは、仕事をはじめるときがもう待ち遠しいくらい」

それを聞いてカリスタは思った。最近、ただ流されながら日々を送ってきたのは、ヘイスティングズ家の中でトレントだけではなかったのかもしれない。

17

トレントは辻馬車の扉を開け、昇降段を蹴りおろすと、先に降りてカリスタに手を差し出した。トレントが彼女に手を触れるのはこれが二度目だ。三十分前、馬車に乗りこむ際に手を差し伸べてくれたときが最初で、そのときカリスタの全身を正体不明の小さな身震いが駆けぬけたが、今度は心構えができているものと思っていた。

ところが違った。手袋におおわれた手をトレントの力強い手に握られたとき、またしても全身の神経にざわざわした感覚が急襲をかけてきた。夏の嵐がすぐそこに迫ったときの空気から感じるエネルギーを思い出す。稲妻がいまにも空を引き裂く予感にカリスタの鼓動はいやでも速まった。

広い肩幅、しなやかで無理のない所作から察するに、トレントは今がまさに男盛りなのだろう。だが、彼の男性的な力強さを感じながら馬車から降り立ったとき、カリスタはなおいっそう強く彼を意識した。その意識はカリスタの胸の奥深く入りこみ、芯の部分にまで達した。

二人はともにしごく冷静な表情を保っていたが、トレントが何かの予感に緊張を覚えていることがカリスタにはわかった。カリスタ自身もそうだったたからだ——彼に対する意識が強まったせいであることは疑いようがない。

二人がここへ来たのは、三時間前にトレントがミセス・フルトンからの手紙を受け取ったからだ。ついに行動を起こすときが来た。カリスタはつぎのメメント・モリが届くのを待つこと以外、何もできずに手をこまぬいている状況にうんざりしているところだった。そんなとき、トレントが鐘の出どころをたどってくれたおかげで、まもなく事実が明るみに出るかもしれないのだ。

二人はしばし無言のまま、濃い霧が立ちこめる通りのようすをうかがった。J・P・フルトンの店をふくめ、立ち並ぶ店はすべて夜の店じまいをしたあとだ。店の上の階の部屋もすべて暗い。このあたりは品のいい静かな地区だから、人びとは早い時刻に床に入るのだろう。近隣に酒場もミュージック・ホールもないため、そうしたところにたむろする芳しくない輩や荒くれ者もいない。街灯の下に群がる売春婦もいない。物陰にスリや酔っ払いがひそんでいる気配もない。

「きみをいっしょに来させたのは間違いだった。どうしてそれでもいいと思ったのか、自分でもわからないよ」トレントが言った。

「あなたがそう考えた理由は常識でしょうね。ミセス・フルトンはひとり暮らしの未亡人だわ。そのうえ、仕事柄、厳粛さをただよわせている必要がある。もしも深夜に独身男性との時間を楽しんでいるところを人に見られたりしたら、生計を立てている商売が立ちゆかなくなる危険がある。となれば、わたしがいることで彼女は安心するし、きっとより協力的になってくれるはずだわ」

「彼女の手紙はぼくに宛てたものだ。きみじゃない。もしカネが欲しいなら、よほど協力的な態度を示してくれないと」

「忘れないでいただきたいわ、ミスター・ヘイスティングズ、この調査はわたしの問題なの。あなたが協力を申し出てくださったことには感謝しているけれど、主導権をあなたに握らせるわけにはいきません。そこのところは間違えないでいただきたいわ」

「手紙を受け取ったことをきみに知らせなければよかった」

「もし知らせてくれなかったとしたら、わたし、怒り心頭だったわ」

「それが怖かったんだよ」

「わたしが怒ることが？」カリスタはなんだかうれしそうににこりとした。「そうだと知って悪い気はしないわね」

トレントのステッキを握った手に力がこもった。

「たのむから、ぼくにこの決断を後悔させないでくれ」

カリスタは彼をちらっと見たが、外套の襟が引きあげられていて顔の大部分が隠れていた。

霧とガス灯がつくる影もあり、表情を読みとることはできない。しかし、彼はそれ以上つっかかってはこなかった。そもそも彼がこの問題に巻きこまれたのはカリスタが原因なのだから、彼女には彼と行動をともにする権利があった。

トレントが辻馬車の御者にここで待つように指示すると、カリスタの腕をぎゅっとつかんで通りを渡らせた。

店の入り口で二人は足を止めた。窓の日よけはすべて引きおろされていたが、そのへりからはかすかな明かりが漏れている。店内のランプの光はぐっと落としてあるものの、明かりがついていることはついている。

トレントが静かにノックした。

「彼女、中にいるはずよね」カリスタが言った。「もしあなたと二人きりで会うことに不安を感じているとしても意外ではないけれど」

「そうだな」

トレントが手袋をはめた手を扉の取っ手にかけると、難なく回った。ステッキを使って扉を開ける。

「ミセス・フルトン」トレントが静寂に向かって声をかけた。「お話をうかがいにきました。ミス・ラングリーもいっしょです」

カリスタが店内に足を踏み入れた。仄暗い明かりは奥にある棺の陳列室から漏れてきていた。

「ミセス・フルトン?」カリスタは細い階段の下まで進み、やや大きな声で呼びかけた。「ミスター・ヘイスティングズといっしょにわたしも来ましたが、かまいませんよね。女性も同席するほうがそちらも安心できるのではないかと思ってのことですが」

暗がりのどこかで床板がきしんだ。

「どうもおかしい」トレントが声をひそめて言った。「ここを出よう。今すぐ」

「だめよ」カリスタはとっさに言った。「帰れないわ。今はまだ。ミセス・フルトンが何を話したかったのか、突き止めなくては」

「出よう」トレントがカリスタの上腕をつかみ、階段の下から引き離した。

店の入り口に向かって押しやる。カリスタはスカートをつかみ、駆けだそうとした。

そのとき、カウンターの後ろから背の高い人影がぬっと現われ、入り口への道に立ちはだかった。棺の陳列室から漏れてくるぼんやりした明かりを受けて、男が手にした刃がきらりと光った。

男は一瞬たりともためらわなかった。すぐさま邪悪なナイフを突き出し、ひと突きで殺さんばかりの勢いでトレントめがけて突進した。

トレントは男が握ったナイフを叩き落とそうと、頑丈なステッキで宙を素早く切って弧を描いた。予期せぬ反撃に驚いた侵入者も素早く横へ飛び、なんとかステッキから身をかわした。

カリスタは、男が行く手を阻んでいるかぎり、正面の扉から外には出られないと悟った。トレントがステッキで運よくナイフを叩き落とせなければ、扉まで行くことはできない。しかしそのためには、トレントが長い刃の危険に身をさらして、敵にじりじりと近づいていく必要がある。

明らかに、トレントも同じ結論に達していた。カリスタを引っ張って棺の陳列室の入り口へと引き返したのだ。二人に襲いかかってきた男もあとを追ってきたが、今度はステッキを警戒して用心深くなっていた。

カリスタのボタン式長靴がペチコートの裾を引っかけた。カリスタは必死でスカートに抗ったが、遅すぎた。バランスが崩れた。

トレントはとっさにカリスタを引っ張っていた手を離し、カリスタと敵のあいだに割って入った。カリスタはドレスとペチコートがどうにもままならず、ふらふらと横へよろけて、凝った装飾を施した棺にどんとぶつかった。棺の蓋は開いていた。両膝をついた格好で着地したカリスタは棺のへりをつかんで立ちあがろうとした。

その手に力をこめたとき、棺の中の死体が目に入った。ミセス・フルトンが死のショックからかうつろになった目をカリスタに向けている。喉もとには血が帯をなし、棺の内側をおおう白いサテン地にはおびただしい深紅のしみが。

その直後、男が発した怒りに満ちた原始の咆哮が響き、カリスタはくるりと向きなおった。目に飛びこんできたのは、台座にのっていた花瓶をつかんだトレントの姿だ。自由なほうの手でいかにも重い花瓶を持ちあげて敵に狙いをつけて振りおろす。

ぎっしりと並べられた棺のあいだの細い隙間に追いこまれた敵は逃げられなくなった。片手を振りあげて避けようとするものの、花瓶は強烈な一撃となって男を仕留め、男は二、三歩あとずさった。

大きな花瓶は床に落ち、こなごなに砕けた。トレントも男も鋭い破片など気にも留めなかった。

男は再び身構え、ふらつきながら前に進んだが、トレントのステッキに近づかないよう用心している。カリスタは考えた。もしわたしがいなかったら膠着状態に陥ったはず。男もカリスタと同時に同じことに気づいたようだった。すぐさま方向転換し、今度はカリスタめがけて突進してきた。だが、カリスタはすでに立ちあがり、スカートとペチコートを膝までたくしあげていた。男の動きは敏捷だったが、カリスタにはひとつだけ敵より有利な点があった——男が自分を人質にしようとするかもしれないと、敵が思いつく数秒前に予想したのだ。

カリスタは棺と棺のあいだに滑りこむや、二列に並んだ棺のあいだの通路を夢中で進んだ。後方から男が動く音が聞こえてくる。ちらっと振り返ると、ミセス・フルトンの死体が入った棺を乗り越えようとしているところが見えた。

スカートをさらにたくしあげ、またつぎの棺のあいだを横向きになって急いだ。

後方からどすんとこもった音が聞こえた。不安をかきたてるその音につづき、怒りと苦痛がまじりあった苦悶の叫びが響いた。あの男だわ。トレントじゃない。

棺の列の端に達すると、台座の上の花瓶をつかんだ。トレントがさっき使ったものと同じものだった。こんなに重いとは思ってもみなかった。両手を使わなければ持ちあげることすらできない。

向きなおると、トレントがステッキを捨てて、葬儀の花輪を掛けるための装飾が施された鉄製の背の高いスタンドを握っていた。それだけの長さがあれば、男のナイフ攻撃をかわせる距離をおいて戦うことができそうだ。

トレントが棺ごしに花輪用スタンドで敵に一撃を見舞った。

男の頭部からは血が噴き出し、一部が滝のように顔を伝い落ちた。男がまた叫びをあげ、手袋をはめた手の甲を目に押し当てた。同時に、トレントの手の届かないところへ退却しようとしたが、両側を棺にはさまれて身動きがとれない。

トレントが二個の棺のあいだへと移動した。男と同じ通路に立ち、男がカリスタに近づかないよう道を塞いでいる。鉄製のスタンドを構え、もう一度粗野な一撃を加えようと狙ってもいた。

男は攻撃をあきらめた。いちばん近くの棺をよじのぼって乗り越え、出口に向かって駆けだした。

棺の陳列室を飛び出し、店を横切り、夜の闇の中へと姿を消した。傷から滴り落ちた血が男の通ったあとにしるしを残していた。

18

トレントはカリスタを見た。

「大丈夫か？」

その声は自分の耳にさえざらついて獰猛に響いた。暴れたばかりの体ではまだまだ血が熱く煮えたぎっている。心臓は激しく鼓動を打ち、呼吸は荒かった。暴れたからばかりではない。あやうく免れた事態を考えると内臓がよじれそうでもあった。ぼくがいけなかった、とトレントは思った。今夜は彼女を同行させてはいけなかったんだ。もう少しで手遅れになるところだった。

あと一瞬遅ければ、あいつは彼女を手にかけただろう。

もう少しで手遅れになるところだった。

「ええ。ええ、わたしなら大丈夫よ」カリスタが陳列室の入り口から店の入り口のほうを見やった。「あの男、引き返してくると思う？」

「ここに残ってそれをたしかめるつもりはないね」トレントは重い鉄製のスタンドを脇へ放

り出し、隣の通路に移動してステッキを拾いあげた。「さあ、行こう。ここを出る前にひとつだけ手に入れたいものがある」

「あの男、ミセス・フルトンを殺したのよ」

「えっ？」

「あの棺にミセス・フルトンが」カリスタは白いサテンをあしらった白い棺を手ぶりで示した。「自分の目でたしかめて」

「いったいなんだって？」トレントも何がなんだかわからず、蓋が開いた棺に近づいて視線を落とした。棺の中には、本当にミセス・フルトンがいた。内側に張られたサテンに血がたっぷりしみこんでいる。「このようすじゃ、ご主人の専売特許、安全装置付き棺は必要なさそうだな」

「わたしたちを殺そうとしたあの悪党、きっとわたしたちが到着する前にここに押し入った強盗だわ。あの男がミセス・フルトンを殺したのよ。金目のものを物色していたところに、わたしたちが邪魔に入ったということね」

「その可能性もないことはないが、それは、まあ、ないと思うね」

カリスタは、白いサテンで裏打ちをした白い棺の中に目がいかないように注意しながら、通路を進んだ。

「なぜそんなことがわかるの？」

論理的な答えを聞きたかったのだろうが、彼女の目に浮かんだショックを見て、自分と同じ点に気づいたことがわかった。

「断言はできないが、手紙を受け取ったぼくがここに来るまでの数時間のうちにここの店主が殺されたとなると、偶然の一致とはとうてい思えない」

「罠だったんだわ」カリスタが吸いこんだ息が震えていた。

「こうした状況では、それが唯一の論理的な仮説だ。さあ、早くここを出よう」トレントはカリスタに先に行くよう手ぶりで示した。「辻馬車がまだ待っていることを願うばかりだが、今日のわれわれの運の悪さだと、あの人殺しが乗っていってしまったかもしれない」

「ミセス・フルトンはどうするの？　今夜、ここで殺人事件が起きたのよ。このままにはできないわ」

「現場にいるところを見られたくない。無事家に着いてから、ロンドン警視庁の知り合いに連絡を入れよう」

「ロンドン警視庁にお知り合いがいらっしゃるの？」

「たしかもう言ったと思ったが、これまでいろいろ取材をしてきたおかげで、さまざまな社会階層に属する多くの人との付き合いができたんだ。ウィン警部補はきわめて有能な警部補で、なおよいことに、プライバシーを尊重してくれる人だ。だから彼に今夜ここで起きたことと犯人の風体を説明しておこうと思う。きみを巻きこむことはないから心配しないでいい」

カリスタはおとなしく聞き入れた。殺人事件の捜査にかかわっていることが世間に知られれば、サロンが大打撃を受けるだろうことをカリスタも彼同様に理解していた。

「ちょっと待っててくれ」トレントは言った。

カリスタが扉の取っ手に手をかけたまま足を止めて振り返った。「何かしら?」

「ミセス・フルトンの帳簿だ。運がよければ、まだここにあるはずだ」

トレントはカウンターの後ろに回りこんで明かりをともした。革装丁の分厚い帳面は、その日の昼、ミセス・フルトンが置いた、まさにその場所にあった。トレントはそれを手に取り、小脇に抱えた。

「これでよし。さあ、帰ろう」

外に出ると、霧はあいかわらず通りに立ちこめていたが、あたりはしんと静まり返っていた。霧の中からは不吉な足音ひとつ聞こえてこない。

辻馬車は影も形もなかった。予想どおり。

「驚くにはあたらない。今夜、ぼくたちは運を使い果たしてしまったのさ」

19

「あの男がわたしたちの辻馬車を奪ったわけではないと思うわ」カリスタは言った。「店の中の騒ぎに気づいた御者がさっさと逃げていったのよ。だって、御者にしてみれば、血だらけの客を乗せるなんて真っ平御免のはずですもの。くそっ」

カリスタのレディらしからぬ言葉づかいが、トレントはなぜか愉快に思えた。

「J・P・フルトンは棺と葬儀用品を売る店だ。御者はおそらく、逃げ出してきた男をあの世からよみがえった幽霊だと思ったんだろうな」

「それよりも、中で暴力沙汰が起きていると気づいて、巻きこまれたくなかったっていうほうが可能性が高いわ。わたしたちを助けにこようとはしなかったことは事実なんだし。巡査を呼びにいくことすらしなかったわ。もしそうしていれば、今ごろはもう到着しているはずですもの」

「ぼくたちと同じなのさ。きみのサロンも、ミセス・フルトンの死体発見なんて醜聞がついてまわったら困るだろう」

「それにしても、ナイフを持ったあの男はどういう人なのかしら？」

トレントは街灯の明かりに浮かぶカリスタの顔を見て、表情を読みとろうとした。「きみは本当にあの男に見覚えがないんだね？」

「ええ、もちろん」カリスタが身震いをしてみせた。「わたしが入会を断った人の中にいなかったことは間違いない。そうとわかったら、安心していいのか、今まで以上に用心しなければいけないのか、わからなくなったわ」

「さっきも言ったが、ウィン警部補にやつの風体を伝えておくよ」トレントがしばし間をおき、いくつかの可能性を考えた。「それだけでなく、もうひとり、べつの知り合いにもそれを伝えることにする。おそらくどちらか、あるいは両方があの男の正体を突き止めてくれるはずだ」

「あの男、昨日わたしが乗った辻馬車の御者が言っていた風体とぴったり一致するわね」カリスタが思案顔で言った。「三十代前半の身なりのいい紳士。わたしたちはいくつかもっと細かい点に気づいたわ。明るい色の髪。殺気立った目をしていなければ、端整な顔立ちと言えるかもしれない」

「腕の立つナイフの使い手である紳士だな」トレントは付け加えた。「上流階級の中にそうはいるはずがない」

「あなたの一撃が致命傷にならなかったとしたら、縫ってもらう必要があるんじゃないかしら。しばらくのあいだは少なくとも頭に包帯を巻いていなければならないわ」

「頭部の傷は出血量が多い傾向がある。残念ながら、最初の一撃は命にかかわるほど強くかったし、つぎの一撃は狙いがはずれた」トレントは帳簿のことを思い出し、それをカリスタに差し出した。「これを持ってくれるかな？　こういう状況だから、ぼくは両手を空けておいたほうがいいと思うんだ」

「ええ、いいわ」カリスタが答えた。

カリスタは帳簿を脇に抱え、トレントは彫刻を施したステッキの握りを持つ手に力をこめた。

「そのうち辻馬車が通りかかるだろう」

二人は黙ったまま、しばらく歩きつづけた。トレントはカリスタが横にいることが気になってしかたがない。彼女がはいているボタン式の長靴の踵が夜の闇の中、かすかにこだまし、その靴音がトレントの全神経をかき乱した。だが、それを言うならカリスタの何もかもが同じ影響をおよぼしているようでもあった。

「あいつがきみを人質に使おうとしていることに気づいたきみは、じつに抜け目がなかった。動きも素早かった」

もし男がカリスタの喉に腕を回したとしたら起きたかもしれないことについては考えたくなかった。

「ほかにどうしたらいいのか思いつかなかったの」カリスタが言った。「でも、わたしたちが無事だったのはあなたのおかげだわ」

「いや、ぼくたちはお互いを救った」

カリスタはその意見に勇気づけられたようだった。

「ということは、わたしたち、素晴らしいチームってことね。そうだわ、これは言っておかなくちゃと思っていたんだけれど、あなたのステッキを使った技は大したものだわ。武器としてそれを使う術はどこで身につけたの？」

「モンステリー大佐の下で研鑽《けんさん》を積んだ講師の指導を受けた。アメリカにあるモンステリーのフェンシング&ボクシング学校のひとつでのことだ。モンステリーという人は、ステッキを武器として使うことの熱心な提唱者でね。なぜかといえば、ステッキはいつでも手近にありながらほとんど目に入らないものだからだ。ステッキを必要以上に気に留める人などいやしないからね」

「たしかに、ほとんどの紳士が持っているけれど」カリスタが話をまとめた。「おしゃれな装身具であって武器ではないと思われているものね」カリスタが横目でちらっとトレントを見た。「クライヴ・ストーンがステッキを持ち歩いている理由がこれでわかったわ」

「ぼくは拳銃が好きじゃないんだ。命中したとき、致命的な結果をもたらすことが多いし、いちばん必要とするときに不具合が生じることもある」

「ふうん」カリスタはしばし無言だったが、まもなく付け加えた。「今さらだけど、今夜はわたしがいっしょに行ってよかったと認めてくださるわね」

「後知恵にはなるが、ぼくたちは今夜、それはそれは幸運だったと認めざるをえない。あの場が一転、悲惨なことになっていてもおかしくなかった——ミセス・フルトンのように」

カリスタがまた押し黙った。一瞬にして落ちこんでしまったようだ。よけいなことを言うんじゃなかった、とトレントは思った。

「わたしのせいだわ」ようやく口を開いたカリスタがつらそうに、だがきっぱりと言った。

「いったいなんのことを言ってる？」

「もしもこの奇妙な出来事に関してわたしに力を貸してくださったりしなければ、あなたがこんな危険な目にあうことはなかったわ。今夜、あなたが殺されかけたのはわたしのせいなのよ、ミスター・ヘイスティングズ」

どこからともなくこみあげてきた苛立ちと怒りが、トレントを突きあげた。ぴたりと足を止め、カリスタのほうを向く。

「いや、きみのせいじゃない。くそっ。なんでまたぼくの周りにはそうやって、ぼくの身に降りかかった不運はなんでもかんでも自分のせいだと思いこむ人間ばかりなんだ。きみまで殉教者にならないでくれ」

カリスタはぎくりとした。「えっ？」

「この件に関してきみに力を貸すと決めたのはぼくだ。決断を下したのはぼくなんだ。そこをはっきりわかってもらいたいね」

「わたしのためにひと肌脱ごうと申し出てくださったんだわ」

「決断を下したのはこのぼくだ。取材だと言っただろう？」

カリスタは永遠にも思える長いあいだ、トレントをじっと見ていた。街灯の仄暗い明かりでは彼女の目の表情を読みとることはできなかった。

「問題なのは」カリスタがようやく口を開いた。「この一件がたんなる調査などとは言えないところまで大ごとになってしまったことなの。これまではわたし、いいお相手を見つければ、それがあなたへのお返しになるものと思ってきたけれど、今夜あなたが冒した危険を考えれば、そんなことですむはずないと気づいたのよ」

「ぼくはお返しなど要求した覚えはないが」

「そうはおっしゃっても、わたしはあなたに借りができて、今も刻一刻とそれがふくらんでいってるわ。もしもさっき起きたような恐ろしいことがあなたの身にまた起きたりしたら、わたしは死ぬまで罪の意識を背負うことになると思うの」

「ミス・ラングリー、この件に関しては、どうかぼくの自尊心と名誉を尊重していただきたい。正直なところ、この危険な犯人探しをきみひとりでつづけさせるわけにはいかないよ。もし恐ろしいことがきみの身に起きたりしたら、ぼくは死ぬまで罪の意識を背負うことになると思うからね」


「わたしの言ったことをそっくりそのまま返してくるなんて、どういうことかしら？」

「それはね、ぼくが本当にきみに力を貸したいってことをわかってほしくてたまらないからだ」

「なんと言ったらいいのかわからないわ」カリスタが小さな声で言った。

「だったらいっそのこと、こんな話をするのはやめよう」

「そうね、ミスター・ヘイスティングズ。それがよさそうだわ」

「ひとつだけお願いがあるんだが」

「は？」

「たのむからミスター・ヘイスティングズと呼ぶのはやめてくれないか？　今夜みたいなことをいっしょに切り抜けてきたことを考えれば、もうファーストネームで呼んでもらってもいいと思うんだが」

「トレント」

カリスタはその名を、まるで服を試着するときのように、響きをたしかめながら声に出した。

「発音がむずかしい名前じゃない。たった一音節だ。練習を積めば、難なく呼べるようになると思うが」

た。

「からかっているの？」

「まあね」

カリスタの口もとに笑みが浮かびかけて消えるのを見たような気がしたが、確信はなかった。

「今夜は本当に怖かったわ、トレント」カリスタがおそるおそる言った。「心底ぞっとしたし、今もまだとっても変な気分。不安で震えが止まらないような感じなの」

「どうだろうな、ミス・ラングリー。きみは鉄の神経の持ち主だ」

「カリスタと呼んで」

「カリスタ」トレントは声に出し、心地よいその響きが気に入った——決然としていて魅力的で、ちょっと謎めいてもいる。「心配はいらない。あれほどの修羅場を切り抜けたあとだ、不安で震えが止まらないのは珍しいことじゃないさ」

「本当に？」

「ああ、もちろん」

「あなたはどんな気分？」

「そういうことはあまり探らないほうがいいと思うね」

「もしこの件に関して手を組もうというのなら、お互い正直にならなくちゃ」

「本当にそう思ってるのか？」

「もちろんだわ」

「今のぼくの気分は、カリスタ、ものすごくきみにキスしたい気分だ」

トレントは固唾をのんでカリスタの反応を待った。

「あなたのキスならお受けしたいわ」陰になった彼女の目は官能的で、トレントを誘っているようだった。「あなたをぎゅっと抱きしめたいのは、わたしの神経がショックを受けているからなんでしょうね」

トレントは思わずもれそうになったうめきを押し殺した。「たぶん」

「もしかしたらキスが治療になるかもしれないわ——カタルシスになりそうな体験ですもの」

「きみはこんな状況からでもロマンスを見いだす方法を知っているんだね、カリスタ」

「わたしはロマンチックな女じゃないわ」

そう言う彼女の口調は冷静で、それなりの説得力もあり、トレントはもう少しで大笑いするところだった。

「だとしたら、ずいぶん変わった仕事を選んだものだな」

「そうかもしれないけれど、棺と葬儀用品を売る仕事に比べたら、ずっと楽しい気分でいられる仕事って気がするわ」

「なるほど、そういうことか」

「ところで、わたしにキスするおつもり？　もしそうでないなら、そろそろ歩きはじめましょうよ。夜がどんどん更けていくわ」

「ぼくにキスしてほしいというのは本当なのか？」

「ええ、もちろん」

再び押し寄せた熱っぽさが彼の神経をなおいっそう高ぶらせた。

「治療になるかもしれないからって理由で？」愚かな質問だが、どうしても知っておかなければならなかった。

「理由はなんでもいいわ」

聞きたかった返事ではなかったが、とりあえずはじゅうぶんだ。それを言うなら、肯定的な返事ならなんでもよかった――さしあたっては。最後にこれほどまでに女性を抱きしめたいと思ったのがいつだったか思い出せなかった。じつのところ、カリスタをしてイエスと言わせたのは高ぶった神経なのかもしれないが、そんな理由をぐずぐず考えていたところではじまらない。

トレントは手袋をはめた手を用心深く、心してそっとカリスタのうなじに回した。脈拍が上がる。欲望が早くも勢いある上げ潮となって、邪魔なものはすべて押し流してやる、と脅してきた。

「トレント」カリスタが息を殺してささやいた。

それだけ聞けばじゅうぶんだった。トレントはカリスタにそれ以上何かを言う間を与えることなく顔をぐっと引き寄せ、唇を重ねた。

キスはトレントの思いどおりにはじまった――くすぶっていた火を抑えこめる自信はあった。今夜はカリスタが彼の感触に応えてくれる感じがつかめれば、それだけでいい。それだけが望みだった。霧が立ちこめる深夜の街路は、疑問を深く探るに相応しい時と場所だとは思えなかったからだ。ただ、彼女が彼に対して少なくともほんの少しは欲望めいたものを感じていることを知っておきたかった。

数秒間は、運は尽きた、と思った。カリスタは彼に触れられたせいで凍りついたかのように、ただ立ち尽くしているだけだった。奇妙な絶望感がトレントの頭上にただよいながら降りていくときを見計らっていた。

だが、つぎの瞬間、カリスタの喉の奥深くから柔らかでいながら切迫感のある小さな音が聞こえた。帳簿を片手に握りしめたまま、手袋をはめたカリスタのもう一方の手のひらがトレントの肩におかれ、指先が食いこまんばかりに肩先をつかんできた。重ねた唇が心なしか柔らかになった。

カリスタが返してきたキスからは、情熱に憧れながらもそうした激情にあえて身をゆだねることのない女性の不安が伝わってきた。強い感情がないまぜになったときの不安定さはトレントにも理解できた。カリスタが自分と同じように慎重になっていると知り、トレントはそれ以外のことでは得られたはずのない自信を得た。

「大丈夫」トレントはカリスタの唇にささやきかけた。「ただのキスだ。先の心配はしなくていい」

「そう、ここは通りの真ん中ですものね」

意外にも冷静できわどいユーモアをのぞかせたカリスタのかすれた声が、トレントを思わず油断させると同時に、彼が抑えこんでいた欲望の炎をあおった。淫らな高ぶりが小刻みな震えとなって全身を駆け抜ける。

トレントは女のにおいを鮮明に意識した。ドレスの厚い生地を通して彼女の体の滑らかでしなやかな感触が伝わってくる。キスは彼が久しく体験することのなかった感覚を目覚めさせ、一気にわきあがってきた活力と深く疼く欲望が彼の心を奪った。

キスはカリスタをも大きく揺さぶっているようだった。彼の手の下で小さく身を震わせているが、それは恐れとか不安のせいではなかった。

トレントはもう一度、カリスタの唇をとらえた。

そのとき、馬具と蹄の快活な音が舗道に響き、魔法が解けた。最初に覚えた衝動は、カリスタを手近な建物の戸口に引きこんで馬車から見えないようにする、だったが、現実がそれに打ち勝った。

とはいえ、キスを終わらせるのはひと苦労だった。唇を離してからも数秒間、彼はただじっと彼女を見つめていた。二人とも呼吸が荒く、まるであの棺の部屋での乱闘の直後を思わせた。トレントは自制心を働かせた。

「辻馬車だ」トレントは霧がかかった頭の中からこの言葉を見つけることができただけでなく、それを声に出せたことが妙に誇らしかった。

カリスタも平常心を取りもどそうと懸命なのが目に見えた。「ほんと、辻馬車だわ」

トレントは手を上げた。馬車が徐々に速度を落として停まった。トレントが手を添えてカリスタを馬車に乗せた。

通りはがらんとしていた。二十分後に馬車はクランリー館に到着し、私道に回りこんで屋敷の正面玄関の前に停まった。

馬車が停まると同時に玄関の扉が開いた。しかし、出てきたのは家政婦でも執事でもなく、シャツ姿の若者だった。髪をくしゃくしゃに乱し、半狂乱といった表情だ。

「カリスタ？」若者はカリスタをじっと見てから、トレントに目を移した。「どこへ行ってたの？　心配で心配で死にそうだったよ。いったい何があったんだよ？」

「ミスター・ヘイスティングズ」カリスタが言った。「紹介させていただくわ。こちらが弟のアンドルー」

アンドルーの愕然とした表情を見たとたん、トレントはこの騒がしい夜がまだ終わってはいないことに気づいた。

アンドルーがうつむき、階段を駆けおりてきた。

「この野郎」うなるように言った。「よくも姉を辱《はずかし》めてくれたな。殺してやる」

20

カリスタはぎょっとして、地面に飛びおりるや、トレントの前に立った。「アンドルー、およしなさい。あなた、自分のしていることがわかっていないわ」

いまだかつてこんなアンドルーは見たことがなかった。またしてもここで、弟がもはや姉の慰めや保護を必要とする男の子ではない事実を思い知らされた。もう強靭な体と強く激しい感情をそなえた大人の男なのだ。今のアンドルーのようすを見るに、彼自身がきわめて危険な存在であるだけでなく、危険にさらされてもいた。

アンドルーの若さは強みかもしれないが、トレントには経験というものがあった。少し前に目のあたりにしたとおり、トレントは相当な力とステッキを武器として使う技をそなえている。

カリスタはこの場をどうおさめたものやらわからなかった。わかっているのはただ、二人の男に殴り合いをさせてはならないということだけ。

アンドルーはカリスタとの衝突を避けようとあわてて足を止めた。カリスタの頭ごしにトレントをにらみつけている。

「どいてくれ、カリスタ」アンドルーが命令した。「ヘイスティングズはお姉さまにひどいことをしたんだ。その報いは受けてもらう」

「あなたは自分が何を言っているかわかっていないわ。ミスター・ヘイスティングズは今夜、わたしの命を救ってくださったの」

「何を言ってるんだ、カリスタ。ドレスについたそのしみはなんなんだ?」

「これはね、今夜、ミスター・ヘイスティングズとわたしを殺そうとした男の血」場を支配している暴力的な空気をついて、心して冷静かつ歯切れのいい口調で言った。

「なんだって?」アンドルーは驚きのあまり言葉を失った。「どういうことなんだ?」

トレントがカリスタの後ろで動いた。

「話のつづきは屋敷の中でしたほうがいいと思うね。そうすれば、ご近所の方々が目を覚ますこともないだろう」

アンドルーはトレントをにらんでいたが、立ち話が醜聞につながるかもしれないと言われて分別を取りもどしたようだった。少なくとも一時的には。それ以上何も言わず、アンドルーは屋敷の中へと素早く引き返した。

カリスタは帳簿をトレントに手わたすと、スカートをつかんで弟のあとを追った。

「アンドルー、お願いだから話を聞いてちょうだい」

トレントはカリスタのあとを追って玄関ホールに入り、扉を閉めた。

「まずは二階に行って手や顔を洗ってきたらどうだ、カリスタ？」トレントが言った。提案ではなく命令だった。「ここはぼくに任せて」

カリスタは何か言いかけたが、そのとき、飾り棚に映った自分の姿が目に入った。髪がピンからはずれて乱れ、ひどいことになっている。ドレスはと目を落とせば、スカートとペチコートの裾に深紅のしみが点々とついていた。J・P・フルトンの店を出るとき、あの男が垂らしていった血の跡を歩いてきたのだと気がついた。アンドルーがショックを受け、怒ったのも無理はない。

なんと言ったらいいのかわからずにいると、ミセス・サイクスが現われた。

「いったいどうなさいました？」ミセス・サイクスが目を大きく見開いてカリスタをじっと見た。「まあ、たいへん。いったいお嬢さまの身に何が？」振り返って、おそるおそるトレントを見た。「ミスター・ヘイスティングズ、まさか――」

「わたしなら大丈夫」カリスタはとっさに言った。「ミスター・ヘイスティングズとわたし、今夜、襲われたの。ミスター・ヘイスティングズがわたしを救ってくださったわ。もしあの方がいらっしゃらなかったら、今ごろはわたし、きっと棺の中だったわ。冗談でなく。それじゃ、ちょっと失礼してドレスを着替えてくるわね。手伝ってもらえるとありがたいわ」

「もちろんですとも、お嬢さま」ミセス・サイクスは早くもショックから立ちなおり、いかにもプロらしくてきぱきと動きはじめた。「そんなドレスをいつまでもお召しになってらしてはいけませんわ」

カリスタは最後にもう一度、アンドルーをちらっと見た。険しい表情のまま、トレントから目を離さずにいる。

ミスター・サイクスがやってきた。ひと目で状況を把握したようだ。

「読書室にご案内いたしましょう」ミスター・サイクスがアンドルーとトレントに言った。「お見受けしたところ、お二方ともブランデーがよろしいと存じますが」

二人とも反論はしなかった。それを言うなら、プロの執事に反論する人間などめったにいない、とカリスタは思った。だが、

「殿方のことはミスター・サイクスに任せましょう」ミセス・サイクスが踊り場から声をかけた。「こういうことが起きたとき、殿方は女にはとうてい理解できない方法でわかりあったりするものですわ」

「そういうことになりそうだわ」

カリスタはそう言いながらスカートをつかむと、急いで階段をのぼった。ちょうど寝室に入ったとき、読書室の扉がぴたりと閉じる音が聞こえた。

21

「きみが姉上の今夜の姿について心配するのは当然だ」トレントはブランデーを飲みながら、絨毯の上を行ったり来たりするアンドルーを眺めていた。「だが、さっき彼女が話したことは本当だ。これだけは言っておくが、ぼくは彼女を傷つけたりしてはいない。ナイフを持った男に襲われたんだ」

アンドルーが訝しげに目を細めた。「血は？」

「カリスタがさっき言ったように、ぼくたちを襲った男の血がドレスについたんだ。ぼくは葬儀用の花輪を掛ける鉄製のスタンドをつかんで、なんとかそいつをかわすことができた」

アンドルーが部屋の真ん中で足を止めた。「どうしてまた花輪のスタンドなんてものが手の届くところにあったんです？　そもそも二人はどこで襲われたんですか？」

「場所はJ・P・フルトンという棺と葬儀用品を売っている店だ」

それを聞いたアンドルーは疑り深い表情をのぞかせたが、また行ったり来たり歩きはじめた。

「そこでいったい何をしていたんです？」

「きみはこのごろ姉上の抱えている問題をあまり気にかけていないんだろう？」

「姉に届けられる薄気味悪いメメント・モリのことを言っているなら、それは違います。ぼくはずっと注意を払ってきた。カリスタには何も言っていないが、姉が入会を断った男たちの中の何人かの身辺調査もしてきた。あの葬儀用品を送りつけてくる人間が誰であれ、姉が入会を断った男ではないかと考えているからです」

「なかなか鋭い洞察力だな。なぜ姉上にきみのしていることを話さなかった？」

「そんなことをしても、姉を今以上に不安にさせるだけだと思ったからですよ」アンドルーの顎のあたりがぴくぴくと引きつった。「それだけじゃない。いくら調査をしても結果が出てこないからでもある。ちくしょう。まだそれらしい人間を見つけることができずにいるんですよ」

「きみに落ち度があるわけじゃない。カリスタは今夜、ぼくたちを襲った男の顔をしっかりと見た。見覚えのない男だったと断言していたよ」

アンドルーはまた足を止めた。「姉が入会を断った男のひとりではない？」

「ああ、そうだ。会員でもない」トレントはまたブランデーを飲んでからグラスを持つ手を下げ、いくつかの可能性について考えをめぐらした。「しかしながら、だからと言って、姉上の事業に関係がないとは言えないだろう」

「姉がこの事業をはじめて以来、サロンとかかわりをもった男は何十人といます。今夜、姉がその野郎に見覚えがなかったとしたら、あの死の贈り物を送りつけてくる人間をどうやって探したらいいんですか？」

「迷路で行き止まりにぶち当たったら、べつの出口を探さないと」

「なんだかクライヴ・ストーンが口にしそうな台詞だな」アンドルーが不満げに言った。「現実となると、ものすごくいらいらさせられますね」

「よくそう言われるよ」

アンドルーが顔をしかめた。「誰に？」

「妹だ。ほかにも何人か」

「なるほどね。そう、重要なのは、これはあなたが書いてる小説じゃないってことですよ」

「それは重々承知しているが、この場合にかぎっては、べつの出口があるかもしれない」

「どういうことですか？」

「ミセス・フルトンの帳簿だ」トレントがグラスを置いて立ちあがり、革装丁の帳面を手に取った。「クライヴ・ストーンの好む表現を借りるなら、お金はじつに鮮やかな痕跡を残す」

22

カリスタがきれいなドレスに着替え、髪もきっちり結いなおして階下に戻ると、ミスター・サイクスが読書室の扉の前で待っていた。

「お二方のごようすですが、もう落ち着いておられます。常識とブランデーが功を奏したものと思われます」

カリスタは感謝をこめた笑顔を彼に向けた。「助かったわ、ミスター・サイクス」

「少し前にミスター・ヘイスティングズがロンドン警視庁のお知り合いに宛てた手紙をしためられまして、私はそれを発送いたしました。お手紙はJ・P・フルトン葬儀用品店の店内で起きた殺人事件についてでした。僭越ながら申しあげさせていただけば、今回の一連のメメント・モリの件はなんとも厄介なことになってきたようですね、お嬢さま。お話をうかがうかぎり、今夜、お嬢さまとミスター・ヘイスティングズは間一髪で危機を免れたとか」

「これまではあの気味の悪い贈り物がただの悪ふざけであってくれるよう願っていたけれど、そんな望みももうこれまでみたい。今夜、女性がひとり殺されたの。もしミスター・ヘイスティングズが素早く反撃してくださらなかったら、もっと人が殺されたはずだわ。おそらくあと二人」

　サイクスは読書室の閉じた扉にちらっと目をやった。「ミスター・ヘイスティングズがこの一件にかかわってくださったと知って、私はたいそう安堵しております」

　カリスタが眉をきゅっと吊りあげた。「まあ、そうなの？」

「はい、さようでございます。人殺しの追いつめ方をあの方以上にわかってらっしゃる方はいらっしゃいません」

「ミスター・ヘイスティングズは作家であって本物の探偵ではないと言う人もいるわ」

「本物の探偵が身近にいるとは思えませんからね」

「そうなのよ、ミスター・サイクス。わたしたち、そういう人を誰も知らないのよ。たよれるのはミスター・ヘイスティングズだけ」カリスタはそこでしばし間をおいた。「それに今夜のあの方はそれはそれはたよれる存在だったの」

「よくわかります、お嬢さま。あの方も今夜のお嬢さまの行動をたいへん高く評価なさっておられました。坊ちゃまにお話しなさる際に抜け目ないとか勇ましいとかいった言葉を使われて」

「それ、ほんと？」それを聞いたカリスタは言葉にならないほどうれしかった。

「本当でございますとも」サイクスは扉を細く開けて、隙間から室内を見た。「もうお入りになっても危険はないと存じます」

「ありがとう」

　カリスタは彼の前を通って読書室へ入るや、アンドルーとトレントのようすに足がぴたりと止まった。二人がカリスタの机の前に体を寄せあって立ち、ミセス・フルトンの帳簿を食い入るように見ていたのだ。

アンドルーが顔を上げると、その目は大発見と新たな怒りで輝いていた。

「ネスター・ケタリングだよ」アンドルーが言った。

カリスタの全身を強烈なショックが駆け抜け、息が止まりそうになった。すぐ近くの椅子までなんとか進み、へたりこむように腰を下ろした。

「わからないわ」カリスタはそんな状態に鞭打って必死で考えるうち、どうにか常識的な判断が下せるようになった。「たしかにわたしはネスター・ケタリングが好きではないけれど、今夜わたしたちを襲った男が彼じゃなかったことは間違いないのよ」

「それはぼくもわかっている」トレントが表情をこわばらせてカリスタをじっと見た。「しかし、この帳簿によれば、ミセス・フルトンは最近、C・Lの頭文字を入れた鐘をラーク・ストリート五番地のミスター・N・ケタリングに売っている。しかもその数日前には、同じ頭文字を入れた黒玉と水晶のロケット型の指輪を買っている」

「そのもっと前にはティア・キャッチャーを注文しているんだ」アンドルーが付け加えた。

「これが無関係なはずがない。お姉さまを脅かそうとしているのはあの野郎だ」

カリスタは聞いたばかりの情報についてよく考え、かぶりを振った。「それでは筋が通らないわ。なぜ彼がそんなことをするの？　ついに美人の女相続人と結婚できたのよ。欲しいものは全部手に入れたわ」

「でも、お姉さまはだめだった。そう、お姉さまを手に入れることはできなかったんだよ、カリスタ」

「彼はわたしを手に入れたかったわけじゃないわ、アンドルー。てっきりわたしを相続人だと思いこんでいたのに、そうではないと知ったから、すぐさま姿を消した人よ」

アンドルーは何も言わなかったが、はけ口を失った彼の怒りがまた室内の空気全体を支配した。

トレントはあいかわらずカリスタをじっと見ている。「誰かそろそろ、そのネスター・ケタリングについてぼくに話してくれてもいいころじゃないかな。一時期サロンの会員だったとか？」

「いいえ」カリスタは懸命に落ち着きを取りもどそうとした。「ネスターはサロンとは関係ないわ。去年、書店で出会った人で、わたしと同じ作家に――たとえば、あなたですけれど――興味があるようだったので話がはずんだの。ハンサムで魅力的で上品で、服の趣味もよくて。知的で思慮深い人という印象を受けたけれど、早い話が、ありえないくらいととのいすぎていたわ」

「それで彼に恋をしたわけか？」トレントが訊いた。身構えて答えを待っているようだ。

「しばらくのあいだとはいえ、この人こそわたしがずっと待っていた人かもしれないと思ってしまって」カリスタは答えた。「友だちであり話し相手になってくれる人、そして、そう、もしかしたら愛することもできる人だと」

「その男にきみの事業について話したんだね」トレントが言った。

「ええ。最後にはお金の話が出てきたの。だからわたし、自分の経済状態を正直に話して、紹介サロンを開いて生計を立てていると打ち明けたわ。彼を信頼のおける人だと思いこんでいたから。そうしたら彼……ひどくショックを受けて。なぜなのかわかるまでに、わたし、かなり時間がかかったくらい」

アンドルーがいかにも不満そうにつぶやいた。「ケタリングはこの屋敷と流行の服とサロンを見て、姉が莫大な財産を相続したものと勝手に思いこんだんだよ。姉をすっかりその気にさせて、姉を死ぬほど愛していると言い、結婚を申し込んだんだ」

トレントがカリスタを見た。「きみは承諾したのか？」

「よく考えてみるわ、と答えたの。わたしが莫大なお金をもっていると勘違いした男性は、彼がはじめてというわけではなかったから。わたし、そんなときはいつも誤解を解こうとはしないの。その代わり、結婚の申し込みを断る理由としてそれを使うことにしているわ」

トレントが納得したようにうなずいた。「それはつまり、自分の財産の管理権を奪われるのをいやがる、裕福な女性のふりをするということだね」

「ええ、そのとおり。でも、なぜかわからないけれど、気がついたらネスターを試そうとしていたの。彼がどのくらい深くわたしを愛してくれているのか知りたかったんでしょうね。だから、わたしの相続について本当のことを話したの。この屋敷で立派な家具調度がそろっているのは一階の部屋だけで、わたしの収入は今の仕事から得るものだけだと知ったとたん、彼はぎょっとしたわ。そして怒りを爆発させた。わたしにだまされたと言って」

「あの野郎は、カネをたんまりもっている女を探しにそのまま出ていったよ」アンドルーが言った。「その後、そういう妻をちゃんと見つけた」

「以来、わたしがネスターを見たのはたったの二回だけ」カリスタがそう言いながらトレントを見た。「一度目は昨日、あなたがこちらにいらっしゃる少し前。二度目は今日の午後、書店を出たところで」

「ちくしょう」アンドルーがくるりと回ってカリスタをにらみつけた。「ケタリングがお姉さまに会いにここへ来たなんて話、聞いてないよ」

「あなたに話したら動揺するとわかっていたから。ごめんなさいね」

「ひどいじゃないか、カリスタ。そりゃ、動揺して当然だろう。ぼくは弟なんだ。話してくれなきゃ」

「話したからって、いいことはひとつもないと思ったの。ごめんなさいね、アンドルー。いちばんいいと思ったことをしたつもりなの」

アンドルーがうめくように言った。「いったいいつになったらぼくをかばうのをやめてくれるんだよ?」

カリスタはそれには答えなかった。返すべき言葉を用意していなかったからだ。

「ぼくがあの野郎を探し出してやる」アンドルーが決意を示した。「こんな嫌がらせをやめさせてやる」

「アンドルー、お願いよ、そんなことしないで」

「お姉さまを脅かすなんて、ぼくが許さない」

トレントが机のへりにもたれて腕組みをした。「二人とも忘れちゃいないだろうね、われわれが相手にしているのは、ネスター・ケタリングとはまったく違う人殺しである可能性が高いってことを。一歩一歩近づいていこうじゃないか」

アンドルーがトレントをじっと見た。「どういうことですか?」

「まずは確実にわかっていることから考えていかないと」トレントが言った。「ケタリングは一年間の沈黙のあと、突然またカリスタの前に現われた。彼女が彼とはもういっさいかかわりたくないとはっきり言っているのに、彼女を誘惑する気満々に見えた」

「ええ、きっぱりと言ったわ」カリスタが言った。

「それからこれもわかっている。メメント・モリの品々と棺用の鐘を買ったのはケタリングだが、今夜ぼくたちを襲ったのは彼ではなかった。それだけじゃない。ミセス・フルトンを殺したのはナイフを持ったその男で、ケタリングではないと考えていいと思う」

「そうだとすると、どうなるんですか？」アンドルーが訊いた。

「さあ、それはわからないが、それは事実で、今のところ、われわれにはそうした手がかりとなる事実が不足している。もういくつか仕入れないといけないな。そういう事実がじゅうぶんにそろえば、物語を終わらせることができる」

カリスタは机の上のフォルダーを見た。「ネスター・ケタリングに関するファイルはないのよ。必要がなかったから。それにしても、彼はなぜわたしを怖がらせたいのかしら？　彼は徹頭徹尾、財産狙いの男だったわ。わたしを愛したことなどなかったのに」

「だからと言って、あいつがきみに固執しないということにはならない」トレントが言った。「どんな形であれ、拒絶されると我慢ならない人間もいる。明らかにあいつは、女は口説き落とせるものだと思いこんでいたのに、きみは落ちなかった」

カリスタはかぶりを振った。「たとえそうだとしても、なぜまたわたしに近づいてくるまでに一年待ったのかしら？」

「さあ、どうしてだろうな」トレントが言った。「とにかく、もっと情報が必要だ」

「遅かれ早かれ、こういうことが起きることはわかっていたんだ」アンドルーがすさまじい勢いで部屋を横切り、カリスタのほうをくるりと向いてにらみつけた。「警告したよね、サロンについての噂がもれれば、悪いやつらが狙ってくるかもしれないって」

「ええ、憶えているわ。あなたは何度となくそういう危険を口にしていた。でもね、入会の審査を厳しくしていたから、あなたの助言が重要だとは思わなかったの」

「それくらいにしておきなさい」トレントがさえぎった。「そんなことを口論したところではじまらない。当面の問題だけを考えよう。これまででわかっていることは、殺人者はカリスタのファイルには含まれておらず、ネスター・ケタリングと、たとえ緊密ではなくとも、なんらかのつながりがありそうな人間ということだ。あいつがきみの人生にまた舞いもどってきたのも偶然の一致であるはずがない」

アンドルーが部屋の真ん中で足を止めた。「それだけでは何もつかめていないも同然だ」

「そのほかにも、人殺しの風体をかなり正確につかんでいるわ。容貌や服装から判断して、上流社会を気楽に泳いでいけそうな男よ」カリスタが付け加えた。

アンドルーが片手を大きく回した。「ロンドンに何千人といるそういうやつのひとりかもしれないな」

「興味深い事実がもう二つある」トレントが言った。「まず第一に、ナイフを使って人を殺すことに抵抗がない。これは上流階級にあっては一般的な趣向ではない」

アンドルーの目が好奇心で輝いた。「それは、つまり、どういうことですか?」

「考えてもごらん。女性の喉を掻き切るなどというのは、人殺しの方法としてきわめて汚い。平均的な身なりのいい紳士ならば、もっときれいな方法を選びそうなものだ――おそらくは頭部を殴打するとか、拳銃とか、毒薬とか」

アンドルーが思案顔でうなずいた。「上等な服を汚さない手段ってことですね」

「しかし、この身なりのいい殺人者は返り血を気にかけてはいないようだ」トレントが先をつづける。「しかも、大量の返り血を浴びることなく殺す方法を知ってもいるようだ。これもひとつの技だと言える」

「何がおっしゃりたいのかしら？」カリスタはこれまでにもまして不安を覚えながら質問した。

「ふと思ったんだが、われわれが追っている男は殺人に大いなる喜びを感じているのかもしれない。それが彼の執着の深さにつながっている」

「まあ、なんてことなの」カリスタが静かに腰を下ろした。「あなたは彼が以前にもこういうことをしたかもしれないと思っているのね」

「可能性はきわめて高いと思う。ぼくに襲いかかってきたとき、あの男は仕事見習いの徒弟じゃなく、熟練の技を身につけた達人という感じだった」

カリスタは椅子の肘掛けをぎゅっと握った。「となると、彼は正気の人間じゃないわね。その彼がなぜわたしを狙っているの？」

「今夜遭遇したあの男に関してもうひとつ、ちょっとした情報があることはある。それが役に立つかもしれないな」トレントが言った。

カリスタとアンドルーはそろって彼を見た。

「それはなあに？」

「あの花を飾るスタンドであいつの頭部を叩いたとき、ある程度の怪我を負わせることができた。相当な量の出血があった。ということは、さっきカリスタが言ったように、医者の手当てが必要になるかもしれない」

「それがぼくたちにとってどう役に立つんですか？」アンドルーが訊いた。

「今はまだわからないが、いずれわかるさ」トレントがカリスタを見た。「この件の真相に近づくために役立つかもしれない情報がもっと欲しいが、ほかに何か思い当たることはないかな？」

「ないわね。どれも意味があるとは思えないわ」

「そういうのが、いずれ役に立つかもしれない」トレントがアンドルーを見た。「カリスタから聞いたが、きみは入会希望者の身辺調査をしているそうだね。本当に独身か、経済状態はどうか、そんなことをたしかめているとか」

アンドルーが肩をすくめた。「結婚しているかどうかたしかめるのはむずかしくありませんよ。財産目当てかどうかを見抜くには、もちろん、ちょっとコツが要る。やつらはすごく狡猾なこともあるんで。何しろ、カリスタにだけじゃなく上流社会の人びとみんなに本当のことを隠しているわけですからね。嘘の達人ですよ」

トレントが眉を吊りあげた。「きみはそういう仕事をする才能があるんだな、明らかに」

アンドルーは懸命に無関心を装おうとしたが、顔がかすかに赤らんだ。トレントの褒め言葉がよほどうれしかったのだろう、とカリスタは思った。考えてみれば、調査報告に対してお礼を言ったときも、これほどうれしそうな表情を見せたことはない。年上の男性の口から出た言葉が、はるかに強い影響力をもったことは一目瞭然だった。

「それじゃあ、ネスター・ケタリングに話題を戻そう」トレントが言った。「彼については、この一件にからんでいる人間の中の誰よりも多くのことがわかっている。名前、住所、そしてメメント・モリの品々を買った事実。この情報は大したものだ。そこで、当面は彼に焦点を合わせていこう」

「わたしたちを襲ったのが彼ではなかったのに?」カリスタが疑問を口にした。

アンドルーが顔をしかめた。「ミスター・ヘイスティングズの言うとおりだよ。ケタリングとナイフの男のあいだにはなんらかのつながりがあるにちがいない。そうした事実がすべて不気味な偶然の一致だと考えるのは論理的じゃない」

「そう、そのとおりさ」トレントが言った。「今、わかっている事実に沿った形で物語がつくれるくらいだ。こんなふうに。莫大な財産を相続した女性と結婚したあと、ケタリングはまたロンドンに舞いもどってきた。欲しいものは手に入れた。裕福な花嫁だ。だが、彼はきみに拒絶されたことが忘れられない。何カ月もそこに執着するうちに復讐しなければ、と決意を固める。メメント・モリの品々を購入し、それをきみに送りつける手配をする。ところが、われわれは局面を打開すべく、ミセス・フルトンを探し出す。彼は恐慌をきたし、人を雇って彼女を消そうとした」

「ついでに、あなたとカリスタも」アンドルーが付け加えた。「フルトンの店に来てほしいという手紙は、カリスタではなくあなたに送られてきたのですね」

カリスタはトレントを見た。「ネスターがプロの殺し屋を雇ったのは、ミセス・フルトンとあなたを殺させるためだったということ？」

「さっきも言ったが、今のところわかっている事実に沿った物語にすぎないよ」

「これは物語じゃありません。わたしの現実について話しているんですからね」

「ぼくは作家でね、カリスタ」トレントがいきなりうんざりした口調になった。「歳をとるにつれ、真実は物語という形で明らかにならなければ説得力がないということがわかってきた。脈絡がつかめなければ、たんなる無意味な事実の羅列でしかない。われわれに何も教えてくれないし、目的のために利用することもできない。だが、しっかりした物語が組み立てられれば、話はまったくべつだ。それはわれわれに新たな道筋を進ませてくれる。間違った道かもしれないが、少なくともどこかへ向かわせてはくれる」

「たとえばどこへ？」アンドルーが訊いた。

「今回の場合、この物語は論理的な疑問を提起してくれる。紳士が殺人の技に長けた紳士を雇いたいとき、どこに行けばいいのだろう？」

カリスタはそれについて考えた。「完璧な疑問だけれど、答えを得るにはどこに行けばいいの？」

「たまたまだが、ぼくは正しい道筋を教えてくれそうなある人物を知っている。だが、その前にまず、この殺人者の思考をもっと深く理解する必要がある」

「彼についてわかっていることはひとつ」カリスタが言い、身震いをしてみせた。「精神の均衡を失っていることはたしかだわ」

「ぼくもそう思う」トレントが言った。「となれば、ぼくの弟がなんらかの指針を与えてくれるかもしれない。弟のハリーは医者だが、心理学という新しい科学にのめりこんでいる」

「ええ、妹さんから聞いているわ」カリスタが言った。

「運がよければ、われわれが追っているこの男の人物像についての洞察を聞かせてもらえるかもしれない」

「医者に話をしてなんの役に立つというんですか？」アンドルーが訊いた。「ぼくたちが相手にしている男は人殺しをなんとも思わない、とうてい正気ではない男だともうわかっているじゃありませんか」

「追っている男の気性の一端が理解できれば、その行動を予測できるかもしれない」トレントが答えた。

「二人ともよく考えて。今のわたしたち、話がなんだかとんでもなく飛躍しているわ」カリスタが言った。「今夜、その正気を失った男がミセス・フルトンを殺した理由さえわかっていないのに」

「いささかの憶測を加えれば、彼女も物語の中にぴたりとおさまると思うね」トレントが言った。「ミセス・フルトンがメメント・モリの品々を買った客を脅迫しようとしても驚くにはあたらない。われわれが今日、話を聞きにいったとき、彼女が曖昧な返事しか返してこなかったことはそれで説明がつく」

「ミセス・フルトンがネスター・ケタリングを脅迫しようとし、そのかいもなく殺されたってわけか？」アンドルーが訊いた。「うん、わかりますよ」

カリスタがかぶりを振った。「どう考えたらいいのかわからないわ、トレント。なんだかものすごく複雑なことになってきているし、ものすごく危険なことになってきているし」

アンドルーとトレントが目配せをした。このとき、カリスタは遅ればせながら、トレントをアンドルーの前ではじめて〝トレント〟と呼んだことに気がついた。それもかなり軽い口調だったから、二人の親密度が新たな段階に進んだことを示したはずだ。それならそれでしかたがない、とカリスタは思った。トレントの言うとおりだ。これだけのことを力を合わせてくぐり抜けてきたことを考えれば、お互いをファーストネームで呼んで当然である。

「ネスター・ケタリングに関する情報がもう少し入手できれば、もつれた糸がいくらかほどくことができるかもしれない」トレントがそう言いながらアンドルーを見た。「きみはカリスタのサロンに入会を希望する男性の経済状態、婚姻状況、性格など本当のところを突き止めてきた経験がある。どうだろう、ケタリングの素性をもう少し深く掘りさげてみてはくれないかな?」

アンドルーが渋い表情をのぞかせた。「さっきも言いましたけど、あいつは女相続人と結婚した根っからの財産目当ての男ですよ。それ以上に何が知りたいんですか?」

「その質問に答えられるのは、彼についてわれわれがまだ知らなかった何かをきみが探り出してからだよ。われわれの物語がつぎの章に進みそうな何かを探してきてくれ」

「使用人か」アンドルーが目を熱っぽく輝かせた。「どこの屋敷でも中で何が起きているのかを知っているのは使用人だ。これまでも運がいいときは、めざす紳士の屋敷で働く使用人から話を聞き出してきた」

トレントが愉快そうな顔をした。「いやあ、きみはこの手の仕事にぴったりの直感をそなえているな」

アンドルーが顔をしかめた。「それを生来の好奇心を満たすための口実にすぎないと言う人もいますけど、カリスタのサロンの入会希望者の身辺調査は会員名簿からゴロツキや財産狙いの男を排除するのにひと役買ってきたとぼくは思っています」

「それは間違いないわ」カリスタが言った。

アンドルーはほんの少し前に比べてずっと明るく、ずっと熱意あふれる表情をのぞかせていた。トレントがやりがいのある仕事を割り振ってくれたからだ。

「その計画だけど、もっとよく考えたほうがよくないかしら。ケタリングの屋敷の使用人から話を聞き出すとなると、危険が伴うかもしれないわ」

アンドルーがいやな顔をした。「もう一度言うけど、ぼくはこういう仕事の経験がなくはないんだよ」

「わたしのためにしていた身辺調査とは違うのよ」

「もういいよ、カリスタ――」

「アンドルーのことはあまり心配ないと思う。少なくとも今のところは」トレントがアンドルーに鋭い視線を向けた。「彼は常識を働かせることができるし、自分の正体を隠すための策も講じているはずだ」

「当然ですよ」アンドルーがきっぱりと言った。

「この時点でケタリングは、まさかぼくたちが自分に注目しているとは思ってもいない。あの帳簿がぼくたちの手にあることも知るはずがない」

アンドルーがにやりと笑って扉を開けた。「明日の朝一番で調査開始だ。それはそうと、ぼくはもう失礼していいかな。ちゃんと眠っておかないと」

そう言い残して廊下へと出ていった。

小さかった弟がわたしを守ってくれる人になったんだわ、とカリスタは思った。わたしの世界は変化している。

23

医者は不安を隠せなかった。傷を縫う手先がかすかに震えている。たっぷりのカネを受け取って、こんな夜中の往診を引き受けていた。説明されたところでは、この紳士は階段から落ちて頭をしたたかに打ったということだった。治療代をふつうの二倍もらわなかったとしても、これほど大量出血している男を朝まで放置することはできなかったはずだ。なんと言ってもここの住所は街灯すらない危険なスラム街ではなく、上流の人びとが住む地域だった。

しかし、玄関の扉を開けて出てきた男をひと目見た瞬間、医者は全身の血が凍るのを感じた。その患者に胸騒ぎを覚え、指一本触れたくないと思ったのだ。呼び出しがかかったときに断らなかったことが心から悔やまれた。

患者は上半身裸だった。暖炉の炎にぼうっと照らし出された部屋の隅に、血染めの衣類が山をなしている。

口数は少ないが、言葉を発したときに聞こえてきた英語から育ちのいい紳士であることがわかった。本来ならば、それは安心材料であるべきなのだろうが、目に飛びこんできた奇妙な小型の祭壇が医者を怖気づかせた。いちばん上の段には鞘におさめたナイフが置かれ、その上方の壁に一枚の写真が飾られている。ひょっとして自分は秘術の使い手の介添えとしてここに呼び出されたのではないだろうか、と医者は考えた。

「階段から落ちたそうですね？」医者はこの患者とできれば口などききたくなかったのだが、不安のあまり、恐ろしいほどの沈黙を破らずにはいられなかった。

「はい」

「あなたは運がよかった。止血の処置はしましたが、頭部強打は心配です。しばらく意識不明になったりしませんでしたか？」

「いいえ」

「だとすると、問題が長引くことはないと思われますが、それでも一日二日は頭痛がつづくはずですから、痛みを緩和する薬を置いていきます」

患者は答えなかった。禁欲的なまでの冷静さを保ったまま、縫合処置を受けている。

医者は手際よく仕上げを終えると、患者の頭部に清潔な包帯を巻き、せわしく診療鞄の蓋を閉じた。そして、ただただここを脱出したい一心で扉に向かって歩を進める。

「お大事になさってください」振り返って告げた。

「ちょっと」

医者はその場で凍りついた。扉までは少なくともあと三歩、あるいは四歩ある。口の中がからからに渇いた。

「はい?」なんとか声をしぼり出した。

「支払いを」

心臓をどきどきさせながら、ゆっくりと振り返った。「いや、けっこうです。お役にたてて何よりです」

患者は無言で何枚かの札を差し出した。医者は催眠術でもかけられたかのようにそれに見入った。

「取っておいてくれ」患者が力ない声で言った。

医者は患者のほうに二歩進み、札をつかみ取るや、扉めがけて一目散に駆けだした。

辻馬車に無事乗りこみ、それが家に向かって走りはじめるまでは呼吸もままならなかった。奇妙な祭壇、鞘におさめたナイフ、そして写真について考えてみた。思わず体が震えた。写真の女性が誰なのかは不明だが、その女性に同情を覚えた。危険きわまりない男の注目を一身に浴びるとはなんという不運なのだ。

今はただ、写真の女性がまだ生きていることを祈るばかりだ。なんとなれば、今夜何が起きたにせよ、あの患者が階段から転げ落ちたのでないことはたしかだからだ。

24

アンドルーが扉を閉じたあと、カリスタは思案顔でずっとトレントを見つめていた。

「どんなふうになのかはわからないけれど、あなたはとにかく、かっときていたアンドルーをうまくなだめてくださった。それについてはお礼を言わせていただくわ。ここに来る前は、あなたとあの子が殴り合いになるんじゃないかとびくびくしていたの。ところが今は見たところ、あなたたち二人はなんだか心を許しあっているみたい」

「きみの弟は自分が役に立つ存在だと感じたいんだ、カリスタ。男はみんな、金持ちだろうと貧乏人だろうと、なんらかの専門職を身につけたいんだよ」

「それはわかっているわ」カリスタは椅子から立ち、部屋を横切って暖炉の前に立った。「さらに最近、あの子は自立した生活を望んでいるの。もうすぐこの屋敷を出て、下宿したがるはず。まだここにいる唯一の理由は、わたしをひとり残して出ていくわけにはいかないと感じているからなんじゃないかと思うわ」

トレントが近づいてきて、カリスタの横に立った。「今夜、口論をしていたにもかかわらずーーだからこそかもしれないがーーきみたち二人は見るからに仲がいい」

「それは、わたしたちがラングリー家の最後の二人だから。祖母が逝ってからは本当に二人だけなの。祖母はわたしたちを引き取ってくれて、この屋敷とわずかなお金を遺してくれたけれど、息子の結婚はけっして認めなかったわ。最後の最後まで父に腹を立てていたのは、父が母と恋に落ちて、二人が駆け落ちしたからなの。二人は当時、それぞれべつの相手と婚約していたわけ。だから、当然のことながらたいそうな醜聞だったみたい」

「おばあさまはきみの父上を最後まで許さなかったのか？」

「ええ。父は一ペニーすら与えられずに勘当されたの。でも父と母は、母の実家からのごくわずかなお金と父が顧問技師として稼いだお金でなんとかしのいだわ」

「おそらくご両親がおばあさまに援助を願い出なかったせいで、おばあさまはなおいっそう苦々しく思われたんだろうな」トレントが言った。

「ええ。でも、それだけじゃないの。あのね、アンドルーは父にそっくりなの。父の写真を見ていただければ、すぐにわかると思うわ。これが本当にそっくりなの」

「つまり、おばあさまはアンドルーを見るたび、ご子息を見ていたわけだ」

「そしてわたしを見るたび、忌み嫌っていた息子の嫁を見ていたの」カリスタがぐっと唾をのみこんだ。「だから、祖母はアンドルーとわたしにすごく冷たかったわ。アンドルーとわたしがここで暮らすようになってからというもの、自分の不幸をすべてわたしたちのせいにしたわ。ある意味、父の死はわたしたちに責任があるというわけね」

「きみと弟さんにとってはさぞかしつらかっただろうね」

「祖母と暮らさないですむのなら、わたしなんだってするつもりだったわね。両親のおかげで申し分のない教育を受けていたから、住み込みの家庭教師の口を見つけることもできたと思うの。でも、アンドルーのことを考えなければならなかった。両親が死んだとき、わたしは十六、アンドルーはまだ九歳だったの。養うべき弟を連れた家庭教師を雇ってもいいと考える家庭などあるはずがなかったわ」

「そこできみはプライドは捨てて、おばあさまの申し出を受け入れた」トレントの表情は理解を示していた。「そして、アンドルーの母となり父となろうと努めた」

「祖母の不機嫌から弟を守ろうとしたわ。最後のころはなおいっそう状況が悪くなった。というのは、祖母が死ぬ前にわたしを結婚させようと決意したからなの。祖母は、母が気性の激しい女だったと思いこんでいて、わたしがそれを受け継いでいると思っていたから、わたしが大人に近づくにつれて、また駆け落ち結婚をして醜聞で家名を汚すかもしれないと恐れるようになったのね」

「おばあさまはきみにぴったりの相手を探せなかったということか」

「祖母はそのことでわたしを責めたのよ。わたしが二十歳で、まだ未婚というとき、祖母は死んだ。眠り薬をわざと過量に飲んだんだとわたしは思っているの。なぜかといえば、わたしにたいそうご立腹だったからということもあったんでしょうね」

「自分が死んだことできみに罪悪感を植えつけて苦しめたかった？」

カリスタは小さな声でごく短く、ユーモアのかけらすら感じさせない笑いをもらした。

「というよりも、わたしとアンドルーをとことん貧しくすることで苦しめたかったんだろうと思うわ。祖母の遺したお金がごくわずかだと知ったのは死後のことだったの。数年前から宝石や貴金属をこっそり売り払っていたのね、世間体を保つために。祖母のお気に入りの格言は、見た目がすべて、だったわ」

「そのたぐいの金言にしたがって上流社会で生き延びる人間は、おばあさまが最初ではないさ」

「たしかにそうね。かく申すわたしも、この事業をはじめるときはその教えにしたがったことは認めざるをえないわ」

トレントは優雅なしつらえの読書室を見まわした。「この屋敷は売らずにすんだんだね」

「ええ。でも、目についた金目のものを片っ端から売り払ったわ。絵画とか、まだ残っていた祖母の宝石とか。幸運なことに、かなりいいものが残っていたの。売ったお金でこの階の部屋のいくつかに新しい家具を入れたり、入会を希望する人たちにいい第一印象をもってもらいたくて庭園の手入れをしたり。そのあと、新しいドレスを二着買って、おしゃれな独身生活を謳歌しているわたしを演出したの」

トレントが向きなおってカリスタを見た。「きみの創意工夫の才と精神力には感服するよ、カリスタ」

カリスタは鼻にくしゃっとしわを寄せた。「やさしいお言葉をありがとう。でも、ご存じのようにわたしは経営者なの。早い話が、商売人ということでしょ。祖母はきっとお墓の中で身もだえしているにちがいないわ」

「おばあさまにはきっとぼくも認めてはもらえないな。ぼくも商売人だからね」

「あなたは売れっ子作家。商売人のうちには入らないわ。世間から一目置かれるお仕事ですもの」

「きみは作家という仕事をあまり知らないだろう」

「ええ、知らないけれど」

「締め切り、気まぐれな読者、口うるさい編集者を気にしながら執筆し、売り上げがぱっとしないだのなんだのとだらだらつづく発行人の愚痴に耐えながら、ぼくに支払われるべきカネをくれ、とせきたてなければならない。毎朝起きるとすぐにこれを繰り返すんだよ」

カリスタが声を出して笑い、そのことに二人とも驚いた。

「誰も彼もがあなたの本を批評せずにはいられないという事実は言うにおよばず」カリスタが締めくくった。

「そのとおり」

カリスタがにこりとした。「でも、ほかにしたいことがあるわけではないんでしょう?」

「そう、ないんだよ」トレントの口調は楽しそうでもあり、あきらめたふうでもあった「ものを書くってことは常習性があると認めざるをえない。ある種の薬みたいなものでね。やめようとしてもやめられないんだ」

「たとえ発行人が買ってくれないとしても?」

トレントが顔をしかめた。「たのむから、そんなことを声に出して言わないでくれ。とくに迷信深いわけじゃないが、あえてそんな運命を引き寄せたくない」

「わたしは経営者なの、ミスター・ヘイスティングズ。運命についてはあなたと同じ考えだわ」

トレントが暖炉に背を向けた。

「誰もがそれをわかってくれるわけじゃない」かなり間をおいてからトレントが言った。

「執筆はあなたにとって情熱の対象なのね?」

「そうなんだ。人はこれを趣味とか風変わりな行為とか——比較的人畜無害な気晴らし——だと考えているが」

「自分自身の情熱を身をもって体験しなければ、作家の情熱を理解できないのかもしれないわ」

「きみは自分の仕事に情熱をもっているんだね」

「世界じゅうに無益な孤独があふれているけれど、結婚は必ずしもその答えではない。少なくとも女性にとっては。それにひきかえ、長続きする友情は素晴らしい贈り物であり幸せだわ」

「きみはほかの人びとがその贈り物を受け取るのを手助けすることに満足を見いだしている」

「ええ、まさにそう」

おそらくブランデーのせいだろう。あるいは、今夜の暴力沙汰で神経がずたずたになってしまったのかもしれない。いずれにしても、カリスタは突然、妙に幸せな気分になった。なんだかうわついた感じである。

「祖母に今のわたし——探偵小説を書く勇ましい作家と二人で、棺の陳列室で襲いかかってきた極悪非道な人殺しの攻撃をかわしたあと、ブランデーを飲んでいるわたし——を見せたかったわ」

「そのいきさつを物語として語ったら、なおいっそうおもしろそうじゃないか」

「ええ、ほんと」

カリスタがくすくす笑いはじめた。トレントは当惑をのぞかせながらカリスタを見ていた。くすくす笑うことなどなかったのに、とカリスタはわれながら驚いた。するとその笑いがだしぬけに大笑いに変わった。不自然な大笑いだったが、どうにもこらえきれなかった。

まもなく頬を涙が伝うのがわかった。

「まあ、いやだわ」喉が詰まってうまく言葉にならない。

恥ずかしくなり、ハンカチーフを探しに机をめざしてあわてて歩きだした。だが、トレントが突然、行く手をふさいだ。両腕をカリスタに回し、カリスタは彼のシャツに顔をつけて永遠とも感じられる長い時間、すすり泣きつづけた。

トレントは言葉を尽くして彼女を慰めようとはしなかった。ただ黙ってきつく抱きしめていた。彼の腕の中の居心地のよさに気づいたとき、カリスタは驚きと同時に狼狽も覚えた。こういうときに自分が身を置きたい場所、それがまさにここだった。

やがて涙が止まると、カリスタは顔を上げた。

「わたし、こんなふうに感情的になってしまって、許してね。すごく恥ずかしいわ」

トレントはカリスタの言葉を無視した。「キスを忘れたね」

「えっ？」

「きみはさっき、夜更けのブランデーや極悪非道な人殺しや棺の並ぶ部屋については触れたのに、ぼくとのキスのことは省いた。それはつまり、この物語のその部分は楽しめなかったからなのかな？」

あのキスを忘れたりするものですか、とカリスタは思った。

「あそこが全編中で最高の箇所だと思うわ」

トレントの目が熱を帯びた。カリスタの両の肩に手をやり、ぐいと引き寄せて、ゆるやかに唇を重ねた。まるで希少なワインを味わうかのように。トレントが顔を離したとき、カリスタはかすかに震えていた。不安だからではない。否応なく高まった光り輝く興奮のせいだった。

「そう言ってもらえてうれしいよ。あそこは間違いなく、ぼくがいちばん気に入っている章だからね」

そのときの読書室はあたかも異次元の世界で、そこには二人だけしか存在しないかのようだった。この瞬間を手放してはだめ、とカリスタは自分に言い聞かせた。これを記憶の中に大事にしまっておけば、これから先、折に触れて取り出しては心をあたためることができるわ。

常識が不意によみがえった。

まだまだトレントの腕の中にいたかったが、そこにいれば安全と考えるのがばかげていることくらいわかっていた。彼の熱っぽさと力強さからしぶしぶ体を離そうとした。彼がしぶしぶ彼女を放した。

「今夜はなんだかまだ動揺しているみたい」

「ぼくだってそうさ。お互い、ちょっとくらい動揺していてもおかしくない出来事があったんだから」

カリスタが懸命に笑顔をつくった。「それなのに、あなたは少しも動揺なんかしていないみたい」

「少し前に言っていたばかりじゃないか、人は見た目にだまされるって。だが、そろそろきみを寝かせなければいけない時刻だ」トレントは帳簿を手に取った。「じつに有意義な夜だったが、けっこう長い夜でもあった」

「サイクスに辻馬車を呼ばせましょう」

「ありがとう。しかし、その必要はない。運動不足だし、夜気に頭をすっきりさせてもらえば思考が明快になる」

「わかるわ。今夜の出来事はどう見ても混沌としていたもの」

「今、ぼくの頭がぼうっとしているのは、J・P・フルトンの店での出来事のせいじゃないんだ。これはきみのせいだよ、ミス・ラングリー」

「わたし？」

「そう、きみだよ」トレントは大股で部屋を横切り、扉に向かった。「明日また来るから、そのときに細かい計画を練ろう。だが、まずは弟のハリーに相談するのがいいと思っている」

「弟さんからお話を聞くとき、わたしもぜひとも同席させていただきたいわ」

「もちろん、かまわないさ」

廊下ではサイクスが待っていた。「辻馬車を呼んでまいりましょう」

「いや、けっこうですよ、サイクス。歩いて帰りますから」

サイクスは先に立ってトレントを玄関へと案内した。

カリスタもあとについていき、戸口で足を止めた。トレントが玄関前の階段を下りていくのを見守る。

「夜道を歩いてお帰りになっても、本当に大丈夫かしら？」

トレントが立ち止まって振り返った。「殺人者は仕事をしくじり、深手を負った。今夜はもう、あれ以上の怪我を負うわけにはいかないはずだ。ケタリングはどうかといえば、もし彼が今夜の一件の黒幕だとしたら、新たな作戦を立てる時間が必要だろう。殺人となると、そう簡単に信頼できる人材が見つかるとは思えない」

「しごく冷静なお考えですこと」カリスタが言った。

トレントはサイクスと目を合わせた。「扉という扉、窓という窓、すべての戸締まりを確認してもらえますね？」

「もちろんでございます」サイクスが答えた。

25

トレントは、自宅であるタウンハウスに到着すると階段を上がり、ポケットから鍵を取り出した。家まで歩いたことでたしかに頭はすっきりしたが、思惑はまずれた。事件の調査に関しての洞察を深めることができなかったのだ。だが、玄関ホールに入るまでに確信を抱いたことがひとつだけあった。カリスタが欲しい。

棺の陳列室での対決で高まった荒々しい感情が消えた今もなお、カリスタへの欲望が薄らぐ気配はなかった。それどころかむしろ、欲求はなおいっそうつのっていた。今夜、彼女をひとり残して帰ってきたことは、これまでの人生でもっともつらい体験のひとつに数えられた。

彼女は心配ないさ、と考えることにした。少なくとも今のところは。あの豪邸にひとりというわけではないのだから。

それでも、彼女が付け狙われているという懸念が払拭《ふっしょく》できなかった。彼女を守りたい気持ちがあまりに強く、もう少しで引き返しそうになったほどである。

ユードラがぐっすり眠っていてくれることを願いながら、暗い玄関ホールに足を踏み入れる。

階段のいちばん上にユードラが現われた。肩掛けを首の前でしっかり合わせて握りしめ、ぶつけたい不満をぐっと抑えこんでいる。

「トレント、いったいどうしたの？　こんなに遅くなるなんて。わたし、もう心配で心配で。大丈夫なの？」階段を数段下りたところで、兄のようすをもっとよく見た。「たいへんだわ。馬車の事故に巻きこまれたとか？」

「いや、もっと複雑なんだが、安心しろ、大丈夫だ」

「ああ、よかった。でも、詳しく聞かせて。全部聞かなきゃ眠れないわ」

質問をかわすことはできない。ユードラには答えを聞く権利があった。

「書斎に行こう。詳しく話すよ」

彼の話を聞いたユードラは驚くと同時に魅せられもしたようで、彼がようやくベッドにもぐりこめたのはさらに三十分後だった。ベッドに横たわった彼は、頭の後ろで腕組みをしたまま暗がりに目を凝らし、いつまでも眠らずにいた。

ネスター・ケタリングのような裕福な紳士を殺人の科で逮捕するために必要なたぐいの証拠を見つけるのは簡単ではない。もし彼が本当に人を雇って実行させたとすれば——この可能性が高そうだ――立証はほぼ不可能だ。

カリスタに届く不気味な贈り物については、彼女の言うとおり、メメント・モリをレディに贈り物として送りつけることを禁じる法律はない。

トレントは自分が直面したことのある似たような問題の記憶をじっくりと考えた。とるべき道がかぎられていることもときにはある。

考えをめぐらすうちについに眠りに落ちたが、それとともに昔よく見た夢がよみがえった。


実験室からユードラの悲鳴が聞こえた。妹のところへ行かなければ、と階段を駆けのぼったが、濃い霧が行く手を阻んだ。階段は曲がりくねって果てしなくつづく。このままでは間に合わないという冷たい恐怖に駆られて息苦しくなる。この前のように手遅れになるわけにはいかない……


冷や汗をかいて目が覚めた。いつものようにベッドのへりに腰かけ、しばらくのあいだ深呼吸を繰り返す。夢の断片は暗がりの中に静かに吸いこまれていったが、また眠りに戻れないことはわかっていた。

まもなく立ちあがってローブを取った。『失踪した花嫁』のつぎの章の締め切りが迫っている。仕事をしたほうがよさそうだ。

階段を下りて書斎に行き、机を前にして腰を下ろすと、紙とペンに手を伸ばした。

だが、フルトンの店の帳簿がその手前にあった。そこで、それを開いた。帳簿にはこの三年間の取引がきれいな文字でぎっしりと記録されている。

昨夜、アンドルーに言ったように、お金はじつに鮮やかな痕跡を残す。

いちばん気にかかるのは動機である。殺人を犯すには必ずや危険が伴う。それだけではない。文明社会で公認される行動と暴力のあいだに引かれた鮮明な境界線を越えるときは、誰であれ――たとえ正気を失った人間でも――それなりの理由が必要だ。ハリーによれば、一部のゆがんだ精神の主にとっては、殺人者を駆り立てるのはひとえに殺人がもたらす邪《よこしま》な快感にあるという。とはいえ、それさえも一種の動機と言える。

それ以外には、強欲、あるいは情欲、あるいは復讐心などがある。トレントがよく知っているのは最後の復讐心だ。顎に手をやった。傷跡のせいで引きつり、こわばっている。何をしているんだ、と気づき、帳簿に目を落とした。

もしネスター・ケタリングが殺し屋を雇って、口止めのためにミセス・フルトンを殺したとすれば、何個かのメメント・モリの品々を購入するよりもはるかにのっぴきならないことを隠しているにちがいない。

26

「ネスター・ケタリングは、過去一年あまりのあいだにメメント・モリの品、棺用の鐘、棺を同じ組み合わせで四回繰り返して買っているって?」ハリーが訊いた。

「ミセス・フルトンの記録によれば、そういうことだ」トレントが答えた。「そこにはきちんと法則がある。最初はティア・キャッチャー、つぎが指輪、そのつぎが棺用の鐘。唯一の違いは品物に刻む頭文字だ。最後には棺も購入されているが、それぞれべつの葬儀屋に配達されていた」

「こういう状況では必ずと言っていいほど、法則と反復が重要な意味をもつ」ハリーが言った。「強迫観念に取り憑かれた人間の特徴を示しているな」

一同は居心地のよい程度にちらかったハリーの書斎に集まっていた。トレントとしては、カリスタもいっしょに来ることについては心の準備ができていた。昨夜、彼女にそうしたいと言われ、それは当然だろうと思ったからだ。だが、朝食の席でユードラまでが話し合いの場に同席したいと言って、トレントをびっくりさせた。

この事件にかかわりたいと考えるユードラの決意があまりにも固そうで――夢中だと言ってもよさそうで――トレントは拒む気にはなれなかった。実際、彼女をこの事件に近づかせずにいられる確信もなかった。

ユードラが庭いじりと小説以外のことにわくわくしているのを見てうれしかったことも認めざるをえない。ひょっとするとユードラも彼に対して同じことを感じているのではないかとふと思った。これまでの何年間かはお互いの足を引っ張ってきたような気がする。

かぶりを振ってそんな考えを追い払い、机の後ろから出てきたハリーをじっと見た。

ハリーは母親から青い目を受け継ぎ、父親から科学、とりわけ化学への強い関心を受け継いでいる。その関心に導かれて医者という職業に就いたが、いまだに設備のととのった実験室を維持し、そこでユードラの温室で育てた植物や薬草を用いて独自の薬を蒸留したりつくったりしていた。薬剤師の店で買える薬剤の品質は信頼できないと、つねづね主張している。

ハリーは読書用眼鏡を鼻梁に沿って調整しながら帳簿に目を落とし、しるしがはさまれた頁を見た。

「この棺用の鐘というのはかなり値の張るものなんだな」ハリーが皮肉たっぷりに言った。

「とりわけ、この仕掛けが功を奏したって例がまだないことを考えれば」

「そうなのかしら？」カリスタが訊いた。

カリスタは解剖学、外科手術、そして最近議論の的になっている心理学という新しい科学に関する分厚い書物がぎっしりと並ぶ書棚から少し離れたところに立っていた。

「もし成功例がひとつでもあれば、新聞が派手に書き立てたに決まっているさ」ハリーは帳簿の頁をめくり、つぎの頁へと進んだ。「とはいえ、墓掘りに携わっている人に訊けば、間違えて鐘が鳴った事例のひとつや二つは出てくるだろうね」

「それ、どういうこと?」ユードラが訊いた。

「つまり、人体が自然に腐敗していく過程では組織の膨張が生じたり、かすかではあるがぴくっと引きつったりすることがあるから、鐘が鳴る可能性がないわけではない」ハリーが説明を加えた。

ユードラが顔をしかめた。「墓地を歩くときは、そのことも頭に入れておかなくちゃ」

「ミセス・フルトンの書き込みによれば、ケタリングは先月のあいだにカリスタの頭文字を入れたティア・キャッチャー、黒玉に水晶をあしらった指輪、そして鐘を購入しているが」トレントが言った。「まだ棺は買っていない」

「気にかかるな」ハリーの口調はまるで、症状を説明する患者の声に耳をかたむけるかのようだった。

「さっきも言ったが、カリスタが受け取ったものも含めて、彼は過去一年間に同じものを四回繰り返して買っている。二件目から四件目まで品物はすべてラーク・ストリート五番地の

N・ケタリング宛てに配達されているが、一件目の注文はそうじゃない」

ハリーがわずかに目を細めて、理解できるといった表情をのぞかせた。「一件目では品物は犠牲者に直接送りつけられた」

トレントは、〝犠牲者《ヴィクティム》〟という語にカリスタが口もとを引きつらせるのを視野の隅にとらえていた。

「どうもそうらしい」トレントは言った。「ミセス・フルトンのメモ書きによれば、一件目の品はミルトン・レーンのミス・エリザベス・ダンスフォースに配達されている」

「それが調査の初めの一歩になりそうだ」ハリーが椅子の背にゆったりともたれた。「メメント・モリの品々と鐘を受け取ったべつの人から話を聞くことが、なんらかの光明を投じてくれることは間違いないだろう」

「でも、なぜ法則に変化が起きたのかしら？」カリスタが疑問を口にした。「メメント・モリの品々の最初のひと組は受け取ってほしい相手に直接送られたのに、それ以降はケタリングの住所に送られたのはなぜかしら？」

「むろん、断言はできないが」ハリーが言った。「一件目の贈り物に関して言うなら、ケタリングにとってこのときが最初だったと推測することもできる。このとき、彼はまだ犠牲者をいたぶる術を模索中だった。しかし執着がふくらむにつれ、まずメメント・モリの品々を手に入れておき、狙った女性に送りつける前にそれを眺めて楽しむほうが満たされることに気づいたのかもしれない」

「とんでもない人」ユードラがつぶやいた。

「こうも考えられる。ミセス・フルトンを信用できなくなり、品物を被害者に自分で届けるようになった」ハリーが言った。

「あるいは、届け先をミセス・フルトンに知られたくなかったか」トレントが付け加えた。

「そうだな」ハリーが言った。「しかし、自分で届けるほうが満たされることに気づいた可能性のほうが高いと思う」

「この話し合いのあと、トレントとわたしでミス・ダンスフォースの住所を訪ねてみるつもりです」カリスタが言った。「この贈り物の法則から何かほかに推測できることはありますか？」

「残念ながら、今はまだないな、ミス・ラングリー」ハリーが眼鏡をはずして鼻梁をこすった。「人間の行動に関する研究はまだはじまったばかりの科学だ。わからないことだらけでね――というよりも、知りえないことだらけなんだろうな。しかし、この男のきみを苛む手法を聞くかぎり、彼のきみへのこだわりは危険なまでに取り憑かれているとしか言いようがない」

「つねにつきまとわれているというわけね」

ハリーがつらそうな目でカリスタを見た。「もしぼくが間違っていなければ、きみにつきまとっているというより、狩りの獲物に見立てていると言ったほうがより正確だと思う。林の中で鹿に忍び寄るようなものだ」

「そして殺すのね」カリスタが言った。

ユードラがカリスタの肩に手をおいた。「あなたはひとりじゃないわ」

カリスタが臆病な笑顔を彼女に向けた。

「だが、きわめて大きな相違点がある」トレントが言った。「鹿の場合、狩人は極力身をひそめて獲物に近づいて攻撃を仕掛けるが、この場合、ケタリングはきわめて残酷なゲームを楽しんでいるようだ」

ハリーがトレントを見た。「ぼくもそう思う。彼がこれ以上ミス・ラングリーに近づいてくる前に、きみは彼を阻止しなければ」

「その男、本当に彼女を殺すつもりだと思う?」ユードラが訊いた。

ハリーがトレントをじっと見た。「兄さんは彼の法則を妨害した。それが彼の精神にどういう影響をおよぼすかはまだわからない。もし兄さんの言うとおりなら、ケタリングは昨日の夜、ミセス・フルトンを殺すように命じた。だとすれば、彼は殺し屋をつぎの犠牲者に向けて送りこんでくると考えなければならないだろう」

カリスタは大きく息を吸いこみ、ゆっくりと吐いた。「できることなら、その〝犠牲者〟という言葉を使うのをやめていただきたいわ、ドクター・ヘイスティングズ」

「これは失礼、ミス・ラングリー。しかし、それに代わるほかの言葉といっても、すぐに思いつくのが〝獲物〟しかないものでね。彼は自分を狩人だと考えている」

「こういう情報を警察にもちこんでも、あまり意味はありませんよね」カリスタが言った。

ハリーは口もとをこわばらせた。「J・P・フルトンの店主を殺した男が何者なのかを突き止める方法をトレントが見つけることができなければ、意味はないだろうな」

「ロンドン警視庁のウィン警部補には会うつもりだが、ケタリングがつぎの行動に出ないかぎり、警部補にできることはあまりないはずだ」トレントが言った。「それはそうと、カリスタ、きみはけっしてひとりで出歩いたりしないように」

カリスタが翳《かげ》りを帯びた目でトレントを見あげた。彼女の世界は忍び寄るろくでなしのせいでひっくり返ってしまったわけだ、とトレントは思った。怒りともうひとつの感情を抑えこむためには相当な精神力を要した。恐怖感。殺人者がカリスタの周辺をうろつき、じわじわと距離を縮めているのが肌で感じられた。カリスタがひとり、無防備な状態でいることを想像すると、内臓が引き裂かれる思いだった。

「わかったわ」カリスタが静かに言った。「でも、そんな制約をかけられた状態でいつまでも暮らしてはいけない。仕事もしなくてはならないのよ。何か打てる手があるはずだわ」

ハリーが手にした眼鏡でフルトンの帳簿を示した。「このあと、ミルトン・レーンのミス・エリザベス・ダンスフォースに会ってみるというきみの考えに賛成だ。彼女の話からネスター・ケタリングの心理について新たな発見があるかもしれないし、彼が雇った殺し屋の正体をつかむ手がかりが何か見つかるかもしれない」

「彼女がまだ生きていたらの話ね」ユードラが言った。

「それだけでなく、ケタリングが本当に殺し屋を雇っていた場合の話だ。ついでに、昨夜の襲撃がこの件にまったく無関係な出来事ではなかった場合の話でもある」トレントが言った。

「まだまだ仮定の条件ばかりだな」

ハリーがかぶりを振った。「行き当たりばったりの偶然の一致を論じているわけじゃない。何かしらの関連がきっと見つかるさ」

「そうだな」トレントが言った。

仮定が事実であることを祈るばかりだ。

レベッカ・ヘイスティングズが扉のところに姿を見せた。知的な目をした魅力的な若い女性である。自身の家族とは縁は薄かったが、ハリーとまだ幼い息子のためにぬくもりと愛に満ちた家庭をつくっている。それに加え、ハリーが患者の手術をするときは助手を務める。ハリーはしばしば、彼女は医学の才能にあふれている、と誇らしげに言う。

「お邪魔してごめんなさい」レベッカが言った。「でも今、男の子がメモを届けてくれたもので」ハリーと目を合わせる。「ミセス・ジェンキンズの息子さんが高熱を出したみたい。今日じゅうに診ていただきたいそうよ」

ハリーはすぐさま立ちあがった。「すぐに行こう」机の後ろから出てくるなり、フックに掛けてあった外套を取り、大きな診療鞄を持った。「ネスター・ケタリングに関する情報は引きつづき知らせてもらいたい。それから、ミス・ラングリー、くれぐれも用心するように。こんなことは言いたくないが、ゆゆしき事態だと考えている」

ハリーはそう言い残し、廊下へと出ていった。

レベッカがトレント、カリスタ、ユードラを見た。「お茶を飲んでいらっしゃいませんこと？」

「いや、せっかくだが、そうはいかなくてね」トレントが答えながら、帳簿を手に取った。「カリスタとぼくはこれからミルトン・レーンに行って、エリザベス・ダンスフォースから話を聞かないといけないんだ」

「その前にわたしを家まで送ってくれるそうだし」ユードラが付け加えた。

「わかったわ」レベッカが思いやりのこもる表情でカリスタをじっと見た。「でしたら、また今度ね、ミス・ラングリー」

「こちらこそ、ぜひ」カリスタが言った。「ミスター・ヘイスティングズからうかがったところでは、ご主人の診察や手術をよく手伝ってらっしゃるとか。素晴らしいわ」

レベッカがにこりとした。「ええ、すごく手応えがあるの。わたしね、一時は医者になることを夢見ていたんだけれど、ご存じのとおり、女には文字どおり見果てぬ夢でしょう」

ユードラがうんざりと言った調子でつぶやいた。「一流の医学学校は女性の入学希望者を受け付けないのよね、どこも」

「たしかにそう。でも、わたしは主人の助手をしながら多くのことを学んだわ。彼もわたしが役に立つと気がついたみたいね」

トレントが笑顔を見せた。「きみは絶対必要な存在だとハリーは言っているよ。それでは、このへんでそろそろお暇《いとま》するとしよう」

レベッカはカリスタとユードラに、思いやりが伝わると同時にどこかきびきびした印象の笑みを投げかけた。「この時間だと道が混んでいるわ。カリスタとユードラはお手洗いにいらしてから出発なさったほうがいいんじゃないかしら」

カリスタとユードラは、せっかくの申し出だが断ろうとしているかに見えた。しかし、二人が読み取り不可能な表情で顔を見あわせたあと、カリスタがレベッカに微笑みかけた。

「ありがとう」カリスタが言った。

「たしかにそうね」ユードラも同調した。

レベッカがうれしそうな顔を見せた。「ミセス・バスクムがご案内するわ」

がっしりした家政婦が廊下を近づいてきた。カリスタとユードラは最後にもう一度、レベッカを好奇心に満ちた目で見ると、家政婦のあとについて廊下を進んだ。

まもなく、お手洗いのある踊り場へとつづく階段から静かな足音がこだましてきた。

「ぼくだけに何か言いたいことがあるとか？」トレントが訊いた。

レベッカはその質問には答えず、決然とした表情でトレントを食い入るように見つめ、声をひそめた。

「どういうことなの、トレント？　葬儀用具店店主殺害のニュースは今日の新聞にでかでかと載っているわ。あなたもミス・ラングリーもそのことにはひとことも触れなかったけれど、あなたたちもあやうく殺されそうになったことは知っているし、ハリーから危険な状況であることも聞いたわ。間違いなく警察に任せる仕事だと思うけれど」

「ミセス・フルトンが殺された事件は警察が捜査している。警察は殺人犯を逮捕するかもしれないが、たとえそれがうまくいっても、ネスター・ケタリングがそいつを雇ったことを証明するという難題が残る」

「あなたが何を考えているのか理解に苦しむわ」

トレントはレベッカをたいそう気に入ってはいるが、ときおりいらいらさせられることがあった。彼の周囲の女性は、自分の考えや意見を声に出して表明し、知ってもらおうとするタイプばかりのような気がする。そういう女性に好感を抱く自分の不幸とでも言うほかないのだろう。とはいえ、そういう女性は違うタイプの女性に比べてはるかにおもしろいのだ。

「この問題についてきみがもっといい解決策を思いついたら、そのときに話しあおうじゃないか、レベッカ。必ず知らせてくれ」

「それはともかく、あなたはこの危険きわまる事件を調べつづけるつもりなのね」

「ここで放棄するわけにはいかないさ」

「ええ、それはそうでしょうけれど」レベッカがやや理解を示しはじめた。「疑問に思うのは、そもそもどうしてあなたがこの一件に巻きこまれたのかなの」

「そのことならユードラを責めてくれよ。あの子がどうしてもミス・ラングリーのサロンの会員になりたいと言い張るものだから」

「まあ、そうだったの」レベッカがうれしそうな顔をした。「だったら、お祝いしなくっちゃ。洞穴にこもっていた殉教者がようやく外に出てきたんですもの」

「それについてはまったく同感だ」

「わたしたち、その問題については以前から意見が一致していたわ」レベッカが少し間をおいた。「ハリーとユードラはあなたを敬愛しているのよ、トレント。でも、二人ともまだ罪の意識を拭えないままなの」

「そのことに気づいてはいても、ぼくにできることは何ひとつなくてね。実験室で起きたことはきみたちのせいではないと、これまで何度となく言ってきてはいるんだ」

「こういう問題は言葉で解決できるものではないの。過去の出来事に関して弟と妹にいくらかでも心の安らぎをもたらしたいとお思いなら、行動を起こすことだわね。わたしとしては、これまで口をすっぱくして言ってきた進言をまた繰り返すしかないわ。恋をして、結婚して、ご自分の家族をつくる。ハリーとユードラを解放する道はそれしかないわ」

「いやに簡単に言うじゃないか」

「たしかに簡単ではないわ。勇気のいる挑戦だし、つねに危険がひそんでもいる。でも、ひょっとしたらもう、その第一歩を踏み出したような気もするの」

「きみはいったい何を言っているんだ？」

「ミス・ラングリーを見るときのあなたの目にその兆候が見えるの」

「そんなばかな、レベッカ」トレントはそれだけ言うと口をつぐんだ。筋の通った反論を思いつかなかったからだ。

「さあ、行ってらっしゃい」レベッカが言った。「ミス・ラングリーとの冒険に。あなたに必要なのはまさしくこういうことなんだと思うの。でも、お願いだから、深入りしすぎて殺されたりなさらないようにね。もしもそんなことになったら、ハリーとユードラは過去を乗り越えて先へ進む希望を失ってしまうわ。実際、ユードラはあなたをミス・ラングリーと引きあわせたことで、また自分を責めることになりそうですもの」

トレントは、それについて返す言葉がなかった。そのとおりだ。

「そんな状況で遺された弟と妹をわたしひとりに押しつけたりしたら、許しませんからね」

レベッカが警告を発した。

「きみの脅迫はしかと心に留めておくよ」

27

カリスタは馬車の座席に浅く腰かけた――最新流行のよそいきドレスでは、小ぶりなバスル（腰当てパッドで張り出させた後腰部のふくらみ）と優雅な襞のせいで、こんな姿勢しかとれない。トレントが羨ましかった。男性の服ならば彼のように角にゆったりと背をもたせかけてすわり、片足を思いきり伸ばせるというものだ。

彼は物思いにふけるように、込みあった通りに視線を向けている。

「あなたは弟さんや妹さんととっても仲がいいのね」カリスタが言った。

トレントは口もとを皮肉っぽくゆがめ、カリスタをちらっと見た。「なんの因果なんだか」

本来ならば、ハリーから教わったことについて話しあい、ミス・エリザベス・ダンスフォースからどう話を聞き出すかを相談すべきなのに、とカリスタは思った。にもかかわらず、トレントとその家族に対する好奇心がそれに勝った。

「心にもないことは言わないで」カリスタがやさしく言った。「義理の妹さんも含めて、あなたは家族のみんなが大好きなんだってわかったわ」ここでしばし間をおいたのは、彼の私生活にどこまで踏みこんでいいのか確信がなかったからだ。だが、これまでいっしょにくぐり抜けてきたことを思えば、少しくらいは詳しいことを訊いてもいいはずだ。「もし違っていたら、そうおっしゃってね。でも、わたしの印象では、ユードラとハリーはあなたを父親代わりと見ているみたい」

「たのむから、そんなふうに言わないでほしいね。なんだか一気に老けこんだ気がするよ」

「いやだわ、そんな。まさに今が男盛りでしょう。でも、ハリーとユードラより何歳か上で、二人があなたを一家の長だと思っていることは間違いないわ」

「たしかに、母が死に、その再婚相手が死んだあと、ぼくがそういう役目を背負うことにはなったが」横から見る彼の表情が硬くなった。「遅まきながら、付け加えておけば」

「お母さまが亡くなられたのはいつ？」

トレントはしばし無言だった。カリスタは彼はこの質問には答えたくないのだという印象を受け、質問したことを後悔しかけたが、そのとき、トレントが口を開いた。

「母は殺されたんだよ」トレントの言葉にカリスタはぎくりとした。「再婚相手に」

トレントの声は冷静だった。たんに事実を述べただけのことで、とんでもない真実を暴露したわけではないといった口調だ。

「まあ」カリスタはショックのあまり、しばらく口がきけなかった。「つまり、あなたの義理のお父さまが死んだというのは、殺人の罪で絞首刑になったということ？」

「いや、絞首刑にはならなかった」トレントの凍りつきそうに冷たい目で見据えられ、カリスタは骨の髄までぞっとした。「そのブリストーって男はぼくが家を出たあと、わが家にやってきたんだが、ハリーとユードラにとって父親の役割を果たしたことは、どんな形であれ、なかったことはたしかだ。ブリストーは毒蛇みたいなやつで、母が結婚を承諾するまではなんだかんだと手を尽くして魅力的に見せていたんだ」

「まあ、なんてひどい」カリスタがつぶやいた。それ以外の言葉を思いつかなかった。

「ブリストーは周囲に、母は自殺した——田舎の屋敷の庭にある池で故意に溺れた——と言っていた。だが、ユードラとハリーとぼくはそんな話は端から信じなかった。ブリストーはカネのために母と結婚し、結婚式の半年後に母が死んだんだからね」

「あなたはいくつだったの?」

「二十二だ。さっきも言ったが、ぼくは当時、家を離れてアメリカを旅行していた。一年近く家を空けていたんだ。世界をこの目で見たかった。とりわけ、アメリカの西部をね。話を聞いただけでわくわくさせられていた。血沸き肉躍る土地。若者が夢見る冒険がそこにあるというわけさ」

彼の言葉の苦々しさから母親を救えなかった自責の念が伝わってきた。

「ぼくは母の死を知らせる電報を受け取るや、大至急帰ってきた」トレントが先をつづける。

「すると、屋敷にはユードラとハリーが二人だけで、使用人もほんの少しが残っているだけだった。使用人の何人かはそれ以前に辞めると通告してきていたそうだが、それはブリストーを恐れてのことだった。だが、ぼくが家に戻ったとき、そのブリストーももういなかった」

「どこへ行ったの？」

「池から母の遺体が引きあげられた翌日にロンドンへ向かった。葬儀に参列すらしなかった。ぼくが家に着いたとき、ユードラとハリーはまだショックから立ちなおれずにいた。怯えてもいた。そして抱いていた疑念を打ち明けた。残っていた使用人たちも、母はきっと殺されたのだと言っていた。しかし、目撃者も証拠もなかった」

「ブリストーはたぶん、お母さまが相続なさった財産を手に入れたんだわ」

「ああ、大部分を、そうなんだ。だが、母は用心深く、子どもたちひとりひとりにある程度のものは確保しておいた。ブリストーは博打にのめりこんでいたから、手にしたカネはたちまちすってしまったが、少なくともロンドンで暮らせることに満足していたようだ。ハリーとユードラとぼくを田舎に残してね。ブリストーは田舎の屋敷には手をつけられなかったんだよ。あそこは祖父がぼくに残したものだからね」

「おかげで、あなたたちが家を失うことはなかったのね」

「理論上は安全なはずだったが、ぼくたちはブリストーが信じちゃいけないやつだと知っていた。生きているかぎり、危険な存在だと思っていた」

「あなたが推理小説を書きはじめたのはそのころかしら？」

トレントが顔をしかめた。「どうしてわかった？」

「そんな状況に置かれたとすれば、あなたは――」カリスタは情熱と言いかけて口をつぐんだ。「才能とエネルギーのはけ口を求めたかもしれないと考えるのが論理的なんじゃないかしら」

「しばらくのあいだは祖父がぼくに遺してくれたいくばくかのお金で暮らしていたんだが、それが永遠につづくはずはないとわかっていた。そこで書きはじめたんだ。昔から物語をつくる才能がそこそこあったし、海外への旅行が主人公を考えるときにたくさんのアイディアを与えてくれて、クライヴ・ストーンが生み出された」

「でも、当時は田舎を離れることができなかったんでしょ？　弟さんと妹さんを守るためにはそうするほかなかったわけだから。ブリストーが舞いもどってくるかもしれないから離れずにいた」

「きみはぼくのことがよくわかるんだね、カリスタ」

「それはたぶん、年下のきょうだいの身の安全や幸福に対する責任の重さがわかるからでしょうね」

「もちろん、すべきことをするだけだが」トレントが窓に意識を向けた。「母の死から数カ月後、クライヴ・ストーンを主人公に据えた小説の第一章を地方紙に売った。連載物として世に送り出してくれたよ。そして物語が完結すると、全編をまとめて本として出版され、それが飛ぶように売れた。すると、『フライング・インテリジェンサー』がつぎの小説の連載の権利に申し分のない値段をつけてくれた。これで小説家としてのキャリアがはじまったと思った」

カリスタはクライヴ・ストーン・シリーズの一作目、『クライヴ・ストーンと真夜中の約束』の筋を思い返してみた。悪者が女性の財産目当てに結婚したのち、妻を殺すという話だ。この人殺しは非業の最期を遂げるが、クライヴ・ストーンの物語はそれが定石だ。とくにその一作目では、妻を殺した夫が橋の上でクライヴ・ストーンに襲いかかる。そして格闘の末、悪者は橋から落ちて荒れ狂う川に溺れて死ぬ、というものだった。

「ブリストーは死んだと言ったわよね？」

「ああ」トレントが長い間をおいた。「母が死んでから数カ月と経たないうちに」

「そうだったのね」カリスタは危険な状況を察知した。言葉を慎重に選ばなければ。「あなたたちみんな、さぞかしほっとしたことでしょうね」

「それは否定しないが、ブリストーは母から盗んだお金をすっかり使い果たしてからこの世を去った」

トレントの声には鉄のような硬さがあった。ここまでなのだ。今のところはこれしか聞けない、とカリスタは悟った。

28

ミルトン・レーンは裕福な人びとが暮らすタウンハウスが立ち並ぶ通りだった。十四番地の前で辻馬車が停まり、カリスタとトレントは玄関前の階段をのぼった。トレントがドアノッカーを二度鳴らした。

「もしミス・ダンスフォースがここにいなかったり、わたしたちに会いたくないと言ったりしたときのことは相談していなかったわね」カリスタが言った。

「それ以外にもことがうまく運ばなかったときは、誰でもいいからこの家にクライヴ・ストーンのファンがいることを願うばかりだね」

「これまでにそういう作戦が功を奏したことはあるの？」

「そういう作戦は取材に関連して人にものを訊くときにしか用いたことはないが、そうだね、ぼくの体験では、相手が作家だとわかると、たいていの人はたっぷり時間を割いて自分の専門分野について話してくれる」

「つまり、クライヴ・ストーンはそうやって錠前をこじあける技術を学んだわけね」

「まあ、それ以外にもいろいろだが」

家政婦が扉を開けた。

「ミス・ダンスフォースにとても重要なお話があってうかがいました」カリスタが言った。

「ほんの数分でかまいませんので、お目にかかっていただけるとうれしいのですが」

家政婦が目をしばたたいた。「さあ、なんのことやら。ミス・ダンスフォースとおっしゃる方はこちらにはいらっしゃいません」

カリスタの背筋を冷たいものが走った。そればかりではない。トレントも身じろぎひとつしない。

「それはおかしいな」トレントの口調は滑らかだ。「こちらの住所で間違いないはずなんです。ひょっとして、ミス・ダンスフォースの身に何か起きたとか？」

「さあ、存じませんね。わたしはこちらに来たばかりでして」

「失礼ですが、こちらの奥さまはご在宅でしょうか？」カリスタが訊いた。「たいへん重要なお話ですので、ミス・ダンスフォースの新しい住所をご存じの方とお話しできればと思うのですが」

家政婦は躊躇した。「それでは、ミセス・アビントンがお客さまにお会いになるかどうかうかがってまいりましょう。まだこんなに早い時間ですからね」

トレントがここでポケットから名刺を取り出した。「奥さまにトレント・ヘイスティングズがお時間を少しだけ割いていただけましたらありがたいとお伝えください。クライヴ・ストーンの新作執筆のための取材のようなことをしておりまして」

家政婦が目を大きく見開いた。「まあ、クライヴ・ストーン・シリーズの作家の方でいらっしゃいますの？　びっくりですわ。わたし、あなたの作品はすべて、少なくとも二度ずつ読んでおりましてよ。こちらの奥さまはご親切な方で、読み終えられた本をわたしに回してくださるんです。クライヴ・ストーンを読んで過ごす夜の楽しいことといったら」

「それはありがとうございます、ミセス・――？」トレントが問いかけるように語尾を上げた。

家政婦が頬を紅潮させる。「ミセス・バトンと申します」

「ありがとうございます、ミセス・バトン。ぼくの小説を楽しんでくださっているとうかがい、本当にうれしいです。では、お手数をおかけいたしますが、奥さまにお目にかかっていただけるかどうかを――」

「はいはい、今すぐに」

ミセス・バトンが扉を閉じた。中からくぐもった足音がせかせかと聞こえてきた。

「とってもうまくいったわね。認めざるをえないわ」

トレントの表情は厳しい。「いつものことさ」

二分と経たずに扉が開いた。ミセス・バトンがトレントににっこりと笑いかけた。

「ミセス・アビントンはご在宅で、喜んでお目にかかるそうです」

「それはどうも」トレントが言った。

家政婦はカリスタをさりげなく無視し、先に立って豪華なしつらえの応接間へと案内した。三十代かと思われるしゃれたドレスを着た女性が、深紅のベルベットを張った長椅子に腰かけていた。よそよそしい一瞥をカリスタに投げかけ、あたたかな笑みでトレントを迎え入れる。

「ようこそ、ミスター・ヘイスティングズ。思いもよらないことで大喜びしておりますの。さあ、どうぞおかけになって」

「ありがとうございます」トレントが言った。「こちらはミス・ラングリー」

ミセス・アビントンはカリスタをそっけなくちらっと見た。「ミス・ラングトゥリー、だったかしら?」

「ラングリーです」カリスタが訂正した。

「ああら、そうでしたわね」ミセス・アビントンはうわの空で言った。再びトレントのほうを向き、また優雅な笑みをたたえて彼を見る。「わたし、あなたの小説の大ファンですの。わたしだけでなく、じつは家族全員が楽しませていただいておりますのよ。夜は声に出して読んでおりましてね。さあ、おかけくださいませ」

トレントはカリスタの椅子に手を添えたあと、自分もすわった。

「ぼくの作品を楽しんでいただいているそうで、本当にうれしいです」

「ええ、それはもう。それにしても、どういったご用件であなたが拙宅を訪ねていらしたのか、正直なところ、大いに興味がありますわ」

「取材ですよ」

「取材？　あなたに協力できるなんてわくわくしてしまいますが、いったいどういうことか想像もつきませんわ」

「ミス・ラングリーとぼくは今、ミス・エリザベス・ダンスフォースの失踪について、架空ではない事件の調査をしていましてね」

「そうでしたか」ミセス・アビントンは一瞬、渋い表情でカリスタを見たあと、すぐまたトレントのほうに意識を戻した。「なんだか奇妙ですね。いったいなぜそんなことを？」

「ぼくたちは今、失踪人の居どころを突き止めるために必要なさまざまな手法を調べて書き留めているところで」トレントが説明する。「その過程に興味があるんです。つぎの本の筋書きに使うつもりなんですよ」

「そうでしたか」ミセス・アビントンがまた同じ言葉を発した。「それでミス・ラングトゥリーがごいっしょに。秘書でいらっしゃるのね」

「ラングリーです」カリスタがもう一度訂正した。

誰も聞いてはいなかった。

「まあ、そんなところです」トレントが言った。

カリスタのほうを見ないよう、用心している。

「いったいどういうわけで、ミス・ダンスフォースの足取りをたどってこの住所にたどり着かれたんでしょうか?」ミセス・アビントンが訊いた。

「メメント・モリの品々がいくつか、この住所に住む彼女宛てに配達されたことを突き止めました」トレントが言った。「ティア・キャッチャー、黒玉の指輪、そして安全装置付き棺用に設計された鐘です」

「ええ、たしかに。そういう品物のことは憶えていますわ。ミス・ダンスフォースになぜそんなものが届いたのか、理解に苦しみました。彼女、家族の話をすることはありませんでした。いとこの話は聞いた覚えがありますが、ここにいらしたことはなかったわ。それに、ミス・ダンスフォースに死が迫っているということも、少なくともそのときにはありませんでした。いたって健康そうでしたもの。わたしどもも、すべてが何かの不吉な間違いだとばかり」

カリスタが緊張をのぞかせる。「ミス・ダンスフォースはこちらに住んでらしたことがあるんですね?」

「ええ」ミセス・アビントンが答えた。「住み込みの家庭教師として雇っておりましたの。実際、なかなか優秀でした。辞めさせたときは残念でしたもの」

「辞めさせたのはなぜですか？」トレントが訊いた。

「二件目のメメント・モリが届いたあと、彼女がふさぎこむようになりました。神経がすっかりまいってしまったようでした。誰かに見張られている、あとをつけられている、と思いこんでいたみたいで。やがて妄想に悩まされるようになったもので、わたしとしては当然のことながら、子どもたちのそばに置いておくわけにはいかないと考えました。精神状態がどうにも不安定でしたからね。それで、派遣会社に連絡して、お引き取りいただいたの。ですから、今どこにとおっしゃられても見当もつきません」

「その派遣会社の名前を教えていただけますか？」トレントが訊いた。

「ええ、もちろんですわ。タナー・ストリートにあるグラント・エージェンシー」

　カリスタは得体の知れないめまいを覚え、数秒のあいだ、息ができなくなった。頭の中を古い言葉がよぎり、ぞっとした。まるで誰かがわたしの墓場になるところを歩いているような感覚。

「ミス・ダンスフォースはそのグラント・エージェンシーから派遣されてきたことは間違いないんですね、ミセス・アビントン？」カリスタは訊いた。

「ええ、もちろん、間違いないわ」ミセス・アビントンはすぐまたトレントのほうを向いた。そして共謀者さながら声をひそめた。「ここだけの話ですが、ミスター・ヘイスティングズ、たとえ妄想に悩まされるようにならなかったとしても、ミス・ダンスフォースには辞めていただくほかなかったような気がするんです」

「それはまたどうして？」トレントが質問した。

「たしかなことは言えませんが、ティア・キャッチャーやその他の品々が届く数週間前、ミス・ダンスフォースはある紳士と会っていたんです」

カリスタはこのときも息が苦しくなった。あえてトレントを見ないようにしたが、彼の緊張は伝わってきた。

「どうしてわかったんですか？」トレントが訊いた。

「彼女のようすがいつもと変わったんです。突然、いつもよりうきうきとして。少なくとも最初のうちは」

「家庭教師という立場を考慮すれば、不倫の関係といったたぐいのことはいけませんわね」

カリスタが指摘した。

「わたし、自分を理解ある寛大な雇い主だと思いますのよ」ミセス・アビントンの声には苛立ちがにじんでいた。「ミス・ダンスフォースには週に一日、午後から夜にかけてと日曜日には教会に行けるようにと三時間のお休みを与えていました。わたしとしては、彼女は自由時間を書店や美術館、ときにはお買い物などに使うものと思っていましたのに、メメント・モリが届きはじめる数週間前から、お休みの日の夜にものすごく遅く帰ってくるようになりましてね。しかも、なんだか興奮しているようすで。それでわたし、少々心配になったわけです」

「なぜそのときに解雇なさらなかったんですか？」カリスタが訊いた。「たいていの雇い主はそうするのではないでしょうか。概して、家庭教師の恋愛は許されませんからね」

「正直にお答えすると、わたし、またつぎの家庭教師を雇うに当たっての煩わしい手順を踏みたくなかったんです」ミセス・アビントンがため息をついた。「うちの子どもたち、元気がよすぎるところがありましてね。これまでに三人の家庭教師が辞めていきましたの。それはともかく、ある日の午後、彼女がひどく落ちこんだようすで帰ってきましたから、関係は終わったものと思いましたのよ」

「彼女がなぜ元気がなかったのか、ご存じですか？」カリスタは訊いた。

「もちろん、その紳士との情事が終わったからでしょうね。そうなる運命でしたのよ、遅かれ早かれ。殿方にとって貧しい家庭教師を誘惑するのは楽しい遊びでしょうが、そんな関係は悲惨な終わり方をするのが世の常ということは誰でも知っていることです」

「ティア・キャッチャーが届いたのはそのあとどれくらいしてからでしたか？」トレントが訊いた。

「一週間とは経っていませんわね」ミセス・アビントンが答えた。「彼女はあいかわらず沈んではいましたけれど、そのときはまだ怖気づくようなことはなかったんです。ところが、ティア・キャッチャーを見て取り乱しましてね。ご存じでしょうけれど、彼女の頭文字が刻まれていたわけですから。彼女が精神的におかしくなったのはそのときからですわ」

「午後と夜がお休みの日に彼女が会っていたかもしれない男性が誰なのか、何か手がかりになるようなことはありませんか？」カリスタは訊いた。

「いいえ。わたしはただ、ひとりで世間を渡っていかなければならない女性の弱みにつけこむ殿方のひとりだろうとしか思わなかったもので」ミセス・アビントンはトレントに微笑みかけた。「取材のお役に少しは立てまして？」

「貴重なお話をいろいろ聞かせていただきましたよ、ミセス・アビントン」

ミセス・アビントンはつぎにカリスタのほうを向いた。「今、お話ししたことはあなたが文書になさるんでしょうね、ミス・ラングトゥリー。わたしのフルネームはベアトリス・アビントンよ」

「間違いなくメモさせていただきますわ」

カリスタが感服したのは、トレントがうまく話を切りあげて、お茶が出てくる前になんとかアビントン家から脱出したことだ。おかげで軽い足取りで辻馬車に乗りこめた。トレントは御者にグラント・エージェンシーの住所を告げてから馬車に乗り、カリスタの向かい側に腰を下ろした。

「ぼくの仕事におけるきみの役割に関する誤解については申し訳ないことをした」

「あなたの秘書の役を演じさせていただいて大満足だわ。本当よ。ミセス・アビントンが秘書ではない役割を思いついた可能性もあったんですもの。もっとはるかに情けない役割をね」

トレントはその発言に苛立ちを覚えたようだったが、とくに何も言わず、話題を変えてきた。

「グラント・エージェンシーの名を聞いて驚いたのはなぜなんだ？」

「気がついたのね？　たぶん、なんでもないと思うわ。たんなる偶然の一致で」

「どういうこと？」

「この一年間にグラント・エージェンシーの人が二人、サロンの会員になっていたの。その二人にはそれぞれ、相性がぴったりの男性を紹介できたもので、二人とも今は結婚して田舎に住んでいるわ。だから、この事件に関係があるとは思えないの」

「ぼくは小説を書くとき、偶然の一致はどうも好きになれないんだ」

29

秘書に案内されて、グラント・エージェンシーの経営者の部屋に入った。

「ミセス・グラント、作家のミスター・ヘイスティングズがお目にかかりたいとおっしゃって」しばらく間があった。「あっ、それと秘書のミス・ラングリーが」

ミセス・グラントはカリスタに一顧だにせず、顔を輝かせてトレントを見た。「どうぞおかけくださいませ。あなたの小説は全部読んでおりますわ。どれも本当におもしろくて」そう言うと、秘書に向かって追い払うように手を振った。「ありがとう、ミス・シプリー。もうさがっていいわ」

「はい、ミセス・グラント」

ミス・シプリーは三十代前半とおぼしき年頃だが、女子の寄宿学校の校長を連想させる堅苦しい雰囲気をただよわせている。かつては間違いなく魅力的、いえ、美人ですらあったのだろうが、彼女の人生に最初に割り当てられた幸福はことごとく粉砕されて今日に至っているといった感じだ。それでも、流行の身だしなみにはこだわっている。まとめた髪――間違いなくつけ毛——を頭頂部に王冠のようにのせ、たくさんの長い飾りピンで留めている。廊下に出ていく際に、カリスタをさも不快げに見た。あと数年もしたら、あの祖母のようになりそう、とカリスタは思った。

扉がぴたりと閉まった。

ミセス・グラントは秘書より数歳年上といったところだが、見た目も気質もまったく異なっていた。ほどよくぽっちゃりとして、おしゃべりな性格で、長いこと黙っているのは苦手といった雰囲気である。

そのミセス・グラントがトレントににっこりと笑いかけた。「お目にかかれて光栄ですわ、ミスター・ヘイスティングズ。わが社の家庭教師についてご質問がおありだそうですが、お子さまはおいくつでいらっしゃいますの？」

カリスタは顔をしかめた。「お子さま？」

「年齢は大事ですからね」ミセス・グラントの口調はきびきびしている。「わが社の家庭教師は全員がじゅうぶんな資格をそなえておりますが、その中にはまだ幼いお子さまの指導に向いている者がおります一方で、もっと年上のお子さまの教育に長けた者がおりまして」そう言いながら、またトレントのほうを向く。「いちばんお小さいお子さまはおいくつでいらっしゃいますか？」

「じつはですね」カリスタが言った。「今日はミス・ダンスフォースにお話をうかがいたくてまいりました。友人が彼女を推薦してくれたもので」

「ミス・ダンスフォース？」ミセス・グラントの当惑は手に取るようにわかった。「何がなんだかわかりませんわ」

「もうこちらには所属していないということですか？」トレントが訊いた。

「いえ、そういうことではなくて。まあ、なんということでしょう。ミス・ダンスフォースの身に何が起きたか、ご存じないんですね」

「ええ」カリスタは返事を返しながら、鞄をぎゅっとつかんでいる自分を意識した。「彼女、いったいどうなさったんですか？」

「かわいそうに、神経がすっかりまいってしまいましてね。見ているこちらがつらかったくらいでした。どこへ行くときも男があとをつけてきて自分を見張っていて、留守をすると下宿に忍びこんでくると思いこんでいたんですね。気味の悪い贈り物が届いたりもしてね。なんとも残念な話。彼女は申し分のない家庭教師だったのに、つぎの雇い主との面談に送り出すこともできなくなったわけですから、解雇せざるをえませんでした。悲しいことに、彼女はそれから一週間と経たずに亡くなりました」

「殺されたんですか？」トレントが冷静に尋ねた。

「なんですって？」ミセス・グラントはそれを聞いて怯えた表情を見せた。「まさかそんな。葬儀屋は喉の感染症が原因だと言っていましたよ。亡くなったときの詳しいようすを知っているわけではありませんが、もし殺されたんだとしたら、新聞に大きく載ったはずですわ。きちんとした若い女性が恐ろしい犯罪の犠牲になったりしたら、それこそ大騒ぎするはずですもの」

「ええ、たしかに」カリスタが言った。「女性の私生活に下品な憶測をめぐらす記事が新聞や犯罪雑誌にあれこれ載りますものね」

「そうですとも。ですから、ミス・ダンスフォースはひっそりと、なんら問題にはならない形で亡くなったんだと思いますよ。わたしは葬儀に参列しました。わたしにできるせめてものことだと考えましてね」

「葬儀にはたくさんの方がいらしてましたか？」トレントが訊いた。

「悲しいかな、これがそうではなくて。わたしひとりでしたの」ミセス・グラントがしばし間をおいた。「それでも、彼女の世間体を気にかけてくれる親類が少なくともひとりはいらしたということね」

「なぜそれを？」トレントがまた訊いた。

「遺体を運びこんで葬儀代を支払ったのは彼女の遠縁の紳士だと、葬儀屋がはっきりと言ってましたからね。墓地には来ていませんでしたけれど、しかるべき形で彼女を送ってくれたということでしょう。いかにも高価な棺でした。とても現代的な安全装置付きの棺でしてね、鎖のついた鐘を使って――もしも死者が突然生き返ったりした場合――棺の中から助けを呼ぶことができるとか」

「高価な棺ね」カリスタが言った。

「ええ、見るからに」ミセス・グラントが肩を上下させて大きなため息をついた。「言わせていただくなら、わが社にとって本当に厳しい一年でしたわ」

「なぜですか？」カリスタが訊いた。

その質問に驚いたトレントがカリスタをちらっと見た。しかし、彼女は心からの関心を示している。やはり彼女は事業家なのだ。女性が起こして経営している会社に関してつねに関心を抱いている。どんな場合も学ぶことがいろいろあるのだろう。

「もちろん、こういう仕事をしていれば、家庭教師の何人かを失うことも想定はしていますよ」ミセス・グラントが説明をはじめた。「悲しいことに、若く魅力的な女性が誘惑を許すことはままあるものでね。相手はお屋敷のご主人だったりいちばん上のご子息だったりする場合が多いけれど、彼女たちの世間知らずなところにつけこむひどい紳士ってこともあるわ」

言い換えれば、彼女たちは強姦されて捨てられたということだ。家庭教師は屋敷の中でたいそう孤独な立場に置かれる。使用人たちの仲間には入らないし、かと言って、家族の一員ではけっしてない。その中間的な立ち位置のせいできわめて無防備なのだ。

「その女性たち、どうなりました？」カリスタは訊かずにはいられなかった。

トレントが彼女に一瞥を投げ、それとなく警告を与える。

カリスタは懸命に怒りを抑えこんだ。

「そういう気の毒な子たちはふつうは宿なしになってしまうんじゃないかしら。もう言いましたけど、人材のある程度の回転は想定していますからね。でも、うちのレディたちはそろって健康ですから」

「健康?」カリスタがびっくりして訊き返した。

「わたしは丈夫そうな人を選んで雇っています。そりゃあ、売り物になりませんからね。お子さまのそばに病弱な家庭教師を置きたがるご両親はいませんわ」

「たしかにそうですね」カリスタが言った。

「それなのにこの一年間で、ほかにも二人の家庭教師に死なれてしまいましてね——二人とも見たところは健康な若い女性でしたのに」

カリスタは一瞬、息ができなくなった。「ひょっとして、その方たちも神経がまいってしまったとか?」

ミセス・グラントが眉をひそめた。「そういえば、亡くなる少し前のミス・フォーサイスもなんだか不安そうだったような。ミス・タウンゼンドは辞表を出した数日後に病気になったようです。二人ともどこかしら落ちこんでいたみたいな気がしますね。なぜそんな質問をなさるんですか?」

「取材です」トレントが言った。「ぼくの新作『消えた家庭教師』のための」

「まあ、そうでしたの」ミセス・グラントが厳粛な面持ちでうなずいた。「少々お待ちください ね。もしかしたら、その二人の家庭教師については秘書が何か記憶しているかもしれませんから」

ミセス・グラントがぐっと後ろに体を反らせ、壁際に垂れた紐を引いた。べつの部屋のどこかで呼び鈴が鳴った。

扉が開き、ミス・シプリーが入ってきた。「ご用ですか、ミセス・グラント」

「ミス・フォーサイスとミス・タウンゼンドについてなの。あなたはあの二人、あるいはどちらかひとりが神経を病んでいたかどうか憶えていて?」

「さあ、存じませんね、ミセス・グラント。秘書に相談するようなことではありませんからね」

たしかに、職を失いたくなければそうだろう、とカリスタは思った。エリザベス・ダンスフォースは雇い主につのっていく不安を気づかせるという間違いを犯し、そのせいでアビントン家での職を失った。

「だったらいいの」ミセス・グラントが言った。「ありがとう」

「失礼します、ミセス・グラント」

扉が再び閉まった。

「申し訳ございません、ミスター・ヘイスティングズ」ミセス・グラントが陽気な笑顔をトレントに向けた。「せっかくのこういう話題ですのに、お役に立つことができなくて」

「その二人の死因はご存じですか？」トレントが訊いた。

「三人とも喉の感染症だと聞きました。きっと流行っていたんでしょうね」

カリスタは息が止まりそうになった。「ほかのお二人の葬儀にも参列なさったんですか？」

「ええ、行きました」ミセス・グラントがため息をついた。「わたしにできるせめてものことだと思いましたからね。彼女たちはみな、天涯孤独でした。みな、非の打ちどころのない家庭教師で、そしてまだまだ若かった」

「ミス・フォーサイスとミス・タウンゼンドの葬儀の代金はどなたかが支払ってくれたのでしょうか？」

ミセス・グラントがぱっと明るい表情を見せた。「ええ、そうなの。誰かがミス・フォーサイスとミス・タウンゼンドの葬儀の手配をしてくださったのよ。それもとっても立派な形で。でもね、言わせてもらうなら、あの若い女性たちが生きているときにいっさい手を差し伸べなかった親類が、最後に前に出てきたことはむしろ悲しいわ。家庭教師の職を求めてここに来たとき、三人ともひとりぼっちで必死でしたからね」

「三人の葬儀を扱ったのは全部同じ葬儀屋でしたか？」カリスタが訊いた。

ミセス・グラントはちょっと考えてから首を振った。「いいえ。葬儀屋はそれぞれ違うところでしたね」

「棺はどうですか?」トレントがさらに食いさがる。「どれも高価なものでしたか?」

「ええ、それはもう。そして、とても現代風。どれも安全装置付きでした。残念なことに、三人の家庭教師の誰も鐘を鳴らしはしませんでしたが」

30

帰るころには暖かくなったため、トレントがクランリー・スクエアまで歩いて帰ろうかと提案した。こんな状況でなければ、すごく楽しい散歩になったはずなのに、とカリスタは思った。だが、実際には殺人事件をめぐるおしゃべりがせっかくの気持ちよい日を台なしにしそうだった。

「喉の感染症ね」お日様のあたたかさにもかかわらず、カリスタの背筋を寒気が走った。

「エリザベス・ダンスフォースの恋人が彼女、そしてほかにも二人、グラント・エージェンシーの家庭教師を殺しておいて、ぬけぬけと高価な棺を買った可能性があるわね。まるで猛獣。家庭教師ばかりを狩っている。新聞が事件を書き立てなかったことが信じがたいわ」

「そいつが今はきみを狩ろうとしている」トレントの目が石のように冷たい。

「そうみたいね」

「きみは家庭教師じゃないのに」

カリスタはトレントをちらっと見た。「それは何を意味するのかしら?」

「さあ、わからないな。ぼくたちが組み立てている物語のもうひとつの要素がこれまでのものと合わないというだけだからね。新聞が書き立てなかったことについては簡単に説明がつく。おそらく殺人者が葬儀屋に口止め料を払って、死因を口外させなかった。これはそう珍しいことではないだろう。墓を掘り起こす許可が得られなければ、女性たちが殺されたことを証明するのは不可能だ」

カリスタの鞄の取っ手を握る手に力がこもった。「ネスター・ケタリングは正気じゃないわ。それに、かつてわたしに結婚を申しこんだことがある。なんとしてでも彼を阻止しなければ」

「警察に示すことができる証拠が必要だ――なんでもいい、どんなものでもいい。ウィン警部補はいい人だ。ケタリングがプロの殺し屋を雇ったことを示す証拠を提供すれば、動いてくれるさ」

「エリザベス・ダンスフォースは誰かにあとをつけられていると思いこんでいたとミセス・アビントンが言っていたでしょう。わたし、さっきからずっとそれが気になっていたの。かわいそうに、彼女の妄想なんかじゃないと思うわ。本当に誰かが彼女を見張っていたのよ」

「ぼくが興味深いと思ったのは、エリザベス・ダンスフォースは精神的におかしくなる前にある紳士と不倫の関係をもっていたかもしれないとミセス・アビントンが疑っている点だよ」

「ネスターにとっては恐ろしい遊びってことかしら？　天涯孤独の独身女性を誘惑したあと、さんざん怯えさせて、最後は人を雇って殺させる」

「そんなふうに見えるな」トレントが言った。

公園では小さい男の子が凧《たこ》を揚げて遊んでいた。家庭教師が近くのベンチに腰かけ、本を読みながらも子どもから目を離さずにいる。木々の上方に高く舞う真っ赤な紙製の凧をカリスタはじっと見あげた。子どもがきゃっきゃと笑う。家庭教師も凧を見あげ、子どもといっしょに楽しそうに笑う。

カリスタはその家庭教師に、もしかしたらあなたの身に危険が迫っているかもしれないわ、と警告を発したかったが、もし正気ではない男の話や家庭教師殺しの話をしようものなら、カリスタ自身が頭がおかしいと思われ、預かっている子どもを狙う危険人物かもしれないと恐れられることが予想できた。

「何を考えてる？」トレントが訊いた。

「家庭教師って不思議なくらい無防備なんだな、と。お給料をもらって子どもにいろいろ教えたり見守ったりしているわけだから、しょっちゅうああして子どもだけを相手に過ごしているわ。大人からは孤立しているのよ。たとえば、あそこのベンチにすわっているあの若い家庭教師、男が近づくのはすごく簡単でしょう」

「家庭教師は家の中でも特殊な立場だよね。主人一家の一員でもなければ、使用人のひとりでもない。きみの言うとおりだ。彼女たちはいろいろな意味で孤立していて孤独だ」

「間違いなく寂しいはずよ」カリスタが言った。「わたしたちにできること、きっと何かあるわ」

「ウィンはまだ動けないが、悪の世界に精通している人間はほかにもいる。その中のひとりにたのめば力を貸してくれるかもしれない」

「それ、だあれ？」

トレントの口角がかすかに引きつった。「もちろん、犯罪者さ。ほかにいるわけないだろう。話したろう、小説を書くための取材を通しておもしろい知り合いができると」

「ユードラが言っていたわ。あなたがお付き合いしている人たちの中にはお茶にお招きすることができない人もいるって」

「ジョナサン・ペルも分類すればその中に入りそうだな」

カリスタは興味を示したらいいのか、ぎょっとしたらいいのか迷ったが、最後にはただ素直に好奇心を示せばいいとの結論に達した。

「あなたのお知り合いの中に犯罪者は何人くらいいるの？」

「選び抜かれた数人だけだよ。本当だ。じつは、このペルは月並みな犯罪者だと思われるのを嫌うんだ。彼が身を置く独特な社会階層の中ではそれなりに地位の高い存在でね」

「まあ、犯罪王なのね」ますますおもしろくなってきた。「その人とはいったいどうやって知り合ったの？」

「ジョナサン・ペルはぼくの小説の愛読者なんだよ」

カリスタがにこりとした。「そういうことなのね。ミスター・ペルに会うのが楽しみだわ」

「ミス・ラングリー、きみはミスター・ペルに近づいたりしてはいけないよ」

「でも――」

「彼にはぼくがたのんでくるから。そのときは彼がいる世界に足を踏みこまなければならない。あそこはきみが入っていける世界じゃないんだ」

「昨日の夜、あなたといっしょにもう少しで殺されるところだったことを忘れないでほしいわ。わたし、犯罪の世界をかすりもしない人間ってわけじゃないと自認しているの」

「昨日の夜、ぼくたちを襲った男はたしかに凶暴きわまる悪党だが、彼の住む世界については――まだ議論の余地がある」

「それじゃ、ミスター・ペルはあの男よりどれくらい危険なの？」

「ぼくにとっては危険ではないが、ペルの店に行くことがきみの評判を傷つけかねない。いわゆる上流階級を含む、あらゆる階級の男性に娯楽を提供するのが彼の商売でね。誰かがきみに気づいたり、彼を訪ねてきた理由に首をひねったりするかもしれない。そんなことになれば、結果は悲惨だ。ミスター・ペルは自分の妻子でさえ店には入れないことにしているくらいだ」

「ふうん」カリスタはしばし考えた。「ミスター・ペルはどんな商売をしているの？」

「ペルはそもそも孤児で、路上生活をしていたんだ。経歴のその部分について話すことはめったにないがね。現在は何店ものミュージック・ホール、酒場、賭博場を経営している」

「アンドルーも最近、そういうお店に足しげく通っているらしいわ」

「きみは弟さんを心配している」トレントが言った。「同じように、ぼくはきみの評判が心配なんだ。ぼくが心配するのもわかってくれるね」

カリスタは反論しないことにした。トレントの言うとおりなのだ。サロンの事業が綱渡り的な状態だというのに、さらに陰惨な殺人事件がらみの醜聞につきまとわれたりしたらまずいことになる。犯罪王が君臨する悪の巣窟に足を踏み入れるような危険を冒すわけにはいかない。祖母が生きていたら、とんでもないショックを受けるはずだ。

「ミスター・ペルに何を訊くつもりなの？　きちんと教えて」

「願わくは、昨日の夜、ぼくたちを殺そうとした悪党について何か教えてもらえたら、と思っている」

「その世界に星の数ほどいる殺し屋の中のひとりをその人が知っているとでも？」

「そいつはおそらくカネで雇われて動く腕のいい殺し屋だ。そういう人間はその世界にもそういるものじゃない。もしもぼくたちを襲った男が暗黒街の人間だとしたら、ペルはきっとあいつのことを知っている。それに、もしあいつが頭の怪我が原因で死ななかったとしたら、しばらくのあいだは間違いなく包帯を巻いているはずだ。プロの犯罪者の群れの中にいても目立つだろう」

「そうだわね」

「きみは屋敷に泊まり客を迎えるのをどう思う？」トレントが訊いた。

「屋敷に泊まり客？」いきなり変わった話題に驚いて繰り返した。

「ぼくの妹とぼくだ。ネスター・ケタリングのこの問題が片付くまで、ぼくたちがきみのところに押しかけてもいいかな？」

「わたしをひとりきりにしておきたくないのね？」

「ああ、片時も」

31

悪夢の黒い翼と荒れ狂う頭痛のせいで何度となく目が覚めた。

やはりあの医者を殺したほうがよかったのだろうか、とまた考えたが、よけいな注目を浴びるようなことがあってはならないと忠告されていた。死体の遺棄はつねに計画と相当な体力を要する難題となる。今、男はそんな仕事ができる状態ではなかった。頭部に負った傷に体力を奪われている。回復には時間がかかりそうだ。

粗末な寝床から起きあがり、寒々とした寝室で服を着た。頭部の激痛のせいで足取りがおぼつかない。寝床のかたわらの床に置かれた小瓶に目がいく。医者がくれた薬で意識を朦朧とさせたくはなかった。

頭の片隅から小さな声がささやきかけてくる。その薬なら飲んでも大丈夫だよ。

もうしばらくためらったのち、しぶしぶ瓶の蓋を開けて中身を少しだけ飲んだ。

まもなく痛みがいくらか引いた。平衡感覚が失われてはいないことを確認し、ゆっくりと階段を下りた。少々のチーズとパンを無理やり口に押しこみ、ポットに濃い紅茶をいれた。

ささやかな食事を終えたあとは、がらんとした客間に移り、祭壇の前で胡坐《あぐら》をかいてすわった。白い蠟燭に火をともし、己が犯した失敗についてじっくりと考えた。頭部に負った傷はいずれ癒えるが、名誉が負った傷は深い。

祭壇の上方に掲げた写真に目を凝らした。頭の中の声がまたささやきかけてきた。探求の旅は何があろうと最後までつづけなければならない。

「二度と失敗はいたしません」男は誓った。

頭の中からささやきかけてくる声に答えながらも、写真の女性から意識をそらせることはなかった。

彼は騎士。誓いは盟約である。

失敗の汚名ともたらされた不名誉はなんとしてでも晴らさなければならない。それを果たしたのちはまた、探求の旅を最後までつづけるのだ。

「死がわれらを分かつまで」男は写真の女に向かって言った。

「あなたは今夜、犯罪王に会いにいくんですね？」アンドルーはフォークを口に運ぶ途中で止めた。明らかに興味津々だ。「なぜですか？　くそっ、そもそもそういう人物とどうやって知りあったんですか？」

カリスタが顔をしかめた。「ほら、アンドルー、言葉づかいに気をつけて。お客さまの前ですよ」

サロンを主催しているカリスタだから、会員同士を引きあわせる際に日常的にお茶を振舞ってはいるものの、クランリー館の晩餐に客人というのは珍しかった。とはいえ、いやな出来事がつづいているにもかかわらず、カリスタはいつしかこの晩餐を楽しんでいる自分に気づいた。たぶん、トレントがテーブルの反対側の端にすわっているからだろう。

トレントとユードラは数時間前に荷物を携えて到着した。泊まり客を迎え入れると知り、ミセス・サイクスは高揚感をみなぎらせていた。午後じゅうかかってミスター・サイクスと二人、寝室二つの窓を開け放ち、宿泊用の準備をととのえた。ミスター・サイクスは正餐の席に侍《はべ》るがごとく、厳かな作法を披露してみせた。

たしなめられたアンドルーは顔を赤らめ、食卓をはさんで向かい側にすわるユードラを見た。ユードラの静かにロールパンにバターを塗っている姿から察するところ、アンドルーの言葉づかいはいっさい気にならないようだ。

「失礼しました、ミス・ヘイスティングズ」アンドルーが小さな声で謝った。

「どういたしまして」ユードラが彼に陽気な笑顔を向けた。「兄が二人いるんですもの。わたし、言葉づかいにかけては繊細さなんてこれっぽっちももちあわせていないわ」

そう応じると、ロールパンをおいしそうに口に入れた。

アンドルーは見るからにほっとした表情で、またトレントのほうを向いた。「ぜひ聞かせてくださいよ」

「これが複雑な話でね」トレントが言った。「今日のところは、ペルはクライヴ・ストーン・シリーズの愛読者で、ときどき取材に協力してくれている、とだけ言っておくよ」

「今夜はミスター・ペルにどんな質問をするつもりですか?」

「昨日の夜、きみの姉上とぼくを襲った男が何者なのか、彼なら突き止めることができるんじゃないかと期待しているんだ」

「ぼくをいっしょに連れていくべきです」アンドルーがきっぱりと言った。「当然、危険な区域に足を踏み入れるわけですよね。だとすれば、連れがいるほうがいいと思いませんか?

「お姉さまをもうこれ以上心配させたくなかったんだよ」アンドルーがぶつぶつとつぶやいた。

すって？　拳銃を買ったなんて、わたしにはひとことも言わなかったじゃないの」

カリスタがとっさにフォークを置き、フォークは皿の上で大きな音を立てた。「なんで

ぼくは先週、拳銃を買いました」

カリスタが何か言いかけたが、トレントが目くばせで彼女を黙らせてから、アンドルーのほうを向いた。

「いっしょに来てくれるならうれしいね」トレントが言った。「ミスター・ペルは今夜、事務所にいるそうだ。手下の男たちが常連客の安全を守るために周辺の通りを巡回しているが、ある程度用心するのは常識というものだ」

「よろしくお願いします」アンドルーが言った。「拳銃、持っていきます。練習する機会はあまりなかったんですが、たいていの悪者は回転式拳銃《リボルバー》を見れば逃げ出すんじゃないかと思ってます」

「ミスター・ペルの事務所にそいつを持って入ることは許されないが、道中は銃を携帯するのも名案かもしれない」

カリスタの心は千々に乱れた。本能的にはアンドルーがそんな危険を冒すのを禁じたかったが、同時にもはや弟をそういうふうに支配してはならないことを承知してもいた。弟はも

う大人なのだ。自分のことは自分で決めさせなければ。それに、犯罪が渦巻く暗黒街へ潜入する冒険を前に明らかにわくわくしているようだ。もしトレントがわたしをいっしょに連れていってくれたとしたら、わたしもきっとこんなふうにわくわくしたはずだ。

トレントがいっしょにいてくれるのだから、とカリスタは自分に言い聞かせた。トレントが弟を守ってくれるのだから。しかし、トレントのことも心配だった。とはいえ、論理的には男が二人いっしょにいればかなり安全なはずだ。

カリスタがユードラと目を合わせると、その瞬間、彼女も同じように心配しているとわかったが、ふと思った。トレントに連れがいるとなれば、ユードラもこの計画に関して少なくともいくらかは安心できるのではないかと。

トレントはジャガイモを頬張りながらアンドルーをじっと見た。「ネスター・ケタリングに関するきみの調査だが、これまでにわかったことを教えてくれないか」

「残念ながら、すでにわかっていること以外にはまだあんまり」アンドルーが答えた。「ロンドンをあとにしたケタリングは女相続人を漁りに田舎に行き、あれこれ手を尽くしてなんとか、あちこちの狩猟会、貴族や大地主の邸宅で催される週末パーティーなどに招かれるようになったようです。そうこうするうちに、そんな集まりのひとつでアナ・ウィルキンズという若いレディに出会いました。このレディが、誰に聞いても、すごく美人ですごく金持ちということです。そのころはアナの父親が余命いくばくもなく、この世を去る前に娘が結婚する姿をなんとしてでも見たいと切に願っていました」

「婚礼は一年前だったっけ?」トレントが訊いた。

「厳密には十一カ月前です。その後、新婚夫婦はロンドンに出てきまして、ケタリングはすぐさま妻のカネを使い放題の生活に浸りはじめました」アンドルーがフォークをローストビーフの塊に突き刺した。「今も言ったように、大部分はすでにわかっていたことですが、屋敷のメイドのひとりとおしゃべりしたとき、おもしろい事実を二つほど知りました。アナの父親の遺言書には、遺産の管理はアナがするようにとしたためられていたそうです」

「それに関しては、アナは新たに制定された財産法に感謝しているでしょうね」ユードラが言った。

「ええ、たしかにそうですが、父親の遺言書にはもう一点、興味をそそることが記されているんです」アンドルーが先をつづける。「ぼくが話したそのメイドは御者と恋仲にあるんで、御者がケタリングと友人の紳士との会話から小耳にはさんだ話をしてくれました。ケタリングは現状をぼやいていたそうです。アナの父親は愛娘の新郎に懸念を抱いていたのかもしれませんね」

「それはどうして?」カリスタが訊いた。

「メイドによれば、父親の遺言書にはこんな項目が記されているんです。もしアナが死んだら、たとえ死因がなんであれ、遺産はカナダに住む遠縁の者たちが受け取ることになるとか。

アナが、たとえどんな理由であれ、精神を病んだ者のための施設に送りこまれたとしたら、その場合もしかりです」

「遺産相続の際に邪魔になる人間を排除するために、いちばん人気のある方法だわね」ユードラが付け加えた。

トレントが興味を示した。「きみの言うとおり、父親は娘の身が心配でたまらなかったにちがいない。それで、ケタリングが娘に危害を加えたり秘密めいた施設に閉じこめたりしたときのことを考えて、娘を守ろうとしたんだな」

「もしわたしたちがネスターを誤解していないのであれば、たぶんそれがアナの命を守る唯一の方法でしょうね」カリスタが言った。

「アナは自分がいっしょに暮らしている男が正気じゃないってことを知っているのかしら？」ユードラが疑問を口にした。

「たぶん知らないだろうな」アンドルーが言った。「使用人も家庭教師を殺すケタリングの性癖については気づいていないみたいだ。真実を知ったとき、それでも彼らは屋敷に残るかどうか。そのメイドによれば、アナ・ケタリングはすごく孤独な女性なんだ。夫が家にいることはめったにない。だから、降霊会に慰めを見いだしているそうだ。週に最低一度、ときにはもっと頻繁に出席していると聞いた」

カリスタは手にしていたバターナイフを置いた。「あの世の誰と接触しようとしているのかしら？」

「それはどうでもいいんじゃなくて？」ユードラが言った。「降霊会なんてインチキですもの。あの世に旅立った霊を呼び寄せることができると主張する霊媒、あれはみんな詐欺師よ」

33

トレントといやに気負ったアンドルーは一時間後に辻馬車で出発した。ユードラもカリスタとともに玄関で二人を見送り、馬車が霧の中へと消えるのを見届けたところでミスター・サイクスが扉を閉めた。

「読書室でお待ちになられたらいかがでしょうか」ミスター・サイクスが静かに申し出た。

「ミセス・サイクスにお茶を運ばせますので」

「ありがとう」カリスタが言った。「長い夜になりそうね」

「肝心なのは、今夜はどなたもおひとりではないということです」サイクスが言った。

「そのとおりだわ、ミスター・サイクス」ユードラが言った。

カリスタが先に立って読書室へと入った。暖炉では炎が赤々と燃えている。ミセス・サイクスがお盆にのせた紅茶のセットを運び入れ、二つのカップにお茶をついだ。

「殿方のことは心配ご無用ですよ。ご無事でお戻りになりますよ。ミスター・ストーンは有能でいらっしゃいますから」

カリスタの顔に笑みが浮かんだ。「ミスター・ヘイスティングズでしょ、ミセス・サイクス？」

「あっ、そうでしたわね。ついつい混同してしまいますのよ。ミスター・ヘイスティングズにはあの小説の主人公と共通点がたくさんおありになるとお見受けしているものですから」

そんなことを言いながら、ミセス・サイクスが部屋を出て扉を閉めた。

カリスタはユードラを見た。「あなたとお兄さまをこんなことに引きずりこんでしまって、本当に申し訳なく思っているの。でもね、お二人には心から感謝しているわ」

ユードラがにこりとした。「いいえ、逆に感謝すべきなのはわたしだと思っているくらいよ」

「お兄さまをこんな危険な目にあわせてしまったのに？　冗談でなく、あやうく殺されるところだったのよ、ユードラ」

「それはわかっているけれど」ユードラが真顔になった。「それに、今のこの状況にもたしかに不安を感じているわ。でも、執筆以外のことにある程度の興味と熱意を示しているトレントを見て、すごく喜んでもいるの」

「あなたはどうなのかしら？」カリスタが訊いた。「エドワード・テイズウェルに対してある程度の熱意を示しているような印象を受けているのだけれど」

ユードラの頬がピンクに染まった。「わかります？」

「お兄さまがわたしのサロンへの参加に難色を示されたとき、あなた、すごく勇敢に立ち向かったでしょう。これから先もサロンに出席する意志をはっきりと示したわ。あのときわたし、あなたがサロンの会員にとどまると言って頑として譲らなかった理由のひとつは、ひょっとしてミスター・テイズウェルなのでは、と思ったのよ」

「トレントはよかれと思ってしたことなの。ただただわたしを守りたかっただけ」

「わかっているわ」

「この何年間かで、わたしにある程度関心を示してくれた男性はほかにもいたけれど、そのうちの少なくとも三人はお金目当てだった。トレントが小説を書いて稼いだお金を使って、一家の財政を立てなおそうとしてきたことは秘密でもなんでもないわ。中でも不動産投資がすごくうまくいったし、兄は思いやりのある人だから、そこから得る収入をハリーとわたしにも分配してくれていた」

「ふうん」

ユードラが鼻にくしゃっとしわを寄せた。「べつの理由でわたしに近づいてくる人もいたわ。これまでいったい何人の人が――男女を問わず――あわよくばわたしを説き伏せて、トレントに自分の原稿を読んでもらい、できれば出版社に推薦してもらいたくて、わたしと友だちになったかを知ったらびっくりするはずよ」

「まあ」カリスタは声をあげて笑い、紅茶を飲んだ。「求婚してくる男性に対して、あなたが用心深い理由がわかったわ」

「不愉快なことを何度か体験してきたからなの」ユードラが言った。「でも、ミスター・テイズウェルは違うわ。彼はわたしのお金など必要としていない——ご自分の収入がしっかりしているでしょ」

「彼が財産狙いの男性だったりしたら、あなたに紹介などしなかったわよ」

ユードラが笑みを浮かべた。「それに、彼は本を書くことにまったく関心がないの。それよりものを発明することが好きみたい。ご存じかしら、彼、複雑な数式を解くさまざまなタイプの機械を設計して、少なくとも四件の特許をもっているわ？」

「いいえ、知らなかったわよ、そんなことまで」

「それに、彼は石油が未来の燃料になると確信しているの。石炭はそろそろ尽きかけているでしょ」

「そういうことはあまり考えたことがなかったわ。つまり、それがあなたがミスター・テイズウェルに関心をもった理由？」

ユードラが少し考えた。「彼に出会って以来、何度となくそれを自分に問いかけてきたの。本当のところはなんとも言えないわ。彼、たいていの人が会話がうまくて魅力的だと思うような人ではないの。でも、ある話題がおもしろいとなったときの彼は微に入り細をうがって話を掘りさげていき、どうにも止められなくなるほどで」

「彼の中の技術者がそうさせるのね、きっと」

「彼、うわついた社交の場では落ち着かないんでしょうね。だから、あなたのサロンが好きなんだわ。毎回、教育的だったり啓蒙的だったりするから。そういう意味では、彼を見ていると、ちょっとトレントやハリーに通じるところがあるの。いずれにしても、三人とも真面目な人間よね。むしろ、それが欠点だとも思えるくらいに」

「たしかに浅薄ではないわね」

「程遠いわ」ユードラの声に熱がこもってきた。「真面目といえば、ミスター・テイズウェルの関心はすごく多岐にわたっていてね、工学技術や科学の最新の進歩にはすごく敏感なの。女性の権利という問題に関してもすごく今風な意見をもっているわ。男やもめで、まだ小さい娘さん二人を育てているっていうのもあるのかしらね。それはご存じでしょ」

「ええ、知ってるわ」カリスタはなんだか愉快になってきた。

ユードラが顔を赤らめた。「ええ、当然だわ。彼の娘さんたちがこれから男子と同じ教育を受けられたら、と心を砕いているの。そういう考え、拍手を送りたいわ。どうしてかと言うと、わたし自身がかなり変わった——少なくとも女子としては変わった——教育を受けたからなの」

「そうだったの？」

「うちの両親はそういうことに関してすごく新しい感覚をもっていたの。父が死んでからは母があとを引き継いでわたしたちにいろいろ教えてくれた。わたしの教育が打ち切りになったのは、母がひどい男、ブリストーと再婚したとき。ブリストーがわが家にやってきてからは、何もかもが変わってしまったわ。そして、それからまもなく母が……死んだの」

ユードラはそこでいったん言葉を切ると、椅子から立ちあがって暖炉の前に行った。炎を無言のまま見つめている。

カリスタも立ちあがり、部屋を横切ってユードラの横に行った。

「トレントが話してくれたわ。お母さまが亡くなられたとき、彼は家を離れていたそうね。アメリカを旅していたとか。それから彼はこうも言っていたわ。あなたとハリーと使用人たちは、ブリストーがお母さまを殺したと確信しているって」

「トレントがそれをあなたに？」ユードラが驚いて顔を上げた。「なんだかものすごく……不思議。トレントは母の身に起きたことについてはほとんど口にしないのよ。家族以外の人に打ち明けるなんて、これまで一度もなかったわ」

「それはたぶん、わたしが今置かれた状況とお母さまが亡くなられたときの状況になんらかの共通点があると考えてのことだと思うわ」

ユードラの片手が炉棚をぎゅっとつかんだ。「ひとつだけ思い当たることがあるわ——どちらの事件も警察に通報するに足る証拠がない。少なくとも逮捕の理由になるだけの証拠がないということね」

「悔しいわね、ユードラ」

「ブリストーって最低男は母によく暴力をふるっていたの」

カリスタはかけるべき言葉を思いつかず、ただユードラの肩に手をおいた。

「ハリーが止めようとしたことがあったけれど、ブリストーはただ矛先を変えてハリーに殴りかかるだけだった。そのことがあってからは、母は痣《あざ》を隠して、わたしたちから見えないようにしていたわ。トレントへの手紙にも母はあいつの暴力についてはいっさい書かなかったから、トレントは知らなかったの。母はわかっていたんだわ。もしトレントが家族に何が起きているのかを知ったら、暴力沙汰を起こしかねないって。そんなことになったら、トレントが逮捕されるかもしれないし、殺されることだってないとは言えなかった」

カリスタはトレントの性格について知っていることを思い起こしてみた。「お母さまが心配なさったのも当然だわね」

ユードラはさっきからずっと暖炉の炎を見つめたままだ。「男性は妻に暴力をふるって怪我をさせたり殺したりしても、罪に問われずにすませることはしごく簡単だわ。よくあることだと誰もが思うくせに、事件が新聞に載ることはめったにない」

カリスタの深い洞察力が鋭く働いた。「あなたが結婚しなかった本当の理由はそこにあったの？」静かな口調で問いかけた。「お母さまのように結婚という罠にかかるのを恐れているから？」

「母がブリストーと結婚していたのは半年にも満たない期間だったけれど、それは恐ろしい時間だった。あの男が屋敷にいる夜は必ず、母はわたしに何があっても寝室に鍵をかけて中に閉じこもっているようにと言っていたの。幸いなことに、あの男はその間ほとんどロンドンに滞在して、母のお金を湯水のように使っていたわ」

「なんてひどいやつ。最低だわ」

「結婚って女にとってはものすごく危険なことよね」

「ええ、そうね」

ユードラが懸命に浮かべた笑みがなんとも悲しそうだった。「でも、そんな危険を承知してはいても、ときには自分の家族——愛を注ぎたくなる善良な男性と子ども——をもちたいって思いに……駆られることがあるの」

「ふつうの人は胸の奥深くではたいてい、誰かを愛し、その人に愛されたいと願っているものなのよ」カリスタが言った。

「だからみんな、危険を冒したりするのね」

「ユードラ、わたしの立場でこんなことを言うのはおかしいけれど、もしあなたの結婚が悲惨なものだと気づいたときは、お兄さまたちが必ずや行動を起こして守ってくださると思うわ」

「わたしがそれを知らないとでも思うの？」ユードラが暖炉に背を向けてテーブルに近づき、

紅茶のカップと受け皿を手に取った。紅茶を飲もうとするものの、手が震えてうまくいかず、あわててカップを受け皿に戻す。「もうだいぶ前のことになるけれど、トレントは命がけでわたしを守ってくれたことがあるの。ハリーも、もしわたしの身が危険にさらされていると思えば、同じことをしてくれたはずだわ」

「でも、あなたは今でも結婚を恐れている？」

「恐れているのは結婚じゃないの、カリスタ。あなたの言うとおり、わたしにはわたしを守ってくれる兄が二人いるわ。でもわたし、トレントを捨てることはできないのよ。前にも話したけれど、彼は心から愛する恋人をわたしのせいで失った。だから兄がまた心から愛せる人に出会うまで、わたしがその苦しみから解放されることはないの」

「その出来事のせいで、どうしてあなたがそこまで自分自身を責めるのかが理解できないわ」カリスタが言った。

「あの傷跡」ユードラが言った。「ブリストーはわたしの顔に酸をかけてやると脅したのよ」

「まあ、なんてひどいことを」

「ハリーの実験室で起きたことで、本当に恐ろしかったわ。結局、酸を浴びたのはトレントだったの。そのあとよ、アルシーアが彼の顔を見ることに耐えられなくなったのは」

「ブリストーはどうしたの？」

「その日のうちに逃げたわ。ロンドンに戻ったの。トレントは傷が癒えはじめたところでブリストーを追っていった。ハリーとわたしは、トレントがブリストーを殺して絞首刑になるんじゃないかとびくびくしていたわ。でも結局、ブリストーは熱病で死んでしまったの」

「よかったわ。その男があなたたちの人生にかかわってくることはもうないのね」

「彼が死んでも誰も涙を流さなかった、これだけは断言できるわ」

「トレントはあなたに罪の意識を背負ってほしくなどないと思っている、それはよくわかっているわよね？」

「わかってはいるけれど」ユードラが答えた。「気持ちは変えることができなくて」

カリスタはもうそれ以上何も言えなかった。罪の意識は厳しい親方さながら、どこまでも人を責め立てる。時計に目をやった。なんとも長い夜になりそうだ。

少しすると、カリスタは壁際に置かれたファイル用の抽斗のほうを向いた。

「このあいだ言っていたわよね、興味の対象が似ている人を組みあわせやすくする分類法を導入したら効率がいいかもしれないと」

ユードラが少々驚いた表情を見せた。陰鬱な物思いに浸っていたら、いきなり引きずり出されたといった顔だ。「ええ、興味の対象や、おそらく会員の性格の特徴などを相互参照《クロス・リファレンス》する方法のことね。そんな分類法があればすごく便利だと思うの。わたしは温室で育てている植物の生長過程を追うために同じような分類法をつくったけど、いろいろな目的にすごく便利に使っているわ」

「どうやら今夜は、心配しながらいっしょに長い夜を過ごすことになりそうだから、どうかしら、その時間を有効利用するというのは。もしあなたが、わたしの助手としての立場で、今話してくれたようなファイルの手法を具体的に教えてくれたらありがたいわ。その過程で、会員のファイルの中にネスター・ケタリングにつながる何かが見つかるかもしれないわ」

ユードラはいかにもその道のプロといった落ち着いた口調で答えた。「では、まず現在の分類法を見せていただいて、どんな修正を加えたらいいか考えましょう」

34

「ヘイスティングズ、よく来たな」ジョナサン・ペルが椅子から立ちあがり、客を迎え入れた。「今ちょうど、『フライング・インテリジェンサー』の最新号を読んでいるところなんだ。おもしろいねえ。謎の女ウィルヘルミナ・プレストンを投入したところに味なひねりを感じるが、この女がじつは悪人だとわかるんだろう?」

アンドルーはトレントのあとについて、大きな彫像よろしく扉の両脇に立つ二人の巨大な用心棒のあいだを通り抜け、犯罪王の事務所に入った。

「あなたも知ってのとおり、物語の筋については話さないことにしているんだ、ジョン」トレントが言った。「とはいえ、『失踪した花嫁』を楽しんでくれていると聞いてうれしいね。今夜は連絡が直前になってしまったにもかかわらず、こうして会ってくれて感謝しているよ」

「いやいや、いつでもかまわないさ。きみならいつだって大歓迎だ。知っているだろう」ミスター・ペルはじっくりと考えをめぐらすような表情でアンドルーを見た。「きみの新しいお仲間には紹介してもらえるんだろうね」

「そりゃあ、もちろん」トレントが言った。「ミスター・アンドルー・ラングリーだ。アンドルー、こちらはミスター・ジョナサン・ペル」

「はじめまして」アンドルーはやや首をかしげて丁重に挨拶をした。

こういう一風変わった状況で期待される礼儀作法がどういうものなのか、確信がなかった。しかし、トレントのようすから察するに、紳士が集う倶楽部や上流階級の屋敷の客間における行動規範が犯罪王の事務所にも当てはまりそうだった。

「まあ、すわりたまえ、二人とも」ミスター・ペルはトレントとアンドルーに手ぶりで椅子を勧めたのち、机の前に立った。

アンドルーは椅子に腰を下ろし、好奇心を押し隠しながら周囲を見まわした。もしも扉の横の用心棒と隣接するミュージック・ホールから聞こえてくるくぐもった酔っ払いの声がなければ、その部屋は上流階級に属する裕福な紳士の書斎であってもおかしくない。

そして事務所同様、ジョナサン・ペルその人も新聞で見る犯罪王にありがちな相貌をした人物ではなかった。長身で細身、年のころは四十代前半といったところか。彫りの深い目鼻立ちをしゃれた顎ひげが縁取っている。高級そうなスーツ、ぱりっと糊のきいた白いワイシャツにネクタイ、どれも最新流行の洒落者だ。ときおりかすかにうかがえる路上生活者を連想させるアクセントだけがジョナサン・ペルの出自の名残と言えた。

だが、この部屋を見わたしてアンドルーがいちばん驚いたのは壁際の書棚だ。棚のおよそ半分はクライヴ・ストーン・シリーズが占めているものの、周囲の棚には広範囲にわたるさまざまな小説も並んでいた。アンドルーの目に留まったのはスティーヴンソン『ジキル博士とハイド氏』、ウィルキー・コリンズ『月長石』、ジュール・ヴェルヌ『八十日間世界一周』と『海底二万里』である。とりわけ最後の二冊はフランス語の原書だったことが、さらなる驚きだった。

小説ばかりではない。棚には科学や発明関連の専門誌も各種並んでいる。その中でひときわ目立つ特等席に置かれているのがダーウィンの『種の起源』だ。

アンドルーはぴんときた。おそらくペルは自分自身をダーウィンの学説を地で行く人間だと考えているのだろう——路上での厳しい生活を余儀なくされる環境に生まれたのち、もてるたくましさで生き延び、帝国を築いたのだから。

トレントとペルは明らかに、お互いを対等の関係にある者として接している。二人はいやに気が合うようだ。住む世界はかけ離れているというのに、トレントはペルから敬意を表され、ペルに敬意を表してもいる。いったいどういういきさつを経てこの絆ができたのだろうか。トレントの探偵小説が関係あるのだろうか。

ペルとその事務所にはどことなく見覚えがあるような気がしたが、しばらく考えるうちにはたと気づいた。ここで紹介されたのは、クライヴ・ストーン・シリーズに登場する暗黒街の知り合いのひとり――バーソロミュー・ドレイクという犯罪王で、ストーンとチェスをしたり暗黒街を知り尽くした人物ならではの意見を述べたりする登場人物――であることに。

「今ちょうど、ブランデーの新しい瓶を開けたところだ」ペルが優雅なカットクリスタルのデカンターを手に取った。「きみもどうだい？」

「ブランデーか。最高だな。今夜は霧が濃くてじめじめしているから」トレントが応じた。

「そうらしいな」ペルが三個のグラスにブランデーを注いだ。「こんな夜はできるだけ外に出ないほうがいい。医者に言われているんだよ、霧は肺によくないと」

トレントは机の上に置かれた金製の煙草入れに目をやった。「ぼくの医者は煙草も肺に悪いと教えてくれたが」

ペルが眉を吊りあげた。「それはおそらくきみの弟だな。その学説はおれも聞いたことがあるが、おれの医者は科学的にはなんの根拠もないと言っていた。とはいえ、おれの医者はパイプ煙草が好きだからな。自分の楽しみに水をさす学説には興味がないのかもしれない」

トレントがブランデーグラスを手に取り、感謝をこめてうなずいた。「人間誰しも弱みがあるものさ」

「そういうことだな」ペルは机を前にしてすわり、椅子の背にゆったりともたれた。「ところで、今日はまたどういう用向きでここへ？」

「ミスター・ラングリーとぼくがここへ来たのは、あなたのプロとしての助言を仰ぎたくてのことなんだ」

　ペルが愉快そうな顔を見せた。「ひょっとして、二人でミュージック・ホールか賭博場を開きたいと考えているとか？」

「安心してくれ。きみの商売敵になるつもりは毛頭ないから」トレントが言った。

「それを聞いてほっとしたよ」ペルは机に身を乗り出し、両手を組みあわせた。「というのは、おれの商売敵はみな業界から消えることになっているから」

「どうもそのようだな」トレントが言った。「それじゃ、こちらが抱えている問題を説明させてもらうと、何者かがぼくの友人であるレディを脅迫しているんだ」

「ぼくの姉です」アンドルーがすぐさま言った。

　ペルがどんなことを予測していたにせよ、明らかにはずれたらしく、顔をしかめた。

「それは少々意外だったと言わざるをえない」

「同一人物が昨夜、彼女をもう少しで殺すところだったが」トレントが先をつづける。「もしかすると狙われていたのはぼくかもしれないんだ。そのときにぼくといっしょにいたミスター・ラングリーの姉上は、たんに運が悪かったんだと思う。いずれにしても、ぼくたちを襲った男の名前と住所をどうしても知りたくてね」

　ペルは再び椅子の背にもたれて、しばし考えをめぐらした。「きみたちからものを奪おうとした追いはぎってわけか？」

「いや、そうじゃない。罠が仕掛けられていて、ミス・ラングリーとぼくはそれにはまったんだ。探している男は紳士のようななりをしていたが、ナイフの使い手で、これ以前にも何度となくああした場を踏んでいるにちがいない。少なくとも四人の人間が、全員が女性だが、殺されていると思われる。今日の新聞でそのうちのひとり――J・P・フルトン葬儀用品店の店主、ミセス・フルトン――の記事をもう読んだかもしれないが」

ペルが訝しげにかすかに目を細めた。「喉を掻き切られてか」

「そうだ。ミス・ラングリーとぼくが死体を発見した」

「新聞は派手に書き立てていたよ――血染めの棺の中の死体だのなんだのと。いったいどこまでが本当なんだ?」

「驚くべきことに、これがほとんど本当なんだ。フルトンを殺したのが何者であれ、そいつがミス・ラングリーとぼくに襲いかかってきたんだが、幸いなんとかかわすことができた」

「大したものじゃないか」ペルは首をかしげながら、感心したようにトレントのステッキに一瞥を投げた。「しかし、きみは特殊な武器の達人だ、さもありなん」

「ぼくのステッキは役に立たないことがわかったよ。射程が短すぎる。それでもなんとか、花輪を飾るときに使う鉄製のスタンドでそいつにけがを負わせることができた。深刻なダメージを与えたと思う。あの傷はたぶん縫わなきゃならないだろう。だとすると、少なくとも何日かは頭に包帯を巻かざるをえない」

ペルは話を聞きながらじっと考え、ブランデーをまたひと口飲んだ。アンドルーは、トレントがこんな危険人物に助けを求めたことが間違いということもなくはないと思いはじめていた。

だが驚いたことに、ペルはブランデーグラスを持つ手を下げると、愉快でたまらないといった笑みをかすかながら浮かべた。

「その鉄製のスタンドなんてものはいったいどこにあったんだ？」

「ぼくたちがいたのは棺やその他の葬儀用品がずらりと並んだ部屋だったんだ。手近にあったわけさ」

ペルがかぶりを振った。「きみにはびっくりさせられどおしだな、ヘイスティングズ。きみのほかに取材と称してそこまで深入りする小説家がいるかどうか」

「あなたは言ってたじゃないか。ぼくの本をおもしろいと思う理由のひとつは、ぼくが細部まで正確に描くために骨を折っているからだと」

「ああ、たしかにそう言った。だとしたら、それはそれでよしとしよう。今日、ここに来たのは、その殺し屋が誰なのかわかるかということだな」

「まさか昨日の夜、その男があなたの指示で動いていたなんてことはないだろう？」

ペルの目が冷たく光った。「その男がおれの支配下にいる人間でないことはたしかだ」

「それを聞いてひと安心だよ。まあ、あなたがあんな頼りない人材を雇うわけはないと思ってはいたが」

ペルの目が一瞬、愉快そうに光ったが、氷のように冷たい光だ。「きみはおれをじつによくわかっているな」

「だが、その殺し屋があなたの商売敵のひとりの下で動いていた可能性もある」

「さっき言ったように、おれの商売敵でそう長続きする者はめったにいないんだよ。だが、同業者もいることはいる。その中のひとりか二人は特定の個人を排除する仕事を請け負ってきたと聞いている。いわゆる堅気の世界からやってくる奇妙な商売人がつねに存在していて、そういうやつらは競争相手が時ならぬ事故にあうのを見るためならカネに糸目はつけないと言う。そのほかにも、気むずかしい夫から解放されたくてたまらない妻たちもいれば、わずらわしい妻から解放されたいと望んでいる夫もいる。そういうたぐいの仕事は、ある程度の危険を冒してもかまわないという者が引き受けるわけだが、おれはそういう仕事に手を染めたことはない。もっと危険度の低い経済活動に力を振り向けるほうがいいと考えているからな」

「クライヴ・ストーンもあなたのその選択を高く評価しているが、昨夜、ぼくとミス・ラングリーを殺そうとしたその男は――」

「調べてみよう」ペルが言った。「こんなに楽しい読書の時間を与えてくれるきみへのお返しとして、おれにできることはそれくらいだからな」

「ありがとう」トレントが言った。「手がかりになりそうな情報であれば、どんなものでもありがたい」

「だろうな」ペルはブランデーグラスを置いた。「ところで、さっきも言ったように、『失踪した花嫁』はおおむね楽しんではいるんだが、最初の章はいささかテンポが悪いね。素早い立ち上がりですぐさま事件に入っていく、いつものきみの作品とは違うんだよ。第二章まで殺人が起きない。問題は物語に登場するあの女だと思う」

「ミス・ウィルヘルミナ・プレストンか」トレントが言った。

「そう、そのとおり。クライヴ・ストーンとあの女のあいだがこの先、恋愛関係に発展するかもしれないなんてことをほのめかすのに、あんまり時間を割くな。物語がもたつくんだよ」

35

降霊会の参加者たちの耳にまず届いたのは、どこか遠くでかすかに響く霊妙なチャイムの音だった。暗くした室内でその音が小刻みに震える。

「よおく耳をすまして」霊媒が歌うように語りかける。「チャイムが奏でる音がかすかなのは、あちら側の世界から聞こえてくるからです。霊がわたしたちに気持ちを伝えることができる方法のひとつがこれです」

アナ・ケタリングの胸に希望が絶望をそこここににじませながらわきあがり、鼓動が一気に速まった。これまで参加した数々の降霊会はどれも失敗だった。この数カ月というもの、さまざまな霊媒の降霊会を訪れては失望を繰り返してきたのだ。

「何が起きようと、お互いのつないだ手を離してはなりません」霊媒が先をつづける。「もし誰かひとりでもエネルギーの輪を断つことがあれば、交信はそこまでです」

アナは両側にすわった参加者とつないだ手にぎゅっと力をこめた。誰ひとりとして身じろぎひとつしなかった。呼吸も抑えこんでいるようだ。参加者のほとんどが、テーブルの中央に置かれたランプのぎらつく明かりを避けて目を閉じている。だが、アナはずっと目を開けていた。もしも交信を願っている霊が現われたとき、なんとしてでも姿を見たかったからだ。

もうすぐ夜中の十二時、こちら側の世界とあちら側の世界を仕切るベールがいちばん薄くなる時刻だ。そして霊媒のフローレンス・タップは、あちら側の世界への道を開くことができるとして近ごろ評判を高めている。

「ベールの向こうからこちらへ手を伸ばそうとしている霊の存在を感じます」フローレンスが言った。「あれはおそらく、いいえ、間違いなく男性です」

テーブルを囲む人びとから不安げな、真剣なつぶやきがもれた。

「はい、間違いありません。男性です。皆さまの中に亡くなられたいとおしい息子さん、あるいはご兄弟、おじさまとの交信をなさりたい方はいらっしゃいますか？」

「はい」とアナの右隣にすわった女性が言った。「もしかしたら、わたしの兄のジョージかもしれません。兄は遺言書をどこにしまったのかを誰にも言わずに死んだんです。ジョージ？　そこにいるのはお兄さまなの？」

「いいえ」フローレンスがきっぱりと言った。「ジョージではありません。もっと年配の男性かと思われます」

またひとしきり、それを是認するようなつぶやきが聞こえた。

テーブルが動きはじめ、床から数インチ浮きあがった。

「テーブルが」参加者のひとりがかすれた声でささやいた。「動いている。この部屋に本当に霊がいるんだわ」

チャイムの音が大きくなり、暗い室内に不気味にこだました。

コツコツと叩く音がした。

テーブルを囲む人びとのつぶやきに徐々に高ぶりがこもっていく。アナは息を凝らした。

「間違いなく年配の男性です」フローレンスが言った。「奥さまにお話しなさりたいんだと思われます」

参加者からの反応はいっさいなかった。

「いえ、奥さまではないわ」フローレンスがとっさに言いなおした。「お嬢さまですね、たぶん」

「パパ？」アナがつぶやいた。息ができなかった。「パパ、パパなの？　お願い、助けて」

36

アンドルーは大柄な用心棒のひとりから拳銃を返してもらい、トレントのあとについてペルの事務所をあとにした。煙草の煙が立ちこめる大入りのミュージック・ホールを通り抜ける。テーブル席では身なりのいい上流階級の若者たちが、労働者階級の人びとと肩を寄せあって酒を飲んでいる。

舞台に目をやると、胸を大きくくった赤いドレスの歌手が性的なほのめかしをちりばめた卑猥なバラッドを歌っている。コーラス部分では客も声をそろえて歌っている。よくよく見れば、その女性歌手は女装した男だとわかる。

外に出ると、霧がなおいっそう濃くなっていた。トレントが外套の襟を引きあげ、アンドルーも彼にならった。二人は客待ちの辻馬車に向かって歩いた。

「ああいうことはよくあるんですか?」アンドルーが訊いた。

トレントが先頭の辻馬車を選び、乗りこんだ。「ああいうこととは?」

アンドルーは跳ねるように乗りこんで、狭いベンチシートに腰かけた。「ミスター・ペルのように、あなたの小説の書き方に口をはさまずにはいられない読者から批評を聞かされることです」

「誰も彼もが評論家だからね」トレントが言った。

「迷惑千万な話ですね」

「だんだん慣れてくるものさ」トレントはそう言ってからちょっと考えた。「おそらく、直接暴力に訴えたりせずに我慢することを学ぶと言ったほうが正確だろうな。ごく稀なケースを除けばの話だが。話は変わるが、今ふと思いついたんだが、ケタリングが夜は何をして過ごすのかを見にいくのもおもしろいかもしれないな。彼の行きつけの倶楽部の住所は知っているかい？」

「ビーコン・レーンですが、どうして？」

トレントは辻馬車の天井の扉をステッキでコツコツと叩いた。御者が扉を開けてのぞいてきた。

「はい、なんでしょう？」

「気が変わった。ビーコン・レーンにやってくれ」トレントが言った。

「はい、承知しました」

扉が閉まり、馬車は霧の中を走りだした。

アンドルーはジョナサン・ペルの事務所で見た光景についてじっくり考えた。

「ミスター・ペルには、見当違いな批評などいいかげんにしてくれ、とは言いませんでしたね」

「ぼくだってばかじゃない。あの男は犯罪王だよ、アンドルー。銃とナイフを持った大男を雇っている。意見を口にする資格はあるさ」

「なるほどね。あの人は今回の件で力を貸してくれると思いますか？」

「昨夜、カリスタと僕を襲った男が、もしペルの知り合いの指示で動いていたとすれば、朝までに名前くらいは判明するだろう」

「もし彼の知り合いが雇った人間ではないとしたら？」

「いいか、そのときペルはぼくたちと同じように、やつの正体を突き止めたくなるはずだ。彼の知り合いもみな同じように、その悪党を探し出そうと躍起になる」

「なぜですか？」

「暗黒街の顔役たちは、本質的にはきわめて有能な商売人だ」トレントが言った。「どんな社会階級の商売人もそうだが、彼らは組織に属さない商売敵は排除せずにはいられない」

「そういうことですか」アンドルーは、霧の中から現れた馬車がすれ違ったあと、また霧の中へと消えていくのをじっと眺めていた。「クライヴ・ストーンが言うように、犯罪者の世界は上流社会を映す黒ずんだ鏡ってわけですね」

「どっちの階級にも必ずや略奪者がいるものさ。ところで、ペルの印象はどうだった？」

アンドルーはしばし考えた。「じつに危険な男ですね」

「それはあの用心棒たちのせいかな？」

「用心棒たちはたしかに強烈な印象を与えますが、用心棒がいてもいなくても、ミスター・ペルが危険であることに変わりはないと思います」

「なぜ？」

「率直に言うと、彼はぼくにあなたを思い出させるんですよ」

トレントはアンドルーに鋭い視線を向けたが、どう反応したらいいものやらわからないようだった。

「表面的には、彼は裕福で上品な紳士然としています」アンドルーはつづけた。「でも、もっと深いところに目を向ければ、そこには非情で断固たるものが隠れています」

「ああいう世界で生き延びていくには、非情で断固たるものをもっていなければならないはずだ」

「あの人とどういういきさつで知りあったのか、訊いてもいいですか？」

「あるとき、彼の助言と協力がどうしても必要になったんだ」トレントが答えた。「すると、彼は力を貸そうと言ってくれて、ぼくたちは取り決めをした」

アンドルーはその言葉に強く興味をそそられた。「悪魔と取引をした？」

「この世には悪魔はひとりならずいて、あらゆる階級に存在している。ぼくはペルがそのひとりだとは思わないが」

「あなたが危険を冒して彼に近づいたのは、小説で犯罪の世界を描く際に必要な洞察や細部が欲しかったからなんですか？」

「いや」トレントが否定した。「ロンドンの街に姿を消したある男を探していたときのことだ。いろいろ訊いて回っているうちに、ペルなら力を貸してくれるかもしれない、と言う人がいた。だが、もしペルの協力を求めるのなら、いつの日かその恩を返す心づもりが必要だとの警告も受けた」

「それで、探していた男は見つかったんですか」

「ペルの力を借りて、ああ、見つけたよ」

「ペルは見返りを要求してきたんですか？」

「ペルはおあいこだと考えてくれた、とだけ言っておこう」

顔が陰になっていたため確信はなかったが、アンドルーはトレントがおもしろがっているという印象を受けた。

「こちらの世界の人間が犯罪王のために何ができるんですか？」

アンドルーは答えを期待していたわけではなかったが、驚くべき返事が返ってきた。

「ミスター・ペルはひと財産を築いた。彼には二人の幼い娘とまだ赤ん坊の息子がいる。そしてなんとも虫のいい願いといえば願いなんだが、三人の子どもには自分のような人生を歩ませたくない」

「ほう」アンドルーが感嘆の声をあげた。「自分の子どもたちは堅気の世界に送りこみたいと考えている」

「そういうことだ。犯罪王の子という醜聞をわが子に背負わせたくないんだよ」

「理解はできますが、その願いを達成するためには、あなたがどんなふうに力を貸せばいいんですか？　あなたは作家ですよね」

「ペルはこの数年間、なかなか巧妙な計画を進めてきた。第一段階は、収入源をミュージック・ホールなどへの合法的投資に切り替えた。この移行はすでに完了している」

「ミュージック・ホールは合法かもしれないが、堅気とは言いかねるような」

「そのとおりだ。しかし、それはまだはじめの一歩だった。最終的には彼は完全に身を引く計画を立てている。姿を消し、生活環境を一変させたのち、一目置かれる郷紳として再出発する。すべてが彼の計画どおりにいけば、彼はもうすぐ暗黒街からも、ロンドンからも静かに姿を消すはずだ。そして家族とともに、絵に描いたような田園の村に屋敷を構えることになる」

アンドルーがくすくす笑った。「地味な格好で地方の上流階級の中に隠れるつもりですか？　たしかに、そういうところなら誰も彼を探しにはこないだろうな。すごい計画ですね。それにしても、彼のその計画にあなたがどう関与しているんですか？」

「たまたまなんだが、投機的な不動産投資にかけては、ぼくはなかなかな腕前でね」

「なんてこった」アンドルーが苦笑した。「あなたは彼のお金を任されて投資したのか」

「大きな利益を得る可能性が高い投資に参入するためには伝《つて》が必要だが、ぼくは上流階級にそういう知り合いがいる。ぼくとペルとの付き合いはそんな交換条件がはじまりで、それが双方にとってうまく運んだ」

「そうかもしれませんが、あなたはただ恩を返しただけじゃないでしょう。ぼくの目には、あなたがた二人は仲のいい友だちに映りましたよ」

「ペルは知的で、本をたくさん読んでいる。多岐にわたる関心事を誰かと分かちあいたくてうずうずしているんだよ。あの世界にそういう仲間はめったにいないから」

「彼の本棚を見ましたよ。犯罪王の書斎で目にするとは思いもよらない本が並んでました」

「彼は独立独歩の男であると同時に独学の男でもあるんだ。そこで、恩返しがすんだあと、ペルとぼくはときおり会ってはブランデーを飲みながら、新刊本や政治やその他いろいろな問題について語りあうようになったんだよ」

アンドルーはじっくりと考えをめぐらした。「あなたが最初にペルに会いにいったとき、彼はなぜある男を探していたあなたに力を貸してくれたんでしょうね？」

「それについては、ぼくも同じ疑問を何度となく自分に投げかけてきた。確信はないが、あとになって考えてみれば、彼はぼくに同情してくれたんじゃないかと思う」

「同情《ヽヽ》？　ミスター・ペルが？」

「たいていの人は彼にそんな感情があるとは思わないだろうが、ぼくがその男をなんとしてでも探し出したい理由を彼は理解してくれたんだよ」

「今夜の頼みごとで彼にまた借りができるんじゃないですか？」

「きみが考えているような意味では、そういうことはないね。今はもう、友人関係にある。友だちはお互いのためには細かな計算などせずに力を貸すものだろ」

「信頼関係は宝石にも勝るというわけですね」

「どんな世界にあっても」トレントがうなずいた。

「ところで、あなたが探していた男というのは誰なんですか？」少し間をおいてからアンドルーが訊いた。

「母を殺した男だ」

アンドルーは一瞬、言葉を失った。「今、その男は——？」

「死んだのかって？　ああ、死んだ」

つぎの疑問が必然的にアンドルーの頭をかすめた。あなたが殺したんですか？　しかし、アンドルーには訊けなかった。秘密のままにすべき秘密もある。

37

うっすらと霧に包まれたビーコン・レーンでは通りの片側に客待ちの辻馬車が数台列をつくっていた。馬たちはまどろみ、御者たちはジンをちびちびやって湿気を吹き飛ばそうとしていた。紳士が集う倶楽部の外ではありふれた光景だ、とアンドルーは思った。

倶楽部の入り口には一対のガス灯がともっていた。酩酊した紳士——声高に笑い、足取りはおぼつかない——が数人、正面階段をのぼって扉を通り抜け、あたたかみのある明かりに照らされた玄関ホールへと姿を消していく。

「ケタリングが今夜ここにいるかどうかもわからないんですよ」アンドルーが指摘した。

「それくらいのことは簡単にわかるさ」

「どうやって?」

トレントの片方の口角がわずかに上がった。「ときには単純な手法がいちばん効果があるものさ。訊いてみよう」

トレントはまた扉が開くのを待った。身なりのいい紳士が階段を下りてきて、そのまま通りを渡った。よろめくほどには酔っていないものの、ふらついた足取りからはかなり飲んでいるものと思われる。

トレントは馬車から降りると、通りを渡りはじめた。そして出会い頭の衝突に見せかけて、酔った男の行く手をまんまと阻んだ。アンドルーの位置からではトレントが何を言っているのかは聞こえなかったが、見たところ、トレントが謝っているようだ。まもなくその男に何やら話しかけ、まるで古くからの友だちででもあるかのように男の肩をぽんぽんと叩いてから、倶楽部の入り口めざして歩きだした。

トレントとぶつかった男は辻馬車に乗り、その馬車は蹄の音を立てながら霧の中へと消えた。

トレントは階段の下でぴたりと足を止め、辻馬車に引き返してきた。

「ケタリングは中にいる」そう言いながら、また馬車に乗りこむ。

「それじゃ、待つんですね？」

「ああ、待とう」

だが、座席に腰を下ろしてからさほど長くは待たずにすんだ。二十分ほどしたころ、男が二人、倶楽部から出てきた。街灯の明かりの下を二人が通ったとき、アンドルーが顔を確認した。

「右側がケタリングですが、もうひとりは知りません」

「ぼくもだが、ま、当然だろうな。ユードラにうるさく言われるが、あまり外出しないものでね」

ケタリングと連れの男は辻馬車に乗りこみ、夜の闇に消えた。

「さあ、あとをつけよう」トレントが言った。

アンドルーは鼓動が速まるのを感じた。ポケットに入れた回転式拳銃の重さを意識しながら、心もち前に身を乗り出す。

「用心しろよ」トレントが忠告した。「癖になるからな」

アンドルーはトレントをちらっと見た。「なんのことですか？」

「秘密を暴く仕事のことだ」

「今まで仕事と考えたことがなかったけど」

トレントは何を考えているのかわからない表情でアンドルーを見たが、何も言わなかった。

ケタリングと連れの男を乗せた辻馬車は、にぎやかな通りをあとにして瀟洒《しょうしゃ》なタウンハウスが建ち並ぶハイカラな一角へと進み、とある住宅の前で停まった。二人が降りてきて、玄関前の階段をのぼっていく。

連れの男が扉を開け、二人はそろって仄暗い玄関ホールへと消えた。

「ここはケタリングの住所じゃありませんから、きっと連れの男の家でしょう」アンドルーが言った。

「連れの男の名前は知っているか?」トレントが訊いた。

「いいえ。彼の知り合いを調査する理由などありませんからね」

「あの男の名前を突き止める必要があるね」

「どんな手を使って?」アンドルーが心底興味津々といった表情で訊いた。

「辻馬車を待たせている。おそらくケタリングが出てくるはずだ。御者が何か知っているかもしれないから、いくつか質問してみよう。たぶん何か聞き出せるはずだ」

「いっしょに行きます」

トレントが辻馬車を降りると、アンドルーもあとにつづいた。そして待っている馬車に向かって歩きはじめる。

どこか霧の向こうで鋭い鞭の音が響いた。驚いた馬がいななき、すさまじい勢いで走りはじめる。蹄が舗道を叩く音が雷鳴さながらに轟く。馬車の車輪の音もけたたましい。

つぎの瞬間、白くうっすらとあたりをおおう霧の中に黒っぽい馬車がぼうっと見えたかと思うと、猛烈な速度で突進してきた。

アンドルーが暴走馬車に気づいたそのとき、トレントがアンドルーを力任せに突き飛ばした。

「よけろ」トレントが叫んだ。

アンドルーは突然のことに一瞬凍りついたものの、すぐさま通りの端によけ、その拍子に近くのタウンハウスの階段につまずいてよろめいたが、とっさに手すりをつかんで事なきを得た。トレントは反対側の手すりの脇によけていた。

二人がそろってくるりと振り返ったとき、馬車は車体を左右に激しく揺らしながら低い音を轟かせて通りを突っ走り、たちまち霧の中へと姿を消した。

アンドルーは遠のいていく馬車の音に耳をすました。ぼうっとした不思議な感覚に陥っていた。トレントがかすれた声でせわしげに話しかけてきたが、言葉の意味をすぐには理解できなかった。

「御者の顔を見たか?」トレントが言った。

「えっ?」アンドルーは必死で自制心を働かせ、一瞬前に見たものを懸命に思い出そうとした。「いいえ。ただ襲いかかってきた馬車しか見えなくて」

「ひとつだけわかっていることがある。あれはケタリングでもその友だちでもなかった。二人とも家の中に入ったところだ」

アンドルーは呼吸をととのえようとした。「もしやあなたとカリスタを襲った男が?」

「可能性はある。もしそうだとしたら、花輪のスタンドで負わせた傷が大したことなかったということだな」

38

「この状況がつづくのを許しておくわけにはいかないわ」カリスタが言った。「トレント、あなたがあの暴力的な犯人の標的になったことはもはや明白な事実だもの。これからはアンドルーも危険にさらされるわ。あなたたちのどちらかひとり、あるいは二人ともが殺される前に、どう考えても正気ではないあの男を止める方法を見つけなければ」

「うーん」トレントはサイクスが全員に注いでいったブランデーをさも満足げに口にふくんだ。

一同は読書室に集まっていた。カリスタは檻に入れられた猫よろしく行ったり来たりし、ユードラは優美なサテン地が張られた椅子に、にこりともせずにこわばった表情ですわっていた。アンドルーは革張りの読書用の椅子に浅く腰かけ、若い男子特有のけだるげな姿勢で手足を大きく伸ばしている。

その屈託のない姿を見ているうちに、トレントはアンドルーがまだ十九歳だという事実にいやでも気づかされた。自分はと見れば、精力的に動いた昨夜のさまざまな出来事がそのまた前夜の興奮とあいまって、筋肉が痛むうえ痣も何カ所かできている。自分も歳をとったのだろうか。

カリスタが足を止め、トレントをにらみつけるように見た。「聞いてらっしゃいますか?」

「ああ、ひとこともらさず」トレントは答えた。「われわれの調査に進展があったことは間違いない」

「あなたはこれを進展と呼ぶわけ?」カリスタが両手で宙に弧を描いた。「今夜、あなたとアンドルーは殺されていたかもしれないのよ。そこまではいかなくとも、もしその馬車に轢かれていれば、二人とも重傷を負っていたはずだわ」

「そんなこと考えなくていいよ、カリスタ」アンドルーが言った。「ミスター・ヘイスティングズとぼくは傷ひとつ負わなかったことを忘れないでほしいね」

トレントはアンドルーの忠告を聞いてひるみ、それを聞いたカリスタの反応に対して身構えた。

カリスタがくるりと向きなおってアンドルーを正面から見た。

「頭を冷やせなんて言わないでちょうだい。あなたたちは今夜、殺されかけたのよ。わたしのせいで」

「それは違うわ」ユードラが落ち着いた声できっぱりと言った。「あなたのせいじゃないわ、カリスタ」

全員がユードラを見た。

「トレントとミスター・ラングリーはあなたに狙いを定めていた、とうてい正気とは思えない男に危険な目にあわされた。あなたのせいじゃないわ。絶対に違う」

カリスタの口もとが一瞬こわばったが、ユードラの口調のせいで和らいだようだった。再び行ったり来たりしはじめる。

「だから、あの男を阻止するためになんらかの策を講じなければならないのよ」カリスタの口調は険しい。

「策はすでに講じているじゃないか」トレントは両の手のひらでグラスを回しながら、ブランデーの中で躍る暖炉の炎に目を凝らした。「ぼくが自分に問いかけつづけている疑問は、あの殺し屋がどういういきさつでこの仕事をしているのか、だ」

「それは、ネスター・ケタリングに雇われたからに決まっているでしょう」

「彼女の言うとおりだわ」ユードラが同調する。「唯一、筋が通る説明だわ」

「だが、ミスター・ペルはこういう裕福な紳士然とした殺し屋のことはまったく知らない」トレントがグラスを脇に置いて身を乗り出した。左右の太腿に肘をつき、膝のあいだで両手を組みあわせる。「だとしたら、ネスター・ケタリングはどこであの男を見つけたんだろう？　ふらりと店に入って、カネを払えば人を殺してくれる悪人を買うことなどできない」

カリスタが顔をしかめ、しばし考えた。「あなたはどう考えているの？」

「あの殺し屋は上流階級の人間だろうと考えている。ペルの世界の人間ではなく。しかし、そう考えてもまだまだ疑問がいくつも残るんだ」

アンドルーが口に近づけたグラスを宙で止めたまま、トレントを見た。「ケタリングに関する情報がもっと必要ですね」

「ああ、そうだな」トレントが答えた。「明日、彼を尾行して、やつの日常を探ってはくれないか。だが、向こうにはけっして覚られないよう用心しないとまずい」

アンドルーがにこりとした。「心配無用です。向こうに覚られるようなことは絶対にありません。言わせていただければ、ぼくは紳士の尾行は得意なんですよ。カリスタの仕事のためにすでに数年の経験を積んでますから」

カリスタの足が再び止まった。「それが手堅い策とは思えないわ」

「選択肢がほかにたくさんあるわけじゃないだろう」アンドルーの口調は姉をなだめようとするものだ。「あいつに姿を見られないよう細心の注意を払うと約束するよ」

カリスタがまた何か言いかけた。

「トレントの言うとおり」ユードラも決然とした口調で言った。「ケタリングとその雇われた殺し屋のつながりを探る必要があるわ」

「友だちも調べたほうがよさそうだ」アンドルーが提案した。「今夜、いっしょに倶楽部から出てきた友だちとか？　彼の身辺調査もしてみます」

「あいつが何者か、突き止める必要があるな」トレントが言った。「住所がわかっているんだから、そうむずかしくはないはずだ」

「うーん、それはどうかしら?」カリスタが言った。

トレントがカリスタを見た。「どうして?」

「ネスター・ケタリングはわたしに嘘をついていた。ということは、何点ものメメント・モリの贈り物を注文する理由について、彼がミセス・フルトンに嘘をついていたと想定するのが自然だと思うの。彼は昔から女性に嘘をつきながら生きてきた人ですもの」

「ぼくたちは年季の入った嘘つきを向こうに回しているってことか」トレントが言った。

「ま、驚くには当たらないが、つまり、どういうことだ?」

「さあ、わからないけれど」カリスタは片手で小さくこぶしを握った。「今ごろはもうミセス・ケタリングも、自分が結婚した男の人間性について思うところがあるんじゃないかと思うのよ」

トレントがかぶりを振った。「それはどうでもいい。アナ・ケタリングから話を聞いたところで無駄だ。夫にべた惚れというわけではないかもしれないが、殺人は言うにおよばず、彼の醜聞をほのめかしたりはないだろう。夫の逮捕につながる可能性がある証拠など出てくるはずがない」

「それに、彼女は裁判で証言することもできないわ」ユードラが指摘した。「たとえ夫の犯罪行為にずっと前から気づいていたとしても」

カリスタが訝しげに目を細めた。「でも、もし夫のしていることに気づいていたとしたら、彼女、恐ろしくてたまらないんじゃないかしら」

「だからといって、彼女が話したがっているとは思えない」トレントが言った。「きみと同じ状況にいるわけだから、警察に行っても無駄だと考えているはずだ。そんなことをしたら殺されかねない」

カリスタが苦心してあやふやな笑みを浮かべた。「彼女の状況がわたしと同じじっていうのはどうかしらね」

「それはまたどうして？」ユードラが訊いた。

「アンドルーが調べたところでは、彼女は天涯孤独なの。友だちや家族がいない点がわたしとは違うわ」カリスタはそこで少し間をおいた。「その点、わたしは本当に幸運」

カリスタはそのことに気づいてびっくりしているようだ、とトレントは感じた。

「ええ、あなたとアンドルーは天涯孤独なんかじゃないわ」ユードラが言った。

「お二人にはどう感謝したらいいのかわからないわ」カリスタが言った。

すると、だらしなくすわっていたアンドルーが姿勢を正し、トレントをじっと見た。「それだけじゃなく、今夜は命を救ってもらいました」

トレントがうめくような声で言った。「当然のことをしたまでだ。ケタリングのあとをつけようと提案したのは、ほかならぬこのぼくなんだからね。だから、もういい。礼を言う必要はない」

　ユードラが困惑の表情をのぞかせた。「一点だけ、カリスタの言うことが正しいわ。もう少し計画を練らないと」

「同感だ」トレントが言った。「しかし、あわてでもしかたがない。今夜はじつに長い夜だった。そろそろみんな寝ておかないと」

「たしかにそうですね」アンドルーは跳ねあがるようにして椅子を立った。「明日の朝は早起きして、ケタリングが家を出る前に屋敷に到着していないと」

　ユードラも立ちあがり、カリスタを見た。「男性軍の言うとおり。わたしたち、きちんと睡眠をとる必要があるわ」

「必要なのは周到な計画よ」カリスタは譲らない。

「きちんと睡眠をとれば、みんなもっと名案が浮かぶと思うわ」

39

「そろそろ我慢も限界だよ、ケタリング」ドラン・バーチがグラスにブランデーを注ぎ足した。「まだこれという進展はないのか？」

ケタリングはブランデーをじっと見つめた。昨夜もいっしょに飲もうという誘いを受けたくはなかったのだが、あえて断りはしなかった。今夜もおよそともに過ごしたくない人間はバーチなのだ。むろん、あの不感症の嫁よりはましだが。

片手で包むようにグラスを持った。

「時間が必要なんだよ、バーチ」

「取り決めをしたと思ったんだが」

「たしかにした」ネスターはブランデーをぐいっと飲んだ。「もう何日かくれ」

「私の側の仕事はもう果たした。シークリフにいる仲間に手はずをととのえてもらったよ。あとはきみが交換条件を果たしてくれれば、計画はすぐに進行する」

「それが、少々……複雑で」

「どう複雑なんだ？」

「あのばかな女は作家のトレント・ヘイスティングズといい仲なんだ。今、あの野郎とその妹がクランリー館で暮らしている」

「ああ、知っているよ」

ネスターがぎくりとした。「どうして？」

「ヘイスティングズとミス・ラングリーがグラント・エージェンシーを訪ねてきて、ダンスフォースやその他の女たちについていろいろ訊いたそうだ」

「ちくしょう」

「本当にな。こうなったら、やつらが私とエージェンシーを結びつけたりしないよう手を打たなければならない。こんな状況に立たされるのは、かんべんしてもらいたいね、ケタリング。ほかにもいろいろあるが、収入源を失うことになるんだからな。まいったまいった」

「手を打つというと、どんな？」

「それはこっちの問題だ。私がなんとかするさ。だが、そのあいだにきみはきみの側の仕事をしっかりやってくれ」

「わかった。約束する」

「急いでくれよ、ケタリング」

「ああ、急ぐよ」

40

「ケタリングの友だちの名はドラン・バーチ」アンドルーは読書用の椅子に手足を伸ばしてすわってメモ帳を繰りながら、ミセス・サイクスが用意してくれたサンドイッチを頬張っていた。「数年前、バーチははるか年上の未亡人と結婚しました。すると都合のいいことに婚礼からまもなく、その妻が就寝中に死亡したんです」

「バーチにたっぷり遺産を遺してってわけか？」トレントが言った。

一同は読書室に集まり、アンドルーの報告に耳をかたむけていた。トレントは片方の肩を書棚の端にもたせかけて立ち、ユードラは読書用の椅子に腰かけている。

カリスタはといえば、机を前にしてすわり、二人と同様アンドルーの報告に熱心に聞き入っていたが、アンドルーの興奮したようすが気になってしかたがなかった。なんとも楽しそうなのだ。危険と秘密は彼の精神にとって強壮剤のようなものらしい。

これまで見たことのない集中力をただよわせるアンドルーに、カリスタの心は乱れた。弟はもはやカリスタが面倒を見る対象ではなくなり、逆に彼女の役に立とうとしている。カリスタはほっとしたものか、ぎょっとしたものかわからなかった。

「バーチは莫大な遺産を手に入れましたが」アンドルーが先をつづける。「誰に訊いても、すでにあらかた使ってしまったようです。ところが、どうやら新たな収入源を見いだしたみたいなんです」

「それはなんなの？」ユードラが訊いた。

アンドルーはつぎのサンドイッチを放りこんだ。「それを突き止めることができなくて。でも、ケタリングについては、今のところ、毎日の生活はごくふつうと見ました。今朝は行きつけの仕立て屋に行き、午後は拳闘の試合を観戦しました。そのあと、行きつけの倶楽部でお茶を飲んでいったん帰宅、夜にそなえて着替えをしました。これからまた倶楽部に行って彼が出てくるのを待ちますが、その前にちょっと腹ごしらえをと思って戻ってきたところです」

「絵に描いたような紳士の一日だわね」カリスタが言った。「でも、そう見えるように装っているだけだとも考えられるわ。人殺しといえども周囲に覚られたくなければ、ごくふつうの日常を送っているふうに見せようとするにちがいないもの」

「ケタリングのような男がおもしろい約束をしたりするのは日が暮れてからあとだろうね」トレントが言った。

ユードラがきゅっと口を引き結んだ。「ええ、もちろんそうでしょうね」

「心配はいりません。これからまたすぐ倶楽部の前に戻って、彼の今夜の行動を見張りますから」アンドルーが言った。「道が混んでいて馬車はのろのろとしか進めませんから、彼に追いつくのはそうむずかしくありません」

「注意してね、アンドルー」カリスタが懇願した。「お願い、それだけは約束してちょうだい」

アンドルーがにこりとした。「ぼくのことは心配しないで。倶楽部の前に停まっていた辻馬車の御者にカネを払って、ぼくが来るまで待っていてくれるようにたのんできた。そりゃあ、それなりのお金はかかるけど、辻馬車でならケタリングを尾行するのは簡単だからね」

トレントがアンドルーを見た。「今日一日、ケタリングから目を離さずにいたわけだから訊くが、やつの妻を見かけることはあったか?」

「ミセス・ケタリング? ぼくが見張っているあいだ、屋敷から出てはきませんでしたが、べつに不思議でもなんでもないでしょう。むろん、ぼくがケタリングのあとをつけているあいだに買い物に出かけたり誰かを訪ねたりということがあったかどうかはわかりません」アンドルーが時計にちらっと目をやり、腰を上げた。「そろそろ行ったほうがよさそうです。今夜、彼がこれからどこかへ行くかどうかはわかりません。ぼくの見立てでは、彼は家で過ごす時間をできるだけ短くしたがっています。幸せな結婚生活ではなさそうですね」

最後に残ったサンドイッチを手に、せかせかと扉へと向かう。

「ちょっと待って」トレントが声をかけた。

アンドルーが足を止めた。「はい？」

「拳銃は持っているな？」

「もちろんです」

「よかった。つねに取り出せるようにしておくんだ。わかっているとは思うが、ケタリングも彼が雇った殺し屋も危険な男だ。となれば、ドラン・バーチもそういうやつだと考えてよさそうだ」

「安心してください。用心しますから。ぼくを起きて待っていなくてかまいませんよ。ケタリングみたいな紳士は夜明け近くまで外で過ごすことがよくあります。報告はまとめて朝食の席でしますから」

アンドルーは廊下へと出ていった。ミセス・サイクスが箱に詰めてくれたサンドイッチを受け取って礼を言う声が聞こえたあと、玄関の扉が閉まる音がした。

カリスタはトレントとユードラを見た。「わたしたちの中の少なくともひとりは、この冒険を心から楽しんでいるみたい」

「十九歳にとっては娯楽の定義が違うんだよ」トレントが言った。

「ええ、そうね。そのとおりだと思うわ」カリスタも同感だった。「でも、こういうことにやりがいを感じているアンドルーを見ると、ちょっと不安にもなるわ。今になってわかったのは、あの子がなぜ、サロンの入会希望者がわたしにくれた情報の裏付けを取る仕事を楽しそうにやっていたのか、だわね」

「彼のことは心配いらないと思うけれど、正直なところ、あなたたち二人の身の安全についてはすごく心配だわ」ユードラが言った。

トレントがカリスタに厳しいまなざしを向けた。「この一件を終わらせる方法を見つけないとな、早いところ」

扉を快活に叩く音がし、ミスター・サイクスが扉を開いた。トレントのほうを見る。

「あなたさまにお手紙でございます」

サイクスは小さな銀製の盆を捧げ持っている。カリスタとユードラは封筒を手に取るトレントをじっと見守った。封筒を手に机まで行ったトレントは、開封刀で封を切り、封蠟をはがした。

「ジョナサン・ペルからだ」

そう告げると、トレントは声に出して読みはじめた。


きみが探しているナイフの男だが、そっちの世界の人間だ。おれのいる世界の人間ではない。同業の誰ひとりとしてそういう男を雇ってはいない。だが、その男に関する噂はおよそ一年前から流れている。正気ではないという話だ。

まだ住所は判明しないが、調査は継続する。探偵の仕事の進め方をクライヴ・ストーンから学んでおいてよかったよ。これほどおもしろい職業はないな。

「それじゃあ、ネスター・ケタリングは女性を殺すことに楽しみを見いだすその狂気の男をどうやって雇ったのかしら?」ユードラが言った。

「たぶん、友だちのドラン・バーチの協力を得たんだろうな」トレントが言った。

「もしそうだとしたら、天涯孤独な女性を苦しめた罪で二人とも有罪だわ」カリスタは全身が痺れたような奇妙な感覚を覚えた。「こんなことができるって、どんな人間なのかしら?」

ユードラが椅子から立ちあがって部屋を横切り、カリスタの肩に手をおいた。

「みんなで力を合わせてその謎を解きましょう」ユードラの声がやさしかった。

カリスタはやっとのことで弱々しい笑みを浮かべた。「ありがとう」

トレントは机に行くと、便箋を見つけ、ペンを選んだ。

「何をなさるの?」カリスタが尋ねた。

「ドラン・バーチのことをペルに手紙で知らせる。ペルは商売敵についての情報にはつねに敏感なんだ。きっとすぐにバーチについて調べるはずだ。間違いない。彼に関する情報がなんであれ、こちらはそれが得られればありがたいし、向こうにもこちらが得た情報は知らせるとはっきりしたためておくよ」

41

朝の四時少し前、カリスタは通りで辻馬車が停まる音を聞いた。ほっと胸を撫でおろす。アンドルーが帰宅したのだ。

ベッドから飛び出し、肩掛けをつかむと、急いで廊下に出た。廊下の端で扉が開いた。出てきたのはトレントで、部屋着の帯を結ぼうとしている。またべつの扉が開き、ユードラも出てきた。

三人は階段の上に集まり、帰ってきたアンドルーを見おろした。

「失礼しました。起こすつもりはなかったんですが」アンドルーが言った。

「何かわかったか？」トレントが訊いた。

「そううまくはいきませんでした」アンドルーが髪をかきあげた。「ケタリングは劇場に行き、友人たちと食事をしたあと、倶楽部でずっとカードをして過ごしました。倶楽部を出るとき、ほんの少しだけドラン・バーチと言葉をかわしました。残念ながら、あまり近づくわけにもいかないので話の内容は聞きとれませんでしたが、見た感じではどうやら口論をしていたようです。バーチがケタリングに何か要求していたんだと思います」

「ケタリングは今どこに？」トレントが訊いた。

「今しがた、ラーク・ストリートの屋敷に戻りました。それを見届けて戻ってきたわけです。これという変わったことは何もありませんでした。もしかまわなければ、少し眠らせてもらえますか」

42

みんな睡眠が必要だわ、とカリスタは思ったが、少なくとも自分は眠れそうになかった。何分か寝返りを繰り返していたが、無駄な試みとあきらめてベッドを出た。

検討すべき確たる証拠といえば、ミセス・フルトンの帳簿、アンドルーのメモ、そしてカリスタのサロン会員関連のファイルだけだ。

すべて階下の読書室に置いてある。

部屋着をはおり、まだ薄暗い廊下へと出た。広い屋敷は夜間はとくに陰気な空気に包まれる。なんだか祖母の幽霊があたりを徘徊しながら、すぐれない健康状態、だらしのない使用人たち、醜聞を起こして家名に泥を塗った親不孝な息子……そんな愚痴を果てしなくこぼしつづけているような気にさせられる。

だが今夜、広い屋敷にはカリスタとアンドルーとサイクス夫妻だけではない。ここで暮らすようになってはじめて、客が滞在しているのだ。それもただの滞在客ではない。階段を下りながらカリスタは自分に言い聞かせた——トレントとユードラは心から信頼できる友人である。

友だちがいるって素晴らしいことだわ。

階段を下りきると、読書室に向かった。扉の下に細長い光が見えた。一瞬ぎくりとし、心臓の鼓動が速まった。もしかすると、侵入者を驚かすことになるかもしれない。この前も誰かが屋敷に人目につくことなく忍びこんだ。おそらくまた同じ犯人だろう。

だが、つぎの瞬間、常識が戻ってきた。扉の下で揺らめく光は暖炉の炎が赤々と燃えていることを語っている。

侵入者が暖炉に火を入れるわけがない。

にもかかわらず、神経がぴりぴりしていたため、蠟燭の火を消してから扉を開けた。

トレントが大きな肘掛け椅子にくつろいですわっていた。あいかわらずガウン姿のままだ。両脚を暖炉のほうにゆったりと伸ばしている。膝の上にはミセス・フルトンの帳簿が開いたままのっていた。扉が開くと、トレントが顔を上げた。帳簿を脇に置き、立ちあがる。

「眠れなかったのか?」トレントが訊いた。

「ええ。あなたもそうみたいね」

「さっききみが言ったことを考えていたところだ。たしかにきみの言うとおりだ。これまでいろいろ調べてきたし、ミスター・ペルなら何か手がかりを与えてくれるだろうと期待もしていた。しかし、この状況はきわめて危険だ。すぐに行動を起こさないと——人任せにしている場合ではない」

「わたしもそう思うわ」カリスタは数歩進んだところで足を止めた。「わたしはもう一度、会員のファイルを調べようと思って下りてきたの。なぜネスター・ケタリングがわたしの人生に舞いもどってきたのか、その疑問が頭から離れないのよ。この一年間というもの、わたしになんかいっさい関心がなかったのに」

「たぶん、家庭教師を狩るのに忙しかったんだろうな」

カリスタは部屋着の襟をぎゅっとつかんだ。「そうね」

「ひとつ、仮説を立ててみた」トレントが慎重に切り出した。

「ネスターについて？」

「ああ。ふと思ったんだが、もしやつが本当に家庭教師を誘惑してから殺しているとしたら、狩り場をグラント・エージェンシー以外にも広げたいと考えているのかもしれない。だってそうだろう、そんなにたくさんの若くて健康な女性たちがつぎつぎに喉の感染症で死んだとなれば、そのうち誰かが気づくはずだ。考えてみれば、きみの紹介業からもグラント・エージェンシーと同じく好都合な情報がたくさん得られるんだよ。伴侶と愛を探している独身女性の名簿があるんだから」

「でも、そのファイルに近づくためには、まずわたしに彼がまた自分のもとに戻ってきてくれたと思いこませなければならない。あなたが言いたいのはそういうこと？」

トレントがつらそうな表情をのぞかせた。「まあ、そんなところだ」

「彼がわたしに花を送りつけてきたあと、数日前わたしの事務所に現われた理由はそれで説明がつくと思うけれど、もし彼の計画がそういうことならば、同時にメメント・モリの品々でわたしを怖がらせようとするのはなぜかしら？　どうも筋が通らないわ」

トレントが立ちあがり、暖炉の炎を上から見つめた。「まだ全貌が見えてこないんでもどかしいが、必ずや全部がどこかでつながっているはずなんだ。確信がある。ミセス・フルトン殺し、あるいは家庭教師殺しと彼を結びつける方法を何かしら見つけないことには。とにかく証拠が必要だ」

「でも、証拠をどうやって手に入れるの？　まだ彼が怪しいという以外に何もない状態なのに」

トレントは炎をじっと見たままだ。「それを考えていたんだ。もしも何か証拠があるとしたら、それは間違いなくケタリングの屋敷にある」

「わたしがアナ・ケタリングから話を聞いたらどうかと提案したのはそういうことよ」

トレントがかぶりを振った。「そのときも言ったが、彼女はたぶん協力してはくれないよ。それだけならまだいいが、夫に警告するかもしれない」

「だったら、いったいどうすればいいの？」

「屋敷に忍びこめば、問題が解決するかもしれない」

カリスタは気が動転した。

「いけないわ。危険すぎる」

「さほどでもないだろう――綿密な計画を立てれば」

「だめ。そんな計画、考えるだけでもいけないわ」カリスタがせかせかした足取りで部屋を横切った。部屋着の裾が大きく揺れている。「ケタリングの屋敷に忍びこむなんて、許しませんからね。逮捕されるかもしれないし、それだけではすまない可能性だってなくはないわ。もしその殺し屋が屋敷の用心棒として雇われていたら、あなたが殺されるかもしれないじゃないの」

トレントは暖炉の炎から顔を上げた。氷のように冷たい決意を帯びた目がどんな言葉にもまして乱暴に、カリスタを恐怖のどん底に突き落とした。

「トレント、お願い」カリスタが声をひそめて言った。「あなたはこれまでにもう、数えきれないほどの危険を冒してきたわ。もしあなたがわたしのせいで監獄に入れられたり殺されたりしたら、耐えられないわ、わたし」

トレントがカリスタの顎に手を当て、親指を下唇にそっと這わせた。

「ぼくが決めたことだ。それを忘れないでいてほしい」

「トレント――」

トレントの唇がカリスタの唇をふさいで、その先を言わせなかった。その瞬間、はじめて彼とキスしたときに全身を駆け抜けた深い渇望感が、危険な体験のあとの高ぶった神経がもたらした束の間の情熱などではなかったことを思い知らされた。まったく同じ感覚がまたしてもカリスタを熱くしていた。これまでにないほど濃密に。きらきら輝く火花を放つ何がなんだかわからないエネルギーに駆り立てられて全身が燃えあがっていく。

トレントの腕の中で、カリスタは情熱がもつ真の力を知った。尊い贈り物、自分はもう生涯受け取ることはないとあきらめていた贈り物だ。そしてこの熱っぽい興奮に溺れながらも、カリスタはこれがとびきり危険な贈り物であることもわかっていた。なぜなら、簡単に失うこともあるからだ。

だが、今夜はここにある。楽しめばいい。

つぎの瞬間、やさしく誘いをかけてくるようなキスが、一瞬にして暗く絶望に満ちたキスに変わった。

トレントがうめき声をもらし、両手でカリスタの顔をはさむと、唇を無理やり引き離した。熱っぽいまなざしでカリスタを見おろす。

「きみが欲しい」ざらついた声がつらそうに言う。「いや、どうしてもきみが欲しい。ぼくを欲しいと言ってくれ。その言葉をどうしても聞きたい」

「ええ」カリスタは両手で彼の肩をつかみ、やっとのことで立っていた。「ええ、あなたが欲しいわ、トレント・ヘイスティングズ」

トレントがカリスタから手を離した。無言のまま部屋を横切り、扉にゆっくりと鍵をかけた。引き返してきた彼に向かい、カリスタはにこやかに両手を広げた。

トレントがもらした深く低いうなりは、彼女を欲するぎりぎりの想い、あるいは舞いあがる歓喜、そのどちらかかと思われるが、両方なのかもしれない。トレントがカリスタの部屋着の帯をほどいた。部屋着が床にはらりと落ちると、トレントの手がカリスタの胸をそっと包んだ。ネグリジェの薄い生地を通して彼の熱っぽさが伝わってくる。

キスがいっそう深まっていく。高まる親密感はカリスタを官能の熱い渦に巻きこみ、全身が小刻みに震える。やがてトレントが強引に唇をいったん離し、今度は喉の脇に押し当てた。カリスタは息をつく間もなかった。

世界が彼女の周りでぐるぐる回りはじめた。落ちていく、と思ったのも束の間、つぎの瞬間にはトレントにすくいあげられ、部屋の反対側へと運ばれている自分に気づいた。不思議なパニックに襲われた。こんなふうに床からふわりと抱きあげられる感覚が不安をかきたててくる。

トレントのシャツの胸をぎゅっとつかんだ。何年も前から夢の中で彼女を悩ませていた昔の恐怖——自分とアンドルーがこの世界に二人きりになってしまい、アンドルーを守れるのは自分しかいないと気づいたときの恐怖——が足をすくわれた現実の感覚となぜか混じりあってしまったようだ。

だが、つぎの瞬間、彼の腕の中にいる心強さを感じ、彼に落とされることは絶対にないと気づいた。

トレントはカリスタを机まで運んでいき、すわらせた。両脚が机のへりからだらんと下がる。トレントはネグリジェの前ボタンをひとつ、またひとつとはずしていく。そうしながらカリスタの両膝のあいだに立ち、また唇を重ねてきた。

カリスタは指先を小さく震わせながらトレントのガウンの前を開いた。手のひらをゆっくりとガウンの中に差し入れたとき、彼の左肩の皮膚をおおうでこぼこした引きつりに触れ、はっと息をのんだ。

ガウンの下の上半身は裸だった。その下には男性が寝間着として着るゆったりとしたズボンをはいているが、布地を突きあげる硬いものの輪郭がカリスタの目にもはっきりと見てとれた。カリスタはぴたりと動きを止めた。

トレントが唇を離した。目が翳りを帯びる。

「事前にひとこと言っておけばよかったな」ぴりぴりした感情とそれを隠そうとする自制心がないまぜになった荒っぽい声だった。

「なんのこと？」

「傷跡は顔だけじゃないんだ」

心してゆっくりと、カリスタは彼の肩の波打つ皮膚に手をおいた。

「はっとしたのは傷跡を見たからでも手を触れたからでもないわ。この傷を負ったときに、あなたが耐えた強烈な痛みを知ったから。ユードラから聞いたけれど、ブリストーは酸を投げつけたそうね——ユードラの顔を台なしにするつもりだった酸を」

トレントが深く息を吸いこみ、ゆっくりと吐いた。まるで左右の肩にかかっていた重しがはずれたかのようだった。

「昔のことさ。今夜のぼくにとって大事なことはたったひとつ、傷跡を見たきみが嫌悪感を抱くかどうか、この傷跡のせいでぼくに抱かれるのを拒むかどうか、それだけだ」

「あなたに嫌悪感を抱くなんてとんでもないわ。まったく正反対。これまでに出会った男性の中でいちばん素敵な人だもの」思いきって浮かべた笑みは、色っぽいと受け止めてもらえればとの願いをこめたものだった。「言わせてもらえば、わたし、こう見えても仕事柄、数えきれないほどの男性に出会ってきたのよ」

ユーモアをこめたつもりの言葉はトレントには通じなかった。彼はただ、カリスタの心を引き裂きそうな真剣な面持ちで彼女を見つめた。

「そういう紳士の中の誰かを愛したことは？」

「ないわ」

「よかった」

トレントが唇を重ねてくると、カリスタはまた熱情にわれを忘れた。

彼がネグリジェの裾を膝の上まで引きあげたときも気づかなかったほどだ。だが、腿の内側に彼のあたたかい手を感じるや、全身に衝撃が走った。じっとして、息を凝らした。体の奥まですべてが緊張した。これまでまったく知らなかった緊張が体の中で熱くざわついている。

トレントの唇がカリスタの喉もとに移った。「なんて柔らかいんだ。朝までずっときみに触れていたいくらいだ」

「わたしもそうしてほしいわ」今はもう声までが震えていた。「あなたの手に触れてもらうってほんとに気持ちがいいの」

トレントが再びうめきをもらし、手の動きになおいっそうの親密さが加わる。カリスタは自分が濡れてきたことに気づき、そのとたん気恥ずかしくてたまらなくなった。トレントの手が濡れ、動きが滑らかになったのは、わたしのせいなのだ。どぎまぎしながらぎこちなく身じろぎする。もっとどうにか、もっとなんとか、と思いながらも、自分が強く欲しているものがなんなのかよくわからない。

トレントの手が新たな動きを見せたとき、カリスタは鋭く息をのんだ。無我夢中で彼のむき出しの肩をつかむ。いったい何が起きたの？

「トレント、トレント」

「ぼくにまかせて」

「わからないの」カリスタは息も絶え絶えだった。

「わからなくてもいい。ただ楽しめばいい。ぼくはきみを楽しませることができればそれでいい」

彼の手がなおいっそう深く探りを入れたのち、指先をカリスタの中にすっと滑りこませた。カリスタは思わず大声をあげそうになった。もし息がつけたなら叫んでいたはずだ。だが、思わぬ緊張からの出口を求め、反射的に彼にしがみついていた。

その緊張感はまるで、彼が弓の弦をきつくきつく引き、今にも切れるぞ切れるぞと脅しをかけてくるかのようだ。

解放の瞬間が訪れたとき、カリスタは滝さながらに降り注いでくるさまざまな感覚に圧倒された。驚嘆のひとしきりに心を奪われていたため、トレントが寝間着の前を開いて彼自身を解放したこともおぼろげにしか意識できなかった。

トレントが彼女の両脚をつかみ、自分の腰に回させた。

「ぼくに抱きついて」

命令でもあり、懇願でもあった。

言うとおりにした。彼に抱きつくこと以外、したいことはなかった。この瞬間を永遠に引き延ばしたかった。両脚をしっかりと彼にからめ、力いっぱい彼の肩につかまった。

トレントが深く激しくカリスタの中に押し入ってきた。突かれた痛みの衝撃は、カリスタを現実に引きもどした。

トレントがぴたりと動きを止めた。「カリスタ」

「大丈夫」なんとか言葉になった。左右の腿で彼をぎゅっとはさむ。「大丈夫よ」

トレントはためらったが、彼女が彼を放さないと知り、彼女の中で動きはじめた。最初のうちはゆっくりと、深く、慎重に。やがて徐々に力強さがこもってくる。

カリスタがまだ、きつく引き伸ばされる感覚に慣れようとあがいていたそのとき、トレントが体をこわばらせた。肩の筋肉がカリスタの手の下で鋼鉄の帯になった。

まもなくトレントが意志に抗って彼女の中から硬直したものを引き抜き、ポケットからハンカチーフを取り出すと、大判のリンネルにそれを包んだ。

うめきをかろうじて抑えこみながら、みずから射精までもっていく。

それがすむと、濡れたハンカチーフを片手で握り、もう片方の手を机の、カリスタのすぐ横について体を支えて、カリスタの上におおいかぶさるようにして彼女を見た。

「カリスタ」

カリスタは身じろぎひとつしなかった。動けなかった。

トレントの目は情熱の名残でまだ熱っぽい。

「カリスタ」彼がまた言った。「言っておいてくれないと」

「わたしが決断したことよ。それを忘れないで」

トレントがゆっくりと深く息を吸いこんだ。「それじゃ、きみが今夜その決断を下してくれたことを喜んでいいんだね？」

カリスタは笑みを浮かべた。「ええ、もちろん」

トレントはカリスタの額に軽くキスをすると、いちばん近くに置かれた肘掛け椅子に行って、くずおれるように腰を下ろした。

熱情の高まりと非日常的な展開がいったんおさまったところで、カリスタはなんとも気詰まりな状況に追いやられた。女性がこんな場面でどう振る舞ったらいいものやら、まったく知らなかった。祖母からもこうした微妙な場面についての助言は何ひとつ聞いていなかった。

だが、それを言うなら、祖母はこんな場面を想像するだけでぞっとしたはずだ。

とりあえず机から飛び降りた。だが、膝ががくがくすることがわかった。バランスを保とうと手を大きく広げたとき、会員のファイルをおさめたフォルダーの山にたまたまぶつかり、それが床に落ちた。丹念にメモを書き入れた用紙が絨毯の上にちらばったが、それは無視して、まずは部屋着をはおり、帯をしっかりと結んだ。

トレントはカリスタをじっと見ていた。目が離せなくなっていた。カリスタは深呼吸をひとつして、平静を取りもどそうとした。

「本当に大丈夫なんだね？」トレントが訊いた。

彼のどんな言葉を期待していたのか、自分でもわからなかったが、その問いでなかったことだけはたしかだ。それに気づいてショックを受けた。きっとどこか胸の奥で、彼が情熱をこめて不滅の愛を宣言してくれることを願っていたのだろう。考えてみれば、まだお互いのことすらほとんど知らないのだ。それなのに、こういう関係になったということは醜聞にほかならない。

にもかかわらず、彼がどことなくロマンチックな、ただやさしいだけでもいい、そんな言葉をかけてくれるかもしれないと思っていた。せめて、自分も楽しんだようなことをほのめかしてくれるだけでもいいと思っていた。なんと言おうと、作家なのだから。よどみなく言葉が出てきて当然なのに。

とはいえ、謎の女性ウィルヘルミナ・プレストンに対するクライヴ・ストーンの気持ちを書くときの彼の筆はあまり滑らかではない。

「ええ、もちろん、わたしは大丈夫」カリスタは答えた。「なぜ大丈夫じゃないと思うの?」

カリスタは絨毯の上にしゃがみこんで、フォルダーや紙片を集めはじめた。

「カリスタ?」

トレントが椅子から立ちあがり、カリスタの横に片方の膝をついた。いっしょにフォルダーを拾いはじめる。

「そんなことしないで」思っていたより鋭い口調になった。

トレントが眉をやや吊りあげてカリスタを見た。「ぼくはただ、手伝おうとしただけだが」

「そうよね」突然わきあがった不当な怒りに困惑し、自分に腹が立っていた。「でも、わたしが集めるほうが速いわ。自分で書いたメモだから、すぐに分類ができるの」

「だったら、そうすればいい」

トレントはついていた膝を上げ、その場にしゃがみこんで、紙を集めるカリスタを見守った。

「カリスタ」トレントがまた言った。「すまなかった。これがきみにとってはじめての体験だとは考えてもみなかったんだ。誓って言うが、きみに痛い思いをさせるつもりはなかった」

カリスタは明るい笑顔に見えそうな表情をつくって彼を見た。「謝る必要なんかないわ。でもね、すごく知りたいことがあって、説明していただけたらうれしいわ」

「えっ？」

カリスタは紙片を集める手を止め、絨毯の上に横ずわりになった。「その傷を負ったいきさつ、もっと詳しく聞かせてくださらない？　ユードラからほんの少しだけ聞いてはいるの。わたしには関係ないことだとわかってはいるけれど、あなただってわたしの秘密をたくさん知っているわけだから――」

「ぼくの秘密も少しくらい聞く権利があると」トレントがうなずいてから立ちあがった。

「たしかにそうだな」トレントは部屋を横切ってブランデーの瓶を取り、グラスに注いだ。

「それ自体は秘密でもなんでもないんだが、ぼくたちは家族以外の人間とその話をしたことがないものでね」

「知っているわ。許してね、詮索してしまって」

トレントはブランデーを何口か飲んでから、カリスタを見た。「じつは、家族の中でも話さない。ぼくにはときどきそれが本当の問題だと思えることがあるんだ。家族の秘密というのはそのあたりが面倒なんだよ。きみも知っているだろうが」

43

彼女には本当のことを話そう、とトレントは決意した。少なくとも、彼女が知りたかったことの一部については。彼女にはそれくらいの借りがあるような気がしていた。今夜の彼女が彼にしてほしい唯一のことがそれならば、そうしよう。

今の心境としては、彼女に望まれたならなんでもするつもりだった。

そのとき、不思議な感覚が全身を貫き、息ができなくなった。これは肉体的な欲望とは違うのではないか。欲望は男に荒々しくせっかちに襲いかかったのち、たちまちどこかへ消えていく。あとを引くことはない。だが、これはちょっと違う。何かもっと深いもの、時間を超えたものという感じがする。直視せざるをえない。

男の人生を変える——運命を決める——ことができる強烈な感情だ。

絨毯の上に体を丸めてすわるカリスタを見ていると、少し前の出来事のせいで髪も服も乱れ、混乱しているようだが、その姿が彼の胸の中の門を開いた。すると、新しい道が姿を現わした。自分が見いだすことはないとずっと昔にあきらめていた道だ。

だが同時に、彼女があの激情のひとときを後悔しているかもしれないと気づき、これまで味わったことのない不安でいっぱいになった。

とりあえず、ブランデーの熱で気持ちを高めながら、どんなふうに語ったものかを考える。

「母の再婚相手、ブリストーが母の葬儀まで田舎の屋敷にとどまることはなかったという話はもうしたね。まっすぐロンドンに行ったあいつは、そのまま数カ月滞在したが、そのあとまたユードラとハリーとぼくが暮らす田舎の屋敷に舞いもどってきたんだ」

「それはどうしてなの？」

「母から相続した財産をあらかた博打ですったからだ。気がついてみれば、ものすごく危険な男に借金していたんだ」

「犯罪王のミスター・ペルに？」

「いや、ペルの商売敵のひとりだ。ブリストーが屋敷に戻ってきたとき、ぼくは留守をしていた。町まで歩いていき、地元の本屋で立ち読みを楽しんでいた。屋敷に帰ってみると、家政婦があわてふためいていた。ブリストーが無理やり押し入ってきたという。そして二階にある弟の実験室でユードラに向かって何やらわめきちらしていた」

「ユードラが言っていたけれど、すぐにかっとなる人だそうね」

「ブリストーがユードラに何を怒鳴っていたかというと、ロンドンに戻るから荷造りをしていっしょに来い、と命じていたんだ。ぼくは家政婦に、庭師のトムを連れてくるように言った。ブリストーは激怒していた。そのとき明らかになったのは、やつはユードラを差し出すと約束していたんだよ。ジェナーという名の犯罪王に」

カリスタがショックのあまり、あんぐりと口をあけた。「まさか?」

「ジェナーはブリストーが大金をすった賭博場の経営者だ」

「あなたがたの義理の父親は、ユードラを利用して借金を返そうとしたのね?」

「純潔な若い女を好む男がいるが、ジェナーはそのひとりだそうだ。もちろん、ロンドンにもそういう女性がいないわけじゃないが、彼の餌食になる女性は大半が貧民街の出身だから、上流階級の育ちのいい若いレディを情婦にできるって話にそそられたことは明らかだった」

「かわいそうなユードラ。さぞかし怖かったでしょうね」

「ジェナーはそういう女にあきると、自分が経営する売春宿のひとつに売春婦として放りこむという。その日ハリーの実験室では、ユードラはブリストーがもくろんだ自分の運命についてはじゅうぶんに理解できずにいたが、ブリストーが恐ろしい人間だということはいやというほどわかっていた。ぼくが実験室に入っていったとき、やつはユードラの背中を壁に押しつけていた。手にはハリーの作業台から持ってきた酸が入ったフラスコがあった」

「まあ」

「もしいつまでも言うことをきかないなら、ユードラの顔に酸をかけると脅迫していたんだ。実験室にはハリーもいた。ブリストーに、やめてくれ、と懇願していたよ」

カリスタはぞっとして、片手にフォルダーを二個持ったまま立ちあがった。「あなたは何をしたの？」

「入り口に立ったぼくを見ると、ブリストーは、出ていけ、と言った。一歩でも近づいたら、ユードラに酸をかけると脅してきた」

「ユードラを人質にしたのね？」

「そのつもりだったんだろうが、すでにパニックをきたしていた。ぼくたち三人が同じ部屋の三方からそれぞれ彼をじっとにらんでいたんだからね。やつは同時に三人を見張ることはできないんだよ。だが、三人の中でやつがいちばん恐れていたのはぼくだった」

「ええ、そうでしょうね。あなたがいちばん年上なんですもの」

「ぼくは、祖父からぼくに引き継がれた先祖伝来の指輪をやる、と言った。ものすごく高価なものだと説明も加えた——借金を全部返してもまだ残るくらいの価値があると。ブリストーはぼくの言うことなど信じなかった。最初のうちは。それでぼくはその指輪について細かく描写した——中央に大きなルビーが一個あり、その周りをいくつものダイヤモンドとサファイアが囲んでいると」

「それはとびきりの価値があると思うわ」カリスタが言った。

「ブリストーはもちろん信じてはいなかった。そんな値打ちものの指輪があるなんて話は母からひとことも聞いていないと言った。そこで、ぼくは説明した。それはぼくが相続した財産だからだと。母はあんたの手に渡って売り飛ばされることをずっと恐れていた、とも言った。そして今は祖父の骨董品をおさめた飾り棚の秘密の抽斗に隠してある、と」

「その飾り棚はどこにあったの？」

「実験室の隅に置かれていた。だからブリストーはぼくに、指輪を持ってきて見せろ、と言った。ぼくは飾り棚の前に行って、抽斗を開け、小さな箱を取り出した」

「そしたら？」カリスタが訊いた。話にすっかり引きこまれていた。

「箱を見たブリストーは一気に興奮状態に陥った。そして、作業台の上に箱を置け、とぼくに命じてきた。ぼくはその命令にはしたがわず、開け放してあった窓のところに行って、逆にやつを脅した。ユードラを放さなければ、指輪を池に投げ入れるぞ、と。やつが母を溺れさせたその池だ」

「彼はあなたの話を真に受けたの？」

「そのときはもう、やつはその指輪を手に入れたくて必死だった。ぼくはこうも言ってやった。酸を入れたフラスコを持ったまま、ユードラをロンドンまで引きずっていくのは簡単じゃないぞ、と。そう指摘しておいてから、ユードラをこちらに引きわたせば指輪をやってもいい、と交換条件を出した。やつはもう自暴自棄の状態に陥っていたから、それでいい、と取引を受け入れた。ぼくは作業台の上に箱を置いた。やつはまだ片手にフラスコを持っていたんで、箱を取るためにはユードラを放すほかなくなった。その瞬間、ぼくはユードラに、逃げろ、と言った。ユードラは廊下に走り出た。ブリストーは怒り狂った。だが、その怒りの矛先はぼくに向けられていた。まあ、やつを引っかけたのはぼくだからね」

「彼があなたに酸を投げつけたのはそのときなのね？」

「やつはもう箱の蓋を開けて、中が空っぽだってことに気づいていたんだ」

カリスタが目をまん丸くした。「全部、でっちあげだったの？」

「やつに物語を聞かせてやったと言ってほしいね、カリスタ。人間は自分が信じたいと思っている話を聞かされると、どこまでもついていこうという気になるんだ。それはもう目を瞠るばかりさ、本当に。どんなに疑り深い人間でも、信じたいと思う話を聞かされれば、ころっとだまされる」

「指輪なんてなかったの？」

「そんな指輪があれば、ブリストーがめちゃくちゃにしてくれた一家の財政を立て直すため、母の葬儀の直後に売って、そのカネを投資に振り向けてたはずだよ。ああ、そうさ、指輪なんかなかった」

「素晴らしい気転だわ、トレント」

「何しろ、物語をつくるのを生業としているくらいだからね、忘れちゃいないだろうが。物語をつくることにかけては昔から大したものだったんだ」

「でも、そのときは大きな代償を払うことになったのね」

「その状況で思いついたのはそれだけだったから、そうした」

「ええ、よおくわかるわ。ユードラを守らなければならなかったんですもの」

彼女は理解してくれた、とトレントは思った。彼女のことだ、もちろん理解してくれると思ってはいたが。

「瞬間的に体を回転させて、腕で顔をかばいはしたんだ」トレントが先をつづけた。手の甲に残る傷跡に目を落とす。「すごく暑い日だったから、家まで長い距離を歩いて帰る途中で上着を脱ぎ、シャツの襟を開いて、袖はまくり上げていた。とはいえ、布地じゃ大した防壁にはならなかったはずだ。酸はシャツを何カ所も溶かして焼けついてきた」

「それから？」

「庭師のトムが実験室に駆けつけてくれた。頑丈なシャベルを持っていた。フラスコが空になったブリストーはもう武器になるものがなかった。庭師に、そこをどけ、と怒鳴りながら扉に向かって駆けだした。ぼくはトムに、かまわない、そんな男はほっておけ、と言った」

「トムが暴行罪で逮捕されるような事態を避けたかったのね」

彼女はこれについても理解してくれた。

「ハリーがぼくにバケツの水をかけた。実験中に万が一、火事が起きたりしたときのためにつねに部屋に置いていた水だ。しばらくのあいだは何がなんだかわからないめちゃくちゃな状態がつづいた。そして騒ぎがおさまってみると、ブリストーは姿を消していた。あとから知ったが、その日のうちに汽車でロンドンに向かったそうだ」

「ユードラから聞いたところでは、ブリストーはそれからまもなく死んだとか。熱病にかかってって聞いたけど」

そこがこの物語の微妙な部分だ。トレントはまたブランデーを少々飲み、考える時間を稼いだ。全部を話したことがある人間はこれまでにたったひとりしかいない——ジョナサン・ペルだ。今のところ、ブリストーの最期の真相を知っているのはトレントとペルだけだ。

「ブリストーは、たとえ田舎の屋敷での出来事から立ちなおったとしても、ぼくを抹殺する手段を講じるまで心が安らぐことはないだろうとぼくにはわかっていた。ジェナーから逃れる唯一の望みはユードラなんだから。それだけじゃなく、やつにはおそらく時間がそれほどないこともわかっていた。ジェナーは気の長い人間じゃない」

「あなたは彼を探しにいったのよね？」

「火傷がある程度癒えるのを待ってすぐに。だが、ブリストーはロンドンのどこかに潜伏してしまったんだ。やつが恐れているのはぼくじゃなく、カネを借りた男だからね」

「それで、あなたはどうしたの？」

「いかがわしいところに出入りしては、あれこれ訊いて回った。当時、ジョナサン・ペルは犯罪王として頭角を現わしてきたところだった。最初のうち、彼はぼくの決意にただ好奇心をそそられているだけだろうと思った。たぶん、おもしろがっているだけだろうと。彼は、協力してやってもいいが、対価は払ってもらう、と言った。世の中ではつねに対価ってものが要求されるんだよ、と」

「あなたは払うと言ったのね」

「ああ」

「ペルはブリストー探しに協力してくれたの？」

「ああ、協力してくれた。だが、その前に運命も味方になってくれていた。ぼくがついにブリストーの居所を突き止めたとき、彼は熱病にかかり、ひとりぼっちで死にかけていたんだ。すでに意識朦朧としていたが、ぼくが誰だかはわかった。そして、どうか医者代を払ってくれ、と懇願してきた。たとえ医者に診せたところで助からなかっただろうと、何年かあとになってハリーが言っていたが」

「でも、あなたが言いたいことはそれじゃないのよね」カリスタが静かに言った。

「ぼくにやれたかもしれないことはいくつかあった。アヘンチンキかそんなような薬を買ってきて苦痛をやわらげてやることだってできたし、看護婦を雇って看病してもらうことだってできたはずだ。しかし、ぼくはやつを見捨てて立ち去ったんだよ、カリスタ。三日後、やつは川から引きあげられた。幻覚状態に陥ったやつが波止場の突端まで足を引きずって歩いていったことは明らかだった。飛びこんだのか、転落したのかはわからない。永久に謎だが、もうどっちでもいいことだ」

「よかった。あなたは彼を殺さなければならない状況に追いこまれたりしなかったのね」カリスタが言った。「家族を守るためならあなたはそうしたんじゃないかと思ったの。理解はできるけど、あなたがそんな重荷を背負わずにすんでよかった」

読書室内の空気がしんと静まり返った。その静けさを破るのは怖かったが、トレントには彼女に訊きたいことがあった。

「そうか？　つまり、理解できる？　とはいえ、ぼくは一線を越えたんだよ、カリスタ。ブリストーを見殺しにした。もし死にかけていなかったなら、ぼくが殺していたはずだ」

カリスタがトレントのほうに数歩近づいた。

「あなたがしたこと、もしかしたらしていたことに悩まされるのはわかるわ。自分の本性の一面と向きあわなければならないのだから、つらいでしょうね。自分自身についてのそんな真実を知りながら生きていくのは厳しいことにちがいないのはわかるけれど、あなたは高潔さの喪失をもうじゅうぶんに長いこと嘆き悲しんできたわ。そろそろ過去は過去として、これからの人生に踏み出したらどうかしら」

トレントがカリスタの洞察力に驚いて、彼女をじっと見た。「ぼくはあれからずっとそうしていたと思うのか？　自分自身について明かされた真実を嘆いていたと？」

「そんなふうに見えるわ」カリスタがかがみこんで、床にちらばったフォルダーと紙をまた拾いはじめた。「自分自身をもっと褒めてあげたらいいと思うの。あなたは名誉を重んじる人、自分を頼りにしている人たちのために進んでわが身を犠牲にしたんですもの。わたしは尊敬するわ。あなたも自分自身を尊敬しなくちゃ」

「カリスタ、今夜のこと、きみの純潔についてだが」

「安心して。わたしはもうずっと前から純潔なんて言えるような状態じゃないの」背筋を伸ばし、フォルダーを机の上に置く。「自活しなければならない女は幻想をまとっているわけにはいかないわ。だって、純潔なんて結局のところはそれでしょ？　幻想」

「なんだか二人とも人生に疲れきっているみたいだな」

　カリスタが皮肉っぽい笑顔を彼に向けた。「ほんと、そのとおりだわ。でも、わたしたちだけじゃないわ。わたしがこれまでに出会った家庭教師やお抱えの話し相手《コンパニオン》も同じように現実的だったもの」そこでいったん言葉を切り、手にしたフォルダーに目を落とした。「家庭教師。ええ、そうよね」

「なんのこと？」

「グラント・エージェンシーの殺された家庭教師たち」カリスタはフォルダーを机に置くと、ファイルの山を繰りはじめた。「ミセス・グラントが安全装置付きの棺で埋葬されたと言っていた三人の女性」

「何を探している？」

「その三人はうちのサロンの会員ではなかったけれど、前にも話したように、会員の中にグラント・エージェンシーの家庭教師が二人いたの。幸運なことに、二人ともぴったりのお相手に巡りあえたわ。はっきりとは憶えていないんだけれど、そのうちのひとりがグラント・エージェンシーの女性をもうひとり紹介したいようなことを言っていたのに、その人、とうとう面談には来なかったのよ」

「それがどうかしたの？」

「よくわからないけど、でも、なんだか気になって。わたし、どこかにその人の名前をメモしたような記憶があるの」

カリスタは机を前にしてすわり、フォルダーをつぎつぎに開いていく。トレントは机の反対側の角で体をかがめ、ページを丹念にめくるカリスタを眺めていた。

「これだわ」カリスタがあるページで手を止めて、素早く目を通した。「あったわ、やっぱり。ヴァージニア・シプリー」

トレントが当然その名前を知っているかのような口調だ。

「さあ、ぼくには――」トレントがそう言いかけてすぐに口をつぐんだ。「グラント・エージェンシーの秘書か？」

「そういう名前じゃなかった？　シプリーよね？」

「ああ、そうだと思うが、それがどういう意味をもってる？」トレントが訊いた。

「ふと思ったんだけれど、ネスター・ケタリングは獲物を慎重に選んでいるわ。死んだ三人の女性にはいくつかの共通点があるでしょう」

「全員が若くて、天涯孤独で、グラント・エージェンシーで働いている。それが？」

「考えてもみて、トレント。ネスターはどうやって獲物を選んだのかしら？　彼ひとりでは、どの女性が若くて、天涯孤独で、魅力的なのかを知る術がないわ。それなのに、彼はそういうレディ三人をグラント・エージェンシーで見つけている。わたしに花を送りつけてきたのは、その三人が死んでまもなくのことだった」

ぴんときた。

「つまり、彼はグラント・エージェンシーのファイルを見ることができたと思うんだね？」

トレントが訊いた。「誰かが彼に獲物を選ばせてやっていたってことか」

「秘書ならいとも簡単にファイルを見ることができるわね」

44

「じつは、今朝はミス・シプリーがまだ出社していないんですよ」ミセス・グラントはいらいらしたようすで机を指でこつこつと叩いた。「欠勤するなら欠勤届くらい出していけばいいのに出ていないんですよね。夜のあいだに具合が悪くなったとしか考えられません。いつもすこぶる元気でしたけれど、わからないものですわね」

「ええ、本当に」カリスタは言った。「ですが、なんとしてでも彼女と話さなければならないとても重要な用件がありますの。もしよろしければ、彼女の住所をお教えいただけませんでしょうか?」

「まあ」ミセス・グラントは疑念もあらわにトレントを見た。「つまり、新作にはわたしではなくミス・シプリーを登場させようとお考えなんでしょうか?」

「そういうことではないんですが、」トレントが言った。「彼女に確認したい事実が、些末なことですが、二、三ありまして、これが急を要するんです。住所を教えていただければ、ありがたい」

「確認したい事実とはどういったことでしょうか？　もしかすると、わたしがお役に立てるかもしれませんわ」

「なるほど」トレントが言った。「いくつかあるんですが、ぜひとも知りたいことのひとつは、ミス・シプリーがネスター・ケタリングという名の男性とお知り合いではないかということです」

「さあ、聞いたことのないお名前ですわね。ケタリングとおっしゃるお客さまはいらっしゃいませんね。ミス・シプリーがなぜその方を知っていると？　その情報があなたがたにとってなぜそれほど重要なんでしょうか？」

そろそろこの場の主導権を握らなくては、とカリスタは思った。

「わたしから説明させていただきますね、ミセス・グラント」カリスタは言った。「そのネスター・ケタリングはきわめて危険な人物であることがわかっています。数人の女性の死にかかわっているかもしれないとわたしたちは見ています。もしそうだとすれば、ミス・シプリーの身に危険が迫っている可能性があるんです」

ミセス・グラントがカリスタをじっと見た。「まあ、なんて恐ろしい」そしてトレントの顔を見た。「それでは、これは小説のための取材の一環ではないというわけですね？」

「申し訳ないが、ミス・シプリーに関する危惧は現実のものでして」

ミセス・グラントは協力に気乗りがしないようすだったが、明らかに震えていた。

「それでは、住所をお教えしましょう。ミス・シプリーは最近、とても素敵なところに引っ越しましてね。なんでも、遠縁の方の遺産を受け取ったとか。そのうち辞表を出されるのではないかと思っていたんですよ。ここでの仕事から得る収入はもう必要ないような顔をしていましたからね。間違いなく、幸運の女神が彼女に微笑みかけたようですわ」

45

二十分後、トレントはこぢんまりとしてはいるが、しゃれた家具が並ぶ応接間の中央に立ち、カリスタは彼から離れた位置に立っていた。二人がそろって見おろしているのはヴァージニア・シプリーの死体だ。首を絞めるのに使われた高級な絹のネクタイが痣もあらわな喉もとから垂れさがっている。

「幸運の女神は彼女に微笑みかけちゃいなかったな」トレントが言った。「何者かに殺された」

「ネスター・ケタリングかしら？　きっと彼だわ」

「そうかもしれないが、死に方がほかの女性たちと違う。いくつか疑問が生じるな」

「彼女をほかの女性たちと同じような獲物だとは考えていなかったから、いつもの手法は使わなかった」カリスタが言った。「わたしたちと話をさせたくなかったから、その前に殺した」

「それが意味するところは、犯人につながる何かを彼女が知っていたということだ」

「葬儀用品店の店主ミセス・フルトンが殺されたのと同じ理由ね」

「そうだな」トレントが廊下に出た。「警察に知らせる前にほかの部屋も調べてみよう。ミス・シプリーと彼女を殺した犯人をつなぐ何かが見つかるかもしれない」

「それじゃ、わたしは寝室を」カリスタが言った。「女性の寝室に何かおかしな点があるとしたら、女性ならすぐに気がつくと思うの」

「ぼくは一階の部屋を調べることにする」

トレントは小さな食堂と台所に向かって廊下を進んだ。カリスタはスカートをつかみ、細い階段を急ぎ足でのぼった。

ひとつ目の寝室の入り口で足を止め、室内をのぞいた。窓際に小ぶりの書き物テーブルがある。衣装戸棚の扉が開いたままになっている。まるでシプリーが床に就く支度をしていたところに邪魔が入ったかのようだ。グラント・エージェンシーで目に留まったそびえたつつけ毛、それを固定させるための頑丈な長いピンが鏡台の上に整然と置かれている。

鏡台の鏡はとても大きく、値の張りそうなものだ。ブラシと櫛の裏は銀である。小さな宝石箱がひときわ目立つ位置に置かれている。

秘書の給料にしては、ミス・シプリーはかなり贅沢な暮らしをしているようだ。

カリスタはふと気づいた。いちばん大切にしているものを宝石箱にしまっている女性は多い。さっそく鏡台に近づいた。

宝石箱の蓋を開けようと手を伸ばしたとき、鏡に男の姿が映った。手には銃を持っている。カリスタはとっさに振り向き、トレントに知らせるべく大声を上げようとしたが、男が素早く襲いかかってきたため、声にならなかった。

男は大きな手のひらでカリスタの口をぴしゃりと叩いて押さえ、背中を自分の胸に押しつけた。鏡の中で男と目を合わせたカリスタは、この男なら躊躇なくわたしを殺すはずだとわかった。

「おとなしくしろ」男が言った。「おれは今日、都合の悪い女をひとり殺した。もうひとりを黙らせるくらいなんでもないんだ」

46

トレントの足音が階段から聞こえてきた。

「カリスタ？」

カリスタは男の腕の中で必死にもがき、トレントが気づきそうな音を立てようとしたが、男はカリスタを鏡台の前からぐいと引きずって向きなおり、寝室の入り口のほうを向かせた。

トレントが現われた。手にはさりげなくステッキが握られている。

「動くな。さもないと、まずおまえを撃って、そのあとこの女を殺すからな」

「わかった」トレントが言った。

男はカリスタの口を押さえていた手を離し、もっとがっちりと体に腕を回した。カリスタの背中は男の胸になおいっそう強く押しつけられた。

「おまえがヘイスティングズだな」男が言った。「このおせっかいな女がミス・ラングリーか。シプリーが遅かれ早かれ足手まといになることはわかっていたが、もっと早く始末しておくんだった」

「遅すぎたな、バーチ」トレントが言った。

カリスタの心臓は激しく鼓動を打っていたが、ぎくりとした男の全身がこわばるのはわかった。

「どうしておれの名を?」バーチが知りたがった。

「あんたは明らかにケタリングではない。となると、論理的に考えてバーチじゃないかと思ったわけだ。ところで、ミス・ラングリーとぼくが今日、ミス・シプリーに話を聞きにくることを知っている人間がいたとは驚きだな」

「そういうことになったらまずいと思っていたんだ。おまえたち二人に収益の高い事業をつぶされちゃかなわないからな。何かおもしろいことを探している、たんまりカネのある男たちに若い家庭教師の名前を売るのはおいしい仕事さ。育ちのいい純潔な乙女を誘惑できるうえ、怒りに駆られた父親や兄弟をなだめる面倒はないんだからな」

「家庭教師をしていた若い女性を売っていたのか?」トレントが訊いた。

「名前と住所と謝礼金を書いて渡していただけだ。商品を誘惑するしないは客しだいさ。しかし、おもしろいことを探していたカネのある男たちがそういう女たちに言い寄るゲームを楽しんでいる姿には目を瞠ったね。ゲームが終了したあとは、素知らぬ顔で逃げおおせるとなれば気楽なもんだろう。しかも、家庭教師はじつに簡単なんだ。仕事柄、ひとりで過ごす時間が長いんだよ。子どもたちを公園やなんかに連れていったりはするが、おおむね規則正しい生活を送っている。だから、どこに行けばその子に会えるかさえ知っていれば、さほど巧妙な駆け引きなど弄するまでもなく、恋の戯れに引きこむことができる」

「あなたは彼女たちの日課をミス・シプリーから聞いて知っていたのね」カリスタが言った。

「シプリーは商品の日課をつねに追跡していた。ああ、そうさ。女たちはミス・シプリーを信頼できる友だちだと思っていたんだよ」

「あんたが客に売った女性たちはその後どうなった？」トレントが訊いた。

「知るもんか。大半は路頭に迷うことになったんだろうな。シプリーのように、売春婦として過ごした月日をなんとか隠し通して家庭教師として出なおした利口な女もいることはいるが。おれはそんなことはどうでもいいんだ。おれが客に保証しているのは、商品の女は若くて、美人で、育ちがよくて、天涯孤独だってことだけさ。あとのことは自業自得ってことだろう」

「三人の家庭教師を殺したのはあんたか？」トレントがいかにもさりげなく質問を投げかけた――ちょっと関心がわいたので、ついでに訊いておくとでもいうふうに。

「おれがそんなことしたいはずがないだろうが。ああいう愚かな女たちにさんざん稼がせてもらっていたんだ。どの女も上流階級の金持ちが自分と結婚したがっていると信じて疑わなかった」

「彼女たちが聞きたかったのは、そういう物語だったんだな」トレントが言った。「ところで、あんたがこの仕事でミス・シプリーと手を組んだのはいつだ？」

「シプリーと出会ったのは、彼女が家庭教師をしていたときだ。当時はなかなか美人だったが、そんな美貌も長くはつづかず、おれは彼女への興味を失った。最終的に、彼女はグラント・エージェンシーで秘書として働くことになったわけだが、その数年後、彼女が事業計画を携えておれに会いにきた。おれにとって価値ある女になれば——仕事の相棒になれば——おれにまたいい女だと思ってもらえると本気で思っていたようだ」

「家庭教師を殺したのがあんたじゃないとすると、いったい誰なんだ？」トレントが訊いた。

「ケタリングだよ、間違いない。二番目の女が謎めいた病気で死んだあと、おれはあいつじゃないかと思いはじめた。そして三番目が死んだとき、やっぱりケタリングだったとの結論に達したんだ。これからはもう、グラント・エージェンシーのリストに載った名前をあいつに教えるのはよそうと思ったね。危険すぎる。だが、ちょうどそのころ、あいつが女房を始末したいんで力を貸してくれと懇願してきた。おれはおれで、ミス・ラングリーの興味深い事業のことをちょうど耳にしたところだった」

「ミス・シプリーがわたしの紹介所のことをあなたに知らせたんでしょう？」カリスタが言った。

「ああ、そうさ。最初のうちは愉快だったね。あんたとおれは同じ穴の狢だってことだからさ、ミス・ラングリー」

「まあ、とんでもないわ。なんて人なの、あなたは」

「で、あんたの会社を乗っ取れないものかどうか可能性を探りはじめていたんだが、どうもこれという取っ掛かりが見つからなかった」

「そうするうちに、あなたの客のひとりであるケタリングが、ひょっとしたらわたしのファイルに手が届く人間かもしれないと気づいた。そうでしょう？」カリスタが訊いた。

「ケタリングとは長い付き合いがあるものでね、あいつが昔あんたを誘惑したことがあると知ったんだよ、ミス・ラングリー」

「彼はわたしを誘惑したわけじゃないわ」

「ま、なんとでも言うがいいさ。とにかく、ケタリングが何かのついでにぽろりともらしたのさ。あんたともう少しで結婚するところまでいったが、あんたは女相続人でないことがわかってやめたと。危機一髪だったと思っているようだった」

「それは彼だけじゃなく、わたしもよ」

「おれが言いたいのはつまり、ケタリングとあんたの過去はわかっても、あんたの事業の実態がつかめず、可能性も読めなかった。するとシプリーがおれに代わって可能性の概略を示してくれた。あんたのところに独身女性の名簿があり、相当な収入がある女が多いと。一文なしの家庭教師とは雲泥の差じゃないか」

「それであなたは、ネスターを利用すれば、わたしが持っている女性の名簿に手が届くと考えた。わたしがあの男をまた自分の人生に舞いもどらせると仮定しての話だわね」

「おれの経験から考えて、孤独な女は男にもう一度チャンスを与えたがるのがふつうだからな」バーチが言った。

「そこで、あんたはケタリングと取引をした」トレントが言った。「もしケタリングがミス・ラングリーの会員名簿に近づくことができたら、彼の妻の失踪に手を貸してやろうと」

「なかなか鋭いじゃないか、ヘイスティングズ」バーチが言った。「さすがは探偵小説を書いている作家だな。そうなんだよ。そういう計画だったが、これがおかしなことになってきた」

「あんたはいっそのこと、面倒な部分はちょん切ってしまえ、と考えた」トレントが言った。

「まずはミス・シプリーを消さなければならない。というのは、彼女は死んだ三人の家庭教師とあんたのつながりを知っているし、あんたが経営している売春業についても知っているからな。となると、あんたのつぎの標的はケタリングか」

「そのつもりだったが、変更もやむをえまい。まさかこのシプリーの自宅におまえとミス・ラングリーが現われるとはな。まあ、光栄だと思え、ヘイスティングズ。なんとも忌々しい邪魔者なんだよ、おまえは。この際、あいつより先に死んでもらわないと」

カリスタは銃を構えたバーチの体に力が入るのを感じとった。カリスタの両手は押さえられてはいなかった。握りしめていた右手を開くと、そこには長くて頑丈な鉄製のヘアピンが。

その先端は二つに分かれ、鋭く尖っている。それまでスカートの襞のあいだに隠し持っていたものだ。

トレントと目を合わせると、彼はカリスタの意図を理解していることがわかった。バーチがトレントを撃とうとしているのだ。カリスタは一秒たりとも躊躇するわけにはいかなかった。

カリスタはぐっと歯を食いしばり、できるだけ高く手を上げた。そこからヘアピンを後ろ向きに突き刺した。願わくはバーチの目に刺さってくれ、とばかりに。それがだめでも、せめてバーチの気をそらし、トレントに身をかわす時間を与えなければ。

二叉に分かれたピンの先端が肉に刺さった感触が伝わってくると、カリスタは胃のあたりにむかつきを覚えた。

バーチが激痛と怒りに甲高い叫びを上げ、反射的にカリスタを脇へ押しのけたため、カリスタは猛烈な勢いで床に倒れこんだ。銃声が聞こえはしたが、トレントが撃たれることはなかった。パニックに陥ったバーチが的をはずしたのだ。

トレントが前に跳びながらステッキを振りかざした。

バーチが怒りの咆哮とともによろよろとあとずさった。カリスタのピンは彼の目ではなく顎に刺さっていた。バーチがそれを力任せに引き抜いた。血が噴き出す。

そのとき、トレントがバーチに襲いかかった。ステッキが荒々しく弧を描いたのち、バーチの腕をとらえる。骨が折れる音がカリスタの耳にも届いた。回転式拳銃がどすっと鈍い音を立てて床に落ちた。

バーチがまた悲鳴を上げ、扉めがけて駆けだした。

トレントは彼のあとを追い、二人が廊下に消えた。そのあと、またもう一度、怯えた悲鳴が響いた。あれはバーチ、とカリスタは思った。トレントではない。

悲鳴につづいて、階段からおぞましく重たい転落音が立て続けに響いた。

カリスタはあわてて立ちあがり、スカートをぎゅっとつかむと、廊下に走り出た。

「トレント」カリスタが叫ぶ。

トレントは階段の上に立っていた。怪我を負ってはいない。

カリスタは思わず駆け寄った。

「大丈夫か？」トレントが訊いた。

「ええ。あなたは？」

「ああ、大丈夫だ」

二人は並んでバーチを見おろした。階段の下に手足を大きく広げて倒れている。まったく動かない。首が奇妙な角度に曲がっていることにカリスタは気づいた。

トレントがゆっくりと階段を下りていく。下りきったところで、バーチの喉もとに指を二本当ててみる。まもなく彼が顔を上げ、かぶりを振った。

カリスタは吐き気を催した。階段の上でしゃがみこみ、両手を交差して自分をぎゅっと抱きしめる。

「わたしが彼を殺したんだわ」カリスタはつぶやいた。

「いや、そうじゃない」トレントがきっぱりと言った。「ヘアピンは致命傷じゃない。階段から落ちた拍子に首を骨折したんだ」

カリスタはこっくりとうなずき、大きく息を吸いこんだ。

「さあ、こっちへ。きみを辻馬車に乗せたら、巡査を呼んでくる」

「待って。その前にどうしてもしなければならないことが」カリスタが必死で立ちあがった。「シプリーの机を調べる間がなかったの」

抽斗のひとつの奥から小さな帳面が見つかった。

47

「そのうちいつか、いっしょに外出したときに何かふつうのことをしてみたいよ——公園を散歩するとか、もう少し刺激が欲しければ芝居を観にいくとか」

「どっちもすごく新鮮だわね」カリスタが応じた。

二人はクランリー館の読書室に戻っていた。カリスタは机を前にして腰を下ろし、シプリーの寝室で見つけた日記帳の頁を繰っている。トレントは窓際にたたずんでいる。暖炉の前にはユードラがすわり、ミセス・サイクスがいれてくれた濃い紅茶を飲んでいる。アンドルーはこのときもサンドイッチで腹ごしらえをしていた。

カリスタの神経は限界ぎりぎりまで張りつめており、今夜はあまり眠れそうになかったが、少なくとももう吐き気はおさまっていた。シプリーの日記に集中することが効果的な気分転換になっているようだ。

「エリザベス・ダンスフォース、ジェシカ・フォーサイス、そしてパメラ・タウンゼンド——これが死んだ三人の家庭教師だけれど、ここにはほかにも数人の名前があるわ。名前の横にはそれぞれ金額が書きこんであるの。二十五ポンドとか」

　ユードラがぶるぶるっと体を震わせた。「彼女たちを客に売ったバーチからシプリーへの、名前と住所を教えてくれたことに対する謝礼金の額だわね」

「バーチのやつ、自称紳士なんてあつかましいにもほどがあるよ」アンドルーが言った。「あいつに比べたら、ジョナサン・ペルは紳士の鑑《かがみ》だ」

　トレントがカリスタを見た。「その日記でほかに何か興味深いことは？」

「ここにわたしの名前が書かれているってことかしら。どうやらミス・シプリーは、わたしをドラン・バーチに千ポンドで売ったらしいわ」

　トレントの顎のあたりがこわばった。「もしかすると、きみは最高に価値ある名前だったのかもしれないな。彼女がきみの名前を売ったということは、同時にきみのサロンの会員全員を売るつもりだったんだろう。そんなことになれば、カネをたんまりもっているバーチの客に誘惑されたあげくに、ぽいと捨てられる独身女性がまた何人も出てきたかもしれない」

「あるいは、サロンの裕福な女性会員の場合、誘惑されたあげくに、お金目当てに結婚することになる人もいたかもしれないわ」ユードラが付け加えた。

　カリスタはシプリーの日記帳を閉じた。「グラント・エージェンシーに所属していたサロン会員のひとりが、信用してはならない人間を信用してしまったことは明らかだわね」

「きっとミス・シプリーのためを思ってサロンを推薦したのよ」ユードラが言った。

「それなのに、シプリーはその情報を売った。あの男にとって価値ある女になりさえすれば、彼がまた自分を愛してくれるだろうとの望みを抱いて」カリスタがかぶりを振った。「なんだか悲しい話」

「少なくともこの物語にもう一章が加わったわけだ」トレントが部屋を横切り、ミセス・サイクスが運んできてくれたトレイからサンドイッチを選んでつまんだ。「ついにケタリングとバーチの関係、グラント・エージェンシーときみの関係を突き止めたんだからね、カリスタ」

カリスタはぼんやりした表情で閉じた帳面の表紙を指でこつこつと叩いていた。「わからないのは、なぜネスター・ケタリングがあの三人の女性を殺したのかなの。誘惑したのは明らかだけれど、なぜ殺したの？」

「それは、彼が正気じゃないからでしょう」ユードラが言った。「ハリーが言っていたように、彼はとんでもない妄想に駆られているのよ」

アンドルーが顔をしかめた。「浮気の証拠を妻から永久に隠したくて殺したのかもしれないよ」

「あの男が奥さんの気持ちを気にかけるかしら」カリスタが言った。

トレントは半分かじったサンドイッチをじっと見た。「そうとも言えないかもしれない。もしかしたら彼は妻の気持ちをものすごく気にかけているということもある」

「信じがたいわ」カリスタが言った。

トレントがアンドルーを見た。「たしか、アナ・ケタリングの父親は娘を守るため、娘の身にもし何か起きたら、そのときは遺産は遠縁の者に相続させると遺言書に明記したと言ったな」

「あの屋敷のメイドがそう言っていました」アンドルーが答えた。

「その遺言書がもう一歩踏みこんでいたとしたらどうだろう?」トレントがつづける。「もしミセス・ケタリングが自分の相続財産を自分で管理しているとしたら、彼女の決断で夫を見限ることができる」

「そしてお金はあいかわらず彼女のもの」カリスタが抑えた声でまとめた。

「ケタリングのような男は、それだけの理由があればじゅうぶんに殺人を犯すんじゃないかな」アンドルーが言った。

48

「きみの言ったとおりだった」ジョナサン・ペルが言った。「ドラン・バーチにはおれも多少は関心があったんだよ——少なくとも、昨日、彼がかなり都合よく階段から転落したと聞くまでは」

ペルが温和な笑みを浮かべてトレントを見た。

「どんなことがわかった?」トレントが訊いた。

カリスタのペルについての第一印象は、どこから見ても犯罪王だとは思えないということだった。品がよく、身なりもよく、申し分のない礼儀作法を身につけており、物腰も穏やかだ。もし彼がサロンへの入会を希望してきたとしたら、ためらうことなく許可していただろう。

それからこうも思った。もし彼とトレントが人でいっぱいの部屋の中にいっしょに立っているのを見て、二人の素性を知らずにいたとしたら、犯罪王はトレントのほうだろうと思ったはずだ。しかるべき状況にあれば、二人とも同じように危険な人間になる可能性があることは間違いない。

三人は今、人けのない墓地の端に停めた馬車の中にすわっていた。ペルは特徴のない辻馬車で到着した。しかし、御者は特徴がないわけではなかった。職業に相応しく、いかにも重そうなマントを着こみ、くたびれた帽子を目深にかぶってはいたが。たくましい肩と大きく力強い手はまるで拳闘選手のそれだ。

立ちこめた濃い霧がこの会見を内密なものにするのにひと役買っていた。カリスタの位置からも濃い霧のせいで、いちばん近くにある墓石が二、三個見えるだけだった。あたりには独特の寒さがただよっていたが、その原因は気候だけにあるわけではなさそうだ。

これまでは穏やかで規則正しく、孤独だった自分の生活がこれほど奇妙な方向に舵を切ってしまうとは。カリスタは不思議でならなかった。

気がつけば、このごろの自分が孤独ではないことはたしかだ。傍観者の視点から己の生活を観察していたあの感覚がすっかり消えていた。まるで長い眠りから覚めたようだ。ここ数日はさまざまな強い感情——恐怖、激怒、なんとしてでも生き延びようとする荒々しいまでの決意、息をもつかせぬ熱情——が混沌と入りまじる状態を体験していた。

しかし、それだけではない、とカリスタは思った。

トレントを見た。ジョナサン・ペルと熱心に話しこんでいる。わ、わたし、こ、恋をしているんだわ。だ、だ、だから、こ、こんな気持ちなのよ。

そのことに気づいたとたん、息ができなくなった。

「それで、ぼくたちに知らせたいことというのは？」トレントがジョナサンに訊いた。

「おれがドラン・バーチに関する情報を欲しがっているという話がある方面に広がるにまかせておいたところ、たまたまなんだが、しばらく前から彼に関する噂が流れていることがわかった。バーチの商売はおれの傘下の会社の利権を侵害するわけじゃないから、これまでは見過ごしてきたんだが」

「で、やつについてわかったこととは？」トレントが訊いた。

「バーチってやつはどうやら、ある意味、犯罪王と言ってもよさそうなやつだったんだ。やつは厳選した顧客——社交界に出入りするカネをたんまりもった紳士連中——を相手に、いろいろと趣向を凝らしたサービスを提供していたらしい」

カリスタも意識を現実に引きもどして、ペルの話に集中した。

「わたしたちにわかっているのは、彼が若い家庭教師の名前と住所を客に売っていたことですが」カリスタが言った。

ペルの口もとがあからさまな嫌悪感でこわばった。「そう、そのとおりだ。しかしながら、やつの商売はそれだけじゃなかった。カネが出せる連中に対しては、それ以外のサービスも提供していた。遺産相続の邪魔になる妻や親類を失踪させる仕事なんだが、どうもこれまでに数件、成功させてきたようだ」

「バーチがわれわれに告白したところじゃ、やつはケタリングの妻を消す仕事を請け負ったようだが」トレントが言った。「どういう形でそれを実行するつもりなのかを口にする前に死んでしまった」

「その答えならおれが知っているようだ」ペルが言った。「数日前、おれは偶然、バーチがシークリフ行きの朝の汽車の切符を買ったことを知った。海岸沿いの小さな村だ。やつは日帰りでその日の夜の汽車で戻ってきた。そこで昨日、おれは部下のひとりをシークリフに行かせ、現地でいろいろ調べさせた」

「どうしてまたわざわざそんなことを？」カリスタが訊いた。

トレントがカリスタをちらりと見た。「それはつまり、よほど急を要する用事がないかぎり、ドラン・バーチが小さな村へ日帰り旅行するなんてことはありえないからだ」

「まさにそのとおりだ」ペルが言った。「やつのような男が気分転換したいとなれば、ニューヨークとかローマとかへ行くのがふつうだ。それなのに、海辺のなんの変哲もない小さな村に日帰りで出かけたんだからな」

カリスタは身を乗り出し、手袋をした両手をしっかりと組みあわせた。期待が一気に高まり、気がつけば、トレントもいっそう真剣な面持ちで耳をかたむけている。

「何かわかったんでしょうか？」カリスタが訊いた。

「部下はほぼ丸一日を地元のパブで過ごしたそうだ。すると、村はずれの先にある古びた屋敷でじつにおかしな事業が展開されていることがわかったんだ。その屋敷の持ち主だが、表向き、絶対的なプライバシーを必要とする、上流階級の中でもとびきり金持ちの客を相手に海辺の温泉ホテルを経営していることになっている。客は例外なく内部が見えない扉のついた馬車で到着するそうだ」

「わからないわ。なぜそんなことが重要なんでしょうか?」

「そりゃあ、重要だろう」ペルが言った。「部下の報告によれば、村人の噂じゃ、ホテルの客は長逗留する傾向があるそうだ。そして帰りも必ず内部がまったく見えない馬車で帰るようだ。敷地の周囲には高い塀がめぐらされ、門は施錠のみならず、四六時中厳重に警備されている」

「要するに、その温泉ホテルの所有者は私立の精神療養施設を運営しているということか?」トレントが推測した。

「おれはそう踏んでいる」ペルが答える。「しかし、部下が持って帰った報告はそれだけじゃなかった。その施設の所有者は客を完全に失踪させることもやってのけるそうだ。カネしだいでは」

「たとえそれが本当だとしても、ケタリングにとっていいことはあるのかしら?」カリスタが疑問を口にした。「もしもわたしたちが入手した情報が正しければ、彼がもし妻を病院に閉じこめようとしたりしたときは、妻が死亡したとき同様、財産を失うことになるはずだけれど」

「重要なのは失踪という言葉だ」ペルが言った。

トレントが思案顔になった。「あなたの言っていることはわかる。問題は、もしアナ・ケタリングが保養地の温泉での長逗留を楽しんでいるという話になっていたら、どういうことになる？　時が経てばおそらく、彼女は温泉ホテルをあとに船旅に出たと見せかけることもできなくはない」

「数カ月、あるいは数年が経てば、彼女がロンドンにいないことを誰も疑問に思わなくなるだろうな」ペルが言った。

「仮にもし誰かが気づいたとしても」カリスタが言った。「アナ・ケタリングに近親者はひとりもおらず、ただカナダに住む遠縁の人だけ。その人たちはアナの身に恐ろしいことが起きたと証明することはできない」

「たとえそんな事態になっても、彼女が幽閉されているのか死んだのか、誰も証明できるはずがないだろうな」トレントが言った。「そうなれば、全財産がケタリングの手に落ちるために必要なのは、何枚かの偽造書類だけだ」

「アナ・ケタリングがその書類の正当性を否定しなければ、むずかしくはないさ」ペルが付け加えた。

「計画成功の鍵は死体がけっして発見されないようにすることだが、それだってむずかしくはない」トレントが締めくくる。「人を失踪させる方法はいろいろある。考えてみれば、じつに巧妙な手口だ」

カリスタはぎくりとしてトレントを見た。

ペルの冷たい目が一瞬だけ愉快そうに光った。

「これまで一度ならず気づいていたことだが、きみがこの世界で身を立てようとしなくてよかったよ、ヘイスティングズ。間違いなく、しのぎを削る商売敵になっていたはずだ」

49

「ケタリングの屋敷に忍びこむつもりなのね」カリスタが静かに言った。

トレントは読書室を横切って窓辺に行き、広々とした庭園を見わたした。

「もう一刻の猶予もない。あの女性たちの死とケタリングをつなげる証拠を探す方法をほかに思いつかないんだから、しかたがないだろう」

「あなたがそんな危険を冒す前に、ひとつだけ試してみてもいい方法があるわ。うまくいくかどうかはわからない――可能性が低いことは認めざるをえない――けれど、わたしたちに失うものはほとんどないわ」

トレントがくるりと振り返ってカリスタを見た。「ミセス・ケタリングに会って、ぼくたちが危惧していることをぶつけてみたいんだな」

「せめて彼女の夫についての警告を発しておきたいの」

トレントがかぶりを振った。「言っただろう。彼女は何も語らないし、たとえ語ったとしても、妻は夫に不利な証言ができない。ぼくたちに協力しようものなら命がけってことだ。

もしやつの行状をつぶさに知っていたとしても、理解するほかないんだ。罠にかかったも同然なんだから」

「少なくとも夫の行動に疑念を抱いているはずだわ。でも、どこに救いを求めたものやらわからずにいるんだと思うの。そうじゃなくて？　だから降霊会を主催する霊媒にすがっているのよ。必死なんだと思うわ。せめて救いの手を差し伸べなくては。わたしたちにできるせめてものことだわ」

50

午前中、アナ・ケタリングは買い物に出かけた。

「どうしてあんなふうに何ごともないかのような生活を送っていられるのかしら？」カリスタが訊いた。「結婚相手が人殺しだというのに」

「何度も言ったように、夫の行状に気がついていないのかもしれないな」トレントが答えた。

「知っているわよ」

二人は婦人服の仕立て屋の外に停めた馬車の中で、ミセス・ケタリングが出てくるのを待っていた。これに先立ってアンドルーから、ケタリングが屋敷を出て行きつけの倶楽部に向かったとの連絡が入った。それを受けてケタリングの屋敷に到着したとき、アナはちょうど馬車に乗りこんで買い物に出かけるところだった。

「これはかえって運がよかったのかもしれない」とトレントが言った。「話を聞かせてほしいと彼女を説得するとしたら、人通りの多い通りでのほうが簡単かもしれない。屋敷内よりは自分の立場をわきまえずにすむはずだ」

「ええ、どういうことかはわかるわ」

仕立て屋の扉が開いて、ミセス・ケタリングが出てきた。その後ろからは若い店員が大きな包みを二個運んでくる。

「今だわ」カリスタが言った。

トレントがまず馬車を降り、昇降段を下りるカリスタに手を貸した。そして彼女の腕を取ってエスコートし、にぎやかな通りを渡った。

「ミセス・ケタリング」カリスタは、丁重だが断固とした口調になるよう心がけた。「お目にかかれて光栄ですわ。もしよろしければ、ミスター・ヘイスティングズとわたしとごいっしょにお茶でもいかがでしょうか？ そこの角にしゃれたティーショップがありますの」

アナがくるりと振り返り、目を大きく見開いた。驚きと警戒のせいで、ほっそりと華奢な体が小さく震えている。不安が限界までつのっているんだわ、とカリスタは思った。

「以前にどこかでお会いしたことがありまして？」アナは不安げにトレントを一瞥してから、視線をまたカリスタに戻した。「申し訳ありませんが、思い出せなくて――」

カリスタはアナの真正面に立ち、声を低くして話しはじめる。

「わたしはミス・ラングリー。カリスタ・ラングリーと申します。こちらはミスター・トレント・ヘイスティングズ」そこで少し間をおくと、アナが逃げだしそうになった。「小説家の」と付け加える。

トレントの名前がなんの効果も発揮しなかったのはこのときがはじめてだった。

「どういうことなんでしょうか」アナが言った。「わたし、お二人のどちらにも一度もお目にかかったことがありませんが」

「ミセス・ケタリング、どうしても今すぐあなたにお話ししなければならないことがあるんです。ご主人のことで」カリスタは言った。「じつは、あなたの身に危険が迫っているのではないかと心配なんです。もしそういうことでしたら、わたしたちが力をお貸しできるかもしれません」

「まあ、どうしてそんなことを?」アナが一歩あとずさった。その目からは恐慌をきたしていることが伝わってくる。「何をおっしゃっているのか、まったくわかりませんわ。どうかほうっておいてください」アナが御者のほうを向いた。「急いでラーク・ストリートまで行ってちょうだい」

「はい、承知いたしました」

御者が手を貸してアナを馬車に乗せた。扉がばたんと閉まる。

カリスタは馬車が通りを行く馬車の流れの中に消えていくのを眺めていた。「彼女。すごく怯えていた。間違いないわ」

「きみの計画もこれまでだな」トレントが言った。「となると、残るはぼくの計画だ。もしアナ・ケタリングがふだんどおりの日課を崩さないとすれば、彼女は明日の夜、降霊会に出席し、使用人は夜は仕事から解放される。ケタリングはおそらく、倶楽部でひと晩じゅうカードに興じる。ぼくは、ラーク・ストリートの屋敷の人間がすべて出払ったところを見はからって中に入り、何かないか探してみるよ」

51

アナは寝室の窓から通りをじっと見ていた。夜が果てしない長さに感じられた。そろそろ夜が明けるというころ、ネスターがようやく帰ってきた。辻馬車を降りた彼がもどかしい手つきで鍵を取り出した。いつもと同じように酔っている。

窓に背を向け、アナは暗い部屋にたたずんだまま、ネスターが階段をのぼってくる重い足音に耳をすませた。彼が部屋の前を通り過ぎたとき、扉の下からもれているぼんやりとした明かりが一瞬揺らいだ。まもなく彼が廊下のはるか先、突き当たりに位置する彼の寝室に入っていく音がした。

夫婦は新婚旅行以来、本来ならば使うべき続き部屋を使ってはいなかった。結婚当時は全身全霊を捧げて彼を愛していた。彼が自分を忌み嫌っていることに気づいたのはだいぶ経ってからだ。

ガウンの襟をぎゅっと握りしめ、彼にひとこと言ってこなければ、と自分に言い聞かせた。本当のことを知らせておかなければ。

蠟燭に火をともして扉を開け、長く仄暗い廊下を進んでネスターの寝室の扉の前に立った。彼が動きまわったり着替えたりする気配が部屋の中から伝わってくる。アナは神経をぴりぴりさせながら二度ノックした。

室内がいきなりしんとなり、しばらくしてネスターが扉を開いた。

「いったい全体、なんのご用ですか?」いかにも酔っていますと言わんばかりのねっとりとした口調だ。

「今日、カリスタ・ラングリーに通りで声をかけられたの」

ネスターがあぜんとなり、数秒間、ただじっとアナを見た。「いったいなんの話だ?」

「彼女、ひとりではなかったわ。ミスター・ヘイスティングズという小説家がいっしょにいたの」

「ラングリーとヘイスティングズがきみから何を聞き出したがったんだ?」ネスターはやんわりとだが怒りを放っていた。

「さあ、それはよくわからないわ」アナはそう言いながら、一歩後ろへ引いた。「ミス・ラングリーはわたしと話がしたいって言ったの。もちろん、わたしは断ったわ。だって、これまで会ったこともない人ですもの。すぐに馬車に乗ってここに帰ってきたの」

「ちくしょう、いったいなんだって」

「ネスター、お願い、教えて。これ、どういうことなの? あなたいったい何をしたの?」

「さっさと部屋に戻って寝ろ、このくそ女。わかってないのか？　おれはきみの顔を見たくない。我慢ならないんだ。この結婚はおれの人生最大の誤りだったんだよ」

ネスターがばたんと音を立てて扉を閉めた。

アナは少しのあいだ廊下に突っ立ったままでいたあと、ゆっくりと自室に引き返した。

もはや現実から逃れることはできない。彼女を抹殺する手段を模索しているネスターから身を守ってくれるのが、父親の遺言書の条件だけということに気づいたのは数カ月前だが、もはや紙切れ一枚の防御にたよりつづけるわけにはいかないと気づいた。今夜のネスターの目はこれまでとは違った。残忍きわまる目。こうして女相続人をひとり見つけたのだから、またつぎを見つけることもできるさ、と自分に言い聞かせているようだった。

なんとしてでも逃れなくては。

52

「おめでとう」ユードラが言った。「今回のサロンも大成功よ。写真術に関する講演は情報がぎっしり詰まっていたし、ほら、見てごらんなさい、会員たちはみんな楽しそう。ミセス・サイクスのいれた紅茶がまた最高においしいのよ」

カリスタは人が群がる室内を見わたし、その雰囲気のよさがうれしかった。たしかにみな生き生きと明るい表情だし、会話がはずんでいる。写真術の講演が、誰もが熱心に語れる話題を提供したのだろう。みな、小さなケーキを頬張り、レモネードや紅茶を飲みながら楽しいひとときを過ごしていた。

「サロンがうまくいったときは本当にうれしいわ。でも、毎回そうとはかぎらないから。次回は、会員それぞれの興味のある分野に注目して、あなたの相互参照の手法を用いてみようと思うの。より科学的にぴったりのお相手と引きあわせたいのよ。それだけじゃなく、気質で分類してみる必要もあるかもしれないわね」

「気質を分類して組みあわせるとなるとむずかしいかもしれないと思わない？　会員の気質

を大まかに定義することはできるとしても――内向的か外向的か、みたいに――それだけでぴったりの相手を探せるほど、その人の人となりがわかるとは思えないわ」

「たしかにあなたの言うとおりだわ。このサロンで出会って結婚した人たちを見ていて、驚くことがしょっちゅうなの。理想の組み合わせは必ずしも予想どおりというわけではないのよ」カリスタは、こちらへ近づいてくる見るからに真面目そうな三十代の紳士に目をやり、微笑んだ。「でも、あなたとミスター・テイズウェルが意気投合しているのを見ても、ちっとも驚かないわ。とってもうれしいことよ」

エドワード・テイズウェルが大きな手にレモネードのグラスを持ち、人をかき分けて近づいてくるのを見たユードラの表情がぱっと華やいだ。

「ミスター・テイズウェル」カリスタがよどみなく声をかけた。「今日はサロンにご参加いただき、ありがとうございます。講演は楽しんでいただけましたでしょうか？」

「引きこまれましたよ」そう答えながらも、彼の視線はユードラに向けられていた。「レモネードを持ってきましたよ、ミス・ヘイスティングズ」

「ありがとうございます」ユードラがグラスを受け取った。「なんておやさしいの」

「写真術を応用して、いろいろな出来事を動きとして記録するという可能性に大いに興味をそそられましたね。今のところはまだ、たしかに過程が煩わしい。だが、連続したスチール写真を撮影し、それを回転するガラス板に焼きつければいいんです。目の前の動きを記録する写真機の応用をいろいろ考えてみようじゃありませんか」

「わたし、そういう写真機の利用方法をいくつか考えてみたことがあるの」ユードラが言った。「とくに娯楽の分野ね。舞台で演じられるお芝居を撮影しておけば、あとから何度も繰り返して見られるわ」

「なんて素晴らしい発想なんだ」ミスター・テイズウェルが感嘆の声を上げた。「庭に出て、少し散歩をしませんか？　歩きながらその話、もっと細かいところまで考えたいな」

「喜んで」ユードラが応じた。

ミスター・テイズウェルがユードラの腕を取る。「あなたの頭の中はいつも、創造的な発想でいっぱいなんですね、ミス・ヘイスティングズ。刺激されます」

ユードラは満面の笑みを浮かべたが、そこでちょっと問いかけるような顔をカリスタに向けた。「失礼してもよろしいかしら？　もしここで接客のお手伝いをしていたほうがいいなら、そうおっしゃって」

「さ、いらして。大丈夫よ、ここはわたしひとりで」カリスタが笑いかけた。「知っていると思うけれど、これがはじめてのお集まりってわけじゃないんですもの。庭園散歩を楽しんでらっしゃいな」

ユードラがにこりとし、片目をつぶった。「ええ、そうさせていただくわ」

カリスタは開け放したフランス窓から庭に出ていく二人の後ろ姿を見守った。お似合いだわ、と思いながら。あとはユードラが、自分がいなくてもトレントは身の回りのことをうまくやっていけるとの確信をもってさえくれたら。だがそれも、今夜、彼がケタリング邸への侵入計画を実行して、逮捕されたり殺害されたりしなければの話である。

今、トレントはアンドルーと屋敷の奥まったところにある小ぶりな居間で密談中だった。今夜の冒険とも言える計画の戦略を練っているのだ。カリスタはごく大まかな概略しか聞かされていない。声をひそめての密談では、アンドルーが屋敷の外の通りでずっと見張り、トレントが中にいるときに誰かが帰ってくるのを見たら、辻馬車を呼ぶ笛を二度鳴らすということになったそうだ。

ミセス・サイクスが心配そうな表情をうかべながら、人のあいだをぬって近づいてきた。

「失礼します、お嬢さま。ただいまミセス・ケタリングがお見えになりましたが」

「えっ？　彼女ひとりで？」

「はい。表に馬車を待たせていらっしゃいます。馬車の前には荷物が何個か縛りつけてありますが、ほかに誰かが乗っているようすはございません。ミセス・ケタリングがおっしゃるには、お嬢さまにお伝えしたいとても重大な情報がおありだとか。なんだか神経をぴりぴりさせていらっしゃるようです。とにかく大至急、お嬢さまと二人きりでお話しなさりたいそうです」

「彼女、今、どこに？」

「お嬢さまの書斎にお通ししておきました」

「すぐに行くわ。サロンのお客さまは楽しんでくださってるから大丈夫。ミスター・ヘイスティングズにミセス・ケタリングがここにいらしたことをお知らせしてちょうだい。アンドルーといっしょに居間にいらっしゃるから」

「かしこまりました、お嬢さま」

カリスタはこっそりと廊下に出て、書斎へと急いだ。扉は閉じていた。それを開けると、アナ・ケタリングが窓辺にたたずみ、庭園を見つめていた。黒っぽい旅行用のドレスにベールのついた帽子をかぶっている。

扉が開いた音に気づいたアナが素早く振り返ったが、その仕種はまるで驚いた鹿のようだった。

「ミス・ラングリー」アナのか細い声からは震えが聞きとれた。

「どうも」

「お邪魔してごめんなさい」アナがベールを帽子の縁の上に押しあげると、緊張で引きつった顔がのぞいた。「お客さまが見えているとは知らなかったもので」

「かまいませんわ、ミセス・ケタリング」カリスタは室内に二歩進んだが、扉は開けたままにしておいた。まもなくトレントが来てくれるはずだ。「どうぞおかけになって」

「いいえ、けっこうです。すぐに失礼しなくてはならないの。これからロンドンを出るところで、ここに数分寄るだけでもすごく危険なほどで」

「どうかなさいました？」

「昨日、あなたに通りで声をかけられたとき、わたし、もうすっかりあわててしまって。じつはこの数カ月間、毎日が悪夢のようだったの。でも、わたし、自分の想像力が邪悪な空想をつくりあげているんだと自分を納得させてきたんです。それでもあなたに身の危険が迫っているかもしれないと言われたら、現実をこれ以上無視することができなくなってしまって」

「現実とはいったいどういうことかしら？」カリスタは訊いた。

アナが鋭く息を吸いこみ、しばらくじっと目を閉じた。そして再び目を開けたとき、その目は恐怖で翳っていた。

「こんなこと、声に出して言うのは怖いけれど、でも、本当なんです。ネスターは……正気を失っているんだと思います」

扉のあたりで何かがかすかに動く気配を感じて振り向くと、トレントが書斎に入ってきたところだった。彼を見て、また不安げな表情をのぞかせるアナ。トレントはアナをじっと見たまま、目をそらすことなく扉をそっと閉めた。

「ミセス・ケタリング」トレントが言った。

アナがいかにも不安そうにカリスタをちらっと見た。

「大丈夫よ」カリスタは言った。「ミスター・ヘイスティングズはわたしのお友だちですから」

「そうなんですね」アナが言った。「あなたには守ってくださる男性がいらしてよかったわ。ほかの方はそんなふうに恵まれてはいなかったようだから」

「ほかの方というのは?」カリスタが訊いた。

「ミス・ダンスフォース、ミス・フォーサイス、ミス・タウンゼンド」アナの下唇が震えている。「わたし、彼女たちの名前を知っているんです。どんなお顔だったのかも。写真を見ましたから」

「どういう写真ですか?」トレントが訊いた。

「肖像写真がつねにあるんです」アナが小声で答えた。涙が頬を伝う。「ネスターは鍵をかけた部屋に収集品を保管しています。収集品としか呼びようがないものを。二カ月か三カ月ごとにその写真が新しいものに代わるようです」

「ミセス・ケタリング――」カリスタが話しはじめた。

「わたし、彼女たちは夫の情婦なんだと自分に言い聞かせました」アナがカリスタをさえぎった。「最初の写真を見つけたときは何週間も毎晩泣き寝入りしました。わたし、なんて愚かな女なんでしょうね。彼がわたしを心から愛してくれていると信じて結婚したんですから」

「その女性たちはご主人の情婦ではないかもしれないと思いはじめたのはいつですか？」カリスタが質問を投げた。

「夫の情婦だったことは間違いないと思います。少なくとも一時期は。でも、どの女性の身にも何か恐ろしいことが起きたのかもしれないと思うようになりました。でも、どうしても現実を認めることができなくて。とにかく怖かったんです。それでも昨日、あなたに声をかけていただいて、これ以上もう自分をだますことはできないと気づきました。おわかりでしょうけれど、わたし、あなたが誰だかわかっていたんです」

「どういう意味でしょう？」

「あの恐ろしい部屋の壁に今掛かっているのはあなたの写真なんですよ、ミス・ラングリー。あなたがもっとずっと若いとき――たぶん十六か十七の少女のとき――の写真。それでもわたしがあなただとわかったのは、葬儀の案内にあなたの名前が書かれていたからなんです」

カリスタは大きく息を吸いこんだ。「そうだったのね」

「で、正確には、何が起きているんだと思いますか、ミセス・ケタリング？」トレントが踏みこんで訊いた。

「はっきりとはわかりません」アナが目をそらし、庭園に目を向けた。「でも、写真に加えて、葬儀の案内があるんです」

言葉が震えていたかと思うと、それが全身に伝わっていき、手袋におおわれた手が震えているのが見てとれた。

「さっきおっしゃった収集品というのはなんですか？」トレントが食いさがる。

「最初はいつも、メメント・モリの品がいくつかあります」アナは自分の手に目を落とし、それが震えていることにさも驚いたかのように、ぎゅっと小さなこぶしを握った。「優雅な葬儀のために買い求めるような品物です。ティア・キャッチャー。黒玉と水晶の指輪。長い鎖がついた鐘。どれにも頭文字が刻まれています。そして、五、六週間のうちにそれがひとつ、またひとつ、と消えていき、最後には肖像写真もなくなります。そのとき、葬儀の案内に死亡の日付が書きこまれるんです。その数週間後、壁にまたべつの写真が飾られ、メメント・モリの品々も新しいものが置かれます」

「そうしたことをすべて、あなたはどうやって知ったんですか、ミセス・ケタリング？」カリスタが訊いた。

「夫に内緒で屋敷の四階にある鍵のかかった部屋に入ったからです。ネスターには、けっして入るな、ときつく命じられていました。メイドが掃除に入ることも禁じているほどです。あそこは暗室として使っているから、中に危険な化学物質がいろいろあるとか言って。でも、わたしは夫が鍵をどこにしまっているのかを知っているので、夫が留守で使用人も近くにはいないときを見はからってはときどき……こっそり入っていたんです」

「それで、どんな結論に達しましたか、ミセス・ケタリング？」カリスタが訊いた。

アナはしばし目を閉じ、気持ちを落ち着けた。そして顔を上げてカリスタを見たとき、アナの目はまったくの無表情だった。

「さっきも言いましたが、夫は正気ではありません。鍵のかかったあの部屋の壁に写真が掛けられた女性たちを殺していたようです。昨日、あなたに声をかけていただいて、わたしは気づきました。逃げなくては、と。ですが、あなたに警告せずにロンドンを離れることはできませんでした。わたしにできるせめてものことですから。警察には行けません。たとえわたしの言うことが信じてもらえたとしても、証拠が何もありませんから」

「その鍵のかかった部屋の中にあるものはどうかしら？　証拠になると思うけれど」カリスタは言った。

アナがかぶりを振った。「もし警察に訊かれたら、ネスターは少々おかしな趣味をもっていると答えるでしょう。そうすれば警察は彼の言うことを真に受けるはずです」

「あなたはどこへ行くつもりですか？」トレントが訊いた。

アナはトレントを見た。「ネスターには、田舎の屋敷に行ってたっぷり休養をとってきます、と書き置きを残してきました。ですが、無事にロンドンを離れたら、御者に最初に通りかかった鉄道の駅で馬車を停めるように言い、そこからどこか遠い遠いところへ行くつもりです。わたしがどこへ行ったのか、誰にも知られないところへ。そうするほかに希望は見いだせません。もし夫に、彼が……彼がしていたことに気づいたことを知られたら、あるいは今日こちらに警告のために立ち寄ったことを知られたら、わたしの命が危険にさらされます。わたしがこうしてまだ生きている理由はたったひとつしかないんです」

「なんのこと？」カリスタが訊いた。

「わたしの結婚相手がどういう男なのか、わたしは父が見抜いていたとは思わなかったけれど、父はネスターについていろいろ心配していたみたいなの。だから生前に、わたしが結婚してもしっかり守られるような策を講じてくれていたのよ。つまり、わたしが相続する遺産に関して、とても慎重な条件を遺言書に加えたの。もしわたしの身に何かが起きたら、お金はすべてカナダに住む遠縁の者に行くことになるの。最近になってわたし、わたしを生かしているのは唯一この条件があるからだと思いはじめたんです」

「あなたはどこかへ身をひそめるつもりなんですか？」トレントが訊いた。

「はい。それ以外にどうしたらいいのかわからないので」

「あなたはとても勇気があるわ、ミセス・ケタリング」カリスタが言った。

「とんでもありません。どこかに身をひそめるという決心が勇気ある行動だなんて。じつを言えば、怯えています。でも、あの屋敷ではもうひと晩たりとも怖くて暮らせません――もうこれ以上現実を否定できなくなった今は無理なんです」

「ご主人は今日はどちらに？」トレントが尋ねた。

「さあ、存じません。いつものように朝食後に出かけて、まだ戻ってはおりません。たぶん、いつもの倶楽部ではないでしょうか。もうだいぶ前から、夫はわたしの居場所など気にかけなくなっています。わたしの姿を見るだけで我慢ならないそうですから」

カリスタは思わず一歩前に進み出た。「何かお手伝いできることはありませんか、ミセス・ケタリング？」

「ありがとうございます。でも、あなたのお力を借りるわけにはいきませんわ、ミス・ラングリー。とにかく、姿を消さなければならないのです。では、これで失礼いたします。御者がどうしてこんなに遅いのか訝ると面倒ですから。ただ、お友だちにお別れの挨拶をしてくるとだけ言ってきたもので」

アナが扉に向かって歩きだした。トレントはしばしためらったのち、しぶしぶ脇へどいた。アナのために扉を開けながら、カリスタのほうを見る。

「ミセス・ケタリングを馬車まで送ってくるよ」

カリスタがうなずいた。「ええ、お願い」

しばらくして戻ってきたトレントの顔にはなんとも険しいしわが刻まれていた。書斎に入って、すぐに扉を閉めた。

「何かもっとわかったことがあって？」カリスタは訊いた。「馬車まで付き添ったのはそのためでしょう？」

「われわれの計画に変更はないが、ミセス・ケタリングが不在となると、これがいくぶん簡単になる。ぼくが屋敷の中を調べるあいだ、外にいるアンドルーが見張るのは帰宅するケタリングと使用人だけですむ。運がよけりゃ、ケタリングはいつもどおり、明け方まで外にいるかもしれないし」

「アナ・ケタリングが言ったことを聞いたでしょう。あの屋敷の中に証拠となるものは何もないのよ」

「ミセス・ケタリングが見ても証拠物件だとはわからないものもあるはずさ。警察の目のつけどころは違うかもしれない」

「あの人、かわいそうだわ。こんな状況になって神経がまいってしまっているのよ。人殺しかもしれないと思えてきた夫と、昼も夜もひとつ屋根の下に暮らしている気持ちがどんなか想像してみて」

53

大きなタウンハウス内部の暗闇は圧倒的だったが、完全な闇ではなかった。明かりを抑えたランプが進路に置かれたものを形がわかる程度に照らし出している。

トレントは厨房の外の廊下にしばらくじっと立っていた。使用人は今日の午後から夜は休みだ。ネスター・ケタリングの気配はいっさいない。たとえ妻が姿を消しても、ケタリングはやはりいつもどおりの夜の日課を実行している。運がよければ、明け方まで戻ってはこないだろう。

邸内には重苦しい空虚感がただよっていた。誰もいないことにほっとし、廊下をゆっくりと進んだ。最終目標はアナ・ケタリングが話していた鍵のかかった部屋だが、証拠になるかもしれないものを見逃したくはないからだ。

書斎の机には少し時間をかけた。手紙のたぐいや事業関連の記録にとくに問題がありそうには見えない——どこの裕福な住宅所有者の机の抽斗にもたまっていそうな書類ばかりだ。革装丁の家計簿をぱらぱらと繰ってみた。個人の財務記録からは必ず秘密が見つかるものだが、それを探し出すには時間がかかる。

家計簿を抽斗に戻して、寝室のある二階へと上がった。使っている気配がある部屋は二室しかない。

アナの部屋には空っぽの抽斗やらほぼ空っぽの衣装戸棚やらが目立つ。荷造りの際にできるかぎり多くのものを詰めこんだのは明らかだ。

ネスターの寝室は廊下の突き当たりにあった。衣装戸棚と書き物机の中を物色したが、証拠らしきものは何も見つからなかった。

隣りあう控えの間もざっと見てみようと思い、一歩中に入ったとき、足がぴたりと止まった。絨毯に大きくどす黒いしみがついていたのだ。

血だ。それも大量の。だが、死体はない。

寝室をあとに階段をのぼって四階まで行き、部屋を探した。ふつうならば使用人に割り当てられる部屋だが、ほとんどは使われていない。住み込みの使用人は地階の部屋で寝起きしているようだ。

廊下の突き当たりの部屋に鍵がかかっていた。

トレントは錠前破りの道具を取り出して扉を開けた。中からおどろおどろしい空気がただよってくると、うなじの毛がざわざわと逆立った。死は特別なにおいを放つものなのだ。

このうえなく陰気な部屋に用心しながら入っていき、ランプを見つけて、火をともした。

ネスター・ケタリングの死体が床に転がっていた。いくつかの疑問に対する答えが用意されている、とトレントは思った。ケタリングはこめかみを撃ち抜いて死んだ。銃は右手の近く、絨毯の上にあった。

葬儀の案内が壁に掛かっている。死者の名が書かれていた。カリスタ・ラングリー。死亡の日付はまだ書きこまれてはいない。

写真もあった。アナの言ったとおりだ。誰かが鋏を使って、ラングリー一家の家族写真からカリスタ以外の人物を切り落としたらしい。

トレントは室内を注意深く見まわしたあと、急いで階段を下りた。書斎に戻って、家計簿を手に取った。この先もう、ネスター・ケタリングがこれを必要とすることはなくなった。

54

「あの男を殺したのは彼女だと思う?」カリスタが問いかけた。

「そうだとしても、彼女を責めるわけにはいかないわ」ユードラが言った。

四人——アンドルー、トレント、ユードラ、そしてカリスタ——がまた読書室に集まっていた。

「アナ・ケタリングが夫の死にかかわっている可能性はきわめて高いと思うが」トレントが言った。「誰が手伝ったかという疑問が生じる」

「どういうこと？」カリスタが訊いた。

「ケタリングが撃たれたのはあの部屋じゃない。確信がある。もしそうだとしたら、もっと大量の血が残っているはずだ。おそらくは彼の寝室に隣接する控えの間で殺されて、階段をのぼらなければならないあの部屋に運ばれた。アナは小柄な女性だ。死体を引きずって廊下を移動するくらいはできるかもしれないが、上の階に運ぶことができるはずがない」トレントが説明した。

「そのとおりです」アンドルーが言った。「誰かに手伝ってもらわなければ無理だ。もしかしたら、使用人のひとりを説得して手伝わせたのかもしれない。使用人なら、彼女が夫を恐れていたことを知っていたはずだからね」

「この事件、恋人がからんでいるのかもしれないわ」ユードラが考えを静かに口にした。「アナ・ケタリングは少し前から明らかに、ひとりぼっちで怯えていた。ということは、誰かと恋愛関係になったと考えられるわよね」

三人が一斉にユードラを見た。

「たしかにそうね」カリスタが言った。アナ・ケタリングの印象について考えをめぐらした。「わたしたちも知っているとおり、彼女は夫を恐れていた。そこで、思いつくことができた唯一の手段で脱出を図る。彼女、あるいは恋人がネスターを射殺して、自殺に見せかけようとした。そのあと、殺人罪に問われるのを恐れて、ロンドンから逃げ出した」

「可能性はある」トレントが炉棚のへりをぎゅっとつかみ、暖炉の炎に目を凝らした。「その物語は理にかなっている。とはいえ、あの現場の状況では警察は自殺と判断するはずだ。そうでない場合もいちおう疑ってはみるだろうが、おそらくまともな捜査はおこなわないと思う」

「ケタリングがどうやって死んだのかは、じつのところ、どうでもいいと思うの」ユードラが言った。「肝心なのは、彼が死んだということよね」

トレントがユードラに向けた視線は険しかった。「どうでもよくなどないだろう。答えはすべて必要だ」

ユードラはトレントの差し迫った口調にはっとした。「ええ、それはそうだけど」

「あなたのおっしゃるとおりです、ミスター・ヘイスティングズ」アンドルーが言った。「なんとしてでもナイフを使う男の正体を突き止めなければ」

「そう、あの男がこの物語のどこにぴたりと当てはまるのか、それを暴かないことには一件落着とはいかない」トレントが言った。

「これまでにわかっているのは、正気を失ったナイフの男が一見紳士だということね」カリスタがゆっくりと言った。「そして、ジョナサン・ペルによれば、ロンドンの犯罪王は誰ひとりとして彼を配下に抱えてはいないということ」

ユードラがカリスタを見た。「何を考えているの？」

カリスタはトレントがケタリング邸から持ち帰った家計簿を見ていた。「ふと思ったんだけれど、もしナイフの男がケタリングの手先だとしたら、ケタリングはあの男に定期的にお金を払っていた可能性が高いわ——あの上等な服を見るかぎり、たいそう気前よく。だとすれば、この家計簿に支払いの記録が記されているんじゃないかしら」

アンドルーがにやりとした。「クライヴ・ストーンが言いそうだな。カネは殺しに似ている——あとに必ずしみを残す」

トレントが机の後ろ側に回った。「クライヴ・ストーンはこうも言うはずだ。家計ほど家庭内の事情を如実に照らし出すものはない、とも」

「たしかにそのとおりだけれど」ユードラが同調した。「その家計簿なら朝まで待ってくれるわ」

「きみたちはもう寝なさい」トレントが家計簿を開きかけた。「ぼくは寝る前にこいつにざっと目を通しておこうと思う」

誰ひとり腰を上げようとはしない。みな無言のまま紅茶を飲んでいる。その結果、しばらくしてトレントが家計簿から顔を上げたとき、まだ全員が読書室にとどまっていた。

「くそっ」トレントが悪態をつく。「そうか。もっと早くからこの切り口に気づいていればなあ」

アンドルーが期待をこめてトレントをじっと見ている。「その切り口とは？」

「霊媒だよ。最近はフローレンス・タップという霊媒を贔屓《ひいき》にしている。どうやらごく最近も会いにいっているようだ。降霊会の参加費用が記載されている」

「前に話しましたよね。アナ・ケタリングは定期的に降霊会に通っていました」アンドルーが言った。「フローレンス・タップになぜ関心が？」

「霊媒なんてみんなインチキ、とんだ食わせ者だわ」カリスタが指摘した。

「そのとおり」トレントが言った。「つまり、人気のある霊媒の大半は客が抱えている事情を探ることに非常に長けているということだ。となれば、死者の霊を呼び出すことができるという女以上にアナ・ケタリングと彼女を悩ませている問題について知っている人間はまずいないはずだ」

55

「ミセス・ケタリングはお父さまとの交信を望んでおられました。一年前に他界なさったお父さまです」フローレンス・タップはトレントが手わたしたお金の入った封筒にちらっと目をやった。「お父さまにとてもかわいがられていらしたみたいですね。お母さまはお産のときに亡くなられたとか」

カリスタはフローレンス・タップに不思議なほど興味をそそられている自分に気づいた。招き入れられた家はこぢんまりとはしているが心地よさそうで、案内されたのは薄暗い客間だった。重厚なカーテンが午後の陽光を遮断している。

家具調度は部屋のわりに大きくがっしりとしている。降霊会の際に頃合いを見はからって聞こえるあの世からのコツコツという何かを叩く音やチャイムやうめき声を担当する助手のひとりや二人を隠せるように設計されていることは疑いの余地もない。部屋の脇に黒い布を掛けたテーブルがあり、その中央に火はともされていない手提げランプが置かれている。

フローレンス・タップは二十代後半の美女で、豊かな金髪がさらさらと背中まで垂れている。極彩色のしなやかな素材を使った異国風なドレスを身に着け、頭にはターバンを思わせる帽子をかぶっていた。首の周りには色鮮やかな柄のスカーフが垂れている。耳から下がった大きな耳飾りは、手首に幾重にも重ねた腕輪とそろいのものだ。指輪はほぼ全部の指で光っている。

こんなけばけばしいなりをし、髪を結ってもいない女に上流社会はすぐさま非難を浴びせそうなものだが、霊媒は例外だった。死者の霊を呼び寄せることができる超能力をそなえた者なのだから、服装のみならず私生活においても風変わりな言動が期待されているようなのだ。

霊を呼び出す能力をそなえた霊媒は、男性客が特別料金を支払えば、個人降霊会という二人だけの降霊会を開くのは珍しいことではない。過去数年間にわたり、新聞はそうした秘密の降霊会でいったいどんな霊に刺激されて何が起きているのかについて何度となく憶測記事を掲載してきたが、どんなにそのいかがわしさを報じようと、大衆のあいだに根強く広がった降霊会人気は一向に衰える気配がない。結果的に降霊会商売は繁盛しつづけ、人気のある霊媒の多くは女性だ。降霊会の主催者は女性にも道が開かれた、数少ない一目置かれる職業なのである。

「ミセス・ケタリングが父親との交信を試みているのはなぜか、わかりますか?」トレントが質問した。

「はっきりとは申しあげられませんが」フローレンスは指輪がきらきら光る手を曖昧な仕種で振った。「この仕事をしていますと、愛していた人たちとどうしても話がしたいと切望する参加者をたくさん見てきました。そうした方々はふつう三つの分類のどこかに当てはまります。行方不明の遺言書やどこかに消えた貴重品のありかを探している人。大好きだった人を失った悲しみを和らげたい人。恋人やお金のことで助言が欲しい人」

「ミセス・ケタリングはそのどれに当てはまるんですか？」カリスタが訊いた。

「それが奇妙なことに、なぜ彼女がお父さまとお話しなさりたいのかがよくわからなくて。最初のうちは悲しみが動機だと思いました。わたしがお父さまの霊を呼び出すことに成功すると、お父さまはあの世で心安らかだと伝えてらっしゃいましたが、彼女はそれでは満足しませんでした」

「お父さまはそれをどう伝えてきたんですか？」

「よくある形ででしたわ」フローレンスが言った。「テーブルがしばらく宙に浮いて、戸棚の中からコツコツと何かを叩く音が聞こえました。わたしはその音を通訳できるんです。それから、もちろん、チャイムの音も」

「チャイム、ですか？」カリスタが訊き返した。

「音楽は、霊がベールの向こう側から何かを伝えようとするときに使うことができる手段のひとつですから」

「そうですか」カリスタが言った。

「ミセス・ケタリングは満足しなかったということですが」トレントがその先を促した。

「最初のうちは、交信がうまくいったことに大いにほっとしたようでしたが、すぐにお父さまに助けを求めはじめました。でも、現世と来世を隔てているベールはとてもはかないものです。その夜はミセス・ケタリングのお父さまがお返事をくださる前に外部からの力が働いて損なわれ、交信はそこで断たれました」

「ミセス・ケタリングはそのあともまたここに?」カリスタが訊いた。

「個人降霊会をお勧めしまして」フローレンスが答える。「明日の夜に予約を入れました。ところで、なぜミセス・ケタリングにそれほど関心をおもちでいらっしゃるんですか?」

「ミスター・ヘイスティングズは今、新作執筆のための取材をしておりまして。事件の謎を解き明かす霊媒が登場する作品なんです」カリスタが言った。

トレントはカリスタをちらっと見て、眉をわずかに吊りあげた。感心してくれたようだ。カリスタも気転のきいた返答にわれながら感心していた。

「まあ、なんて素晴らしい設定なんでしょう」フローレンスがトレントを見た。「こんなことをうかがっては失礼でしょうが、ひょっとしてミス・ウィルヘルミナ・プレストンがじつは超能力の持ち主だとか?」

「物語の展開を明かすわけにはいかないものでね」トレントがはぐらかす。

「それはしかたありませんわ」フローレンスがトレントに向けた笑みは、身につけた宝石に負けないくらいきらきらと輝いていた。「でも、その設定は物語にわくわくするようなひねりを加えることになりそうですわね」

「ええ、それはもちろん」トレントはそう答えながら、室内を好奇の目で見まわした。「もしウィルヘルミナ・プレストンを霊媒にするならば、細部まで正確に書けるように手を尽くさないことには。きちんとメモを取っておいてくれたまえ、ミス・ラングリー。浮揚するテーブル。霊がコツコツと何かを叩く音。そしてチャイム。全部忘れずに」

カリスタが辛辣な目でトレントを見たが、トレントはそれには気づかないようだった。

「はい、ミスター・ヘイスティングズ」冷ややかな口調で答える。「必要なことは細部まですべて書き留めました」

「霊魂の顕現についてもお忘れなく」フローレンスが付け加えた。

カリスタはフローレンスを見た。「霊魂の顕現?」

「ええ、それがわたしの特徴とでも言いましょうか、たくさんの方がこちらにいらしてくださるのはそのためですから。わたしは誘導霊を顕現させることができるんです。古代エジプトの王女の霊です」

「でしたら、アナ・ケタリングの今は亡きお父さまの霊も出現させることができると思いませんか?」カリスタが訊いた。

「ええ、たぶん」フローレンスが答えた。「ですが、お父さまが生前の姿のままとはかぎりません。ご存じでしょうが、霊魂の世界では肉体は変化します」

「ま、驚くには当たりませんね」カリスタが言った。

メモ帳と鉛筆を鞄に放りこみ、留め金をパチンと留めた。

フローレンスがトレントを見た。「あなたのお役に立てるなんて光栄ですわ。でも、もっといろいろお知りになりたいのなら個人降霊会はいかがでしょうか？　喜んでお引き受けいたしますわ」

「残念ですが」カリスタがきっぱりと言った。すっくと立ちあがり、鞄を持った。「ミスター・ヘイスティングズはご多忙ですので、個人降霊会の予定を入れるわけにはまいりません。締め切りがございますから」

トレントの目からは内心おもしろがっているようすがちらっとうかがえたが、彼は何も言わなかった。無言のまま、とりたてて急ぐふうでもなく腰を上げる。

「そうですか」フローレンスはがっかりしながらも、すんなりあきらめたように見えた。「しかたありませんわね。でも、わたし、あなたがたがなぜミセス・ケタリングにそれほど関心をおもちなのかをどうしても知りたいんです」

「登場人物の性格付けですね」トレントが言った。「降霊会に参加する人の典型のような気がしましてね。物語の中にひとりか二人、そういう人が必要なので、詳しいことを正確に知りたかったんですよ」

「まあ、ミセス・ケタリングは典型とは言えませんよ。とんでもない」

トレントに動じる気配はない。

「ミセス・ケタリングは典型ではないんですか。どうしてそう思うんですか？」と質問を投げる。

「さっき申しましたように、降霊会の参加者は三つの分類のどこかひとつに当てはまるのがふつうです」フローレンスが説明をはじめた。「ところが、ミセス・ケタリングは第四の分類に属する人なのかもしれません。なぜあれほどお父さまとお話をなさりたいのかがわからないからですが、とにかく必死だということだけは断言できます。じつのところ、アナ・ケタリングはひどく怯えています。おそらくお父さまがご自分を救ってくださると信じていらっしゃるんでしょうね」

「救うというと何から？」カリスタはおそるおそる訊いた。

「さあ、わかりません。ですが、わたしは恐慌をきたしている女性を見れば、それとわかります。彼女は明らかに、ひとりになることを恐れています。降霊会にもどなたかが彼女を送ってらして、外で待っていますからね」

カリスタはそれを聞いてぎくりとし、動こうにも動けなくなった。トレントもじっと動かずにいる。

「ミセス・ケタリングが降霊会に来るときは、誰かが付き添っている?」トレントが言った。なんともさりげない口調だ。登場人物の性格付けに際しての項目がまたひとつ、それに対する答えから得られるとでも考えているかのようだ。

「馬車の中にどなたかが乗っていることはたしかです。男性が。でも、家の中までは入ってらっしゃらないので、お会いしたことはありません」

「それでも、馬車の中にいるのが男性だと確信がおありなんですね?」カリスタが言った。

「ええ、間違いありませんわ。その方が馬車を降りて、彼女のために扉を開けてらっしゃいますからね。たいへん身なりのいい方で、作法も完璧。紳士ですわ」

56

「ユードラの言ったとおりだわね」カリスタが言った。「アナ・ケタリングには恋人がいるのよ。彼女を守ろうとする男性が」

トレントはそれについてしばし考えをめぐらし、構築中の物語のあらすじに新たな情報を付け足した。

「それで二、三、説明がつくことがあるな。たとえば、ケタリングの死体を屋敷のあの部屋に、彼女がどうやって運ぶことができたか」

カリスタはふうっと息を吐いた。なんだか怒っているようだ。「でも、その興味深い一点以外、霊媒から得るところはほとんどなかったわ」

トレントは馬車の座席の端っこにゆったりと腰かけ、フローレンス・タップの印象についてじっくりと考えた。「もうひとつ情報が得られたじゃないか。今日のところ、アナ・ケタリングはまだ、明日の夜の降霊会の約束を取り消してはいない」

「わたしたちに会いにきたとき、彼女、あわてふためいていたわ。急いでロンドンを離れたくて、きっと約束のことなど忘れてしまったのよ」

「そうかもしれない」

「あなた、今、何を考えているの？」カリスタが訊いた。

「ロンドンはすごく広い。資産があり、親しい友人や恋人の協力も得られる女性であれば、ロンドンのどこかに身をひそめることくらいできなくはない——少なくとも明晩の約束を果たすまでの時間であれば」

「アナ・ケタリングは本当に、あの霊媒が父親の霊と交信させてくれるものと信じていると思う？」カリスタが問いかけた。

「ミス・タップの話から察するところ、そうだろうね。アナは進んで個人降霊会の予約を取った。ということは、ちょっとした好奇心以上のものをもっている。かてて加えて、アナはひどく怯えているとも言っていた。間違いない、アナ・ケタリングは霊媒が語る物語をどこまでも信じたいんだ」

「それ、どういうことかしら？　フローレンス・タップはあなたを個人降霊会に誘おうともしたわ」

「調査だよ」トレントが言った。

「えっ？」

「きみは降霊会って商売にいささか懐疑的な感じがする？」

「そりゃあもう、あんなインチキ。あなただってわかっているくせに」

「にもかかわらず、フローレンス・タップはあの商売をなかなかうまくこなしているようだ」

カリスタがさもばかにしたように手袋をした手を振った。「手品や錯覚よ」

「それだけじゃない。考えてごらん、人気のある降霊会は物語形式で進行する。参加者が劇中で現実の役割を演じる身近な芝居の創作だ。そうした芝居を引き出すためには、霊媒は参加者に疑念や常識を巧妙に棄《す》てさせなければならない。口車に乗せて信じこませなければならないんだよ。そこでもし失敗すれば、筋書きは成立しない」

「どの降霊会の主催者のところにも、参加者が繰り返し訪れるというのが不思議でならないわ」

「きみはこの商売のきわめて重要な一面を見落としているようだ。降霊会を開くとき、霊媒は自分に有利に働く決定的な要因を握っている――つまり、参加者がそこで展開する芝居を信じたいってことだ」

「ええ、たしかにそうだわね。それじゃ、もしアナ・ケタリングが明日の夜の約束を違《たが》えないと仮定すれば、フローレンス・タップは彼女に何を明かすつもりでいるのかしら？」

「タップがミセス・ケタリングに単独での予約を取らせた目的は、たぶん彼女に関する情報をもっと入手したかったからだと思うね。ということは、その降霊会のあとならば――もしミセス・ケタリングがあそこに現われたとしたらの話だが――タップはアナ・ケタリングについて今よりずっと多くのことを知っているはずだ。そうだ、彼女がアナと会ったつぎの朝、もう一度話を聞きにいくことにしよう」

カリスタはクッションを指先で叩いていた。「結婚した男が人殺しだとミセス・ケタリングがあえて明かすとは思えないけれど、もし明かしたとしても、わたしたちの状況がどう変わるわけでもないでしょう？」

トレントは馬車の窓から通りを眺めていた。フローレンス・タップの薄暗い陰気な客間とは打って変わって、陽光が降り注ぐ気持ちのいい日だ。二人の周囲ではどす黒い謎がこじれにこじれているにもかかわらず、その瞬間のトレントはカリスタとこうして二人きりでいる単純な喜びを強烈に感じていた。大急ぎでカリスタの屋敷に戻る気にはなれなかった。屋敷に戻れば、待ち構えていたユードラとアンドルーから質問攻めにあうに決まっている。サイクス夫妻は屋敷内をあわただしく動きまわり、お茶をいれましょうか、と訊いてくる。

早い話が、クランリー館にはプライバシーというものがいっさいないのだ。

「役に立ちそうな答えをいくつか得たが、もっと情報が必要だ。ネスター・ケタリングは死んだ。その未亡人は故意に姿を消した。こうなったら、雇われた殺し屋の正体をなんとしても突き止めなければ」

「いつまでもこんなことをつづけているわけにはいかないわ」カリスタが両手をきつく組み

あわせた。「わたしたち、正気ではない男を向こうに回して危険なゲームをしているわけだけれど、その男は同じゲームを繰り返してきた達人なのよ」

「いや、彼にとって同じゲームじゃないんだよ、今回は」

「それ、どういうこと？」

「彼は狩りをすることには慣れているが、今回は狩られる立場に立たされている」

カリスタは目をきらきらさせてトレントを見つめた。「あなたにはどう感謝したらいいのかわからないわ、トレント」

「すべて取材の名の下にしていることさ。忘れちゃいないだろ？」

カリスタが微苦笑を浮かべて彼を見た。ユーモアでかわそうと、説得力に欠ける応対を試みた彼に対する精いっぱいのご褒美なのだろう。

その殺人者がもはや脅威ではなくなったとき、カリスタとの関係はどういうことになるのだろうか、とトレントは考えた。そのことについて考えるのは、これがはじめてではないが、あまり先のことを考えてもはじまらない、と自分に言い聞かせるほかなかった。

「クランリー館に急いで帰る必要はある？」トレントは訊いた。

「面談の予約などは入っていないわ、もしそういう意味なら。とりたてて差し迫った仕事もないし。たぶんユードラが今、わたしのファイルの山を前にして相互参照やら何やらの手法を編み出してくれているの」

「妹はなんでもかんでも整理整頓するのが得意だからね」

「ひとつの才能だわ」

カリスタの口調には大いなる賞賛がこもっていた。

「まあ、たしかにそうなんだが、あの子がその天賦の才をわが家で徹底的に発揮しているものでね、正直に打ち明けると、その能力に感謝するのがむずかしいこともときにはあるんだよ。ものを整理整頓して管理するあの情熱を満たすにしても、何かべつの方法を見いだしてくれたらいいのに、と願うことがよくある」

「それはつまり、彼女が結婚して、自分の家庭にそうした意識を振り向けてほしいということね」

「まあ、ありていに言えば、そういうことだね。ぼくは妹を愛してはいるが、ぼくの生活を一から十まできっちり整理整頓されると、なんだか疲れるんだよ」

このときのカリスタの笑顔は心からのものだった。「あなたの生活にもう少し自発性にまかせてもらえる部分が欲しいとおっしゃりたいのね？　意外だわ。だって、あなたは小説家でしょう。読者はあなたの作品に出てくる、男性なら誰もが望む意外性に満ちた出来事を、あなたはすべて体験しているものと思っているのよ」

「ものを書くことからは大いなる楽しみを見いだしているんだ。前にも話したが、これは一種の麻薬でね。何も書かずに一定の時間が過ぎると、いらいらして落ち着かなくなる。しかし、それはぼくの人生のほんの一面にすぎないことではあるんだ」

「すごくよくわかるわ」カリスタが素早く反応した。「ただちょっとからかっただけ。あなたが妹さんの幸せを心配しているのはわかっているわ。それに、彼女もあなたのことを心配しているのよ」

「ぼくが現状に満足していることを、あの子にわかってもらえればいいんだが」ただし、満足してはいなかった。カリスタに出会ってからはそうなのだ。そのことに気づくと同時に、閃いたことがあった。「ユードラの整理整頓癖はあらゆることにおよぶんだが、中でも温室は驚くばかりに整然としている。この時季はとくに美しい。よかったら見にこないか？　うちはクランリー館への帰り道からそうはずれてはいないし、屋内庭園の散策ほど思考を研ぎ澄ませてくれるものはほかにない」

カリスタがためらいをのぞかせると、トレントは誘いを断られるかと思い、一瞬、心臓が止まりかけた。そのときはじめて、たとえわずか数分ではあっても、自分の屋敷の中にいるカリスタを見たいと必死で願っている自分に気づいた。カリスタは彼の屋敷にしっくりくるはずだ――実際、わが家にたたずむように――との確信があった。

するとカリスタがまた笑顔を見せた。頬が美しく紅潮している。トレントの心臓がまた動きだした。

「ええ。とっても楽しそうだわ」

57

「あなたの言ったとおりだわ」カリスタは棕櫚《しゅろ》の木が並ぶ通路の途中で足を止め、ゆっくりと向きなおって温室内部の全貌を見わたした。「ここ、ユードラが起こした奇跡だわね」

鉄とガラスでつくられた温室内には、何千もの濃い緑がいかにも几帳面に配置されていた。だが、トレントが観賞したいのはカリスタだけだった。彼女に目を奪われていた。魔法をかけられたかと思うほど、目をそらせたくないのだ。

数日前、カリスタの事務所を訪ねて、はじめて顔を合わせた破壊的なあの一瞬までは、自分はもう歳で、なんに関しても自分流から逸脱することもなくなり、女性に対しても、会ったとたんにこれほど情熱的な感情を抱くことなどもうないと思っていた。女性のために冒したくなる危険のたぐいは、著者にとっても読者にとっても痛みが長くつづくことのない物語の中でせいぜい冒せばいいと思っていた。

さあ、そろそろ真剣にならなければ。

「この中全体が徹底的に整理整頓されているんだよ。薬効植物や薬草は左側。装飾用の花や灌木は右側。蔓植物は奥の菱形格子に這わせてある。棕櫚や異国風な植物は通路をつくるのに利用している」

カリスタがにこりとした。「ええ」

「気づいたと思うが、どの植物にも標識がついている。もちろん、すべて相互参照が可能だ。そして蒸留室まであるんだ。びっくりするほどの科学的な器具が並んでいるよ。弟が最新の装置を設置するのに手を貸した」

カリスタが声をあげて笑った。「妹さんを茶化しているけれど、彼女の才能を認めてもいるのね」

「うん、たしかに。でも、あの子はぼくのために才能を無駄にしている気がする」
カリスタが彼のほうへゆっくりと近づいた。「ミスター・エドワード・テイズウェルなら彼女の能力を大切にしてくれると思うわ」

「ユードラもそう言っていたよ。たしかに、彼はユードラを才気縦横だと思ってくれているし、あの子も彼の工学技術に対する知識を尊敬している。それだけじゃなく、彼は愛情あふれる献身的な父親だとも思っている」

「ええ、そうね」
「きみは彼について実際、どれくらいのことを知っているんだ、カリスタ？」
「他人について知りえることには限界があるけれど、アンドルーはほかの会員同様、彼についても調査したわ。テイズウェルは工学と数学を学んだやもめで、幼い二人の娘は彼を敬い慕っている。親としての彼の素晴らしい人格がそれでわかるわ。彼もあなたと同じように、不動産に投資していて、きわめて順調にいっているの」

「そうだったのか？　不動産投資を？」

「もしかしたら、彼と投資の話をしたいんじゃなくって？」

「うん、まあ」

「でもね、テイズウェルが本当に情熱をかたむけているのは発明なの。いろいろな種類の計算機の特許をいくつも取得しているそうよ」

トレントが不満げにつぶやいた。「どれひとつとして量産に成功して販売されているわけではないらしいが」

「ユードラは彼が時代を先取りしていると信じているわ」

「状況から察するに、妹が有利な立場に置かれているってことはなさそうだな」

カリスタが笑みを浮かべた。「ユードラとエドワード・テイズウェルが食いっぱぐれることはないわ、もしあなたがそういうことを心配しているのだとしたら。あなたは妹を永遠に守りたいんでしょうけれど、それは無理。残念ながら、幸せはいつだって危険を伴ってやってくるものなの」

温室内の脈打つような空気が彼にささやきかけた。むき出しの生命力が熱い。われを忘れさせる興奮の渦の中央にカリスタがたたずんでいる。

「ぼくはきみのおかげでその真実を発見しているところだ」トレントが言った。

カリスタが彼にさらに近づいて正面に立ち、爪先立ちになると、唇で彼の唇をかすめた。

「わたしもあなたのおかげで」

あとずさった彼女の瞳は、彼を誘うようにきらきら輝いていた。

トレントは彼女の手をつかんだ。無言のまま――今の彼に言葉などなかった――その手を引いて棕櫚の木が並ぶ通路を引き返し、温室のアーチ形の入り口を抜けると、廊下を進んだ。

階段の下まで来たところで足を止め、向きなおってカリスタを見た。

「使用人は？」カリスタが声をひそめて訊く。

「ユードラとぼくがクランリー館に滞在するあいだは暇を出した」

トレントに、いっしょに二階に行かないか、と尋ねる間も与えず、カリスタはトレントの腕の中に飛びこんでいた。彼女のキスに彼が聞きたかった答えがあった。トレントの首に両手をからめると、勢いを増していた嵐が頂点に達した。

彼女を半ば抱えるようにして階段をのぼった。あたたかい絹のような彼女の肌と彼を隔てる何枚もの布地をはがそうとしながらだから、それは苦労した。階段を三分の一ほどのぼるまでにボディスを脱がせた。ドレス全体が消えたのは中間点あたり。ペチコートと小ぶりな腰当てパッドもまもなくはずれた。どういう神の思し召しなのか、格闘を要するコルセットは着けていなかった。感謝するほかない。

そのあいだ、カリスタも手をこまぬいていたわけではなかった。彼の上着をせわしく脱がせたあとは、タイを手すりに放り投げ、つぎは彼のシャツのボタンをもどかしい手つきではずしにかかっていた。

階段をのぼりきったとき、カリスタはシュミーズとストッキングだけしか身に着けておらず、靴は階段の途中に脱ぎ捨てられていた。トレントのシャツも脱げ、ほぼ裸だった。神々しいまでの高ぶりが彼の血に火をつけた。

トレントはカリスタの手をつかみ、廊下を駆けだした。彼の寝室の入り口に達したときにはもう、二人とも声をあげて笑っていた。

彼は両手でカリスタをさっと抱きあげて、大きな四柱式ベッドへと運び、すぐさまおおいかぶさった。

「天国に落ちた気分だ」トレントがカリスタの喉もとでつぶやいた。

「えっ？」

「いや、なんでもない」

トレントはカリスタにおおいかぶさる感触にぞくぞくしながら、柔らかくすべすべした体に唇を這わせた。彼女の香りがあらゆる感覚をぼうっとさせた。

ブーツを脱ぎ、最後に一枚だけ残っていた下穿きをかなぐり捨てると、彼を待ち受けていた彼女の熱い部分に深く沈みこんだ。

カリスタはストッキングにおおわれた両脚を彼の腰にきつく回してぎゅっと引き寄せた。二度と放さないとでもいうかのように抱きつく。

やがて、カリスタが絶頂を迎えて全身を震わせた。トレントは抵抗しがたい流れに身をまかせ、一瞬、知らないところへ流されていきそうな気がした。だが、知らないところへ流されていくことなどけっしてないと気づいた。まさにここが自分のいたかった場所、いなくてはならない場所――カリスタの腕の中――なのだ。

58

しばらくののち、トレントはカリスタがもう彼に身を寄せていないことにぼんやりと気がついた。目を開けると、徐々に薄らいでいく午後の陽光が射しこむ部屋の中、ベッドのかたわらにたたずむカリスタが見えた。

「そろそろ起こそうと思っていたところよ」

「寝てなどいなかったよ。ただ体を休めていただけさ」

「もうすぐ日が暮れるわ」カリスタはペチコートの平紐を手際よく結んだ。「みんながわたしたちのことを心配しはじめるんじゃないかしら」

「くそっ」トレントがうめき、上体を起こしてベッドのへりに腰かけた。

熱情に駆られたひとときが過ぎ去ったあと、トレントは心身ともにゆったりとした解放感に浸っていたが、カリスタには逆の効果がもたらされていた。びっくりするほど活気に満ちあふれ、脱いだ衣類をつぎつぎ身に着けているのだ。

「階段から脱いだものを集めてきておいたわ」

カリスタは彼にズボンを投げてきた。トレントはそれを宙で受け止め、ポケットから懐中時計を取り出した。時刻を見て、またうめいた。

「本当だ。みんなが心配しはじめる前にクランリー館に戻らないと」

こんなときに口にしたい言葉ではなかったが、ほかにこの場に相応しい言葉も思い浮かばなかった。そこでストッキングを直すカリスタを眺めた。

きれいな脚を見ているうちに、またその気になってきたが、ぐっと自制をきかせてズボンをはいた。シャツを拾いあげて、にこりとした。

「何がおかしいの？」カリスタが訝しげに尋ねた。

「脱ぎ捨ててきたものを階段で拾い集めるきみの姿を想像してね」

「そんなところを誰にも見られなくてよかったわ。冗談じゃなく。だって、なんだかすごく……ふしだらな姿でしょう」

「それはないよ。ぼくはふしだらだなんて思わなかった」

カリスタが目を細めた。「それじゃあ、わたしを笑っていたのね」

「とんでもないよ」トレントが部屋を横切って近づき、カリスタの顎をつかむと、そっとキスをした。「階段に沿って服が落ちている光景を思い浮かべたら、おかしかっただけだ。ぼくたちの家族が見たら、びっくり仰天するにちがいない」

カリスタが、もうそれくらいにして、とでもいった目でトレントをにらんだ。「ほんと。

でも、そう言われてみれば、この屋敷に二人きりだったことに感謝しているわ」

「それはぼくもだよ」トレントがまたにこりとした。「ひとつだけ、思ったとおりだったことがある」

「なあに？」

「きみはぼくの家にすごく似合うだろうと思っていたんだ。そうしたら、ぼくのベッドにはもっと似合うこともわかった」

トレントが階段の下のほうの手すりに掛かっていたタイを手に取った。それを襟に回して結わえるあいだ、カリスタもいちばん下の段に落ちていた手袋を拾っていた。

玄関ホールに置かれた戸棚の上の鏡を通りすがりにのぞいたトレントは、自分が笑っていることに気づいた。

「トレント？」

鏡の中のカリスタと目が合った。いやに真剣な顔をしている。

「ん？」

「ユードラはあなたが初恋の人――アルシーアという名のお嬢さん――を失ったのはその傷跡のせいだと思っているわ。その失恋の痛手のせいで、あなたは結婚する気がないんだと」

トレントがくるりと振り向き、両手をカリスタの肩にしっかりとおいた。「ぼくは妹を愛してはいるが、あの子はどうもメロドラマめいたもののとらえ方をする傾向がある。ああ、たしかにぼくはアルシーアがすごく好きだった――が、本気で好きだったら、世界を見てくる、などと言ってイギリスを離れたりしなかったよ。それに、そうだね。状況が違っていたら、最終的には彼女と結婚していたかもしれない――それも、もし彼女が待っていてくれたらの話で、それについてはきわめて怪しいと思っている。それはともかく、ぼくたちの関係が終わったのは傷跡のせいじゃない」

「だとしたら、なあに？」

「ぼくの相続財産がなくなったという噂が広まったとき、アルシーアの両親は彼女をロンドンへ連れもどしたんだ。そして社交界にデビューさせると、あっと言う間に金持ちの青年と婚約した。ぼくの知るかぎり、幸せに暮らしているようだ。それを言うなら、ぼくもだが」

少なくとも今は幸せだ、とトレントは思った。

59

ユードラはマッシュポテトを上品に口に運びながら、訳知り顔でトレントとカリスタを見た。

「お二人が霊媒の話を聞きにいって、そのあといいお天気に誘われて健康的に体を動かしていたと思われるあいだ、わたしはケタリング家の家計簿の、過去六カ月分を精査していたの」

カリスタは鮭を食べることに意識を集中した。「なんて有能なのかしら、あなたって」

「ほかにこれといってすることがなかったからなの」ユードラがにっこりと微笑んだ。「喜んで。彼がミセス・フルトンの葬儀用品店で買った品物の支出も全部あそこに記されていたわ。でも、それ以外の記載事項はしごく当たり前のものばかりでね――ケタリングの財務状況を考慮すれば、どれもうなずける支出ね。あちこちの仕立て屋や何かへの支払いなどなどといった」

トレントはそうした情報について考えをめぐらしながら、鮭を食べていた。午後の寝室での出来事のせいか、食欲は旺盛だった。自分たちが巻きこまれた危険な状況にもかかわらず、皿に盛られた料理はどれもこれもおいしかった。テーブルの反対側の端にカリスタがすわっていることも無関係ではない。そこに彼女の姿が見えることにもすぐに慣れるはずだ。カリスタと目を合わせて、にこりとした。

カリスタは頬を赤らめるが、すぐまたポテトに集中した。

アンドルーはテーブルに着いた中でただひとり、今日の午後に関する当てこすりなどどこ吹く風といったふうだった。勢いよく皿の料理を片付けていく。

トレントはユードラの解説に焦点を合わせた。

「殺し屋への支払いも、仕立て屋や魚屋への支払いのあいだに記されていれば、簡単に見つけられそうな気がするんだが、雑費には入っていないのか？」

「それらしきものはなかったわ」ユードラが答えた。「でもね、ケタリングは使用人に対してはものすごくけちなくせに、妻に対してはとっても気前がよかったみたいなの。四半期ごとのお小遣いがそれはたっぷりなのよ」

カリスタが口に運びかけていたフォークを止めて、顔をしかめた。「まあ、もとをただせば、彼女のお金ですものね」

アンドルーが思案顔になった。「彼がもし財布の紐をゆるめたくなければ、そんな些細な理由で思いとどまる必要などなかったはずだ。知ってのとおり、ミセス・ケタリングの父上の遺言書は娘をある程度は守るにしても、だからと言って、日常の支出まで彼女が実際に管理しているってことではないだろうからね」

「たしかにそうだな」トレントが言った。

「そうよね」ユードラが言った。「わたしたちの母の再婚相手も、ほんの何カ月かで母の財産をみごとに使い果たしたもの」

カリスタはそれについてしばし考えた。「だとすると、ケタリングが妻に対して意外なほど気前がいいのはどういうことなの？」

「口止め料かな？」アンドルーが言った。

「それだろうな、おそらく」トレントが言った。「理由はどうあれ――おそらくただ家庭内の平和を維持したいだけだろうが――彼はアナ・ケタリングに多額の小遣いを与えていた」

カリスタは無意識のうちにフォークで皿をコツコツと叩いていた。「理由はたぶん、ほかにあったはずよ。今、ふと思ったんだけれど、四半期ごとの多額のお小遣いともなれば、広範囲にわたるさまざまな支出をおおい隠すことができるわ」

「ええ、たしかにできるわ」ユードラがとっさにフォークを置いたため、繊細な陶器の皿とぶつかって大きな音を立てた。「ケタリングがそのお小遣いを使って殺し屋を雇っていたとしたら？」

「ほう」トレントがじっくりと考えこんだ。

アンドルーも負けず劣らず真剣な面持ちで考えている。「だけど、なぜわざわざその支払いを隠したんだろう？」

「それはつまり、いざ裁判となれば、証拠として扱われる可能性があるからだろうな」トレントが言った。「もし殺し屋が捕らえられて、雇い主の名前を警察に言ったりすれば、ケタリングからの継続的な支払いの記録は致命傷になるはずだ」

「だから、殺し屋への支払いを妻のお小遣いとして隠していたというわけね？」ユードラが言った。「おもしろい仮説だわ」

「この時点では、あくまでひとつの仮説にすぎないが」

トレントは野菜をまた自分の皿に取り分けるユードラを眺めているうちに、最近、食欲が増進しているのは彼ばかりではないことに気づいた。ユードラもふだんよりかなりたっぷりと食べている。二人ともまるで冬眠から目覚めて、ついに暗い洞穴から這い出してきたようなのだ。

友人に囲まれて過ごすのはいいことだ、とトレントは思った。肉体的にも精神的にも。

「そう言えば、ほかにもうひとつ、目に留まった支出があったわ」ユードラが言った。「ケタリングはフランプトン・ストリート六番地に家を買ったの。明らかに投資よね。それなのに、店子から家賃が支払われた記録がいっさいないの。家を売った痕跡もないし」

トレント、カリスタ、アンドルーがそろってユードラを見た。ユードラの笑顔からはいささかの自己満足がうかがえた。

「その情報は隠し球だったのか？」トレントが訊いた。

「ごめんなさいね。出し惜しみしちゃった」

60

トレントとアンドルーはフランプトン・ストリートのはずれにあるこぢんまりしたパブのテーブル席にすわり、六番地の玄関を見張っていた。パブにほかの客はいなかった。髪が薄くなりかけた店主は今までのところ、見合うだけのカネを払えば、なんでも喜んでしゃべってくれた。

「ああ、六番地には下宿人がいるよ。この店に来ることはないし、昼間は外に出てくることがまずないんで、顔をよく見たことはないね。暗くなってからはときどき外出することがあるが、そういうときも裏の細い路地を通るようだ。しかし、隣人としちゃいいほうさ。六番地で面倒なことが起きたことはないからね」

「誰かが訪ねてくることは？」トレントが質問した。

「知るかぎりじゃ一度もないが」店主が踵に体重をのせて、体を小さく前後に揺らした。「今週のいつだったかなあ。店を閉めたあとのことだ。おれはこの上の階に女房といたんだよ。もう床に就いていた。すると、通りで辻馬車が停まる音がした。こんな夜遅くにご帰還とはいったい誰なんだろうと女房が知りたがってね。窓際までのぞきにいった。馬車を降りた客が六番地に入っていくのを見届けたところで、女房がおれに知らせにきた」

「訪ねてきたのは男ですか、女ですか？」

「男だよ。黒い鞄をさげていた。医者が持つようなやつだ。三十分かそこらいたな。出てきたときは心なしか急いでいたようだ。まあ、あんな遅い時間だ、無理もない」

「六番地の下宿人がなぜそんな深夜に医者を呼んだのか、それはわかりましたか？」トレントが訊いた。

「いや、それがまったく」店主はさらに何度か体を前後に揺らした。「たぶん事故か、高熱が出たか、そんなことだろうと思うね。だが、ひとつだけたしかなことがある。医者は夜中の二時に往診などしないものさ——よほどたんまり払ってくれる患者以外はな」

「なるほど」

トレントがテーブルに硬貨を何枚か置いた。店主はそれをさっと握ると、カウンターの後ろへと戻っていった。

アンドルーがトレントを見た。目をらんらんと輝かせている。

「あの男ですね。あなたをナイフで襲った男ですよ。あなたに花輪のスタンドで叩かれたあと、医者を呼んだにちがいない」

「大いにありうるな」トレントが言った。「運がよければ、今夜のうちに正体を突き止めることができそうだ」

「もし外に出てきたら、あとをつけましょうか？」

「きみは向こうに気づかれないように尾行してくれ。いいか、つねに身の安全を保てる距離をおくんだ。何しろ相手は殺し屋なんだからな、アンドルー。こっちの目的は警察に提出できる証拠を手に入れることだ。わかってるよな」

「はい、了解です」

「きみから六番地が留守になったとの連絡を受けたら、ぼくが侵入して探す」

アンドルーが抜け目なくうなずいた。「名案です。クライヴ・ストーンが実行しそうな計画ですよ」

「それはまた驚くべき偶然の一致だな」トレントが少し間をおいた。「よく聞け、アンドルー。六番地の下宿人にけっして姿を見られないように注意することはもちろんだが、万が一の場合を考えて、拳銃は忘れずに持っていけ」

「もちろんですよ。このごろはつねに持っているんです」アンドルーは外套のポケットをぽんぽんと叩いてから、真顔になった。「ちょっと質問してもいいですか？」

「質問によるな」

「こういう職業に未来はあると思いますか？」

「こういう職業とはどういう？」

「秘密調査です」

「これが職業と言えるかな？」

「ぼくは秘密調査員になりたいと思っているんです――クライヴ・ストーンのような」

トレントはゆっくりと息を吐いた。「ストーンは相談役なんだよ。忘れているかもしれないが、彼はちょっとした投資による収入を得ているから生活はかかっていない」

「不動産か。たしか不動産に投資しているんですよね」

「ぼくが言いたいのはつまり、秘密調査の仕事で生計を立てていけるとは思えないってことだ」

「ちょっと考えたんですが、もし紹介を通して仕事を受けることにすれば――これはカリスタの事業と同じ方式です――秘密厳守に対して相当な額を支払ってもいいという客を呼べるんじゃないでしょうか」

「姉上のサロンの入会希望者の身辺をひそかに調査するのと、われわれが今陥っているような状況や失踪人探しに進んでかかわっていく相談役として身を立てるのとは、話がまったくべつだからね」

「重要なのは、ぼくは秘密を暴くのが好きだということなんです」

「どう見ても危険な職業だよ。ぼくの経験からすると、誰にでも秘密はある。中にはどんなことをしてでもその秘密を守りたい者もいる。ぼくたちが今進めている調査でも、いくつの死体が出てきたかを思い出してみたまえ。そして今もぼくたちは、レディの喉を掻き切ることに喜びを見いだしているのかもしれない男の住む家から数軒しか離れていないパブにすわっている」

アンドルーは何やらしばし考えこんだ。「ぼくはカリスタが危険にさらされている事実に腹が立っています。ですが、この一件が片付いて姉の身の安全が確保されても、ぼくは秘密調査を仕事にすることを考えるんじゃないかと思うんです。経験もないわけではないし」

いくら危険だと説いたところでアンドルーを止められないことはわかった。トレントはほかの選択肢を考えてみた。たくさんあるわけではない。

「姉上がきみのその希望を認めるかどうか」思いきって言ってみた。

「成功してみせるから、と姉を説得する自信はあります。もう言いましたが、依頼人を選ぶときは慎重を期しますから」

「アンドルー、ぼくはきみの将来に口出しする立場ではないが、助言の義務はある気がしている。きみよりだいぶ年上だし、それなりの経験もある。だから聞いてもらいたいんだが――」

「ぼくの将来のことはさておいて、あなたのカリスタとの将来はどうなんですか？　そろそろあなたにこれからの計画を訊いてもいいころかと思うんですが」

トレントはアンドルーを見た。「えっ？」

「あなたたち二人が恋愛関係にあることは一目瞭然です。カリスタの家族はぼくひとりしかいませんから、姉のために何がいちばんいいかを考えるのはぼくの役目です」アンドルーは肩をいからせ、顎をぐっと上げた。「あなたに結婚の意志があるのかどうか知りたいんです」

アンドルーの声には厳しさがにじみ、目からはそれ以上の厳しさが感じられた。

「ぼくの結婚の意志か」トレントが繰り返した。

「はい」

「完璧な質問だな。今、ぼくから言えることは、ぼくの結婚の意志は完全にカリスタの意志しだいということだけだ」

アンドルーが眉根を寄せた。「それはつまり、どういうことですか?」

トレントが立ちあがった。「それはだな、姉上を守りたいきみの気持ちには敬意を表するが、最後は彼女が自分で決断するしかないってことさ。それはさておき、ぼくたちは今、当面の問題と取り組まなくてはならない。いいか、きみはここで六番地を見張ってくれ。容疑者が家を出たら、ただちにぼくに連絡を入れるんだ。連絡を受けしだい、ぼくはまた不法侵入を実行する」

61

「ミスター・テイズウェルがわたしの温室を見学したいんですって」ユードラが言った。「暖房装置について助言を与えることができるかもしれないと言うの。最近、暖房に問題が生じているのよ。管も炉も老朽化したせいだと思うけど」

カリスタは紅茶を飲みながら時計に目をやった。カリスタとユードラは意識してとりとめのないおしゃべりをしていた。二人ともひとりになりたくなかったし、抱いている恐怖を言葉にしたくなかったからだ。

アンドルーは午後から夜までずっと外に出たきりだったが、少し前、クランリー館の裏口に浮浪児が彼からトレントに宛てたメモを届けにきた。ナイフ使いが六番地を出た旨を伝えるメモだった。アンドルーは彼を尾行するという。

トレントはそれを受け取りざま、錠前破りの道具を手に屋敷をあとにした。

「ミスター・テイズウェルの二人のお嬢さんはどうなの？」カリスタが訊いた。

「この前も話したけれど、エドワードは彼女たちに現代的な教育を受けさせたがっているの。

それについては、わたしが彼女たちにいい影響を与えそうだと思っているみたい。わたしね、すごくいい教師になれるかもしれないと思っていたの。実際、女子のための小さな学校を開くというのはどうかしら、と考えていたくらいなのよ。あなたはどう思う？」

カリスタがにこりとした。「素晴らしい考えだわ」

62

ナイフ使いを乗せた辻馬車がしんと静まり返った通りの奥で停まった。客は舗道に降りるなり、たちまち物陰に姿を消した。

アンドルーは乗っていた辻馬車の天井の窓を開け、御者に訊いた。

「この通りは?」

「ブランチフォード・ストリートですよ」

警報が全身に鳴り響いた。聞き覚えのある名前だ。そのとき、はたと気づいた。フローレンス・タップ。あの霊媒が住んでいるのがブランチフォード・ストリートだ。ナイフ使いが降霊会に参加する可能性は、どう考えてもありえない。金曜の夜。ということは、アナ・ケタリングが霊媒の予約——あわてて姿を消そうとして、取り消すのを忘れた予約——を取っていた夜だ。

「この通りに霊媒がいるそうだが、どこだか知っているか?」

「はい、それでしたら十二番地ですが、降霊会が開かれるのはふつう水曜日で、金曜日ってことはありませんよ」

ナイフ使いはアナ・ケタリングが予約どおりに来ないかもしれないことなど知る由もないのだろう。もしもミセス・ケタリングがブランチフォード・ストリートで死ぬようなことがあれば、容疑は霊媒にかかるはずだ。

なぜナイフ使いがアナ・ケタリングを殺したいのかは謎だが、もし彼が、みんなが信じているように精神のバランスを崩しているとすれば、論理的な動機など不要だ。同時に、標的が予約どおりに到着しないことを彼が知ったとき、どんな行動に出るのかも予想がつかない。

「霊媒は水曜日以外もときどき個人降霊会の予約を受けていると聞いたが」アンドルーは御者に言った。

「どうなんでしょうねえ」

「数分で戻ってくる。ここで待っていてくれ」

「承知しました」

アンドルーは御者にいくばくかの金をわたし、馬車を降りた。

もう一台の辻馬車は客を降ろしたあと、通りの先へと走り去った。殺し屋が御者に待つよう指示しなかったのは明らかだ。それが何を意味するのかは不明だが、どこか不吉な予感がした。目撃者になりうる人間をナイフ使いが排除したがったということになるからだ。

アンドルーは外套のポケットに手を差し入れ、回転式拳銃の銃把を握った。

通りにナイフ使いの気配はなかったが、十二番地に近づくにつれ、背筋を冷たいものが走った。そして何が起きたかに気づいたとき、すでに速まっていた鼓動がいきなり早鐘を打ちはじめた。

殺し屋は十二番地の玄関部分を囲んだ手すりを乗り越え、勝手口へと通じる階段を下りていったのだ。

扉は半ば開いた状態で、蝶番がキイキイと音を立てていた。

殺し屋はすでに中にいる。

アンドルーは音を立てないよう細心の注意を払いながら、錬鉄製の手すりを素早くよじのぼり、つづいて階段を下りた。右手に銃を握りしめ、勝手口の扉をそっと押した。扉がもう少し大きく開く。

誰も跳びかかってはこなかった。

用心しながら薄暗い厨房の中へと進んでいく。神経が限界まで張りつめていた。脇を冷や汗が伝い落ちていくのがわかる。

壁の突き出し燭台からの明かりのおかげで、部屋の中央に置かれた大きなテーブルも一階へと上がる細い階段の位置もなんとかわかった。

じっと耳をすまして立っていた。頭上のどこかで床板がきしんだ。殺し屋は家の中を歩きまわっているようだ。今ごろはもう、アナ・ケタリングがここにはいないことに気づいただろうに、まだ家の中にいる。

その瞬間、衝撃とともに気づいた。

ナイフ使いが狙っているのはアナ・ケタリングではない。霊媒を殺しにここに来たのだ。ほかのことは何も考えられなくなり、アンドルーはあらんかぎりの大声でわめきながら階段を駆けあがった。

「ミス・タップ、家に人殺しが侵入しました。部屋の鍵をかけてください。鍵を、か、かけて」

頭上が一瞬、静まり返ったかと思うと、つぎの瞬間、女の悲鳴が夜を引き裂いた。どこかで扉がバタンと音を立てて閉まった。重い足音が上方で響く。

アンドルーは厨房からの階段の上でいったん足を止めた。壁の突き出し燭台の蠟燭が細い廊下を照らし、細い通路の先に玄関ホールがあって上の階へと通じる階段があるのが見えた。

ナイフ使いがすさまじい速度で階段を駆けおりてくるや、くるりと方向転換してアンドルーに向かってきた。仄暗い明かりを受けてナイフの刃がかすかに光る。

アンドルーはとっさに引き金を引いた。轟音とともに閃光が見えた。重い拳銃が手の中で激しく反動する。

弾が命中しなかったことは発射と同時にわかったが、ナイフ使いの反応は素速かった。見るからにショックを受けた面持ちで唐突に足を止めたのだ。アンドルーは今度はしっかり身構え、もう一度引き金を引こうとした。二発目ははずすわけにはいかない。もしそんなことになれば、何もかもが水の泡だ。

だが、ナイフ使いはくるりと踵を返して玄関めがけて駆けだした。そして扉を開け、通りへと姿を消した。

アンドルーは前傾姿勢で玄関ホールを駆け抜け、おそるおそる玄関前の階段の上に出た。そのときちょうど、殺し屋が通りに一台だけ停まっていた辻馬車のほうに逃げていくのが見えた。

辻馬車の御者はよそへ行って流したほうがよさそうだと判断したらしく、あわてて馬に鞭を入れ、そのまま猛烈な速度で走り去った。

巡査が笛を勢いよく吹きながらやってきた。ブランチフォード・ストリートの家々の窓がつぎつぎに開いた。頭上ではフローレンス・タップが窓から身を乗り出して、さっきからの悲鳴を引きつづきあげていた。

アンドルーは通りに素早く目を走らせた。ナイフ使いの姿はどこにもなかった。

63

トレントは路地に面した門を開け、本来ならば庭となるべき不毛の地面を横切って、殺し屋が住む家の勝手口から中に入った。

廊下に出る手前でいったん立ち止まり、持ってきた手提げランプを高く掲げた。

時間がどれだけあるのかは知りようもないので、素早く動きはじめる。厨房のテーブルの上には楔形《くさび》のチーズと食べかけのパンがあった。薬缶一個を除けば、調理道具の類はいっさい見当たらない。殺し屋が食事をほとんど行商人から買っていることは明らかだ。

二階へ上がり、三室ある小ぶりな寝室を見てまわる。家具はたったひとつを除いて何もなく、がらんとしている。あるのは粗末な寝床だけ。

それにひきかえ、衣装箪笥には几帳面にたたまれた洗濯ずみのシャツや下着が驚くほど整然と重ねられていた。高級な仕立てのズボンや上着も並んでいる。どの服もとびきり上等な品だ。

ほとんど何も置かれていない家で修道士さながらの生活を送りながら最新流行の服に身を

包み、殺人稼業で世を渡るとは、いったいどういう男なのだろう？

寝室を出ようとしたとき、きれいにととのえられた寝床の足もとがわずかに盛りあがっていることに気づいた。まるで何かがその下に隠してあるかのようだ。

部屋の奥へと再び引き返し、寝床の裾を引きあげると、そこに小箱と小さな革装丁の本が一冊あった。箱の蓋を開けると、中には黒玉と水晶のロケット型指輪が三個おさめられていた。そのひとつひとつに髪の毛がひねって入っている。

小さな本は日記のようだ。

トレントは指輪の入った箱と日記を外套のポケットにしまった。

寝室をあとに階下へと移動した。客間に何かがあるとは期待すらしなかった。通りの先のパブの店主によれば、ある深夜の医者の往診以外、ナイフ使いを訪ねてきた人間はいないという。

客間の入り口まで行ったとき、その考えは一部——家具がないということ——しか当たっていなかったことを知った。一隅に小さな祭壇かと思われるものがしつらえられていたのだ。祭壇の上には火をともしていない蠟燭が立ててある。だが、トレントを心から震えあがらせたのは、額縁におさめられたこの世のものとは思えないほど美しいレディの写真だった。

そもそも最初からとんでもない勘違いをしていたのだ。もう手遅れかもしれない。

トレントは出口に向かって駆けだした。

64

「お茶が冷めてしまったわ」カリスタがそう言いながら時計を見た。「もう少し起きて待つことになりそうね」

　夜中の十二時をとっくに過ぎていたが、トレントからもアンドルーからも連絡ひとつ入っていない。カリスタとユードラはともに、どんどんふくらんでいく不安をお互いに覚られないよう懸命に隠していた。実際のところ、ここまでは効率的なファイリング術と相互参照システムについての議論だけでなんとかなっていた。

「ミセス・サイクスにお茶をポットでたのみましょう」カリスタが椅子から立ちあがり、呼び鈴の引き紐を引いた。「彼女にも何かすることがあったほうがいいわ。サイクス夫妻だってわたしたちと同じように心配でたまらないはずだから」

「トレントとアンドルーはどうしてこんなに遅いのかしら？」ユードラが言った。

　カリスタは机の上に置かれた棺用の鐘に目をやった。鐘についている鉄製の鎖がきちんときつく巻いてある。なんだか蛇みたい、とカリスタは思った。

「わたしは、きっと道が混んでいて辻馬車がなかなかつかまらないんだと自分に言い聞かせてきたけれど」

ユードラが心配そうな顔でカリスタを見た。「でも、そうだとは思えないんでしょ?」

「そうなの」カリスタは鐘から目をそらした。「すごく怖いわ」

「わたしも同じ」ユードラが言った。「やっぱりあんな計画を実行させるべきじゃなかったのかしらね」

「わたしたちに二人を止められたとは思えないわ」

「ええ、わたしもそう思うわ。二人ともすごく頑固ですものね」

「たぶん向こうも、わたしたちについて同じことを言うと思うわ」

「そうだわね」

ユードラが椅子から立ち、暖炉の前に行った。真鍮の火かき棒を手に取り、消えかかっている炎をつつく。

カリスタもかたわらに行き、ユードラの肩に手をおいた。

「殺し屋の犯行を証明する証拠をきっと見つけてくるわ」カリスタはそう言いながら、必死で自分自身に言い聞かせようとした。「こんなに遅いのは、もしかしたら警察に状況を説明しているからかもしれないわ」

「そうね」ユードラがためらいがちに言った。「この奇妙な冒険談をミスター・テイズウェルに話したら、なんて言われるかしら？　さぞかしショックを受けることでしょうね。ぞっとされたり嫌われたりってこともありそうだわ」

「驚きはするでしょうけど、ぞっとしたり嫌ったりってことは絶対にないわ」

「正直に言って、カリスタ。殺人がからんだ事件の真相究明に参加するレディを認める紳士はめったにいないってこと、あなただってよく知っているでしょう。エドワード・テイズウェルもわたしが自分の幼い娘たちに悪影響を与えそうだと考えるはずよ」

「あら、彼は娘たちに現代的な教育を受けさせたがっているとあなたから聞いたけど」

ユードラはやっとのことで弱々しい笑みを浮かべた。「こういう教育を思い描いてはいないと思うわ」

「これが一件落着したら、わたしたちが何をしていたかなんて彼に話す必要はなくなる。あなたには秘密にしておく権利があるわ、ユードラ」

「たしかにそう。でも、わたし、結婚する相手の男性には秘密にしておきたくないの。真の伴侶が欲しいんですもの。ありのままのわたしを受け入れてくれる人」

「わかるわ」

「あなたはわかってくれる、それはわかっているの」

二人はそのまましばらく、ただ黙って立っていた。

「わたしね、この仕事のおかげでたくさんの人と出会ったわ」やがてカリスタが言った。

「中には友だちと呼べる人もいるけれど、正直なところ、ただの知り合いだわね。あなたやトレントとはまったく違うの。もう長いこと、アンドルー以外の人を信頼したことがなかったけれど、今はあなたたちを心から信頼しているわ」

「わたしも、この友情をすごく大切に思っているわ、カリスタ。でも、あなたの兄への感情はそれ以上だとも思うの。もしかしたら愛、じゃない？」

「ええ。でも、彼のわたしに対する気持ちに確信がなくて」

「それは疑いようもないと思うけど？」

「あなたたちの過去の不幸な出来事を蒸し返したくはないけれど、あなたも気づいていると思うけど、トレントはずっと自分を責めてきたわ。ひどい再婚相手からお母さまを救えなかったこと。あなたとハリーについても、もう少しで救えなかったかもしれないこと」

ユードラが目を閉じた。「わたし、ずっとそれを恐れていたの。何ひとつ家族で話したことはないんだけれど、どういうわけか気づいていたわ」

「そしてあなたはあなたで、トレントに傷跡があるのは自分のせいだと思いこんで自分を責めている」

「とっても複雑なのよ、そのあたりは」

「あなたたちは三人とも、だいぶ前から重い罪の意識を背負ってきたの。もうそろそろ重荷は下ろして、それぞれの人生を歩きはじめてもいいんじゃないかしら」

ユードラが目を開いた。「もしかすると、トレントがあなたに特別な感情を示すのは、あなたを救わなければならないレディとして見ているからだと思っているんでしょう。過去に起きたことで自責の念に駆られている兄だから、二度目は失敗しないように必死なのだと」

「ええ、だから彼の本当の気持ちに確信がもてないの。あなたと同じね。救わなければならないレディとしてではなく、ありのままのわたしをトレントに愛してほしいの」

「愛については、あなたもわたしもすごく欲張りということね」

カリスタは暖炉の火に目を落とした。「だから二人とも結婚せずにきているのかもしれないわ」

「きっとそうだわ」

「お兄さまの結婚しない理由もわたしたちと同じかもしれないと考えたことはあって?」

ユードラがぎくりとし、しばし考えをめぐらしながら、火かき棒を真鍮のスタンドに戻した。「あなたが言いたいこと、わかるわ。これまでわたし、男性も女性と同じように夢を抱いているかもしれないなんて考えたこともなかったの。男性はもっと単純な感情に支配される存在だと思っていたから。肉体的な欲望とか、現実に好都合だとか、相続財産を確保したいとか——そんなたぐいのこと」

「どれもそれなりの動機だとは思うけれど、トレントは本当はものすごくロマンチックでもあるわ」

「おもしろい考察だわ」ユードラがにこりとした。「だからなのね、クライヴ・ストーンがウィルヘルミナ・プレストンに大いに関心を抱いているのは」

「勝手な想像ならいくらでもできるけれど、トレントの本当の気持ちは彼にしかわからないのよ」カリスタがすっと姿勢を正した。「あら、こんなおしゃべりをしていたら、もっと紅茶が飲みたくなってきたわ。ミセス・サイクスがまだ来ないところを見ると、二人とももう寝てしまったのかもしれない。こんな時間ですもの。わたし、ちょっと厨房に行って、薬缶を火にかけてくるわね」

「いっしょに行くわ。今夜はひとりになりたくないから」

「わたしもそう」

ユードラが側卓の横で足を止め、ケタリング家の家計簿に一瞥を投げた。「トレントはひとつだけ正しかったわ。誰かについて知りたいときは、その人の私的な支出の記録を調べれば、驚くほどのことがいろいろわかる。ケタリングは仕立て屋への支払いとなると出し惜しみはいっさいしなかった、とかね」

「メメント・モリの品々にも」カリスタが険しい表情になった。「彼も雇った殺し屋に負けないくらい狂気の人だったんだわ。それなのに、あそこまでうまく本性を隠し通すことができていたかと思うと気味が悪くて」

「なぜ悪が危険かと言えば、そこだと思うわ。魅力的なうわべの裏側に簡単に隠せるところ」ユードラが扉に向かって歩を進めた。「でも、ケタリングは非の打ちどころのない記録を残してくれた。それもすごくきれいな筆跡で」

その瞬間、氷のように冷たい不安がカリスタのうなじを震わせた。ちょうど扉を開けて廊下に出ようというところだったが、いったん足を止めて振り返り、家計簿を見た。

直感が何かをささやきかけてきた。

「ひょっとして今、ネスターの筆跡がきれいって言った？」

「ええ。どうしてそんなことを訊くの？」

カリスタは扉に背を向けて側卓まで引き返した。家計簿に数秒間目を凝らしてから手に取った。

家計簿を自分で開き、ペンで丹念に書きこまれた頁をじっと見たのははじめてだ。

「これはわたしが記憶している彼の筆跡ではないから」カリスタが静かに言った。

「えっ？」

カリスタは家計簿を机に運び、そこに置いた。震える指先で抽斗を開ける。

「何を探しているの？」ユードラが訊いた。

「この一連の出来事がはじまったころ、ネスターはわたしに二度花束を送ってきたあと、約束を取りつけて会いにやってきたの」

「あなたに言い寄ろうとしたのよね。それがどうかしたの？」

「そのとき、ミスター・サイクスにゴミといっしょに捨てるように言ったけれど、添えられたカードを一枚だけ取っておいたの」

「どうして？」

「ものすごく腹が立ったから。二度とあんな男を信用しないよう、自分を戒《いまし》めるために残しておいたのよ」

「なんだかそうやって思い出す必要があるみたいね」ユードラが言った。「ま、それはともかく、今なぜそのカードなの？」

「それはね、今、ふとおかしな考えが頭をよぎったからなの」

カリスタは机の前に腰を下ろして私信をぱらぱらと繰り、ついに二度目の花束に添えられていた優雅な白いカードを見つけた。

それをファイルから取り出して机の上に置いたあと、トレントがケタリング邸から持ち帰った家計簿を開いた。

あらためて知った事実に気が動転した。カードの文字をじっと見てから、家計簿の最後の頁を見た。

「たいへんだわ」カリスタがつぶやいた。

ユードラが机の上にかがみこみ、声を出してカードを読みあげた。

きみと別れてからの毎日は寂しさを思い知らされた。お願いだ、きみもまだぼくに未練があると言ってくれ。ぼくたち二人、またいっしょに形而上的な真の幸せを見つけよう。

草々
N・ケタリング

ユードラは短い文面にしばしじっと見入った。そして彼女もまた、家計簿の最後の頁をしげしげと見た。カリスタはそんなユードラを見守りながら、自分の判断が間違っている万が一の場合を考え、あえてひとことも発さずにいた。

だが、ユードラが顔を上げたとき、その目にはカリスタの意図を理解したショックがありありと浮かんでいた。

「筆跡が違う」ユードラがつぶやいた。「カードを書いた人と家計簿を書いた人は別人だわ」

「ネスター・ケタリングは花束に添えるカードは書いた。でも、家計簿をつけていたのは彼ではない」

「秘書かしら？　裕福な家は秘書を雇っているところも多いわ」

「秘書のこと、アンドルーは何も言っていなかったわ。いるとしたら、そう報告してくれていたはずよ」

ユードラが片手を喉もとに当てた。「そもそもわたしたち、この一連の出来事をずっと間違った視点から見ていたということね」

「そうだ」カリスタがはじかれたように立ちあがり、机の脇を回ってスカートをきゅっとつかんで引きあげると、扉に向かって駆けだした。「いっしょに来て。サイクス夫妻を起こさなくては」

ユードラがカリスタのあとを追った。「これからどうするの？　警察に知らせる？」

「まず最初はトレントに伝言を届けることだわね。ナイフの男の家にまだいれば、ではあるけれど。この時刻、アンドルーはどこにいるのか見当もつかないから、警告を伝えたくても伝えられないわ」

「アンドルーなら絶対に大丈夫」ユードラが言った。「殺し屋に姿を見られないようにと、トレントが厳しく指示していたもの」

「そういう指示にきちんとしたがうだけの分別が弟にあることを祈るばかりよ。今からでも手遅れでないといいけれど」

廊下を足早に進み、厨房へと入った。

つぎの瞬間、カリスタが唐突に足を止め、すぐあとを歩いていたユードラはあやうくぶつかりそうになった。

「あら、ごめんなさい」ユードラはすぐに後ろへさがった。

だが、カリスタから返事は返ってこなかった。目のあたりにしたテーブル周辺の光景の恐ろしさに立ちすくんでしまったのだ。

ミスター・サイクスは床に倒れ、大きく振り出した片方の腕は、まるで何者かが叩いてくるのを必死でよけようとしたかのようだ。手のすぐそばにはひっくり返った珈琲茶碗が。彼が死んだのか、生きているのかはわからない。

ミセス・サイクスはテーブルに突っ伏していた。身じろぎひとつしない。

その上にのしかかるように立っているのはアナ・ケタリングで、優雅に手袋をはめた手には大きな肉切り包丁が握られていた。鋭い刃がミセス・サイクスの首を狙っている。

「まあ、いらしたのね」アナが園遊会の客を迎え入れるレディよろしく、明るく魅力的な声で言った。「少し前に呼び鈴を鳴らしたでしょう。だから、そろそろあなたがここに来るかもしれないと思っていたの。家政婦も執事も何をぐずぐずしているんだろうかとようすを見にね。ほんと、近ごろは使用人が頼りにならないのよね。でしょう?」

65

「何もかもあなたがしたことなのね？」カリスタが問いかけた。

気味が悪いほどの超然とした感覚がカリスタを支配していた。不自然なまでの冷静な声にわれながら驚かされたくらいだ。だが、その冷ややかで自制のきいた凄みを崩してはならないことはよくわかっていた。何しろ今、カリスタとユードラが対峙しているのは正気ではない女なのだから、その熱に浮かされた頭はたとえどんなに小さな火花であっても引火しかねない。

「ええ、もちろん、わたしよ」アナが答えた。

「わたしたち――家庭教師三人とわたし――を狩りの獲物に見立てたのはあなただった。そのちょっとしたゲームで、これまでいったい何人の女性を苦しめたの？」

「この一年間はあなたたち四人だけ」アナの声にいきなり怒りがにじみ、こわばった。「言っておくけれど、これはゲームなんかじゃないわ。夫を誘惑してわたしに背を向けさせた売春婦たちを罰しただけ。最初は彼もわたしを愛していたのよ。わたしを美人だと思って、わたしを欲しがった。でも、新婚旅行のあと、彼は最初の家庭教師にうつつを抜かしたわ」

「エリザベス・ダンスフォースね」ユードラが言った。

「つまらない女だったわ」アナが言った。「およそなんてことのない女。たかが家庭教師じゃないの。それなのに、ネスターをその気にさせた。懲《こ》らしめてやらなくちゃ」

「ミセス・フルトンの店からメメント・モリの品を送りつけたのはあなたってことね。そして彼女をさんざん苦しめたあと、誰かに彼女を殺させた」カリスタが言った。「それから安全装置付きのすごく立派な棺を買った」

アナがにたりとした。「あの女が鐘を鳴らすことはないとわかっていながらね。誰ひとり、鐘を鳴らしはしなかったわ。ま、ほんの冗談だったのよ、あれは」

「家計の管理はあなたに任されていたのね」ユードラが言った。「ミセス・フルトンの店での買い物も全部あなただった」

「だって、わたしのお金ですもの」アナが一瞬、激しい怒りをあらわにした。「パパがわたしに遺してくれたお金よ。でも、どういうわけかネスターはわたしが家計を管理することに不満はなかったの。財産管理の細かいことにまでかかわりたくはなかったんでしょうね。自分の欲しいものが手に入れば、それで幸せって人だったの」

「それであなたは、彼への請求書を全部払ってあげていた」カリスタが言った。「そうするうちに、あなたがネスターに与えているお金の一部がほかの女性たちのために使われていることに気づきはじめた」

「じつのところ、彼が女のことをわたしからどれだけ隠したかったのかはわからないけれど、まあ、そういうことね。わたしの気持ちを思いやって、ほかの女との情事を隠すなんてことはなかったのよ。わざと見せびらかしていたんじゃないかしら」

「あなたのお小遣い、とってもたっぷりなのね」ユードラが言った。

アナが顔をしかめた。「どうしてそんなことを知っているの？　でも、まあ、それはどうでもいいわ。ええ、わたし、自分へのお小遣いはたっぷりあげているの」

「なぜあなたへの請求書の分を払うだけではいけないの？　ネスターは家計については何も訊かないって言っていたのに」ユードラが言った。

アナがくすくす笑う。「もしあの人が家計簿を精査して、わたしのお金の使い方に疑問をもったときのことを考えたの。あれこれ説明したくなかったから、わたしのお小遣いから払えば簡単ですもの」

「でも、フランプトン・ストリートの家は？」カリスタが言った。「あそこは公然と買っているでしょう？」

アナがぎょっとした表情をのぞかせた。「あそこのことも知っているのね？　ええ、あの家は大きな買い物だったわ。だから、わたしのお小遣いでは払いきれなかったの。でも、ネスターは気づきもしなかった。頭の中は女のことでいっぱいだったのよ」

「頭の中は女性のことでいっぱい？」カリスタが訊き返した。

「ええ、そうよ。ネスターは妄想に取りつかれていたの。わたしは彼を治療しようとしただけ」

「つまり、彼の妄想の対象を抹殺するわけね。その女性たちを」ユードラが言った。

アナが満足げな笑みを浮かべた。「そのとおり。ネスターは遅かれ早かれ――たいていは早かれだわね――必ずや売春婦たちにあきるわ。それで、彼が相手にあきたとき、わたしはメメント・モリの品々を女たちに送った。女たちはネスターからの贈り物だと思ったのね。すごくびくびくしていたみたい」

「そうしておいてから、あなたは殺し屋を雇って彼女たちを殺した」カリスタが言った。

「でも、わたしはネスターを拒絶したのよ。それなのになぜわたしを狙ったの？」

「それは、わたしと結婚する前から彼があなたを欲しがっていたからだわ」アナの声から察するかぎり、怒りが再びつのっているようだ。「そしたら何週間か前、彼がまたあなたを追いかけはじめたじゃない。あなたに花束を送った――わたしのお金で買った花束なのよ。彼、あなたを欲しがるようにわたしを欲しがったことなどなかったわ。彼が愛したのはわたしが相続した財産だけ」

不吉なことの前触れでもあるかのように、厨房の空気が不気味に張りつめてきた。カリスタはアナの気をそらす手段を必死で模索した。ユードラも時間を稼ぐ術を探っているのを感じとっていた——トレントとアンドルーが戻ってくるまでなんとかもちこたえなければ。

「妄想に取りつかれることについてずいぶんいろいろ知っているようね。治療法についても。それはどうして?」カリスタが訊いた。

「心理学って科学を勉強してきたの。十二歳のときからよ、ミス・ラングリー。じつのところ、専門家なのよ、わたし」

「レディとしては珍しい分野ね」ユードラが言った。

「素晴らしい先生がいたの」アナが笑みを浮かべる。「ドクター・モリス・アシュウェル」

「それはどういう方?」カリスタが訊いた。

「死に取りつかれたわたしの治療に取り組んでくれた人。わたしね、現世から来世への移行にかかわるさまざまな感情が、あらゆる情熱の中でも最強のものだということを、パパに一生懸命説明しようとしたんだけれど、わかってもらえなかったの。そして十三歳になったとき、ドクター・アシュウェルに診てもらうことになったのよ」

「見たところ、アシュウェルにもあなたの妄執は治せなかったようね」カリスタが言った。

「これがまったく逆なのよ」アナがくすくす笑った。「彼ね、わたしに取り憑かれてしまったの。考えただけでも愉快でしょう——医者が患者に情熱をつのらせるなんて。当時はわたしは十三歳。自分で言うのも面映ゆいけれど、すごくきれいな子だったの」

「ドクター・アシュウェルはいくつだったの?」ユードラが質問した。

アナが顔をゆがめた。「わたしのおじいさまでもいいくらいの年齢。見た目も素敵とは程遠かった。わたし、ひげの感触が大嫌いだったし、でっぷりした体にも嫌悪感を覚えていたわ」

ユードラが衝撃を受け、はっと鋭く息をのんだ。

カリスタはあぜんとした。「その医者、あなたに暴行を働いたの？　まだほんの子どもだったあなたに？」

アナが静かな笑みをたたえた。「かわいそうだなんて思ってくれなくていいのよ、ミス・ラングリー。安心して。すぐに気づいたの、わたしに取りつかれている彼に対してはわたしが大きな力を握っているということに。そして最後には、その力を利用して脱出したわ」

「どこから？」ユードラが訊いた。

「ブライトストーン館という領主の邸宅」アナがもどかしそうに言った。「大嫌いな場所。毎晩、鍵をかけて閉じこめられていたの。わたしだけでなく、みんなが」

「ドクター・アシュウェルは私設の病院を運営していたのね」カリスタにもようやく理解できた。「お父さまはあなたをそこに閉じこめたのね」

「ええ、三年近く」アナの声が甲高くなる。「あのアシュウェルのくそじじい、わたしたち患者で実験をしていたのよ。パパには、わたしをブライトストーン館に閉じこめておく必要があるって説明していたの。さもないと、わたし自身とほかの人たちの身に危険がおよぶからって。それなのに、アシュウェルときたら、毎晩わたしの部屋にやってきたの。わたしは毎晩、死んだふりをしたわ。おかげで死んだふりがすごくうまくなった」

「どうやって脱出したの?」ユードラが訊いた。

アナがどこかわざとらしい冷静さを装った。浮かべた微笑は天使のようだ。「ぴかぴかの鎧に身を固めた勇敢な騎士があの怪物を殺して、わたしを救い出してくれたの。そのあとブライトストーン館に火を放ったから、あそこは焼け落ちたわ」

「あの夜、ミセス・フルトンの店の棺の陳列室でミスター・ヘイスティングズとわたしを殺そうとした、あのナイフを持った男。彼があなたの騎士かしら?」カリスタが言った。

「オリヴァーはわたしに献身的に尽くしてくれるの。彼もわたしに取りつかれてはいるけれど、アシュウェルとは違うわ。オリヴァーは厳格な禁欲主義を貫いた生活をしているから。自分のレディに仕えることで自分自身を清めているのよ」

「そのレディがあなたなのね」カリスタが言った。

「ええ、そう。わたしが彼を救ったの。彼、ドクター・アシュウェルの病院に長いこと閉じこめられていたのよ。オリヴァーは身分の高い家柄に生まれて、それに相応しい教育を受けたというのに、十七歳のときに家族が委任状に署名してあそこに送りこまれたそうよ」

「あんなふうに人の喉を掻き切る性癖があるとしたら、驚くには当たらないわ」カリスタが言った。「ということは、彼があなたのためにドクター・アシュウェルを殺して、あなたたち二人はそこを脱出し、そのあと病院を焼いたわけね」

「ええ、そう」

「あなたたち以外に入院患者はどうなったの？」ユードラが思いきって尋ねた。「あなたとオリヴァー以外にもいたんでしょう？」

「十人ちょっとかしら。忘れたわ。なぜ？」

「ほかの入院患者は救わなかったの？」カリスタが訊いた。「その人たちはそのまま灼熱地獄で焼かれて死んだのね」

「変わった人たちよ。家族はかえってほっとしたんじゃないかしら。これからはもう、アシュウェルに治療費その他を払わなくてもよくなったんですもの」

「ネスターを撃ったのはあなた？」カリスタが言った。

「ええ。わたし、控えの間で彼を待っていたの。あの人ったら、わたしが頭に銃を突きつけるまでわたしを一度も見なかったのよ。でも、そのときはもちろん、もう遅すぎたわけ」

「そのあと、あなたは死体をオリヴァーに鍵のかかるあの部屋まで運ばせた」ユードラが話をまとめた。

「あの夜、ネスターを始末するつもりなどなかったの。彼にはもっと、彼にぴったりの死に方で死んでほしかったわ。なのに、いやでもああするほかなくなってしまって」

「彼にぴったりの死に方ってどういう死に方？」カリスタが訊いた。

「もっとゆっくりゆっくり死んでほしかったの」アナの目が危険な炎で熱っぽくなってきた。

「オリヴァーがネスターの喉を掻き切るところを眺めていたかったし、傷からゆっくり、でもどくどくと血があふれてくるところが見たかったし、彼が死んでいくところをわたしが見ているってことを彼に思い知らせてやりたかった。でも、あのとき、彼がわたしをまたどかに閉じこめようと画策していると知ったの。だから、すぐに動かなければならなかったのよ」

「あなたをどこかに閉じこめたりすれば、お父さまの遺言書の条件に違反することになるでしょうに」ユードラが言った。

「ネスターはドラン・バーチって友だちと共謀していたの。わたしが田舎に長期滞在することになったから、ネスターがわたしの財産管理を引き受けたように見せかけようとしたのよ。書類に疑問を抱く人などいるはずないわ。誰だって、妻の財産管理を夫が引き受けるなんて当たり前だと考えるもの」

「彼らの計画はこうよ。シークリフという村のはずれにある、温泉付きホテルを装った施設にあなたを送るの」カリスタが言った。

「なんでも知っているのね。理解に苦しむけど、それは、まあ、どうでもいいことだわね」

「ネスターがあなたをまた閉じこめようと画策していることはどうやって知ったの？」ユードラが訊いた。

「これがじつに幸運だったのよ」アナが言い、ぶるぶるっと体を震わせた。手にした肉切り包丁がミセス・サイクスの首筋に向かって瞬間的に下がった。「オリヴァーはネスターがどこへ行くときもあとをつけていたんだけれど、ネスターが彼に気づくことは一度もなかったわ。そのオリヴァーが最近、ネスターとバーチがわたしを始末する計画をめぐって話しあっているのを耳にしたのね。言い争いになったらしいわ。ネスターは約束した交換条件を実行できなくて、バーチにまだ借りがあったとか」

「借りって何かしら？」カリスタはいちおう尋ねたが、答えはもうわかっているような気がしていた。

アナが声をあげて笑った。「ネスターったら、あなたのサロンの会員名簿を入手できると豪語していたのよ。笑えるでしょ？　考えてもみて。もしあなたがいなかったら、わたし、今ごろはもう、また病院に閉じこめられていたかもしれないの」

「お父さまはなぜ、あなたをああいう財産目当ての男と結婚させたのかしら？」カリスタが訊いた。

「ネスターを選んだのはわたし」アナの声がまた甲高くなったが、今度は細く、か弱かった。「彼と出会ったのは、田舎のうちの近くの屋敷を彼が訪ねてきたときのことだったわ。そこでパーティーが開かれて、地元の紳士階級がみな招待されたの。ネスターと踊ったとき、わたし、彼を世界一ハンサムな男性だと思って、その夜のうちに彼に恋をしたの。彼もわたしを愛してると言ってくれて、わたしはその言葉をそのまま信じた」

「彼は嘘をついたのね」

「ううん、最初のうちは本当にわたしを愛していたの」そこは譲れないようだ。「とっても情熱的だったのよ。でも、新婚旅行の途中からわたしの体に激しい嫌悪感を見せるようになった。わたしを抱いていると、なんだか死体を抱いているようだと言ってね。わたしは彼が何を言っているのかわからなかった。だって、ドクター・アシュウェルは死んだふりをしているわたしを抱くのが好きだったから」

「ところで、今夜はなぜここに？」カリスタが訊いた。「もう身の危険は去ったのよね。ネスターがあなたに危害を加える可能性はなくなったし、そのうえ、あなたのお金が完全にあなたのものになったのに」

「あなたに罰を与えにきたの。彼が愛したほかの売春婦と同じようにね。彼がいちばん欲しかったのはあなただったんですもの」

「さっきも言ったでしょう。わたしは彼を拒絶したの。彼をその気にさせるようなことは何ひとつしなかったわ」カリスタが言った。

「同じことよ」アナが泣き叫ぶように言った。「彼はわたしには見向きもしないくせに、あなたには欲望を抱いていた。たかが売春宿より多少ましな程度の事業を経営している女よ」

アナをなんとか支えている細い糸がどんなものであれ、ごくわずかな力が加われば、ぷつ

ん と切れることは目に見えていた。

「ここに来たのは、わたしに罰を与えるためなのね」カリスタはそう言いながら、片手を伸ばし、前に一歩進み出た。「よくわかるわ。でも、お願い、うちの家政婦と執事は巻きこまないで。この二人はなんの関係もないの」

「動かないで。さもないと、今すぐ家政婦を殺すわよ」アナが警告を発した。

カリスタは足を止めたが、アナは怒りに体を震わせている。

「あなたがなぜこんなに長いこと待ってからネスターを殺したのか、それが知りたいわ」

ユードラがさりげないおしゃべりといった口調で話しかけた。「彼があなたを病院に閉じこめる画策をしていることを知るまで待っていたのはなぜなの？」

「あのときまでは、ネスターが夢中になった女を消しさえすれば、彼がわたしの美しさに気づいてくれるものと思っていたの。彼がまたわたしを愛してくれると信じていたの。でも、そんな計画を立てていると知って、もう現実と向きあうしかないとわかったわ」

最後の言葉は状況が異なってさえいたら笑えたはずだ、とカリスタは思った。アナは生まれてこのかた、現実という概念を把握したことがあったのか、可能性はきわめて低いからだ。

「今夜、あなたがここで何をするにしても、その前にわたし、あなたのお父さまからあなたへの伝言を託されているの」カリスタが言った。

アナがカリスタをじっと見た。「パパ？　でも、ありえないわ、そんなこと。パパは死んだの」

「霊界にいらっしゃるわ。霊媒のフローレンス・タップには霊を呼び出す能力があるから、わたし、お父さまと話すことができたの」

「そんなの嘘よ。フローレンス・タップはペテン師。わたしをだまそうとしたから、オリヴァーに殺すように命じて、彼女の家に行かせたわ」

「彼女はペテン師じゃないわ」カリスタは言った。「わたし、お父さまをこの目で見たの。黒っぽいスーツに折り襟の白いシャツ、それにネクタイをつけてらしたわ」

それを聞いたアナが立ちすくんだ。「お父さまの最後の誕生日にネクタイを贈ったの」

「お父さまは毎日それをつけてらっしゃるそうよ。つけていると、あなたを思い出すからなんですって」

「嘘だわ」そう言いながらも、アナの確信は揺らいでいる。「わたしのときには現われないのに、なぜあなたの前に現われるの？」

「お父さまはこうおっしゃっていたわ。本当はあなたに姿を見てもらいたいのだけれど、あなたの精神状態が乱れているからむずかしいって。わたしの前に現われたのは、あなたに伝言を託したかったからよ」

「伝言ってなあに？」

カリスタはいちかばちかの勝負に出た。「あなたを愛していると伝えてくれと」

「あなたが嘘をついていることがそれでわかったわ。パパは一度だって本当にわたしを愛してくれたことなどなかったもの。ただ愛しているふりをしていただけ。正直なところ、わたしを恐れていたのよ。だからドクター・アシュウェルのところに送りこんだの」

父親が彼女を愛していたと言ったのは大失敗だった。カリスタは死に物狂いでこの失敗を取りもどそうとした。

「違うわ。お父さまはあなたがわかってくれないと言ってらした」カリスタは穏やかに語りかける。「お父さまはあなたのためを思って恐れてらしたの。もしあなたの妄執が治らなかったら、あなたの身に何が起きるのか、それを考えて恐れてらしたのよ。それでも、あなたは実の娘。もちろん、お父さまはあなたを愛してらしたわ。自分で訊いてごらんなさい」

「いったい何を言ってるの？」

「お父さま、今、あなたの後ろにいらっしゃるわ。ほら、食器室の入り口のところに。ベールの向こう側からあなたのほうに手を伸ばそうとなさってる。お父さまの手がもう少しであなたに触れそう」

「ほんと」ユードラがとっさに言った。「わたしにも見えるわ。あなたに触れようと一生懸命みたい。食器室の中に、ほら」

アナが素早く振り返って、食器室の開いた扉を見た。「パパ？　本当にそこにいるの？　すごく会いたかったのよ、パパ。本当にわたしを愛していた？」

今しかない、とカリスタは思った。ユードラを見て、長い木のテーブルのほうを手ぶりで示す。ユードラの目がきらりと光り、了解したことを伝えてきた。

二人がテーブルに向かって駆けだした。両側からテーブルの端をつかむ。同時にテーブルをひっくり返す。大きな音を立ててテーブルが横倒しになった。

意識不明のミセス・サイクスが椅子から滑り落ち、床にばったりと倒れた。ちょうどミスター・サイクスの隣に並ぶように。

食器室のほうを向いていたアナがくるりと向きなおった。狼狽についで怒りが美しい顔を赤く染めた。肉切り包丁を振りあげはしたものの、標的は今、床に倒れている。アナがかがみこみ、ミセス・サイクスの喉を掻き切ろうとした。

「やめて」カリスタが叫んだ。

重いミキシングボウルをつかみ、アナめがけて投げつける。アナは反射的に片手を上げてかわそうとする。

ボウルはアナの肩に当たり、けたたましい音とともに床に落ちた。ユードラは棚からつぎつぎに皿を取り、それをアナに投げつけた。

カリスタは壁のフックに掛かっていたフライパンをさっとはずし、ひっくり返ったテーブルごしに飛ばした。

陶磁器、調理器具、香辛料入れ、ココアやオートミールの缶による集中攻撃にあい、アナは悲鳴を上げながら近くの扉——食器室への入り口——を通って逃げ出した。忍ばせた足音が裏階段から二階に急いで上がっていくのが聞こえた。

カリスタも急いであとを追い、階段室の扉をばたんと閉めた。木の椅子を扉の前に運んでいき、取っ手の下にぎゅっと押しつけて開かないようにする。

「屋敷じゅう追いかけまわしてもしかたがないわね」熾烈な戦いのあと、息を切らしたユードラが言った。「広すぎるもの。彼女がどの扉の陰で待ち伏せているか、どの部屋に隠れているかわからないし、もしつかまえたとしても、どうしたらいいものやら？　まだあの肉切り包丁を持っているのよね」

カリスタは懸命に呼吸をととのえようとした。心臓が激しい鼓動を打っている。「ここを出て巡査を呼びにいかなくちゃいけないいけれど、サイクス夫妻をこのまま残していくわけにはいかないわ。もしアナが主階段を通って厨房に戻ってきたら、どうなるかわからないでしょ？」

「二人を庭まで引きずっていきましょうよ。そのあと、巡査を呼びにいけばいいわ」

「それじゃ、まずミセス・サイクスを」カリスタがかがみこんで、家政婦の手首を片方つかんだ。「外に運んで、またここに戻ってきて、つぎにミスター・サイクスね」

「了解」ユードラがミセス・サイクスのもう一方の手首を両手でつかんだ。

家政婦はさほど大柄な女性ではないが、意識不明の状態にあっては驚くほど重かった。だが、悪戦苦闘の末に絨毯を敷いていない廊下まで運び出すと、よく磨かれた板張りの上を滑らせて進むのは簡単だとわかった。

荷物を引きずって読書室の扉近くまで行ったときだ、ガラスが割れる音と板が避ける音にぎくりとし、二人はミセス・サイクスの手首を放した。

「読書室だわ」カリスタが言った。「誰かが中にいる」

扉が開いてオリヴァーが出てきた。手にしたナイフが明かりを受けてきらりと光る。オリヴァーがいったん足を止めて廊下の光景に視線を走らせる。

「逃げて」カリスタがユードラに向かって叫んだ。「庭に出る扉」

だが、二人ともスカートやペチコートが邪魔になり、大男のオリヴァーより早く走れるとはとうてい思えなかった。逃げられるとしてもひとりだけか。カリスタはナイフを握った男の前に立ちはだかった。

「オリヴァー、よく聞いて。今、アナがあなたを必要としているの。ほら、彼女の声が聞こえない？　あなたのレディがあなたを呼んでいるわ。急いで。今すぐ彼女のところへ行かなくちゃ。二階にいるわ。耳をすまして」

そのとき、上の階からどすんという鈍い音と怒りの叫びが聞こえてきた。

オリヴァーが驚愕し、天井を見あげた。

「私のレディが」小さくつぶやいた。

そしてまた、めらめらと燃える炎を宿した目をカリスタに戻した。ナイフを高く上げ、切りかかってくる。カリスタは逃げようとするが、足もとに突っ伏したミセス・サイクスにつまずき、転んだ。

ユードラが大声を上げ、カリスタを彼の手の届かないところまで引きずろうとした。

オリヴァーが読書室から廊下に出てきた。つぎの瞬間、読書室から正体不明の物体が飛び出してくるのが目に入った。金属が光を反射した。その飛び道具がオリヴァーの頭に命中し、ざくっと胸の悪くなる音を立てて頭蓋骨を砕いた。

悪夢の鐘が鳴った。暗く沈んだ鐘の音が屋敷じゅうに響きわたる。

オリヴァーの包帯を巻いた頭部から鮮血が噴き出し、カリスタのスカートに血しぶきがかかる。

オリヴァーの足がふらついた。カリスタの前でがっくりと膝を落とすが、まだナイフは握っている。

「私のレディ」小さくつぶやく。

カリスタが彼の目に宿る狂気を見てとった直後、ユードラが差し出した手に助けられてなんとかその場から逃れることができた。

オリヴァーが前につんのめり、顔から倒れた。その衝撃に床板が震えた。握りしめていた手が開き、ナイフが落ちる。

読書室の入り口に現われた人影を感じ、カリスタが顔を上げた。

「トレント」小声で名を呼ぶ。

「ああっ、助かったわ」ユードラが言った。

「ここから出るんだ」トレントはナイフを蹴り飛ばしてから、カリスタを立ちあがらせた。

「ミスター・サイクスは？」

「厨房で意識を失っているわ」カリスタが答えた。「まだ生きていると思うの」

「ぼくが連れてくる」トレントが足早に廊下を厨房へと向かった。「きみたち二人でミセス・サイクスを玄関から外に引っ張り出してくれ。もう巡査がこっちへ向かっている」

「アナ・ケタリングがまだ屋敷の中にいるわ」ユードラが兄の背中に向かって大きな声で言った。

「わかっている」トレントが厨房へと姿を消した。少しして出てきた彼は肩にミスター・サイクスを背負っていた。「アナが屋敷に火を放ったようだ。煙のにおいがするだろう？」

66

なんとか間に合った。

トレントの全身に安堵感が怒濤のように押し寄せた。カリスタとユードラのあとから玄関の扉を通り、夜気の中に出た。

間一髪だったが、カリスタもユードラも危害をいっさいこうむりはしなかった。今はただ、大事なのはその一点だ。

どこか遠くで半鐘が鳴っている。カリスタとユードラがミセス・サイクスを玄関前の階段の上まで引きずり出したちょうどそのとき、巡査が到着した。

「あっ、その方は私が運びましょう」若い巡査が言った。

ミセス・サイクスをひょいと抱えあげると、階段を下りて庭園まで運んだ。

「屋敷から離れているように」トレントが言った。

カリスタとユードラはスカートをつまんで引きあげ、闇に包まれた庭園へと急いだ。トレントもあとについて進み、ミスター・サイクスを芝生の上に横たえた。巡査はミセス・サイクスを夫の横に下ろし、トレントを見た。

「たしか正気を失った女とナイフを持った男がどうかしたとおっしゃってましたよね？」

「二人とも屋敷の中だ。ナイフの男が脱出できる状態にないのは明らかだが、女のほうは裏口から逃げるかもしれない。もし彼女が逃げたりしたら、いったいどんなことをしでかすやら——」

苦悩に満ちた甲高い叫び——怒りと悲しみと狂気が混じりあって声になった、苦痛と絶望がにじむ叫び——が頭上で上がった。トレントが顔を上げ、カリスタとユードラと巡査も同じように上を見た。

上階の窓から炎が噴き出している。

装飾として取り付けられた小さなバルコニーにアナが出てきた。ドレスがめらめらと燃えている。

アナはしばしのあいだ、空を舞うかのようにそこを彷徨《さまよ》った。みずから演出した結末を誇っているのだろう。トレントには確信があった。

そして飛んだ。

炎を上げるスカートが地面へと落ちていくアナの周りではためいている。炎の中で絶望のうちに死にゆく蛾さながらに。

「たいへん」カリスタが小さくつぶやいた。

炎の光景から目をそらす。トレントが片方の腕をカリスタに回し、ぎゅっと引き寄せた。

「アンドルーは？」薄氷をふむ思いで尋ねた。

「さあ、わからない」トレントが言った。

「もしかして――？」カリスタは質問を最後まで言葉にできなかった。

トレントは心を鬼にして率直に答えた。

「わからない」もう一度、同じ答えを返した。

辻馬車が長い私道に入ってきた。馬は疾駆している。

「帰ってきたわよ」ユードラが言った。

辻馬車が速度を落として停まると、アンドルーが飛び出してきた。

「カリスタ？」アンドルーがカリスタの前で止まる。「無事だったんだね？」

「ええ、大丈夫。みんな無事だったわ」

「あなたの立派なお屋敷は無事とは言えないわ」ユードラが言った。「残念だけれど、朝までには焼け落ちてしまいそう」

アンドルーが大きく息を吐き、振り返って炎に包まれた屋敷を眺めた。「じつは、ぼくはこの屋敷がどうしても好きになれなかったんだ」

「わたしもよ」カリスタが認めた。「とは言っても、ここはやっぱりわたしたちの家。わたしたちが所有しているものはすべてこの忌々しい屋敷の中にあるのよ。わたしの事業は言うまでもなく……たいへん、わたしのファイルが中に」

「心配はいらない」トレントがカリスタの回した腕に力をこめた。「きみたちには友だちがいる」

ユードラもカリスタのすぐそばに来た。「兄の言うとおりよ」

カリスタが笑顔になった。頬にきらりと光る涙を炎が照らし出した。

「そうよね。わたしたちには友だちがいる。本当に大切なのはそれだわ」

67

つぎの日の昼下がり、一同はトレントとユードラが暮らす屋敷に集まり、お茶の時間を過ごした。ハリーとレベッカ・ヘイスティングズも四人に加わった。ユードラの家政婦がいかにもプロといった作法で手際よくお茶をいれた。

サイクス夫妻は甥っ子の家に引き取られた。アナが薬を盛った珈琲にやられた体の回復をそこで待つことになる。カリスタとトレントがその日の朝早く、二人を見舞ったところ、体が回復したら息子夫婦が暮らす田舎で引退生活を送るつもりだと話していた。

カリスタはトレントの書斎に集った面々の顔を見まわし、悲惨な夜だったにもかかわらず、身に覚えがないほど楽観的になっている自分に気づいた。

みんな椅子にすわっていたが、トレントだけは机に寄りかかって腕組みをしていた。アンドルーは、と見れば、サンドイッチとティーケーキが盛られた皿をじっくりと検分中である。

「きみはフローレンス・タップの命の恩人だな」トレントが言い、アンドルーと男同士にしかわからない目配せをした。「きみが機敏な行動をとらなかったら、霊媒は今ごろは死んでいたよ」

　ハリーがうなずいた。「完璧だったよ」

　カリスタはアンドルーが顔を赤らめたのに気づいた。賞賛の言葉を喜んでいるのは明らかだ。小さなサンドイッチを口に運び、手についたパンくずを払い落とす。

「正直に言うと、あれほどの恐怖を感じたのは生まれてはじめてでしたよ」サンドイッチを口いっぱいに頬張りながら言い、なんとかすぐに飲みこむことができた。「銃を撃ったのに的をはずしてしまったんです。二発目を命中させる自信はなかったんで、あいつが逃げ出したときは最初はしめたと思ったんです。ですが、これから彼はどこへ行くんだろう、つぎに何をするつもりだろう、と心配になりだして。で、すぐさま彼の家に向かいました。もしかしたらあなたがまだ中にいるんじゃないかと思ったからです。でも、あなたはもういなかった。その状況をどう考えたらいいのかわからなかったんですが、少なくとも血痕は見当たらなかったんで」

「それはいつだっていいことの前触れだ」トレントが言った。

「ええ、それはそうなんですが、ふとカリスタとユードラのことが頭に浮かんで、すごくいやな予感がしたんです」

「まさにそのとおりだったの。わたしたちの身に危険が迫っていたのよ」ユードラが言った。

「厨房のテーブルをひっくり返したなんて素晴らしいわ」レベッカ・ヘイスティングズが

言った。「あなたたちが向こうに回していたのは正気じゃない女。だとすれば、最善の戦略は相手の気をそらすことだもの」

「あのときはそれしか思い浮かばなかったのよ」カリスタはそのときのことを思い出して体を震わせた。「でも、もしトレントがあのとき屋敷に到着して、ナイフの男をやっつけてくれなかったら、何もかも徒労に終わるところだったわ」

「ナイフの男にはもうちゃんとした名前がある」トレントが男の家で見つけた日記を手に取った。「オリヴァー・サクスビー。ちなみに、彼の異常性は正真正銘だ。十七歳のときに両親殺害におよんでいる。凶器は包丁。その十七歳の処置をまかされたのが叔父。その結果、オリヴァーは病院に監禁された。もちろん、殺人の件はもみ消されている」

「身内にそういう人間がいるって事実は隠したくて当然だ」ハリーがかぶりを振った。「そういうことがあると名家が台なしになってしまう。とりわけ、身分の高い一族では」

「ああ、そうだな」トレントは日記の頁をぱらぱらと繰った。「これによると、オリヴァーは本を与えられていた。おとなしく本でも読んでいろ、というわけだな。彼が熱中したのは、アーサー王と円卓の騎士の伝説だ。正気を失っている彼は、あの奇想天外な架空の世界に自分も身を置いていると思いこむようになり、自身を武者修行の騎士だと考えた」

「でも、昔の騎士は名誉を重んじる高潔の士よね。竜を退治したり、気高いレディに献身的に仕えたり」ユードラが指摘した。

「オリヴァーが竜を退治したかどうかは知らないが、献身的に仕えるレディには出会った」トレントが言った。

紅茶を飲もうとしていたカリスタがカップを持った手を止めた。「アナ・ケタリングね」

「そのとおり」トレントが日記帳を机に置いた。「アナの心の状態も同じだったが、彼女は彼女でなかなか冴えていた。オリヴァーの日記からは、彼女が彼を巧妙に操って自分の目的をかなえようとしていたことがわかる。アナはオリヴァーをうまく言いくるめて、彼が閉じこめられたのは騎士の掟に関する重大な違反を犯したからだと信じこませた」

アンドルーが食べかけたサンドイッチを持つ手を下げた。「言い換えれば、彼は名誉を汚されたってことですよね」

「そんな彼にアナは、名誉についた汚点を拭い去る術を教えたとか？」ハリーが興味津々といった面持ちで尋ねた。「オリヴァーの妄想癖を考えれば、それは効果をもたらすはずだ」

「罪もない女性を殺すことで彼の身が清められるとでも思いこませたの？」ユードラが訊いた。「筋が通らないわ」

「ふつうの精神状態ではない彼から見れば、彼女たちは罪もない存在ではなかった」トレントが説明をつづけ、日記帳をぽんぽんと叩いた。「アナはオリヴァーに、殺されたあの女性たちを邪悪な魔法使いだと思いこませた。話は変わるが、この日記帳はもうひとつの疑問に答えてもくれた」

「なんですか、それは？」アンドルーが訊いた。

「メメント・モリの品々や棺用の鐘に添えられたメモをしたためたのは誰か、というのをずっと考えていたんだが、あの筆跡がオリヴァーの日記のものと一致した」

「アナは殺したい女性を彼を使って殺させていたのね」カリスタが言った。「三人の家庭教師と、そのつぎはわたし——四人ともネスターを誘惑したと彼女が思いこんでいた女性。ネスター・ケタリングが気の毒な家庭教師と関係をもったことは間違いないけれど、わたしははねつけたのよね」

「それはどうでもいいことなんだ」トレントが言った。「問題はネスターがきみを欲しがっているように見えたことだ。しかも二度目になるわけだし」

「あなたを手に入れられなかったせいで、夫はほかの人にもましてあなたに執着しているとアナは信じこんだんだな」ハリーが言った。

「アナは病院に閉じこめられていたほぼ三年間、経営者にずっと強姦されつづけていたんでしょう」レベッカが言った。「だから、妄執の本質について多くを学んでいることは間違いないわね」

「彼女、夫の妄執の対象になった女性たちを抹殺すれば、夫の病を治せると自分に言い聞かせていたみたい」カリスタが言った。「でもその前に、メメント・モリの品々を使ってネスターの情婦たちを罰することで、彼女自身の妄執を先に解消しようとした。すると、メメント・モリの品々はおもわくどおり、彼女たちを震えあがらせた。そこで、その儀式が終わったあと、武者修行の騎士を送りこんで彼女たちを殺させることにした」

「そのあと、犠牲者のために豪華な葬儀を執《と》りおこなって祝っていた、というわけか」ハリーが締めくくった。

「それにしても、なぜ夫を殺したんですか？」アンドルーが疑問を口にした。「彼は彼女の妄執の対象だったんですよね」

ハリーはしばし考えをめぐらせた。「患者本人に質問するわけにはいかないので、ここでは推測するほかないが、おそらく彼女は、夫が自分を病院に閉じこめようと画策していることを知ったとき、自分はもう夫の愛情を勝ち取ることはできないとついに気づいたんだろうな。彼女が夫を殺したのは自分が病院送りになるのを回避するためでもあったが、思うに、理由はもうひとつあった。つまり、ネスターの治療に用いた療法を使って、自身の妄執の治療を試みたんだと思うね。妄執の対象を抹殺したんだ」

ユードラがカリスタを見た。「訊こう訊こうと思っていたんだけれど、クランリー館の厨房で降霊会をまねてみるって名案を思いついたのはどうして？　アナのお父さまの霊を呼び出すふりをするって素晴らしい手だったわ」

「降霊会は芝居――物語を語るもうひとつの形式――だとトレントが言っていたのを思い出したの。ただし、降霊会の場合、霊媒が断然有利な立場に立っていると教えてくれたわ」カリスタが言った。

「参加者は、何よりもまず信じたがっているとね」トレントが付け加えた。

68

「ねえ、聞いて」カリスタが言った。

卵とトーストがのった皿を横へどかし、「フライング・インテリジェンサー」の朝刊を手に取って、テーブルを囲んだ一同に向かって記事を声に出して読みはじめた。

アンドルーは聞き耳を立て、ユードラもそうしたが、トレントは何ごともないかのように朝食を口に運びつづけた。


二日前の夜、クランリー・スクエアで大火が発生した。火を放ったのはナイフで武装した男で、その邸宅に暮らす二人のレディへの暴行目的で押し入ったものと思われる。レディ二人は無事に救出された。間一髪でレディたちを助けたのはクライヴ・ストーンを主人公とした探偵小説で有名な作家トレント・ヘイスティングズ氏で、邸宅到着と同時に男を制圧した。

ヘイスティングズ氏の英雄的行為のおかげで命拾いしたのは、その二人のレディのみならず高齢の使用人夫婦もだった。現場でヘイスティングズ氏の行動を目撃した人びとの多くは、彼こそクライヴ・ストーンの等身大版であるとの賞賛を惜しまない。

この夜、たまたまクランリー館を訪れていた、最近未亡人になったばかりの第三のレディもいたが、不幸なことに上階で火の手に包まれ、バルコニーから飛び降りて死亡した。なお、侵入した男もこの大火で死亡した。

ユードラが鼻で笑った。「つまり、この記者は一部正しく報道しているということね。たしかに、大火が起きたもの。でも、それ以外は大半がたわごと。ナイフの男、オリヴァー・サクスビーにわたしたちに暴行を加える目的などなかったわ――彼はカリスタを殺しにきたんですもの。それに、屋敷に火を放ったのはアナ・ケタリング、最近未亡人になったばかりのレディだわ」

アンドルーがそれまで読んでいた新聞を横に置き、フォークでそれを指し示した。「こっちの記事も同じ間違いをしている。要するに、新聞に事実の正しい報道を期待しても無駄ってことだね」

カリスタがにこりとした。「この記者、一点だけ正しい箇所があるわ――クライヴ・ストーン・シリーズの有名作家、ミスター・トレント・ヘイスティングズが間一髪で現場に到着したってところ。なんだかどの新聞の記事もこの作家の本がもっと売れるように書かれているような気がしてならないわ」

「望むところだね」トレントはそう言うと、席を立ってサイドボードの前に行き、卵のおかわりを自分の皿に取り分けた。「しかし、きみたちはみんな、新聞記事の中のいちばん重要な点を見逃しているようだな」

「というと？」カリスタが訊いた。

トレントは卵をうずたかく盛ったあと、くるりと回ってテーブルのほうを向いた。

「どの新聞記事もきみの紹介業にはいっさい触れていない。これはつまり、きみの事業の性質について大衆のあいだに不都合な噂が立つ心配はないということだ」

ユードラの表情がぱっと明るくなった。「トレントの言うとおりだわ。誤解が生じる心配がないのよ、カリスタ。安心していていいのよ」

「そんな気分じゃないわ」カリスタが言った。「みんなが気がついていないかもしれないから言っておくと、わたしの事業はすべて焼け落ちてしまったのよ」

ユードラがため息をついた。「この状況だとそう考えるほかないかしらね」

カリスタは考えをめぐらしながら、テーブルクロスを指でこつこつと打っていた。

「ファイルは部分的に再建も可能だと思うわ」カリスタがようやく口を開いた。「それにね、今回の災難を知ったら、これからもサロン活動を継続する意志がわたしにあるかどうかをたしかめにくる会員もたくさんいると思うの」

アンドルーが目を合わせてきた。「ぼくも協力できるよ。入会希望者の身辺調査で入手した情報はかなり記憶しているからね。それに、ごく最近の身辺調査のメモはまだ手もとにあるんだ。ケタリングを尾行するときにも同じメモ帳を使っていたものでね」

「わたしの温室」ユードラが唐突に言った。

一同が一斉にユードラを見た。

「それがどうした?」トレントが訊いた。

「サロン開催の場としてすごくいいと思うの。歓迎するから好きなだけ使ってちょうだいよ、カリスタ。トレントは書斎にこもっていればいいわよね。ねえ、いいでしょ、トレント?」

「なるほど」トレントが言った。「会員がぼくの小説をこまごまと批評したとき、ぼくがそれに興味があるふりをしなくてもかまわないという人ばかりなら異論はないね」

アンドルーが大笑いした。

カリスタの目に涙があふれた。

「あなたとユードラにはどう感謝したらいいのかわからないわ、トレント」カリスタが言った。

「感謝する必要なんかないわ」ユードラが言った。「あなたはわたしにミスター・テイズウェルを紹介してくれて、人生をすごくいい方向に転換させてくれた人よ、カリスタ。そのあなたにサロン開催の場を提供するくらい、わたしにできるせめてものことだわ。そうでしょう、トレント?」

トレントがカリスタを見た。

「ああ、そのとおりだ」

69

どんよりした灰色の空としとしと降る雨の下、豪邸クランリー館の焼け跡はいまだにくすぶり、煙が出ていた。何本もの石造りの煙突はあいかわらず高くそびえ、同じく外壁も部分的にそそり立ってはいるものの、屋敷そのものは救いようもなく無残な姿をさらしていた。

カリスタはトレントが差しかけてくれている傘の下からその光景をじっと眺めた。アンドルーもすぐかたわらに立っている。

「復元しても意味がないな」トレントが言った。「世の中は変化しているし、クランリー館のような豪邸の市場価値もだ。維持していくには人件費や修繕費がかかりすぎる」

「それはそうだけど、わたしの事業を考えると、クランリー館が目的達成にかなっていたことも否めないの。この屋敷なくしては、わたしの事業は立ちあげられなかったわ」カリスタが言った。

「きみの事業に関して言えば、最も重要なのは会員さ」トレントが言った。「その会員はまだ確保しているじゃないか」

「ついでに、会員の生活状況も」アンドルーが陽気に付け加えた。「友情、愛情、結婚を目的に人と出会いたいと考えている孤独な人はいくらだっているよ」

「たしかにそうね」カリスタがうなずいた。「でも、あなたもわかっているでしょ。わたしたちに残されたのは、このくすぶっている瓦礫だけ。いったいこれからこれをどうしたらいいのかしら？」

「差しでがましいようだが、ひとつ提案してもいいかな」トレントが言った。

「ええ、もちろん」カリスタが答えた。

「この土地には莫大な価値がある。広いうえに立地も申し分ない。とびきりしゃれたタウンハウスを建てるのにもってこいだ。それを販売すれば相当な利益が出る」

アンドルーの目がらんらんと輝いた。「素晴らしい考えですね。ここに優雅なタウンハウスを建てれば、ぼくたち、ひと財産つくれますね」

「でも、それを建てるにはお金が必要だわ」カリスタが指摘した。「誰かを説得して資金を貸し出してもらわなければならないわ。やっぱりこのまま投資家に売るのがいちばんいいんじゃないかしらね」

アンドルーが渋い表情をのぞかせた。「それでは大した値段では売れないよ」

「それはそうだけど、このまま売ってもそこそこのお金は入ってくるでしょうから、そのお金をほかのところに投資することができるわ」カリスタが言った。

トレントが咳払いをした。「お忘れかもしれないが、ぼくはこれでも投資については多少の心得があってね」

「そんなことまでお世話になるわけにはいかないわ」カリスタが言った。「あなたと妹さんにはもうさんざんご迷惑をかけているんですもの。これ以上はもう厚かましすぎて」

「安心してもらいたい。ぼくはこれを申し分のない投資だと思っている。きみとアンドルーのためにだけというわけではないんだ。資金の準備も問題ないから、どうだろう、六人で利益を分けあうというのは」

「六人というのは？」アンドルーが訊いた。

「ユードラとハリーもタウンハウスへの投資となれば乗り気になるはずだ。それに、ミスター・ペル。全員がかなりな額の儲けを得ることになると考えて間違いない」

アンドルーがにこりとした。「そういうことでしたら、ぼくはこのへんで失礼してもかまいませんね。これから最初のお客さまと会うことになっているんで」

カリスタがびっくりしてアンドルーを見た。「秘密調査の仕事にもうお客さまが？」

「レベッカ・ヘイスティングズが紹介してくれたんだ。お客さまの名はミセス・フォスター。なんでも家政婦が行方不明になって、みんなはもっと給料のいい家に移ったんだろうと言うけれど、ミセス・フォスターはその家政婦がひとこともなく家を出ていくはずがないとの確信があるんだそうだ」

「おめでとう」トレントが言った。「きみには探偵の才能があるよ」

「まあ、びっくりだわ。気をつけるのよ」

「うん、そうする」アンドルーが約束した。「心配はいらないよ。サロンの入会希望者の身辺調査はこれからもいつでも引き受けるから」

「うれしいわ、それを聞いて」

アンドルーは待たせてあった辻馬車に向かって軽やかに駆けていき、座席に飛び乗った。通りを走り去る馬車をカリスタはじっと見送った。切ない想い——寂しさと喜びと理解が入りまじった感情——が胸の中を駆け抜けた。かすかな笑みを浮かべる。

「そういう時が来たのね」カリスタが言った。

「きみの弟が外の世界に自分の居場所を見つけたってこと？」トレントは角を曲がっていく辻馬車に目をやった。「そうだな。若者はひとり暮らしをする必要があるんだ。そうして、いくつかの失敗を重ねながら人生の足掛かりを見いだす。しかし、恐れることはない。彼はひとりぼっちじゃないからね。愛する姉がいて、その姉も彼を愛してくれている」

「そうだわね。いっしょに暮らさなくても家族は家族ということね」

「そのとおり」

「もしかしたら、ひとつ屋根の下に家族がいない暮らしに慣れなくてはいけないのは、わたしひとりではないかもしれなくてよ」カリスタが言った。「じつは、ユードラとミスター・

テイズウェルがどうやらずいぶん真剣なお付き合いになってきているようなの。もし二人が近い将来に結婚すると宣言したとしても、ちっとも不思議じゃないくらい」

「ユードラにもそろそろ自分の家庭のやりくりをする時が来たのか」

トレントはなんだかいやにうれしそうだ、とカリスタは思った。

「わたしたち、弟や妹に対する責任をついに果たしたみたいね。お互い、ちょっとほっとできるわね」

トレントはまだくすぶっている焼け跡にじっと目を凝らした。「これでぼくたちも、自分たちの状況に目を向ける余裕ができたわけだ」

「ユードラがあなたの家を出ていったら、寂しくなるかもしれないとは思わない？」

トレントがカリスタのほうを向いた。「きみがぼくとの結婚を承諾してくれれば、寂しくなんかないんだが」

カリスタは突然、息ができなくなった。「わたしに結婚を申しこんでくれるのは、そうすれば二人とも寂しくならないからなの？」

「そうじゃないよ。ぼくがきみに結婚を申しこむのは、きみを愛しているからだ」

「トレント」カリスタの胸にわくわくがにわかにこみあげてきた。

「自分でも理想の夫の資質と程遠いことはよくわかっている」トレントが先をつづける。

「暗い人間というわけではないが、ユードラの言うとおり、いったん執筆にかかると長時間書斎に引きこもる。それも頻繁にだ。奇妙な時間に寝たり起きたりすることもある。とりわけ、もうすぐ原稿が完成するというころになると。そのうえ、妹に言わせると、ぼくの友人の中にはお茶に招く気になれないような人間もいる。それでも、もしきみがぼくの変人めいたところも我慢できると思ってくれるなら、ぼくは世界一幸せな男になれるんだが」

「愛しているわ、トレント。振り返ってみれば、あなたとはじめて会って入会希望者だと誤解したあの日の午後、わたしはあなたに恋をしたの。あなたの変人めいたところくらい喜んで大目に見るわ。なぜなら、あなたはわたしのそういうところを大目に見てくれることがもうわかっているから。もちろんよ、トレント、わたし、あなたと結婚するわ」

トレントのまなざしが熱を帯びた。

「カリスタ、約束しよう、ぼくはきみを死が――」

カリスタが手袋におおわれた指先をトレントの唇に押し当てた。

「しいっ。わたしはあなたと結婚するけれど、お願い、死がわれらを分かつまできみを愛するなんて言わないで。あなたは作家でしょ。この場に相応しいほかの表現を探して」

トレントがゆったりと微笑み、カリスタの手を取ると、腕の中へと引き寄せた。

「それじゃ、こう言おう。ぼくはきみを未来永劫愛していく。いつまでも」

「いつまでも」輝かしく泡立つような確信が全身からこみあげてきた。「ええ、きっとうまくいくと思うわ。間違いなく」

70

クライヴ・ストーンは足置きスツールに踵をのせ、ブランデーを味わいながら暖炉の炎を見つめていた。「なんだかおかしな事件だったが、きみの協力のおかげでみごと解決したようだな、ミス・プレストン」

「たしかにそうね、ミスター・ストーン」ウィルヘルミナはミセス・バトンが彼女のために注いでくれたシェリーをひと口飲んだ。「若いレディは無事に新郎の待つ家に戻り、めでたしめでたし」

「きみがあの薬を科学的に分析してくれたおかげだよ。シャーロット・ブリスはあの薬を用いて彼女を昏睡状態に陥らせた。かわいそうに。ブリスがあの毒薬をつくるために特殊な薬草を必要としていたことを推理したのは、ほかでもないきみだったからね」

「あの推理にしたがって、あなたはブリスにあの薬草を売った薬屋を突き止めることができたというわけね」

ストーンはブランデーをまた少し飲んだ。「今、思いついたんだが、またつぎの事件も協力して解決するというのはどうだろう。犯罪捜査も今や新たな時代に突入しようとしている。そこで主役を演じるのは科学だ。だから、きみの経験と知識は何にもまして貴重なんだよ」

「またいつでもご相談に応じるわ、ミスター・ストーン。探偵というあなたの仕事、ものすごく魅力的なんですもの」

「ぼくはきみがものすごく魅力的だと思うね、ミス・プレストン」

ウィルヘルミナが笑みをたたえた。

ストーンはそのとき思った。失踪した花嫁事件以前、あやうく倦怠感でいっぱいになりそうな状態に陥っていた彼だったが、今はもうそんなことはない。自分の未来がとんでもなくおもしろくなりそうな気がしていた。


（『クライヴ・ストーンと失踪した花嫁』の最終章より）

「この終わり方、最高だわ」カリスタは「フライング・インテリジェンサー」をナイトテーブルの上に放り出し、ベッドに近づいてくるトレントを見た。「これからクライヴ・ストーンとウィルヘルミナ・プレストンの関係がどう進展していくのか、興味をそそる場面を用意したのね」

「残念ながら、読者がみんな、きみと同じように考えているわけじゃないんだ」

「もちろん、批判する人はいつだっているけれど、そんな人は無視したらいいのよ」

トレントがベッドのかたわらで足を止め、微笑みながらカリスタを見おろした。「ほんとに?」

「当然だわ。この終わり方を楽しんだ読者のことだけ考えればいいの」

「編集者に文句を言われたら、それを思い出すことにするよ。編集部には間違いなく苦情が届くからね」

カリスタが両手を大きく広げた。「怖がらなくていいの。わたしが慰めてあげるから」

トレントはガウンを脱ぎ、上掛けをさっとはいで、ベッドに滑りこんだ。

「慰めるって、厳密にはどういうふうになのかな、ミセス・ヘイスティングズ?」

カリスタはにこりとし、両手を彼の首にからめて引き寄せると、唇を合わせた。

「こんなふうかしら、ミスター・ヘイスティングズ」

「なるほど」やがてトレントが言った。「絶大な効き目がありそうだ」

訳者あとがき

アマンダ・クイック最新作、お楽しみいただけましたでしょうか？　舞台はヴィクトリア朝時代。文中、特に触れられていませんが、写真術がいまだに写真家ないしは写真屋だけの専門技術でありながらも、すでに人口に膾炙《かいしゃ》しつつあった時代で、想像力豊かな登場人物が活動写真の可能性にまで言及していることからもわかります。

ヒロイン、カリスタ・ラングリーは祖母から相続した大邸宅をサロンとして利用し、ソウルメイトとの出会いを求める男女の仲を取りもつ紹介業を起業し、軌道に乗せたところです。その時代にあってなかなかな勇気と才覚をそなえた女性だと言えましょう。彼女が結婚という形にこだわらないのは、友情という至高の男女関係もあると確信しているから。ちなみに、豪邸を相続した身であるとはいえ、けっして裕福とはいえず、この事業をはじめたのも生活のためでした。

そんなカリスタのもとに不気味な品があいついで届きます。ひとつ目はティア・キャッチャーと呼ばれる装飾を施したガラス瓶。この時代の服喪を象徴するアイテムです。二つ目はスカルをデザインしたロケット型の指輪。これはロケットの部分に死者の髪を入れるようになっており、素材は黒玉《ジェット》と水晶。ジェットは未亡人期間が長かったヴィクトリア女王がアクセサリーとしてつねに身に着けていた石で、当時たいそう流行したようです。三つ目は安全装置付き棺の付属品の鐘というなんとも不思議な品。この鐘に取り付けられた長い鎖の先端が輪になっており、これを棺に横たわる死者の指にはめておけば、埋葬後に万が一生き返って動いたときに鐘が鳴るという、摩訶不思議な仕掛けの一部に当たります。しかも、これら三点にはどれもカリスタのイニシャルが刻まれているという念の入れようです。

いくら気丈なカリスタでも、送りつけられてくる死にまつわる品々に平然としてはいられなくなったそのとき、心強い協力者が現われます。この人物こそ、カリスタのサロンの会員になり頻繁に通うようになっていた妹ユードラのことが心配で、サロンの状況に探りを入れにきた人気作家のトレント・ヘイスティングズでした。

トレントはこのとき、サロンを運営するカリスタが詐欺師ではないかとの疑念を抱きながら意地の悪い質問を繰り出すわけですが、じつは彼女にひと目惚れしてもいました。訪問の目的が目的なので円満な話し合いができるはずもなく気まずく決裂したものの、内心ひそかに彼女に再び会う口実を探します。ですから、カリスタの追いつめられた状況を知ったとき、彼は渡りに船とばかりに協力を申し入れたのです。大人気の探偵小説を書いている作家ですから、論理的な推理はお手のものです。

犯人探しの第一歩として、二人は届いたばかりの鐘を売っている店を突き止め、店主に注文主を問いただします。すると奇妙なことに、一年のブランクを経て再びカリスタへの接近を執拗に試みている元カレ、ネスター・ケタリングの名が浮上します。この男はカリスタにお金がないことを知って去っていったのち、美しく裕福な妻をめとることに成功しています。それなのにいったいなぜ……。やがて二人が掘り起こしていく事実の数々は、カリスタへの脅迫だけにはとどまらない広がりを見せはじめます。

調査が進むにつれ、カリスタの弟のアンドルー、トレントの妹ユードラも二人に協力するようになります。まだ十九歳のアンドルーですが、これまでもサロンの入会希望者の身辺調査の経験を積んでいたため、出会い当初は反感を覚えたトレントの下で手となり足となって動きながら大人の男への成長していく姿を見せてくれます。一方で、これまではただひたすら兄の世話と家の切り盛りという内向きな生活を送ってきたユードラがサロン活動、さらには事件解決への協力を通して生来の能力を無駄にしない生き方を見いだしていきます。そして真相究明と並行して、カリスタとトレントがそれぞれ今日まで背負ってきた、それぞれの波乱万丈の家族の歴史も詳らかになっていきます。

ヒストリカル・ロマンスというジャンルでは、こうした時代の結婚事情がつねにいろいろな切り口から語られていますから、読者の皆さまはもうよくご存じでしょうが、今回はそうした結婚という制度に対し、ヒロインをして〝男性の利益のためにいかさまを仕込んだカードのようなもの〟だとまで言わせています。自身も結婚を夢見ることなく、運営するサロンも条件のいい結婚相手を探し求める男女ではなく、結婚にはこだわらないソウルメイトとの出会いを求める人びとが対象です。よりよい人生を送るためには、気が合い話の合う相手と友情を築くことが基盤であり、その関係が結婚にまで進展すれば幸運なこと、とカリスタは確信しているのです。例を挙げるなら、ユードラのように新しい生き方を模索する理系女子にはまさにおあつらえ向きのサロンなのです。ついついエールを送りたくなる女性たちを活写するアマンダ・クイックの筆はとても軽やかです。

たびたび登場するメメント・モリという言葉、藤原新也の著書『メメント・モリ　死を想え』でご存じのかたも多いかもしれませんが、訳者はとくに最近になって何度か目にし耳にしていたため、あっ、ここにも、と思ったしだいです。どこかおしゃれな印象のこの言葉ですが、〝死を想え〟という意味のラテン語の警句で、〝自分もいつか死ぬことを忘れるな〟という死生観にも通じる言葉です。古代ローマ時代から使われ、中世からは芸術作品のモチーフとしても広く使われはじめました。

どんな作品かといえば、見方によってはいささかグロテスクなものも含み、主として骸骨、頭蓋骨、蠟燭を吹き消す天使、散りゆく花びら……といった死を表象するものを描いた絵画、彫刻、さらには死者を写した写真などです。皆さまがこれからどこかでメメント・モリという言葉を耳になさったとき、この作品をちらっと思い出していただけたなら幸いです。

安藤由紀子

二〇一六年一〇月

ザ・ミステリ・コレクション

恋《こい》の始《はじ》まりは謎《なぞ》に満《み》ちて

著者　アマンダ・クイック

訳者　安藤由紀子《あんどうゆきこ》

発行所　株式会社 二見書房
東京都千代田区三崎町2-18-11
電話 03(3515)2311［営業］
03(3515)2313［編集］
振替 00170-4-2639

印刷　株式会社 堀内印刷所
製本　株式会社 関川製本所

落丁・乱丁本はお取り替えいたします。
定価は、カバーに表示してあります。

ISBN978-4-576-16178-5
http://www.futami.co.jp/

その言葉に愛をのせて
アマンダ・クイック
安藤由紀子［訳］

ある殺人事件が、「二人」を結びつける――過去を封印して生きる秘書アーシュラと孤島から帰還した貴公子スレイター。その先に待つ、意外な犯人の正体は!?

この恋が運命なら
ジェイン・アン・クレンツ
寺尾まち子［訳］

大好きだったおばが亡くなり、家を遺されたルーシーは少女時代の夏を過ごした町を十三年ぶりに訪れ、初恋の人メイソンと再会する。だが、それは、ある事件の始まりで…

眠れない夜の秘密
ジェイン・アン・クレンツ
喜須海理子［訳］

グレースは上司が殺害されているのを発見し、失職したうえとある殺人事件にかかわってしまった過去の悪夢にうなされ始める。その後身の周りで不思議なことが起こりはじめ…

夜の記憶は密やかに
ジェイン・アン・クレンツ
安藤由紀子［訳］

二つの死が、十八年前の出来事を蘇らせる。そこに隠された秘密とは何だったのか？　ふたりを殺したのは誰なのか？　解明に突き進む男と女を待っていたのは――

夢を焦がす炎
ジェイン・アン・クレンツ
中西和美［訳］

特殊能力を持つゆえ恋人と長期的な関係を築けずにいた私立探偵のクロエ。そんなある日、危険な光を放つ男が訪れ、彼の祖先が遺したランプを捜すことになるが…

霧に包まれた街
ジェイン・アン・クレンツ
中西和美［訳］

西岸部の田舎町にたどり着いたイザベラは調査会社のアシスタントになる。経営者のファロンとともに調査の仕事を続けるうちに彼に強く惹かれるようになるが…